AM
STILLEN
WASSER

WEITERE TITEL VON GREGG OLSEN

In Deutscher Sprache

DETECTIVE-MEGAN-CARPENTER-SERIE

Die dunkle Schlucht

Die einsame Bucht

Auf schmalem Grat

Am stillen Wasser

In Englischer Sprache

DETECTIVE MEGAN CARPENTER SERIES

Snow Creek

Water's Edge

Silent Ridge

Stillwater Island

PORT GAMBLE CHRONICLES

Beneath Her Skin

Dying to Be Her

GREGG OLSEN

AM STILLEN WASSER

Übersetzt von Kerstin Fricke

bookouture

Die Originalausgabe erschien 2021 unter dem Titel
„Stillwater Island"
bei Storyfire Ltd. trading as Bookouture.

Deutsche Erstausgabe herausgegeben von Bookouture, 2023
1. Auflage Januar 2023

Ein Imprint von Storyfire Ltd.
Carmelite House
50 Victoria Embankment
London EC4Y 0DZ

www.bookouture.com

ISBN: 978-1-83790-094-7
eBook ISBN: 978-1-83790-093-0

Dieses Buch ist ein belletristisches Werk. Namen, Charaktere, Unternehmen, Organisationen, Orte und Ereignisse, die nicht eindeutig zum Gemeingut gehören, sind entweder frei von der Autorin erfunden oder werden fiktiv verwendet. Jede Ähnlichkeit mit tatsächlichen lebenden oder toten Personen oder mit tatsächlichen Ereignissen oder Orten ist völlig zufällig.

Für Rick und Jennifer,
die die Reise von Tennessee nach Washington unternommen
haben, um eine lebenslange Freundschaft zu festigen

PROLOG

»Ich hab Angst, Mommy.«

»Ich bin hier bei dir, Bennie. Es ist alles gut.« Sie hat ebenfalls Angst. Ihre Gedanken sind völlig durcheinander. Sie erinnert sich ... an was? Woran erinnert sie sich? Sie weiß noch, dass sie an der Wand sitzend aufgewacht ist, mit Bennie, der neben ihr lag und seinen kleinen Arm über ihren Oberschenkel gelegt hatte. Sie hatte mit einer Hand nach seiner Brust getastet, um sich zu vergewissern, dass er noch atmete. Er ist vier Jahre alt und hat Asthma. Sie hatte gespürt, wie sich seine Brust sanft hob und senkte. Er atmete. War am Leben. Sie hatte sich schwach gefühlt und nicht gewusst, ob sie aufstehen konnte. Es hatte sie ihre ganze Kraft gekostet, Bennie in die Arme zu nehmen.

Das ist jetzt eine Stunde her, vielleicht aber auch zwei oder länger. Sie begreift noch immer nicht, was eigentlich passiert ist. Weiß nicht, wo sie ist. Wie sie an diesen stockdunklen Ort gelangt ist, an dem es stark nach Schimmel und Sägespänen riecht. Die größte Angst jagt ihr eine Nachrichtenmeldung ein, die sie vor einigen Tagen gehört hat. Die Leiche einer Frau war gefunden worden, und die Leichen ihrer beiden Kinder hatte man in zwei leeren Ölfässern entdeckt. Die Frau war schwanger gewesen. Genau wie sie. Aber Bennie und sie sind noch am Leben.

Sie blinzelt mehrmals und lauscht den Schreien der Möwen. Ihr ist nicht ganz klar, woher die Geräusche kommen. Sie muss sich in der Nähe des Wassers befinden.

Ihre Gedanken wandern zu ihrem Sohn. Der arme Bennie. Sie hatte ihn heftig schütteln müssen, damit er wach wurde. Allein der Gedanke daran lässt Panik in ihr aufsteigen. Sie hätte ihn schlafen lassen sollen. Schlaf wäre vermutlich besser gewesen als diese anhaltende Dunkelheit.

Die Möwen werden leiser, und sie merkt, dass es nicht vollkommen dunkel ist. Sie kann einige Umrisse um sich herum erkennen. Etwas mit harten, zackigen Kanten verläuft vom Boden zu ihren Füßen so weit nach oben, wie sie die Arme ausstrecken kann, ohne Bennie loszulassen. Es fühlt sich so kalt wie Metall an. Eine Säge. Ein sehr großes Sägeblatt. Erneut steigt Panik in ihr auf und sie schmeckt Galle.

»Ich muss dich mal absetzen, Schatz. Kannst du hier kurz auf Mommy warten?«

»Wo sind wir? Sind wir beim Zelten?«

»Nein, Schatz. Aber wir sind in Sicherheit. Ich muss nur mal eben aufstehen und mich umschauen. Bleibst du so lange hier?«

»Nein, Mommy! Geh nicht weg!« Er klammert sich an sie und vergräbt das Gesicht an ihrer Brust.

Sie schlingt die Arme um seinen schmalen Körper. »Ich bin doch da, Bennie. Mommy ist bei dir. Ich gehe nirgendwohin.« Sie spürt, wie seine Atmung kurz stockt, und weiß, dass sich ein Asthmaanfall anbahnt. »Atme schön langsam, Schatz.« Sie atmet ebenfalls langsam ein und aus. »Schön langsam.« Schon hört sie, wie er es ihr nachmacht, und kurz darauf entspannt sich seine Atmung. Er hat Angst, und wenn er sich fürchtet, löst das oftmals einen Anfall aus. »So ist es richtig, Schatz. Schön langsam atmen.« Sie muss stark sein. Herausfinden, was hier los ist. Einen Ausweg finden.

»Ich will nach Hause, Mommy.«

»Ich auch, Schatz. Wir sind bald wieder zu Hause.« Er rutscht auf ihrem Schoß herum, macht sich ganz klein und legt die Hände unter den Kopf, um seine bevorzugte Schlafposition einzunehmen. In mancher Hinsicht ist er genau wie sein Vater.

Ihre Kraft kehrt nach und nach zurück, woraufhin sie erst mal einen Krampf in einer Wade bekommt. Sie reibt sich energisch die Stelle und berührt dabei etwas auf dem schmutzigen Fußboden. Eine große Plastikflasche und einige andere Dinge. Darunter Bennies Inhalator. Sie schüttelt die Flasche und hört es darin schwappen. Wasser. Das andere Objekt ist klein. Vielleicht acht bis zehn Zentimeter lang. Fühlt sich nach Plastik an. Eine Form. Eine Figur. Vielleicht ein Spielzeug. Möglicherweise einer von Bennies kleinen Baseballspielern.

Sie schraubt die Flasche auf und schnüffelt an der Öffnung. Es riecht nach gar nichts. Zaghaft legt sie die Zunge an den Flaschenhals und kippt sie so weit, dass sie kosten kann. Es ist Wasser. Sie trinkt einen Schluck und wartet eine Minute, ob ihr schlecht wird. Offenbar kann man es trinken. Sie merkt erst jetzt, was sie für einen Durst hat.

»Hier, Schatz. Trink etwas Wasser. Ich halte die Flasche fest. Aber nicht so viel, okay?« Er nimmt mehrere Schlucke. »Ich muss die Tür suchen, Bennie. Kannst du hier sitzen bleiben und auf Mommy warten?« Er umklammert sie wie eine Anakonda und ihr bricht das Herz, als sie spürt, wie er zittert. »Okay. Mommy geht nicht weg. Was hältst du davon, wenn ich dich huckepack nehme, so wie Daddy es zu Hause immer macht?«

»Spielen wir Pferdchen?«

»Genau, Schatz. Wir spielen Pferdchen.« Er lockert seinen Griff, und sie rappelt sich auf alle viere auf. Begeistert klettert er auf ihren Rücken, legt ihr die Arme um den Hals, drückt den

Kopf an ihren und bohrt ihr die Fersen in die Seiten. »So ist es richtig, Schatz. Das machst du super. Mommy reitet jetzt mit dir aus.«

»Ich bin zu groß, um Pferdchen zu spielen. Das sagt Daddy immer.« Er löst die Arme ein wenig, lässt sie aber nicht los.

»Dann trage ich dich eben huckepack. So wie ich in deinem Alter auch oft getragen wurde.«

»Du warst vier?« Er stellt die Frage, als wäre dies das Witzigste, was er je gehört hat.

»Wenn du brav bist, bekommst du etwas Schönes.«

Er erstarrt, und sie hört, wie er nach Luft schnappt. »Was denn?«

Sie weiß nicht, was es ist, aber es fühlt sich wie ein Spielzeug an. »Du musst dich erst mal festhalten und ganz brav sein.«

»Ich bin brav.« Er tritt ihr mit einer Ferse in die Seite und schnalzt mit der Zunge, um sie anzutreiben.

Sie tätschelt seine Hände. »Halt dich gut fest. Jetzt geht es los.« Doch nach wenigen Schritten wird ihr schwummrig. Bennies Arme lockern sich und er rutscht langsam runter.

»Ich bin müde, Mommy.«

Sie ist ebenfalls müde. So müde. Also legt sie ihn auf den Boden und kuschelt sich an ihn. Der Inhalator steckt in der Tasche ihrer Jeans, zusammen mit Bennies Überraschung. Sie schließt die Augen und erinnert sich daran, dass sie sich verschlafen gefühlt hatte und dass ihr leicht übel gewesen war, als sie hier aufgewacht ist. Man hatte sie unter Drogen gesetzt. Aber wer? Und warum?

Sie kämpft gegen die Müdigkeit an, zieht Bennie an sich und rutscht nach hinten, bis sie direkt an der Wand liegt. Nach und nach kehrt ihr Gedächtnis bruchstückhaft zurück. Bennie, der nicht ins Bett gehen wollte und darauf bestand, seinen Darth-Vader-Schlafanzug zu tragen. Ein Geschenk seines Vaters.

Sie hatte gerade herausgefunden, dass sie schwanger ist. Ben war nicht zu Hause, und sie hatte sein Leibgericht gekocht, um ihm die gute Nachricht zu überbringen, wenn er nach Hause kam. Er war jedoch erst spät in der Nacht aufgetaucht.

Es fällt ihr zunehmend schwerer, die Augen offen zu halten, und sie schlägt sich so fest auf die Wange, dass es wehtut. Das hilft ein wenig. Sie muss einen klaren Kopf behalten. Wach bleiben. Ihre Augenlider sind unfassbar schwer. Sie lässt zu, dass sie wegdämmert. Sich an einen anderen Ort träumt. Einen, an dem sie und Bennie glücklich sind. Einen Ort fern von Ben. Irgendwo, nur nicht hier.

Jemand regt sich im Schatten des Raumes und stellt sich über die schlafende Frau und das Kind.

»So ist es gut. Schlaft. Bald ist alles vorbei.«

Eine Tür wird aufgeschlossen und dann verriegelt und wieder abgeschlossen.

Die Frau und das Kind schlafen weiter.

EINS

2 UHR MORGENS

Notruf: Sie haben den Notruf gewählt. Was kann ich für Sie tun?

Anrufer: Meine Frau und mein Sohn sind verschwunden.

N: Wie ist Ihr Name, Sir?

A: Ben Parker.

N: Von wo aus rufen Sie an, Sir?

A: Meine Frau und mein Sohn sind verschwunden. Sie müssen jemanden herschicken.

N: Okay, Sir. Ich werde Ihnen helfen. Können Sie mir sagen, wo Sie sind?

A: Ich bin zu Hause. Ich bin in der Wohnung meiner Frau.

N: Wie lautet die Adresse?

A: 21 Luna Ridge, Baker Heights, Port Ludlow.

N: Sind sie von dieser Adresse verschwunden oder …

A: Ja. 21 Luna Ridge in Baker Heights. Schicken Sie jemanden her?

N: Ja, Sir. Bleiben Sie in der Leitung und reden Sie mit mir. Ich muss Ihnen einige Fragen stellen, Sir.

A: Okay.

N: Seit wann werden Ihre Frau und Ihr Sohn schon vermisst?

A: Ich bin mir nicht sicher.

N: Woher wissen Sie, dass die beiden verschwunden sind?

A: Ich habe vor zwei Tagen mit meinem Sohn gesprochen und kann ihn seitdem nicht erreichen.

N: Sie werden seit zwei Tagen vermisst?

(Pause)

A: Ich bin mir nicht sicher. Gut möglich.

N: Wohnen Sie an dieser Adresse, Sir?

A: Nein. Es ist zwar mein Haus, aber ich wohne woanders. Wieso ist das wichtig?

N: Leiden Ihre Frau oder Ihr Sohn unter gesundheitlichen Beschwerden?

A: Mein Sohn hat Asthma.

N: Wie heißen Ihre Frau und Ihr Sohn?

A: Marlena. Marlena Parker. Mein Sohn heißt Bennie. Er ist vier. Sie wohnen in Baker Heights. Ich kann Ihnen beschreiben, wie Sie da hinkommen.

N: Das ist nicht nötig, Sir. Rufen Sie von Ihrem Handy an?

A: Ja.

N: Gibt es irgendwelche Hinweise darauf, dass ins Haus Ihrer Frau eingebrochen wurde?

A: Das weiß ich nicht.

N: Bleiben Sie bitte in der Leitung, Sir. Ich schicke jetzt einen Streifenwagen zu Ihnen.

ZWEI

Der achtundzwanzigjährige Officer Burnett von der Jefferson County Police und Officer Paco fahren nun schon seit acht Jahren zusammen in Streifenwagen 42. Paco, der kurz vor dem Ruhestand steht, nennt Burnett »Sonny«, weil er aussieht, als sei er gerade mal neunzehn. Nach vierzig Jahren in diesem Job sieht Paco viel älter aus als dreiundsechzig. Er denkt seit etwa einem Jahr darüber nach, in den Vorruhestand zu gehen, da er zunehmend die Nase voll davon hat.

Officer Paco sitzt auf dem Beifahrersitz und beobachtet, wie sich über dem Mount Olympus ein Sturm zusammenbraut, wo Zeus in der griechischen Mythologie die Wolken zusammengerufen hat. Er weiß, dass sie nicht viel davon abbekommen werden. Port Ludlow liegt im Regenschatten der Berge, und das Jefferson County bekommt von allen Countys im Staat Washington den wenigsten Regen ab. Er hatte sich schon auf etwas Regen für seinen kleinen Garten – eigentlich Miriams Garten – gefreut, doch nun, wo er unterwegs ist, hat er auch nichts dagegen, wenn es trocken bleibt.

Mit dem höchsten mittleren Jahreseinkommen aller Städte innerhalb der Vereinigten Staaten gleicht Port Ludlow, das an der Port Ludlow Bay liegt, eher einer Pendlerstadt für die Reichen denn einer richtigen Stadt.

»Eines Tages werde ich auch so leben«, sagt Officer Paco. »Ein großes Haus. Golfplatz hinter dem Haus. Sehr viel Geld. Ein Pool. Nein, zwei Pools. Einen für jeden Fuß. Du kannst vorbeikommen und mir die Füße küssen.«

»Das hättest du wohl gern, alter Mann«, erwidert Officer Burnett. »Es sei denn, du bist mit Bill Gates verwandt und hast nur vergessen, mir das zu erzählen.«

»Man ist nur so alt, wie man sich fühlt, Kleiner.«

»Wenn du in der Lotterie gewinnst, lädst du mich, Cynthia und die Kinder hoffentlich mal ein.«

»Ich bin mir nicht sicher, ob dich der Sicherheitsdienst am Tor durchlassen wird. Du siehst eher aus wie ein Einbrecher, Sonny.«

Sonny winkt dem Wachmann zu und fährt in die eingezäunte Wohnanlage »Baker Heights« hinein. Er biegt in die Luna Ridge ab und beäugt die teuren Häuser, hinter deren Terrassen man diverse gut gepflegte Sieben-Söhne-des-Himmels-Sträucher, Hartriegel, Magnolien, Affenbäume, private Golfplätze und die Port Ludlow Bay sehen kann.

»Hast du schon ein Datum für deinen letzten Arbeitstag, alter Mann?«

Paco lacht auf. »Er wird auf jeden Fall lange vor deinem liegen. Bei deinem Milchgesicht solltest du dir wirklich einen Bart wachsen lassen. Vielleicht nehmen dich die Leute dann ernst und bieten dir nicht länger Kekse und Milch an.«

»Meiner Frau gefällt mein Gesicht.«

»Was bleibt ihr auch anderes übrig?«

Paco richtet den Strahl einer Taschenlampe auf die Hausnummern. »Laut Zentrale sind eine Frau und ihr vierjähriger Sohn verschwunden. Er ist genauso alt wie mein Enkel.« Er rutscht auf seinem Sitz herum und denkt: *Mann, ich hätte diesen Kaffee nicht trinken sollen. Jetzt muss ich schon wieder pinkeln.* Dann schaltet er die Taschenlampe aus. »Es ist gleich da vorn.«

Auf dem Weg zu ihrem Ziel ruft Paco die Adresse im Datenterminal des Wagens auf und stellt fest, dass es schon zwei vorherige Einsätze wegen häuslicher Gewalt gab. »Waren wir nicht vor ein paar Monaten schon mal hier? Da hatte ein Nachbar angerufen.«

»Ja. Der Mann war weg, als wir dort ankamen.«

»Stimmt. Er war gerade gegangen. Die Frau sagte, es wäre nichts passiert. Ich erinnere mich auch noch an den Jungen. Ganz schön klein für vier. Und er wollte nicht mit mir reden.«

»Kinder haben nun mal Angst vor dir, alter Mann. Ich habe mich auch vor dir gefürchtet, bis mir klar wurde, dass du nur ein sanftes Miezekätzchen bist.«

Sie schweigen. Sie hatten schon häufig derartige Einsätze und haben jeden einzelnen davon gehasst. Die Familie ist immer besorgt und befürchtet das Schlimmste, dabei ist die vermisste Person im Allgemeinen gar nicht verschwunden. Meist besucht sie nur jemanden und hat vorher nicht darüber gesprochen. Da es sich hier jedoch nicht um den ersten Einsatz wegen häuslicher Gewalt handelt, könnte die Sache diesmal anders aussehen.

»Ich wette mit dir, die beiden sind gar nicht verschwunden«, meint Sonny. »Wenn ich mich recht erinnere, war die Mom eine Schönheit. Attraktiv und reich. Wahrscheinlich veranstaltet sie zusammen mit irgendeinem Glückspilz eine Pyjamaparty ohne Pyjama und hat den Kleinen bei einer reichen Tante gelassen.«

»Du bist für dein Alter schon viel zu zynisch.«

Manchmal macht sich Paco Sorgen um den jungen Officer. Als Cop besitzt man sehr viel Autorität, und Autorität wirkt auf manche Frauen äußerst anziehend. Doch mit der Dienstmarke übernimmt man auch große Verantwortung. Berufsethos. Er kennt Polizisten, die ihre Ehre für eine Affäre aufgegeben haben. Doch der Preis ist es niemals wert.

Da muss er an Miriam denken. Die Liebe seines Lebens. Sie waren fast so lange verheiratet, wie er bei der Polizei ist. Sie ist vor zwei Jahren gestorben, nachdem sie den Kampf gegen eine sehr aggressive Krebsart verloren hat, und er bereut die viele Zeit, die sie allein war, wach geblieben ist und sich Sorgen um ihn gemacht hat, bis er endlich zur Tür hereinkam. Immerhin hatte sie nicht lange leiden müssen, aber dadurch war ihnen auch kaum Zeit geblieben, sich auf den Abschied vorzubereiten. Bei wichtigen Dingen bekommt man sie nie. Und er muss an seine erwachsene Tochter und seinen Enkel denken. Kevin ist im selben Alter wie der vermisste Junge. Er muss sich wirklich gut überlegen, wie lange er diesen Job noch machen will, bevor er die Dienstmarke an den Nagel hängt. Eigentlich kann er jetzt schon in Rente gehen. Das sollte er vielleicht auch tun. Der Job ist nicht mehr so wie damals, als er angefangen hat. Verdammt, er ist ja nicht mal mehr so wie vor fünf Jahren. Zugegeben, es gibt schlechte Polizisten. Aber das gilt nicht für alle. Wen will man denn auch sonst anrufen, wenn es Ärger gibt? Verbrecher helfen anderen normalerweise nicht. Erst letzte Woche schob eine alte Frau von über achtzig gerade ihren Einkaufswagen aus dem Supermarkt, als sie einen Herzinfarkt bekam. Zwei junge Kerle raubten sie aus und rannten lachend weg, während sie im Sterben lag. Was ist nur aus der Welt geworden?

Ein weißer Pick-up, ein Ford F-450 Super Duty, parkt auf der falschen Straßenseite, doch durch die getönten Fenster lässt sich nicht erkennen, ob jemand im Wagen sitzt. Der Motor läuft, aber man sieht keine Bewegung. Sie warten darauf, dass jemand aussteigt, aber wer immer sich im Wagen befindet, sitzt einfach da. Der Ehemann hat angerufen.

»Glaubst du, das ist er?«, fragt Sonny und richtet das Licht der Taschenlampe auf die Heckscheibe des Pick-ups. Der

Fahrer schaut in den Rückspiegel und schirmt sich die Augen ab, steigt jedoch nicht aus. Auch als Sonny die Lampe ausschaltet, rührt sich der Mann nicht.

Paco öffnet das Holster und legt eine Hand auf die Waffe. Es wäre nicht das erste Mal, dass Polizisten von irgendwelchen Irren in einen Hinterhalt gelockt werden. Endlich geht die Tür auf und ein Mann steigt aus. Er ist etwa in Sonnys Alter, um die eins achtzig groß und robust gebaut wie jemand, der Gewichte stemmt, zwar kein Bodybuilder, aber muskulös. Der Mann trägt eine zu enge, abgetragene Jeans, die der Mode entsprechend an den Knien aufgerissen ist, ein hautenges schwarzes Poloshirt und neue weiße Turnschuhe. Paco sichert seine Waffe. Der Mann versteckt auf gar keinen Fall eine Pistole am Leib.

»Siehst du das?«, meint Sonny.

»Was denn?«

»Die Schuhe. Alter Falter, Paco. Das sind Jesus-Schuhe. Nike hat das Wasser aus dem Jordan in die Sohlen eingearbeitet.«

»Er läuft gerade aber nicht über Wasser.«

»Das sollte er aber. So ein Paar kostet gut und gerne drei Riesen.«

Paco schüttelt den Kopf. Das ist mehr Geld, als er für seinen ersten Wagen bezahlt hat. Er greift nach seinem Metallklemmbrett. »Wir sind nicht wegen einer Modenschau hier, Sonny.«

Bevor Sonny aussteigt, stellt er noch fest: »Er sieht nicht besonders besorgt aus.«

»Mir egal«, erwidert Paco. »Nehmen wir uns der Sache an.«

»Wetten, er sagt so was wie: ›Warum hat das so lange gedauert? Ich zahle schließlich Ihr Gehalt.‹«

»Dann sollte er über eine Gehaltserhöhung nachdenken.«

Sonny hält sich eine Hand vor den Mund, um sein Grinsen zu verbergen. Der Mann wartet, dass sie zu ihm kommen.

»Haben Sie angerufen, Sir?«, will Paco wissen.

»Ja.«

»Sie sind Mr Benjamin Parker?«

»Ja.«

»Laut der Zentrale geht es um vermisste Personen.«

»Ja. Um meine Frau und meinen Sohn.«

»Wir brauchen weitere Informationen, Mr Parker.«

»Die habe ich Ihnen doch schon per Telefon gegeben.«

»Ja, Sir«, bestätigt Paco. »Trotzdem muss ich Ihnen diese Fragen noch einmal stellen. Bei den verschwundenen Personen handelt es sich um Ihre Frau und Ihren Sohn. Ist das korrekt?«

»Ich denke schon.«

»Sie denken oder Sie wissen es?«, hakt Sonny nach, was ihm einen warnenden Blick von Paco einbringt.

»Wollen Sie meinen Führerschein sehen?«

Paco nickt, und Parker zückt ihn aus einem Portemonnaie voller Kreditkarten, um ihn Sonny in die Hand zu drücken.

»Erzählen Sie uns doch bitte, was passiert ist«, fordert Paco ihn auf.

»Wie ich Ihrer Zentrale bereits mitgeteilt habe, kam ich hierher, weil sie nicht ans Telefon gehen.«

»Dann wohnen Sie nicht hier, Sir?«

»Wir leben getrennt.«

Paco wartet darauf, dass Parker weiterspricht, und als er das nicht tut, will er wissen: »Haben Sie an die Tür geklopft, Mr Parker?«

Der Mann starrt ihn ausdruckslos an.

»Haben Sie einen Schlüssel?«

»Nein. Ich habe ihr meinen Schlüssel gegeben, als ich ausgezogen bin. Wir haben uns erst vor Kurzem getrennt, daher sind noch einige Sachen von mir im Haus. Ich dachte, wir würden es wieder hinkriegen. Sie wissen schon, uns wieder versöhnen. Ich habe einen Sohn.«

»Hat Ihre Frau eine einstweilige Verfügung gegen Sie

erwirkt, Sir?« Er rechnet damit, dass der Mann bei dieser Frage aufbegehrt, doch Parker zuckt nicht einmal mit der Wimper. Eine einstweilige Verfügung würde erklären, warum der Mann nicht an die Tür klopft, jedoch nicht seine Gefühllosigkeit. Er hört sich an, als würde er einen Blechschaden am Auto melden.

»Nein. Wir kommen gut miteinander aus.«

»Aber Sie haben sich getrennt?«

»Ja.«

»Haben Sie sich bei den Freunden Ihrer Frau umgehört? Bei ihrer Familie? Haben Sie irgendjemanden angerufen?«

»Ich habe heute mehrmals hier angerufen. Als niemand ranging, kam ich her und rief die Polizei.«

»Haben Sie eine Ahnung, wo Ihre Frau sein könnte? Gibt es jemanden, bei dem sie sich möglicherweise aufhält? Freunde oder Nachbarn?« Er muss an die beiden Einsätze wegen häuslicher Gewalt denken, die an dieser Adresse erfolgt sind, und hofft, dass die vermisste Frau oder ein Nachbar gleich auftaucht und alles erklären kann. Aber das geschieht nicht. In den Vorgärten sind keine Nachbarn zu sehen, wie es in den dichter besiedelten Gegenden der Stadt der Fall wäre, wo manch einer schon um Hilfe ruft, nur um das Blaulicht zu sehen.

»Das ist ziemlich peinlich, Officer ...«

»Paco und Burnett, Sir. Alles, was Sie uns erzählen können, hilft uns weiter.«

»Meine Frau Marlena hat eine Affäre. Darum haben wir uns getrennt. Aber ich dachte, wir könnten es überwinden. Meinem Sohn zuliebe.«

»Wie ist der Name?«

»Der Name?«

»Ja. Der Name der Person, mit der sie eine Affäre hat.«

»Keine Ahnung. Sie wollte ihn mir nicht verraten.«

»Glauben Sie, sie könnte jetzt bei dieser Person sein?«

»Das weiß ich nicht. Wir haben darüber gesprochen, uns wieder zu versöhnen.«

»Haben Sie die Freunde Ihrer Frau angerufen?«

»Sie hat eigentlich gar keine Freunde.«

»Okay. Was haben Sie bisher gemacht, Sir?«

»Ich habe Sie angerufen. Sonst niemanden.«

»Was ist mit Ihren Schwiegereltern? Ihren Eltern? Geschwistern? Ihrem Arbeitgeber?«

»Ich bin recht wohlhabend, daher muss meine Frau nicht arbeiten. Wir sind beide Einzelkinder und haben so gut wie keinen Kontakt zu unseren Eltern.«

»Fang mit dem Bericht an, Sonny. Ich klopfe mal an die Tür.« Paco geht über den gepflegten Rasen. Ein Bewegungsmelder in der Nähe der Haustür wird aktiviert, und Paco bemerkt zwei Dinge: Das per Bewegungsmelder gesteuerte Licht neben der Garage geht nicht an, und auf dem taubedeckten Rasen zeichnen sich weitere Fußspuren ab. Sie führen wie seine zum Haus, aber nicht wieder zurück.

Er betätigt die Türklingel und erkennt die Melodie. Der Titelsong einer Kinderserie. *Barney und seine Freunde.* Sein Enkel guckt sie immer im Fernsehen, wenn Paco seine Tochter besucht. Jetzt wird er dieses Lied bis zum Feierabend im Kopf haben. Er klingelt noch mal und wartet. Niemand kommt. Er drückt die Türklinke herunter und stellt fest, dass nicht abgeschlossen ist. Also klopft er noch einmal, diesmal lauter, und wartet eine Minute, bevor er die Tür öffnet und ruft: »Jefferson County Sheriff. Ist jemand zu Hause?«

Keine Antwort. Er geht zurück in den Vorgarten und sieht zu den oberen Fenstern hinauf. Nirgendwo brennt Licht und es ist keinerlei Bewegung zu erkennen.

»Die Haustür ist nicht verschlossen, Sonny. Ist das ungewöhnlich, Mr Parker?«

»Das sollte nicht so sein«, antwortet Parker und wendet sich abermals Sonny zu.

»Erlauben Sie uns, das Haus zu betreten, Mr Parker?«, fragt Paco. Das ist nur eine Formalität. Er wird so oder so reingehen.

Parker nickt. »Warten Sie hier, Mr Parker«, bittet Sonny, doch Parker scheint gar nicht die Absicht zu haben, ihnen zu folgen.

»Schau dich draußen um, Sonny. Ich gehe rein.«

Sie teilen sich auf, und Paco betritt das Haus in der Erwartung, ihm würde Verwesungsgeruch entgegenschlagen, doch außer dem schwachen Duft frisch gebackener Kekse riecht er nichts. Er ruft noch mehrmals und wartet, bis Sonny das Haus umrundet hat und sich zu ihm gesellt. Denn er will auf gar keinen Fall jemanden unter der Dusche erwischen oder von einer verängstigten Hausbesitzerin erschossen werden.

»Alles gesichert, Paco.«

Paco wirft einen Blick nach draußen, um sich zu vergewissern, dass Parker ihnen nicht folgt, doch der Mann tippt auf seinem Handy herum und schaut nicht einmal in ihre Richtung. »Du übernimmst das Erdgeschoss und die Garage.« Er will um jeden Preis verhindern, dass Sonny die Lady unter der Dusche oder bei einer anderen Betätigung ertappt.

Sie haben beide Lederhandschuhe am Gürtel und ziehen diese an, bevor sie sich auf die Suche machen. Sonny schaltet das Licht im vorderen Zimmer ein. Paco geht die Treppe hinauf, die sich um eine Diele windet, aus der Türen zu verschiedenen Zimmern abgehen. Oben angekommen entdeckt er den Schalter für die Wandlampen im Flur und legt ihn um. Der Teppich ist dick, cremefarben und an den Stellen, an denen oft entlanggelaufen wird, leicht verfilzt. Er ruft noch einmal »Hier ist die Polizei. Ist jemand zu Hause?«, bekommt jedoch keine Antwort. Als er lauscht, hört er Sonnys Schritte auf dem Holzfußboden im Erdgeschoss. Sonny ruft ebenfalls, wenn er von einem Zimmer ins nächste wechselt. Paco schaut in jeden Raum, während er den Flur entlanggeht, macht sich bemerkbar, schaltet das Licht ein, geht möglichst geräuschvoll. Oben ist es dunkel, nur in einem kleinen Zimmer brennt ein Luke-Skywalker-Nachtlicht. Das Bett ist nicht gemacht, überall liegt Spielzeug herum. Die Badezimmertür ist geschlossen. Er schaut hinein und sieht ein leeres Bad vor sich, blitzblank, bis auf eine Kinderzahnbürste im Waschbecken neben einer Aquafresh-Kinderzahnpasta. Das vermeintliche Gästezimmer sieht ordentlich aus, das Bett ist gemacht. Er öffnet alle Schranktüren und stößt auf nichts Verdächtiges. Das große Schlafzimmer sieht ebenso makellos aus, das Bett ist aufgeschlagen, als hätte jemand sich zum Schlafengehen fertig gemacht, ein Taschenbuch von Debbie Macomber, aus dem ein Lesezeichen ragt, liegt auf dem Nachttisch. Im Badezimmer hält sich niemand auf. Die Kleidung hängt ordentlich im Schrank. In der Badewanne und der Dusche sind noch Wasserflecken zu sehen. Ein einsames Handtuch auf dem Ständer ist feucht, aber nicht nass.

Paco geht zur Treppe zurück und schaut zur Haustür hinüber. Im Vergleich zu dem Haus mit drei Zimmern und nur einem Bad, das Miriam und er sich nach der Hochzeit ihrer Tochter gekauft haben, als ihr Haus zu groß für sie wurde, wirkt dieses wie eine Villa.

»Hier ist nichts«, sagt Paco.

»Es gibt eine Tür, die aus dem Vorraum in die Garage und weiter nach draußen führt. Die Hintertür war verschlossen, aber die zur Garage nicht. In der Garage steht ein Mercedes.«

»Hast du die Handynummer der Frau?«

»Ich habe schon da angerufen, aber es geht nur die Mailbox ran.«

»Versuch's noch mal.«

Sonny wählt die Nummer, aber auch jetzt wird er zur Mailbox weitergeleitet. Er hinterlässt eine Nachricht. »Hier ist Officer Burnett, Sheriffs's Office von Jefferson County. Ich bin mit Ihrem Mann bei Ihrem Haus. Würden Sie diese Nummer bitte schnellstmöglich zurückrufen?« Er nennt seine Handynummer und legt auf.

»Hör dich mal bei den Nachbarn um. Ich gehe zu Mr Parker.« Es war besser, sich dafür zu entschuldigen, die Nachbarn geweckt zu haben, als zu lange zu warten. Paco zückt das Klemmbrett und geht hinaus, wo er feststellt, dass das Garagentor offensteht und Parker in den Kofferraum des Mercedes starrt.

Parker blickt erschrocken auf. »Ich wollte wissen, ob sie ihre Sachen gepackt haben.«

»Wie sind Sie in die Garage gekommen, Mr Parker?«

»Der Öffner hängt an meinem Schlüsselbund.«

Paco aktiviert sein Schultermikrofon und fordert einen Detective an. »Wann haben Sie Ihre Frau und Ihren Sohn das letzte Mal gesehen, Mr Parker? Nennen Sie mir bitte das genaue Datum und die Uhrzeit.«

DREI

In einem Moment schlafe ich tief und fest, im nächsten bin ich hellwach und höre ein nerviges Summen und Rattern aus Richtung Nachttisch – bei dem es sich eigentlich um einen Holzstuhl aus dem Secondhandladen handelt. Mir klebt eine lose Haarsträhne am Mund, die ich wegziehe, während ich nach dem Handy taste. Wenn es Dan ist, dann bekommt er was zu hören. Dan Anderson ist der erste richtige Freund, den ich jemals hatte. Der erste Mann, den ich je geliebt habe. Er ist gebaut wie ein Holzfäller aus einem Liebesroman, sieht jedoch besser aus und ist kein bisschen arrogant. Dan will nur hören, wie es mir geht. Er weiß, dass ich in letzter Zeit etwas gestresst war. Sehr gestresst sogar, nachdem Dan und ich beinahe von einer psychotischen Frau umgebracht wurden, die meinem Erzeuger – einen Serienmörder – geliebt hat. Jetzt ist sie tot, ebenso wie eine Menge guter Menschen, die ihr in die Quere kamen. Dan ist in Maine bei einer Marketingkonferenz, um Ideen für den Wiederaufbau seines Unternehmens zu bekommen, das sie zerstört und niedergebrannt hat. Er ist Kunsthandwerker und arbeitet mit Holz. Bestimmt hat er den

Zeitunterschied vergessen. Es ist so süß von ihm, sich nach mir zu erkundigen, dass ich ihm verzeihen werde. Es sei denn, er macht das noch mal.

Das Display verrät mir, dass es drei Uhr früh ist. Dann ist es garantiert nicht Dan. Ich bin versucht, die rote Taste zu drücken und mich auf die andere Seite zu drehen, doch da steht »Sheriff Gray«, daher nehme ich den Anruf an.

»Du musst für mich wohin fahren, Megan.«

Ihn wünsche ich auch gerade an einen bestimmten Ort. »Was ist denn los, Sheriff?« Ich reibe mir die Augen und streiche mir das Haar mit den Fingern aus dem Gesicht.

»Die Zentrale hat einen Detective angefordert. Ich schicke Ronnie hin, aber du musst sie begleiten. Es geht um einen Vermisstenfall. Eine Mutter und ihr Kind. Ronnie hat noch keinen Vermisstenfall allein bearbeitet.«

Ronnie Marsh war mein Schatten, während sie noch Reserve-Officer auf der Polizeiakademie war. Letztes Jahr, als sie noch immer zur Reserve gehörte, wies mir unser Chef, Sheriff Tony Gray, Ronnie als Praktikantin zu. Unser erster Fall drehte sich um Treibgut. So bezeichnen wir ein ertrunkenes Opfer. Nur, dass unseres gar nicht ertrunken war. Jemand hatte sie verprügelt und stranguliert. Ronnie war mir eine große Hilfe. Ich hätte nie gedacht, dass ich mit einer Partnerin klarkommen würde, weil ich es gewohnt war, allein zu arbeiten. Das habe ich schon immer getan. Aber wir wuchsen zu einem Team zusammen. Ronnie ist intelligent, intuitiv, kennt sich mit Computern aus, kann ein Geheimnis für sich behalten und wächst mir immer mehr ans Herz. Ich arbeite gern mit ihr zusammen. Und sie hat mir vor gar nicht langer Zeit das Leben gerettet.

Es steht außer Frage, dass ich ihr helfen werde. Aber warum will Tony, dass ich sie bei etwas so Simplem wie einem Vermisstenfall begleite? Sie ist gut in unserem Job und wird damit fertig. Die meisten Vermissten sind verschwunden, weil sie nicht gefunden werden wollen. Oftmals hat das mit Streit unter Liebenden, wütenden Teenagern, häuslichen Auseinandersetzungen zu tun – sie wollen damit etwas verdeutlichen, und es ist ihnen völlig egal, was es das Land kostet, sie aufzufinden und sich zu vergewissern, dass sie noch am Leben sind. Eine Mutter mit Sohn spricht für die Kategorie »Mit Absicht untergetaucht«, aber aus persönlichen Gründen sind vermisste Personen zugleich meine Schwachstelle. Eine unerwünschte Erinnerung an meine Mutter taucht auf. Als meine Mutter sechzehn Jahre alt war, wurde sie von meinem Erzeuger entführt. Er hat sie geschlagen, vergewaltigt, gefoltert, doch ihr gelang die Flucht. Ich bin der Beweis für das, was er ihr angetan hat. Bei der Erinnerung an das, was danach passiert ist, stockt mir bis heute der Atem.

»Ich muss mich erst anziehen. Wo soll ich mich mit ihr treffen?«

»Sie holt dich ab«, erklärt Tony. »Mindy trifft sich mit euch vor Ort.«

Mindy Newsom war eine meiner ersten Freundinnen, als ich nach Port Townsend kam, und ist Forensikerin, die ursprünglich vom Sheriff angefordert wurde, um unsere Kriminaltechnikabteilung zu leiten. Aber aufgrund von Budgetkürzungen ließ sich ihre volle Stelle nicht länger finanzieren, daher unterstützt sie nun »bei Bedarf« und führt Vollzeit einen Blumenladen. Meiner Meinung nach hat das Sheriff's Department einen großen Verlust erlitten, von dem nun die Blumen profitieren.

»Was kannst du mir über den Fall sagen?« Ich muss schließlich wissen, ob ich eine besondere Ausrüstung benötige. Meine Kletterausrüstung und andere Dinge lagern ohnehin im Kofferraum meines Wagens. Außerdem muss ich mir eine Thermoskanne und ein paar Snacks einpacken.

»Ronnie müsste in etwa zehn Minuten bei dir sein. Sie kennt alle Details.«

Ich lege auf und höre auch schon ein Klopfen an meiner Tür. Meine Gedanken sind noch völlig durcheinander. Ich stehe auf, schalte eine Lampe ein und stelle fest, dass ich nur eine Socke, Boxershorts und ein uraltes Led-Zeppelin-T-Shirt trage. Auf meinem Schreibtisch stehen ein leerer Tetrapack mit billigem Wein und etwas, das wie ein Behälter mit chinesischem Essen aussieht. Behälter und Wein wandern in den Mülleimer und ich eile zur Tür.

Ronnie ist geschminkt und jedes einzelne ihrer leuchtend roten Haare liegt an seinem Platz. Ich hasse sie. Als sie den Mund aufmacht, hebe ich eine Hand. »Zuerst brauche ich einen Kaffee. Einen starken.« Schon verschwinde ich im Bad und dusche gerade mal lauwarm. Der Warmwasserboiler ist nun wohl endgültig kaputt. Als ich aus der Dusche komme und einen Blick in die Küche werfe, hat sie Kaffee und Toast gemacht und sitzt am Tisch.

»Danke für den Kaffee, aber an deiner Stelle würde ich das Brot lieber nicht essen. Es schimmelt schon, und ich habe es zum Vogelfüttern verwendet.«

Sie hört auf zu kauen, steht auf und spuckt das Brot aus ihrem Mund in den Mülleimer.

»Das war nicht das schimmlige Zeug. Entschuldige.«

»Nicht witzig, Meg.« Ich zuckte jedes Mal zusammen, wenn sie diesen Spitznamen verwendet.

»Entschuldige«, sage ich, meine es aber nicht ernst. Das hat sie davon, dass sie nach zwei Uhr früh wie aus dem Ei gepellt aussieht, während ich mit nassen Haaren in ein Handtuch gewickelt vor ihr stehe. »Tony sagte, du könntest mich aufklären. Aber ich ziehe mir erst etwas an, dann kannst du mir alles erzählen.«

Ich nehme meine Kaffeetasse mit in mein Schlaf-Schrägstrich-Arbeitszimmer. Der Kaffee ist gut und stark. Das ist das

Einzige, was im Moment für Ronnie spricht. Aber wenn sie mich noch einmal Meg nennt, kann ich für nichts garantieren.

Bevor ich mir meine normale Arbeitskleidung – schwarze Hose, weißes Oberteil, schwarze Stiefel – anziehe, leere ich die Kaffeetasse. Dann gehe ich in die Küche. Ronnie trägt eine neue Designerjeans und eine hübsche weiße Bluse zu Schuhen mit praktischen Absätzen und sieht gut aus. Ich wirke eher wie eine Streunerin, die sie aufgelesen hat, und reiche ihr meine Tasse, damit sie sie wieder auffüllt. Sie ist handgefertigt und aus blauer Keramik mit weißem Ankermuster auf der einen und den Buchstaben »SIS« auf der anderen Seite – eine besondere Tasse, die mein Bruder Hayden für mich hat anfertigen lassen.

Ich versuche, nicht deprimiert zu sein, als ich die Tasse ansehe, was mir jedoch schwerfällt, da mir nichts als Hoffnung geblieben ist. Mein kleiner Bruder und ich hatten keine normale Kindheit. Er war gerade mal neun Jahre alt, als ich ihn bei unserer Tante Ginger in Idaho zurückließ, die für uns beide eine völlig Fremde war, doch ich brannte dennoch durch. Damals war ich selbst kaum mehr als ein Kind, gerade mal sechzehn, aber ich wusste, dass ich Hayden zurücklassen musste, damit er in Sicherheit war. Ich behielt ihn im Auge und habe sogar zwei Fotos von ihm zu Hause auf dem Schreibtisch stehen: eines, das bei Tante Ginger in Idaho aufgenommen wurde, als wir zusammen auf der Flucht waren, und ein neueres, das er mir nach seinem Highschoolabschluss geschickt hat. Auf dem Bild lächelt er, doch seine Augen wirken traurig. Auf der Rückseite steht eine handschriftliche Nachricht:

Rylee, heute mache ich meinen Abschluss. Du bist nicht da (wie immer). Meine Pflegeeltern sind nett, aber sie können mir meine Familie nicht ersetzen. Danke, dass du mir all das genommen hast.

Nach dem Abschluss ging Hayden zur Army und nach

Afghanistan und danach hörte ich sehr lange Zeit nichts mehr von ihm. Erst vor Kurzem fand ich heraus, dass er zweimal verwundet wurde. Nach einer längeren Zeit ohne jeglichen Kontakt überraschte er mich, als er unverhofft vor meiner Tür stand. Mir ging förmlich das Herz über. Vor mir stand ein erwachsener Mann, doch ich konnte nur das verletzte Gesicht eines Neunjährigen sehen. Seine Gefühllosigkeit und sein viel zu kurzer Besuch gaben mir zu verstehen, dass seine Wut auf mich längst nicht verraucht war.

Anfangs versuchte ich noch, alles in Ordnung zu bringen, aber er wurde immer wieder zornig und rief mir all das in Erinnerung, was ich ihm angetan hatte. Dabei hat er nicht die geringste Ahnung, was ich alles tun musste, um ihn zu beschützen. Er weiß nicht, was ich tun musste, um unsere verschwundene Mutter zu finden. Um sie und unseren ermordeten Stiefvater zu rächen. Er weiß es nicht und wird es auch nie erfahren. Das kann ich nicht zulassen. Würde er die Wahrheit kennen – über mich, über unsere Mom, über unseren richtigen Dad und sogar über sich selbst –, wäre er nicht mehr derselbe. Ich musste das Gute, das die Wahrheit bewirken kann, gegen den Schaden, den sie unserer Beziehung zufügen würde, abwägen, und da halte ich mich letzten Endes doch lieber an die Lügen.

Haydens Unwissenheit hinsichtlich der Vergangenheit hat es ihm ermöglicht, eine gute Beziehung zu unserer Mutter zu bewahren. Ich kann ihm nicht verraten, dass sie eine verlogene, hinterhältige Schlampe ist. Er würde es mir ohnehin nicht glauben, sondern mich nur noch mehr hassen, als er es jetzt schon tut, und das könnte ich nicht ertragen. Daher lüge ich weiter und ertrage seine kleinen Sticheleien, sehe den Zorn in seinen Augen, höre, was er nicht ausspricht, wie *Hab dich lieb, Schwesterherz; Das wird schon wieder, Schwesterherz; Ich verzeihe dir.* In meinem Herzen ist ein Loch, das nur er füllen kann, und es wird immer größer.

Ich kehre in die Wirklichkeit zurück und höre Ronnie fragen: »Ist alles okay, Megan?«

Sie hat unsere Tassen aufgefüllt. Ich nehme meine und frage mich, ob sie alles sein wird, was ich je von Hayden bekomme. »Alles gut. Ich bin nur müde.«

»Darf ich jetzt reden?«

»Ja, nur zu, Detective Marsh.« Ich versuche mich an einem Lächeln, und dass ich müde bin, ist wirklich nicht gelogen.

»Die Zentrale hat einen Detective angefordert, und ich war in Wartestellung«, berichtet sie.

Diesen Begriff hat Ronnie auf dem Revier aufgeschnappt. Wenn man den nächsten Fall übertragen bekommt, ist man in Wartestellung. Ich werde sie erst recht hassen, wenn sie anfängt, im Polizeijargon zu reden.

»Es geht um eine vermisste Mutter und ihren Sohn. Marlena Parker ist sechsundzwanzig. Bennie Parker ist vier und hat Asthma. Sie wohnen in 21 Luna Ridge in Port Ludlow. Ben Parker, der Vater, hat heute Morgen gegen zwei in der Zentrale angerufen und sie als vermisst gemeldet. Zwei Officer haben vor Ort mit ihm gesprochen und das Haus durchsucht, dort aber niemanden angetroffen. Keine Anzeichen für einen Kampf. Die Haustür war nicht verschlossen. Ihr Wagen steht noch in der Garage. Officer Paco sagte, irgendetwas würde dort nicht stimmen. Der Ehemann war keine große Hilfe und weiß nicht, seit wann sie schon vermisst werden. Es könnten ein paar Tage bis hin zu einer Woche sein. Sie leben getrennt, und er war seit etwa einer Woche nicht mehr zu Hause.«

Ich kenne Paco. Er ist erfahren und ein sehr guter Polizist. Sein Verhalten lässt mich vermuten, dass da etwas ist, worüber er nicht am Telefon sprechen wollte. Mir ist, als hätte ich einen Eiswürfel verschluckt. Vielleicht kann ich ihn mit mehr Kaffee schmelzen. Ich leere meine Tasse und wasche sie übertrieben auffällig ab, um Ronnie zu demonstrieren, dass ich nicht völlig verwahrlost bin. »Dann mal los.«

»Es gibt da noch etwas, das du wissen solltest.«

Ich kann es nicht leiden, wenn sie das macht.

»Marlena Parker ist die Nichte des Sheriffs.«

Jetzt bin ich wach! Wieso konnte sie das nicht gleich als Erstes sagen?

VIER

Sheriff Gray hat Ronnie einen Wagen zugeteilt, einen acht Jahre alten Crown Victoria in Beige, den sie mit nach Hause nehmen darf und den sie bis zur Perfektion poliert und gereinigt hat. Tiefenpflege auf jeder Kunststoffoberfläche und ein intensiver Raumduft hängen wie eine chemische Waffe in der Luft.

»Ich habe dieses Wochenende Bereitschaft, hätte jedoch nicht gedacht, dass etwas passiert, daher habe ich den Wagen geputzt«, erklärt sie.

Ich tätschle den Sitz, der noch feucht ist. »Du hast großartige Arbeit geleistet.«

»Mir ist wohl etwas von dem Lufterfrischer auf den Teppich getropft. Ist es zu heftig?«

Es riecht, als hätte sich eine Kiefer übergeben, aber ich behaupte »Alles gut« und mache das Fenster auf, damit ich meinen Mageninhalt bei mir behalte.

»Zu viel?«, hakt sie nach.

»Vielleicht ein bisschen.« Ich kämpfe gegen den Drang an, wie ein Hund den Kopf aus dem Fenster zu halten.

Die stets effiziente Ronnie hat die Adresse in ihr Navi

eingegeben, daher erreichen wir Baker Heights in kürzester Zeit, wo ein Wachmann in seinem Häuschen vor sich hindöst. Er kann kaum noch aufrecht sitzen und sieht aus, als sei er neunzig. Ronnie betätigt die Lichthupe und hupt, um seine Aufmerksamkeit zu erregen, und fährt dann neben das Wachhäuschen.

»Ich hab nur ein bisschen Augenpflege betrieben«, behauptet er und wirft einen Blick auf ihre Dienstmarke. »Gehören Sie zu den anderen Polizisten?«

»Ja, wir sind von der Polizei«, erwidert Ronnie.

Er beugt sich vor und mustert mich. »Sie auch?«

»Ja.«

Nachdem er mich noch einen Moment lang beäugt hat, drückt er einen Knopf und öffnet das massive Eisentor. Ich bitte Ronnie, direkt hinter dem Tor anzuhalten, und winke den Wachmann näher. Es ist offensichtlich, dass es ihm schwerfällt, von seinem Stuhl aufzustehen, daher gehe ich zu ihm und zeige ihm meine Dienstmarke. »Ich sehe so aus, weil ich zur Drogenfahndung gehöre.«

Jetzt grinst er und zwinkert mir verschwörerisch zu. »Ich weiß genau, worauf Sie hinauswollen. Ich mag zwar alt sein, halte aber stets die Augen offen.«

Ronnie gluckst. »Übernehmen Sie immer die Nachtschicht?«

»Ich bin im Ruhestand. Wenn Sie erst mal so alt sind wie ich, werden Sie auch Schlafprobleme bekommen. Daher dachte ich, dass ich dann auch genauso gut ein bisschen dazuverdienen kann. Ich habe wirklich nur kurz Augenpflege betrieben.«

»So alt sind Sie doch noch gar nicht«, meine ich. Was man eben so zu den wirklich alten Leuten sagt, wenn man freundlich sein will. Auf mich wirkt er steinalt. »Wann ist der Streifenwagen hier angekommen?«

Er kramt unter einem Tisch herum und holt ein Buch hervor. »Ich schreibe mir das Meiste hier auf. Die anderen

Schichten haben das ebenfalls getan, aber neuerdings gibt es keine Tagschicht mehr und die mittlere Schicht kommt nur unregelmäßig, von daher ...« Er schlägt das Buch auf und liest vor. »Um zwei Uhr zwanzig. Nette Burschen.«

»Notieren Sie sich auch, wann die Bewohner kommen und gehen?«

»Das sollen wir nicht tun. In Bezug auf ihre Privatsphäre sind sie sehr eigen.«

»Aber Sie tun es trotzdem, nicht wahr? Jedenfalls machen Sie auf mich den Eindruck, als wären Sie sehr aufmerksam.« *Wenn Sie nicht gerade Augenpflege betreiben.*

Er zwinkert mir erneut zu. »Nur für den Fall, dass die Polizei wissen muss, ob jemand zu Hause ist. Aber wie ich bereits sagte, bin ich der Einzige, der das momentan macht.«

»Kennen Sie die Parkers?«

»Aber sicher.« Er merkt auf.

»Wissen Sie, welche Autos die Parkers fahren?«, frage ich.

»Ja. Er hat einen weißen Ford F-450 Super Duty. Einen großen Pick-up. Ein Diesel und wirklich laut. Ich bin immer wieder überrascht, dass der Hausbesitzerverein ihm das gestattet. Die Missus fährt einen schwarzen Mercedes. Ein schöner Wagen, und sie ist stets freundlich und nett.«

Er kann Mr Parker nicht leiden. Genau wie Paco. Ich freue mich schon darauf, Parker kennenzulernen und mich dem Club anzuschließen.

»Ist eines dieser Fahrzeuge hergekommen oder weggefahren, während Sie hier Dienst hatten?«

»Er kam ungefähr eine Viertelstunde vor der Polizei hier an.«

»Und ansonsten haben Sie keinen der beiden gesehen?«

»Nein. Es steht alles hier im Buch.«

»Ich glaube Ihnen. Danke. Vielleicht müssen wir später noch einmal mit Ihnen reden.«

Er blättert emsig in seinem Buch herum.

FÜNF

»Schön, dass Sie hier sind, Megan«, sagt Officer Paco mit einem halbherzigen Lächeln.

»Paco, das ist Ronnie Marsh«, stelle ich Ronnie vor.

»Ich hab schon viel Gutes über Sie gehört, Detective Marsh«, erklärt er. Sie schenkt ihm ein strahlendes Lächeln, als er ihren Titel erwähnt. Wenn sie erst mehrere hundert Male zum Einsatz gerufen wurde, wird sie sich das abgewöhnen und nicht mehr so beeindruckt sein. Er wirft ihr und mir einen Blick zu und grinst verschmitzt. »Hat man Sie aus dem Bett geholt, Megan? Oder ist dieser zerknitterte Look jetzt modern?«

»Ja. Sie haben mich durchschaut.« *Und jetzt halten Sie die Klappe.*

»Kommen Sie mit.« Paco geht einige Schritte von der Stelle weg, an der sich sein Partner mit einem Mann unterhält, der noch schlechter gekleidet ist als ich.

»Wir wurden wegen einer Vermisstenmeldung hergerufen. Eine Frau und ihr vierjähriger Sohn. Das ist ihr Ehemann Ben Parker.«

»Ronnie meinte, Sie hätten ein Problem mit seiner Geschichte.«

»Als wir hier eintrafen, kam er nicht auf uns zu. Wir mussten ihm die Informationen aus der Nase ziehen. Er und seine Frau leben getrennt. Ihm gehört das Haus, aber er wohnt seit etwa einer Woche in einer Hütte, die ihm ebenfalls gehört. Die Adresse steht im Bericht. Er sagt, es wäre nur eine Trennung auf Probe und sie wollten sich wieder versöhnen. Außerdem behauptet er, sie das letzte Mal bei seinem Auszug gesehen haben, kann das Datum jedoch nicht nennen. Mit seinem Sohn hat er zuletzt vor zwei Tagen telefoniert. Auch da erinnert er sich nicht an die genaue Zeit, meint jedoch, es müsse am frühen Abend gewesen sein. Ich habe mir sein Handy noch nicht genauer angesehen, um das zu überprüfen, da ich mir dachte, dass Sie das vielleicht lieber selbst machen möchten.« Als ich nicke, fährt er fort. »Die Frau ist Hausfrau und hat keine Freunde, die ihm einfallen wollen. Der Junge geht in den Kindergarten und scheint ebenfalls keine Freunde zu haben.«

Ronnie und ich tauschen einen Blick.

»Ja. Das dachte ich auch. Er behauptet, gestern im Laufe des Tages bis spät in die Nacht hinein mehrmals versucht zu haben, sie ans Telefon zu bekommen, aber sie sei nie rangegangen. Irgendwann kam er her, stellte fest, dass im Haus kein Licht brennt, und rief uns an. Ich habe ihn gefragt, ob es ungewöhnlich sei, dass alles dunkel ist, und er meinte, sie würde im Kinderbadezimmer immer das Licht anlassen. Der Kleine hat momentan Angst vor Gespenstern.«

»Um wie viel Uhr hat er sie in der Nacht angerufen?«

»Er behauptet, so gegen eins. Die Zentrale hat seinen Anruf um zwei erhalten.«

Mir ist nicht ganz klar, warum ein Detective angefordert wurde, wo es doch so wenig Beweise dafür gibt, dass wirklich jemand vermisst wird. Anscheinend hat irgendjemand mit Sheriff Gray gesprochen, und derjenige muss gewusst haben, dass der verschwundene Junge mit ihm verwandt ist. Im

Grunde genommen ist es jetzt auch egal. Wir sind hier. Aber ein Uhr nachts ist dennoch eine seltsame Zeit für Parker, um in einem Haus anzurufen, in dem ein Vierjähriger schlafen sollte. »Hat er gesagt, warum er sie anrief?«

»Ich habe nicht nachgefragt. Parker war völlig gleichgültig, Megan. Er war nicht sauer auf uns, hat nicht rumgebrüllt oder geweint. Angeblich hat er ihr beim Auszug den Haustürschlüssel gegeben. Er wartete in seinem Wagen, als wir hier ankamen. Er hatte niemanden angerufen, nicht an die Tür geklopft oder durch ein Fenster oder eine Tür geschaut. Ich habe angeklopft und mehrmals geklingelt, bekam jedoch keine Antwort. Dann stellte ich fest, dass die Haustür nicht abgeschlossen ist. Parker sagte, er sei nicht reingegangen, und ich habe nicht gesehen, dass er mit jemandem telefoniert hat, doch es sah so aus, als hätte er eine Nachricht geschrieben.«

An seiner Stelle hätte ich jeden, den ich kenne, angerufen, um herauszufinden, wo meine Frau und mein Sohn stecken. Wem schreibt er um zwei Uhr nachts, wenn alle schlafen? Ich darf nicht vergessen, dass jeder Mensch anders mit Stress umgeht. Und ich muss mir ins Gedächtnis einprägen, dass es sich um Verwandte des Sheriffs handelt.

»Was haben Sie bisher gemacht, Paco?«

»Sonny hat sich umgesehen, während ich im Haus war, und er meinte, draußen sei alles sicher. Danach hat er das Erdgeschoss durchsucht und ich die erste Etage. Wir konnten nichts Ungewöhnliches entdecken. Das Bett des Jungen ist zerwühlt, das der Frau gerade mal aufgeschlagen. Soweit ich es erkennen konnte, wollten sie zu Bett gehen.«

»Noch etwas?«

Paco dreht sich so, dass Parker sein Gesicht nicht sehen kann. »Als wir aus dem Haus kamen, stand Mr Parker in der Garage und starrte in den Kofferraum des Wagens seiner Frau. Er behauptete, ganz vergessen zu haben, dass der Garagentoröffner noch an seinem Schlüsselbund hängt. Angeblich wollte er nachsehen, ob sie ihre Taschen gepackt und schon im Wagen verstaut hat.«

»Vielleicht hat sie einen Anruf bekommen und jemand aus der Familie ist erkrankt. Möglicherweise wurde sie abgeholt.« Eigentlich glaube ich das selbst nicht. »Haben Sie schon die Nachbarn befragt?«

»Die schlafen alle. Mir sind einige Außenkameras aufgefallen, aber es kam niemand an die Tür. Ach ja, die Tür vom Vorraum zur Garage war nicht abgeschlossen.«

»Ist er mit Ihnen durchs Haus gegangen, nachdem Sie sich darin umgesehen hatten?«

»Nein. Ich weiß nicht, wie lange er in der Garage war oder ob er das Haus vor unserer Ankunft betreten hat.«

»Was haben Sie für einen Eindruck?«, will ich wissen.

Ich muss zu ihm aufblicken, denn Paco ist über eins achtzig groß, schlank und sieht knallhart aus, als könnte er Nägel zerkauen und Kugeln ausspucken. Sein militärisch kurz geschnittenes Haar ist grau, aber er war schon immer der Inbegriff eines Polizei-Officers. Heute sieht man ihm allerdings an, dass er schon über sechzig ist. Seine Miene spiegelt Besorgnis, Abscheu und Mitgefühl wider, als er sagt: »Er ist ein verlogener Dreckskerl, Megan. Ich habe weder Blut noch sonst irgendetwas gesehen, das auf einen Kampf hindeuten würde, aber irgendetwas stinkt hier gewaltig.«

»Er hat niemanden angerufen, solange Sie bei ihm waren?«, hakt Ronnie nach.

»Das wäre zwar möglich, aber ich habe nur gesehen, wie er auf dem Handy rumgetippt hat, bevor Sonny und ich ins Haus gegangen sind.«

»Gibt es noch etwas, das ich wissen sollte, Paco?«

»Ich habe einen Anfängerfehler gemacht und bin über den Rasen statt über den Betonweg zur Tür gegangen. Was vielleicht auch ganz gut war, denn dadurch sind mir die Fußabdrücke im Tau auf dem Rasen aufgefallen, die nicht von mir stammen. Sie führen zum Haus, aber nicht wieder weg. Außerdem schienen sie noch nicht lange dort zu sein. Vielleicht stammen sie von ihm, vielleicht auch nicht. Und, wie ich bereits sagte, war das Handtuch in ihrem Badezimmer noch feucht. Sie kann noch nicht lange weg sein.«

Zu Pacos Glück bin ich auf verlogene Dreckskerle spezialisiert. »Lass uns mal durchs Haus gehen, Ronnie.«

SECHS

Sie hört schwere Schritte außerhalb des Zelts. Dann das Zerreißen von Nylon, das Klappern von Behältern, die herumgeschleudert werden. Sie riecht die feuchte Erde und noch etwas anderes. Etwas Tierisches. Scharfe Krallen schlitzen eine Seite des Zelts auf, der intensive animalische Geruch dringt hinein, sie spürt den feuchten Atem im Gesicht, die feuchte Nase auf der Haut. Es hat sie gefunden. Gleich wird es sie in Stücke reißen. Es brüllt direkt neben ihr, und auf einmal befindet sie sich auf einem Holzboot in der Bucht. Bennie ist bei ihr. Er versucht, ihr etwas zu sagen. Etwas über das Boot. Sie spürt etwas im Boot. Wasser. Es hat ein Loch. Es sinkt. Sie weiß nicht mehr, ob sie schwimmen kann, aber sie sieht kein Land, kein Ziel, zu dem sie schwimmen könnte. Sie kann sich auf dem Wasser treiben lassen, aber was ist mit Bennie? Er wird große Angst haben. Er fürchtet sich vor dem Wasser. Sie hält nach ihm Ausschau und sieht sein Gesicht unter der Wasseroberfläche. Sie kommt nicht an ihn heran. Er bewegt die Lippen, reißt die Augen auf, fleht sie an, ihn zu retten, und ...

Marlena wacht mit einem in der Kehle erstarrten Schrei auf und versucht, an die Wasseroberfläche des Sees zu gelangen.

Sie ist nicht im See. Sie ist an Land. Irgendwo. Ihr Kopf dröhnt, ihr Mund ist staubtrocken. Ihr Herz rast. Sie hat von dem Bären geträumt. Als sie zehn Jahre alt war, kam ein Bär während eines Campingausflugs nachts in ihr Lager, angezogen von einer Tüte Kartoffelchips, die jemand dummerweise neben dem Feuer liegen gelassen hatte. Der Bär riss das Zelt auf, in dem sie ihre Vorräte verstaut hatten, und sie musste zum See rennen. Sie hat seit der Teenagerzeit nicht mehr von diesem Bären geträumt. Aber jetzt glaubt sie, ihn noch riechen zu können. In Wirklichkeit hat der Bär ihr Zelt nicht angerührt, was er im Albtraum jedoch jedes Mal macht. Und dann wurde der Traum zu einem ausgemachten Albtraum von Wasser, einem Boot, dem ertrinkenden Bennie. Das Wasser ist gefährlich.

Bennie! Panik steigt in ihr auf, und sie spürt ihren Herzschlag als schmerzhaftes, stetiges Pochen in den Ohren.

»Bennie!« Sie glaubt zu schreien, doch das Wort kommt ihr über die Lippen, als wäre es in weiter Ferne ausgesprochen worden. Sie stemmt sich auf die Ellbogen hoch und spürt die feuchte, schmutzige Oberfläche, die auf der Haut ihrer Handfläche, ihres Handgelenks und ihres Unterarms kribbelt. »Bennie«, stößt sie mit von Panik erfüllter Stimme hervor. Sie kniet sich auf den Boden und tastet nach ihrem Sohn. »Bennie! Oh, bitte, sei hier!«

Ihre Hand berührt etwas. Einen kleinen Arm. Sie greift danach, zieht ihn an sich, spürt zuerst sein Gesicht und dann seine Brust, die sich sanft hebt und senkt. Ihr kommen die Tränen, die auf ihren kleinen Jungen herabfallen. »Gott sei Dank!« Sie tätschelt seine Schulter und wiegt ihn sanft. »Wach auf, Bennie. Ich bin's, Mommy. Wach auf.«

Sie drückt ihm einen Kuss auf den Scheitel und riecht an seinem Haar. Am liebsten würde sie schreien. Aus Freude, aus Angst, aus Verzweiflung, denn all das durchtost sie, aber sie tut es nicht. Sie hat ihren Sohn, und er ist am Leben. Das ist alles, was zählt.

SIEBEN

Eine Regel bei Ermittlungen lautet, jeden zu verdächtigen, bis der Verdacht aus der Welt geschafft wurde. Zudem ist die letzte Person, die das Opfer gesehen hat, höchstwahrscheinlich der Täter. Ein baldiger Expartner steht da ganz oben auf der Liste. Parker kommt nicht auf uns zu, um Fragen zu stellen oder uns seine Geschichte zu erzählen. Er scheint unsere Anwesenheit kaum zur Kenntnis zu nehmen, und ich will sowieso noch nicht mit ihm reden.

Eine zweite Regel lautet, dass es ein Verbrechen oder einen berechtigten Verdacht geben muss, damit ein Detective mit den Ermittlungen beginnt. Alles, was wir bisher haben, ist ein sich windender, desillusionierter Ehemann, und es gibt nichts auch nur ansatzweise Verdächtiges, das ausreichen würde, um ihn festzunehmen. So ist das Gesetz. Ich achte nicht immer auf die Feinheiten des Gesetzes, bleibe aber dennoch vorsichtig.

Wir gehen die Auffahrt entlang und ich richte den Strahl meiner Taschenlampe auf den Rasen. Zwei Fußspuren führen zum Haus. Die Abdrücke sind nicht gut genug, um die Größe des Schuhs oder Fußes auszumessen, aber Pacos Beschreibung trifft zu. Wir ziehen uns Handschuhe an und betreten das

Haus. Paco hat das Licht angelassen. Wir stehen in einem Foyer. Eine breite Treppe mit kastanienbraunem Teppich und dunklem Geländer führt in den ersten Stock. Zu meiner Linken befindet sich ein gut ausgestattetes Wohnzimmer mit Hartholzboden, in das meine gesamte Wohnung passen würde. Die Möbelstücke stammen ganz eindeutig nicht aus dem Secondhandladen, sondern vermutlich von teuren Marken. Meine Möbel haben Namen wie »Schreibtisch«, »Bett«, »Stuhl« und »Sessel« und manchmal, wenn ich mir etwas gönnen möchte, kaufe ich sie bei Ikea. Aber das ist kein Jammern. Ich brauche nicht viel.

Ben beobachtet uns genau von der Straße aus, daher drückt Ronnie die Tür zu und fragt: »Ist dir aufgefallen, dass er nicht einmal darum gebeten hat, mit uns zu sprechen?«

Ich nicke, doch das muss nicht unbedingt etwas bedeuten. »Im Augenblick musst du alles sehen, was sich hier drin befindet.« Sie ist ein Naturtalent und kann sich stets auch an die kleinesten Details erinnern. Ich habe kein wirklich fotografisches Gedächtnis, das es mir ermöglicht, Bilder, Zahlen oder Text deutlich vor Augen zu sehen. Dafür besitze ich ein eidetisches Gedächtnis, was bei einem Detective sogar noch besser ist. Ich erinnere mich an Geräusche, Gerüche und Gefühle, und das so deutlich, als hätte ich sie eben erst erlebt.

»Das ist deine Ermittlung, Ronnie. Was soll ich tun?«

»Ich habe zum ersten Mal mit so einem Fall zu tun.«

Es gibt immer ein erstes Mal. Und man vergisst es nie.

»Okay«, sagt Ronnie. »Ich übernehme das obere Stockwerk und du dieses. Danach tauschen wir. Falls es einen Keller oder Außengebäude gibt, nehmen wir sie uns zusammen vor.«

Ronnie geht die Treppe hinauf, und ich nehme meine Umgebung in Augenschein. Ein leichtes Déjà-vu-Gefühl überkommt mich und bewirkt, dass mir schwummrig wird. Der Grundriss entspricht dem des Hauses meiner Freundin Monique Delmont, und ich kann die Mandelkekse riechen, die sie immer für mich gebacken hat, höre das Windspiel draußen vor dem Panoramafenster im Wohnzimmer und das Klackern ihrer hohen Absätze auf dem Hartholzboden. Damit steigt auch die Erinnerung an diese Freundin, die in ihrem Leben schon zu viel Tod ertragen musste, in mir auf. Ich höre ihre Stimme: »Ich musste sie ihm überlassen. Er hat meine Tochter und meinen Enkel bedroht. Wir können uns nicht mehr sehen, Rylee. Dies ist das letzte Mal, dass ich mit dir sprechen kann.« Mit *ihm* war der verdorbene Bruder meines Erzeugers gemeint. Auch ein Gesetzeshüter. Ebenfalls ein Mörder. Irgendwie hatte er herausgefunden, dass Monique mir half, mich zu verstecken, und das College für mich bezahlte. Ich konnte nicht länger Rylee sein und wurde zu Megan Carpenter, Detective beim Büro des Sheriffs im Jefferson County. Mein Onkel ist tot. Aber Monique hat damals gut daran getan, mich aus ihrem Leben zu verbannen. Als ich sie das letzte Mal sah, war sie ermordet worden. Ihr Tod hat mir vor Augen geführt, dass die Vergangenheit niemals wirklich vergessen ist. Das Böse verschwindet nicht einfach. Es geht nur wie ein mutierendes Virus von einer Person auf die andere über.

Ich verdränge diese Gedanken und habe noch immer Keksgeruch in der Nase. Das Wohnzimmer grenzt an eine Küche mit Geräten aus glänzendem Edelstahl. Im Spülbecken stehen zwei Porzellanteller und zwei Saftgläser. Korrektur: Ein Glas sieht trübe aus und hat Milch enthalten. Auf dem Gasherd steht ein Backblech. Darauf liegen zwei riesige Kekse, neben denen der Umriss von sechs weiteren zu sehen ist. Ich drücke einen behandschuhten Finger auf einen Keks und rechne schon fast damit, dass er noch warm ist. Dem ist zwar nicht so, aber er ist weich und kann nicht länger als einen Tag hier liegen.

Durch die Erkerfenster neben dem Küchentisch hat man einen Blick auf den Garten hinter dem Haus. Ich stelle mir vor, wie die Familie hier an dem kleinen Tisch zusammen gefrühstückt hat und vor Tellern saß, die Erwachsenen tranken Kaffee, der Sohn Milch und hat die warmen Kekse mit großen Augen angestarrt. Seine Mom sagt ihm, dass er die Milch austrinken muss, wenn er noch einen zweiten Keks haben möchte. Diese Bilder von Bennie stehen mir derart lebhaft vor Augen, dass sie mich an meinen Bruder Hayden erinnern. Unsere Mutter war oft weg, daher musste ich oftmals Mutter, Vater und manchmal auch Nervensäge sein, damit er sicher und glücklich war. Ich habe ihn eher großgezogen als unsere Mutter, doch er vergöttert sie weiterhin. Wie Jungen das nun mal so tun.

Von der Küche geht ein Nebenraum ab, von dem eine Tür in die Garage und eine weitere ins Freie führt. In diesem Raum befinden sich ein Waschbecken, eine Garderobe, Stiefel für Mutter und Sohn unter einer Holzbank, ein Kühlschrank – von der neuen Sorte mit Computer, der einem sagt, wann man etwas nachkaufen muss – und eine große Vorratskammer. Der Kühlschrank ist voller Lebensmittel, dazu Wein für die Mom und Saftpäckchen für den kleinen Jungen. Auch die Vorratskammer ist gut gefüllt, jedoch ordentlich aufgeräumt. Eine halbvolle Packung Katzenfutter fällt mir ins Auge. Bislang konnte ich noch keine Hinweise auf ein Haustier entdecken.

Die Tür nach draußen ist aus Stahl und mit einem robusten Bolzen zugesperrt. Die Garagentür, ebenfalls aus Stahl, steht offen. Beide Türen sehen unbeschädigt aus und nicht so, als hätte sich jemand mit Gewalt Zutritt verschafft. In der Garage steht ein schwarzer Mercedes. Ich versuche, eine Tür zu öffnen. Abgeschlossen. Parker muss einen Schlüssel haben, wenn er den Kofferraum öffnen konnte. Die Fenster sind nicht getönt, und ich richte den Schein meiner Taschenlampe ins Innere. Auf dem Rücksitz ist ein Kindersitz befestigt. Eine Sonnenbrille in Kindergröße mit schillerndem orangefarbenem Rahmen liegt darauf. Der Wagen sieht aus, als sei er kürzlich durch die Waschanlage gefahren worden.

Ich kehre ins Haus zurück und überprüfe das Esszimmer, ein Gästezimmer, ein voll ausgestattetes Bad und sämtliche

Fenster. Die Räume sehen unberührt aus. Alle Fenster sind verriegelt, die Scheiben intakt. Ein mit Teppich ausgelegter Wandschrank unter der Treppe enthält weitere Mäntel und Jacken sowie Gummistiefel für eine Frau und ein Kind. Jeder Zentimeter des Raums wurde ausgenutzt.

Ronnies Schritte sind auf der Treppe zu hören, und sie ruft nach mir. Als ich nach oben komme, führt sie mich in ein Schlafzimmer. Darin gibt es nicht viel zu sehen. Die Bettdecke ist aufgeschlagen, doch es hat niemand darin geschlafen. Auf einer hohen Kommode stehen gerahmte Familienfotos, darunter auch eines von Ben Parker und seinem Sohn. Der Junge ist darauf vielleicht zwei Jahre alt und trägt einen viel zu großen Baseballhandschuh. Ein weiteres Foto zeigt das glückliche Paar an seinem Hochzeitstag. Marlena Parker strahlt; Ben lächelt kaum. Sie ist beinahe so groß wie ihr Mann und hübsch, finde ich, aber keine Schönheit. Ben ist untersetzter und schlaffer und sieht bei Weitem nicht so athletisch und muskulös aus wie heute.

Auf einem Herrendiener neben einem Standspiegel hängt eine lohfarbene Bluse auf einem Bügel, eine schwarze Hose liegt ordentlich gefaltet auf der Sitzfläche. Korksandalen stehen auf dem Boden darunter. Mrs Parker ist keine kleine Frau. Die Schranktür steht offen und das Innere sieht ebenso ordentlich aus wie alles andere, was ich bisher gesehen habe. Sie hat einen vierjährigen Sohn und schafft es dennoch, ein perfektes Haus zu bewahren. Ich lebe allein und kriege das nicht hin. Doch ich tröste mich mit der Gewissheit, dass sie nicht arbeiten muss, auch wenn ich ganz genau weiß, dass das nicht der Grund für das Chaos bei mir zu Hause ist.

»Sie ist eine Ordnungsfanatikerin«, stelle ich fest.

Ronnie zückt eine kleine, leistungsstarke Taschenlampe und lässt den Lichtstrahl über die Kommode wandern. Ich bemerke sofort, was sie mir zeigen will. Die Oberfläche wurde abgewischt – darauf sind weder Staub noch Fingerabdrücke zu

sehen. Ronnie schwenkt den Lichtstrahl an den Schubladen-
fronten entlang, an denen saubere Stellen rings um die antiken
Messingbeschläge zu sehen sind. Das passt nicht zu Marlena.
Sie hätte die gesamte Kommode mit Möbelpolitur behandelt
und nicht nur an den Griffen abgewischt. Ein Indiz, das uns ins
Grübeln bringt.

Ronnie zeigt auf einen dunklen Fleck an der Wand über
dem Kopfende des Bettes. Dort fehlt ein Bild. Sie legt sich flach
auf den Teppich und leuchtet unter das Bett. Ich kauere mich
hin, um mir anzusehen, was sie gefunden hat. Ein goldener
Metallrahmen liegt inmitten von Glassplittern. Da ist etwas im
Rahmen. Ich krabble vorwärts, um es genauer unter die Lupe
zu nehmen.

»Eine Heiratserlaubnis.« Ich stehe wieder auf und unter-
suche die Wand, an der der Rahmen hing. Der Gipskarton ist
beschädigt und eingedellt.

»Schau dir das Kinderzimmer an.«

Wir gehen in ein kleines Zimmer mit dem handgemalten
Bild eines Baseballspiels, das eine Wand bedeckt. Der Pitcher
beugt sich darauf sehr konzentriert vor. Unter dem Bild steht
ein Name: *Félix Hernández, 2005 – 2019*. Ich war nie ein Base-
ballfan – oder Fan irgendeiner anderen Sportart –, aber selbst
ich erkenne den Pitcher der Seattle Mariners.

Hayden und ich wurden zu Hause unterrichtet, wann
immer unsere Mutter da war, doch letzten Endes musste ich die
meiste Zeit die Lehrerin für ihn spielen. Ich kaufte/klaute
einige seiner Lieblingsactionfiguren: Spiderman, Batman und
einige Baseballfiguren, die mir rein gar nichts bedeutet haben.
Er besaß auch Legosteine. Ich weiß noch, wie er in Unterwä-
sche auf dem Sofa saß, fasziniert einen Zeichentrickfilm
schaute und dabei mit Lego oder Figuren spielte und Corn-
flakes futterte. Heute bringt mich die Erinnerung zum Lächeln,
aber damals war er nur ein fieser, glücklicher kleiner Junge. Ich

habe ihn dennoch geliebt, auch wenn er noch so eklig war, und wollte einfach nur, dass er in Sicherheit ist.

Der Boden des Kinderzimmers ist mit Legosteinen übersät, die zu seltsamen Gebilden zusammengebaut wurden, daneben liegen Turnschuhe und Actionfiguren. Lauter Mariners. Zwei Plastikboxen stehen auf einer kleinen Kommode. In einer ruht ein signierter Baseball. Der andere ist leer. Einige Baseballfiguren wurden auf der Kommode aufgereiht, andere liegen auf dem Boden, als wären sie runtergefallen. Als ich unter das Bett schaue, finde ich den fehlenden Baseball und etwas Langes aus geformtem Plastik. Ein Spielzeugschwert, ein Lichtschwert aus der Star-Wars-Sammlung. Auf der anderen Seite des Bettes entdecke ich etwas an der Wand und leihe mir Ronnies Taschenlampe. Es ist ein schwarzer Plastikhelm. Von Darth Vader. Ich lege das Lichtschwert wieder unters Bett.

Der Schrank und die Regalbretter sind gefüllt mit den Habseligkeiten eines kleinen Jungen. Auf dem Boden liegt eine mit Star-Wars-Bildern bedeckte Tasche.

»Ich habe in den Arzneischrank im Badezimmer der Mom geschaut«, berichtet Ronnie. »Darin stehen eine Packung Schwangerschaftsvitamine und eine Packung Promethazin.«

Ich weiß, dass es sich um ein Mittel gegen Übelkeit handelt. Morgenübelkeit. »Ist sie schwanger?«

»Und da steht ein Asthma-Inhalator. Er gehört dem Jungen und wurde ihm vor zwei Wochen verschrieben.«

Paco hatte gesagt, der Dad habe ihm erzählt, dass Bennie Asthma hat, doch von der Schwangerschaft der Mutter schien er nichts zu wissen. Wie kam es, dass Ben diesen Teil beim Gespräch mit Paco und Sonny nicht erwähnt hat? Ich presse den Kiefer fest zusammen, um meine Wut in Schach zu halten.

»Lass uns mit Ben reden«, erwidere ich.

ACHT

Ben Parker sitzt auf dem Fahrersitz seines Pick-ups, als wir das Haus verlassen. Ronnie klopft an die Fensterscheibe, und er steigt aus und schließt die Tür. »Ben Parker?«, fragt Ronnie und reicht ihm die Hand. Er zögert, schüttelt sie dann aber doch. »Ich bin Detective Marsh. Das ist Detective Carpenter.«

»Wollen Sie mir noch mal dieselben Fragen stellen?«

»Das ist bedauerlicherweise nötig, Sir. Detective Carpenter und ich bearbeiten Vermisstenfälle«, erklärt Ronnie.

Er fährt sich mit einer Hand, an der mir die manikürten Fingernägel auffallen, durch das kurze, lichter werdende dunkle Haar. Anscheinend wird er vorzeitig kahl. »Bitte entschuldigen Sie, Detectives. Die ganze Angelegenheit setzt mir ziemlich zu.«

»Wenn ich das richtig verstanden habe, leben Ihre Frau und Sie getrennt und Sie wohnen nicht hier. Ist das korrekt?«

»Ja. Aber wir waren uns wieder näher gekommen.«

»Waren?« Sie zieht eine Augenbraue hoch.

»Ich wollte sagen, wir kommen uns wieder näher.«

»Erzählen Sie uns von Ihrer Frau, Mr Parker.«

»Was wollen Sie denn wissen?«

»Alles. Je mehr wir erfahren, desto größer ist unsere Chance, sie zu finden. Fangen wir doch damit an, seit wann Sie verheiratet sind.«

Wieder fährt er sich mit einer Hand durchs Haar und wendet den Blick ab. »Wir haben uns vor vier, nein, fünf Jahren auf dem College kennengelernt. Marlena ist eine gute Mutter. Ben vergöttert sie.«

Ich lese zwischen den Zeilen. Was er wirklich sagt, ist, dass Marlena keine gute Ehefrau ist und der Junge sie liebt, weil sie seine Mutter ist. So wie meine Mutter eine schreckliche Mutter ist und trotzdem von Hayden vergöttert wird. Ben sieht keiner von uns in die Augen, sondern schaut nach links, woraufhin mir klar ist, dass er uns eine Lüge auftischen wird.

»Entschuldigung. Sie wollten wissen, seit wann wir verheiratet sind. Wir haben am vierten Oktober vor vier Jahren geheiratet. Als sie mit Bennie schwanger wurde, haben wir noch studiert.« Als er meinen Gesichtsausdruck bemerkt, fügt er hinzu: »Aber heute haben wir Bennie, und er war es wert. Ich liebe Bennie mehr, als Sie auch nur ahnen.«

»Das weiß ich«, erwidert Ronnie. »Und er liebt Sie bestimmt ebenfalls. Sie haben ihm die ganzen Baseballfiguren gekauft, nicht wahr?«

Er lächelt matt. Sie wartet geduldig auf seine Antwort.

»Ich war letztes Jahr mit ihm bei einem Mariners-Spiel in Seattle. Der Junge liebte Baseball. Es hat zwar ein Vermögen gekostet, doch ich habe ihm dort ein paar Souvenirs gekauft.«

Er spricht in der Vergangenheitsform von seinem Sohn. Ich spüre, wie sich in meiner Brust eine eisige Faust bildet, die ich ihm am liebsten ins Gesicht rammen würde. So langsam mache ich mir große Sorgen um seine Familie.

»Mir ist bewusst, dass dies eine schreckliche Zeit für Sie ist, Ben. Ich darf Sie doch Ben nennen?« Ronnie legt ihm tröstend eine Hand auf den Arm.

Er nickt und sieht sie wieder an. Ihr rotes Haar glänzt im

schwachen Licht der Straßenlaternen. Er bemerkt ihre Designerjeans und ihre weiße Bluse, allerdings wandert sein Blick nicht höher als bis zu ihrem Hals.

»Wir wollen nichts weiter, als Ihre Familie wieder nach Hause zu holen. Und dafür brauchen wir Ihre Hilfe, Ben. Haben Sie das verstanden?«

Erneutes Nicken.

»Wessen Idee war es, Ihren Sohn Bennie zu nennen? Ihre oder die Ihrer Frau?«

Er beäugt sie irritiert. »Unser beider, glaube ich.«

»Welchen Namen hätten Sie ausgewählt, wenn Bennie ein Mädchen geworden wäre?« Sie benutzt Bennies Namen, wann immer sie von dem Jungen spricht. Damit vermenschlicht sie ihn und erinnert den Vater daran, dass er von einer echten Person spricht.

»Entschuldigen Sie, aber was hat das mit der ganzen Sache zu tun?«

»Ich möchte Sie und Ihre Frau nur etwas besser kennenlernen. Ich möchte Ihre Familie durch Ihre Augen sehen, Ben. Das kann ich nämlich, müssen Sie wissen. Lassen Sie mich Ihnen eines über mich verraten, das sich ziemlich verrückt anhört: Ich besitze ein Talent dafür, Menschen zu durchschauen. Es heißt doch, die Augen sind der Eingang zur Seele. Haben Sie das schon einmal gehört?«

»Ich ... ich denke schon.«

»Tun Sie mir den Gefallen, Ben. Ich versuche nur, Ihnen zu helfen. Und ich werde tun, was immer in meiner Macht steht, um der Sache auf den Grund zu gehen. Das verstehen Sie doch?«

»Ja.«

»Glauben Sie mir?«

Er antwortet nicht.

»Sie müssen das nicht beantworten. Ich sehe Ihnen an, dass

Sie mir glauben. Denn ich würde es merken, wenn es anders wäre. Ich kann es in Ihren Augen sehen.«

Er wendet den Blick ab, aber sie lässt nicht locker. »Ich weiß, wie schwer es Ihnen fällt, jetzt darüber zu reden. Daher möchte ich Ihnen die Sache erleichtern. Ich wünsche mir nur das Beste für Ihren Sohn. Sie sind ein guter Mann, das sehe ich sofort. Ein guter Vater. Sie lieben Ihren Sohn bedingungslos. Ich wünschte, ich hätte jemanden wie Sie in meinem Leben.«

»Ich liebe meinen Sohn und würde ihn niemals ...« Er spricht nicht weiter.

Während er sich mit Ronnie unterhält, gehe ich um seinen Pick-up herum. Die Fenster sind so stark getönt, dass sie beinahe schwarz aussehen. Er will sich schon umdrehen, da hakt Ronnie nach. »Was würden Sie niemals, Ben?«

»Ich würde ihn nie aus den Augen lassen. Ich möchte nur, dass er wieder nach Hause kommt.«

»Und Ihre Frau Marlena. Sie möchten sie ebenfalls nach Hause holen. Sie ist Bennies Mutter und er liebt sie sehr. Aber Bennie ist derjenige, um den wir uns Sorgen machen. Sein Inhalator liegt noch oben.«

»Haben Sie ihn unter dem Rand der Matratze gefunden? Dort bewahren wir ihn immer auf. Und im großen Badezimmer liegt ein weiterer. Er weiß, wie man ihn benutzt.«

»Das ist gut«, schalte ich mich ein. »Er scheint ein sehr cleverer Junge zu sein.« Ich muss noch mal nach oben gehen und unter der Matratze nachsehen. »Officer Paco hat sämtliche Straf-verfolgungsbehörden des Staates alarmiert. Im Augenblick werden alle Krankenhäuser und Notfallambulanzen kontaktiert.«

»Das ist ... gut«, stammelt er.

»Und wir fragen auch in den Leichenhäusern nach.«

Er reagiert nicht.

»Das ist nur Routine.« Im Allgemeinen bin ich recht gut darin, mein Gegenüber zu durchschauen.

»Es wäre sehr freundlich, wenn Sie uns zum Büro des Sheriffs begleiten würden, damit wir weitere Informationen bekommen können, Ben«, sagt Ronnie.

»Wenn Sie das wollen.«

»Das ist es, was *Sie* wollen. Sie möchten doch, dass Marlena und Bennie wieder nach Hause kommen. Möchten Sie mit uns fahren? Wir bringen Sie später zu Ihrem Wagen zurück.«

»Ich fahre selbst. Ich muss vorher bei mir vorbei, komme dann aber so schnell wie möglich zum Büro des Sheriffs.«

»Glauben Sie, dass die beiden bei Ihnen sein könnten?«, frage ich.

»Ich muss nur ein paar Sachen holen. Es dauert nicht lange.«

»Würden Sie mir den Schlüssel des Mercedes geben?«, bitte ich ihn.

Er überreicht mir einen Schlüsselbund, ohne zu zögern. Zwei der Schlüssel sind nur Plastikanhänger, einer für den Pick-up, der andere für den Mercedes. Das Emblem verrät mir, welchen ich benutzen muss.

»Warum haben Sie in den Kofferraum des Wagens Ihrer Frau geguckt, Ben?«, will ich wissen.

»Das habe ich Ihren Officers doch schon gesagt.«

Ich warte weiter auf seine Antwort.

»Ich dachte mir, wenn sie irgendwo hinfahren will, würde sie doch eine Tasche packen. Vermutlich war es albern, in den Kofferraum zu sehen. Schließlich ist der Wagen noch da, während sie weg ist. Vielleicht wurde sie abgeholt. Vermutlich hätte ich Sie gar nicht rufen müssen.«

»Nein, nein. Sie haben das Richtige getan. Hoffentlich hören wir bald von ihr, dann können wir alle aufatmen.« Oder aber auch nicht. »Fahren Sie doch mit uns mit, dann können wir uns auf dem Weg zum Revier weiter unterhalten.«

»Ich muss bei meiner Hütte vorbeifahren. Als ich aufgebrochen bin, war ich so aufgewühlt, dass ich jetzt nicht mehr weiß, ob ich die Tür abgeschlossen habe.«

»Ich kann einen Streifenwagen dort vorbeischicken, der das für Sie übernimmt«, schlage ich vor.

Er hält inne und starrt mich mit seinen braunen Augen an. »Werde ich verdächtigt, Detective?«

Ja. »Nein. Wenn Sie vorher nach Hause müssen, habe ich damit kein Problem. Aber behalten Sie Ihr Handy bei sich. Wenn wir Sie noch einmal sprechen müssen, bevor Sie auf dem Revier erscheinen, rufen wir Sie an. Und Sie melden sich, sobald Sie etwas von den beiden hören. Verstanden?«

Er nickt.

»Wissen Sie, wie Sie zum Büro des Sheriffs kommen?«

»Das finde ich schon.«

»Eine Sache noch. Mir ist bewusst, dass die Officer das schon gefragt haben, aber ich würde es gern selbst von Ihnen hören. Haben Sie irgendeine Ahnung, wo Ihre Frau ist, wohin sie gegangen sein könnte oder bei wem sie sich vielleicht aufhält?«

»Ich sagte Ihren Kollegen doch schon, dass ich das nicht weiß.«

Er hat die Frage nicht beantwortet. Ronnie legt ihm erneut eine Hand auf die Schulter und bedenkt ihn mit einem mitleidigen Blick. »Wir werden sie finden, Ben. Vorher geben wir keine Ruhe. Das verspreche ich Ihnen.«

Er will schon zu seinem Wagen gehen, doch ich halte ihn noch einmal auf. »Eine letzte Frage, Mr Parker. Hat Ihre Frau irgendwelche gesundheitlichen Probleme, von denen wir wissen sollten?«

»Ich habe ganz vergessen, den Officers zu erzählen, dass sie schwanger ist.«

NEUN

Wir folgen Ben Parker aus der umzäunten Wohnanlage. Der Wachmann ist noch auf seinem Posten und winkt uns zu.

Ich drehe mich um und winke zurück. »Schade, dass wir nicht mit zwei Autos hergekommen sind. Ich wäre Parker zu gern gefolgt, um herauszufinden, wohin er fährt.«

»Denkst du, wir sollten ihm hinterherfahren? Er ist ein Blödmann.«

»Was denkst du, Ronnie?« Ich bin noch immer im Lehrerinnenmodus.

»Ich kann mir nicht vorstellen, dass er abhaut. Er fährt in die Richtung, in der seine Hütte liegt. Es ist zu früh, um ihn schon in die Defensive zu drängen. Lass uns erst einmal schauen, wie es weitergeht.«

»Es ist deine Entscheidung.«

Sie biegt in Richtung des Sheriffbüros ab. Ich rufe Tony an, um ihn auf den neuesten Stand zu bringen. Er hört sich alarmiert an, als er rangeht. Es ist gerade mal kurz nach vier.

»Bitte sag, dass du etwas hast, Megan. Meine Frau sitzt auf glühenden Kohlen. Ich habe sie gebeten, ihre Schwester noch nicht anzurufen, aber sie wird nicht mehr lange damit warten.«

»Ihr solltet deine Schwägerin informieren, Tony. Derartige Neuigkeiten bekommt man besser von Verwandten. Vom Ehemann scheinen wir keine große Hilfe erwarten zu können. Wir wissen nicht, wie lange sie schon weg ist, ob sie wirklich vermisst wird oder ob es nur um einen Ehestreit geht. Ihre Mutter weiß vielleicht eher, was da los ist, und möglicherweise gibt es überhaupt keinen Grund zur Sorge.« Wobei ich Letzteres eigentlich nicht glaube. Mein Bauchgefühl schreit mich förmlich an, dass hier etwas nicht stimmt. Sheriff Gray ist Marlenas Onkel und Bennies Großonkel. Außerdem ist er Polizist. Er weiß, was es bedeutet, wenn Marlena und Bennie nicht bald gefunden werden.

»Okay. Aber von dieser Seite habt ihr auch kaum Hilfe zu erwarten. Helen und ich sprechen uns nur sehr selten. Verdammt, im Grunde genommen leben wir auf verschiedenen Planeten. Ich weiß nicht mal, wann sie und Ellen das letzte Mal etwas voneinander gehört haben. Helen hat ihre Tochter und ihren Enkel vermutlich auch seit einer ganzen Weile nicht gesehen. Nach allem, was ich von Helen gehört habe, kam sie nicht gut mit Ben Parker aus. Aber da könnte ich mich auch irren.«

Helen muss Tonys Schwägerin sein. Ich habe ihren Namen nie zuvor gehört. Ellen ist seine Frau und eine sehr nette Lady. Sie bäckt häufig Brownies und Muffins, die er dann mit zur Arbeit bringt. Einige kommen sogar im Büro an, während andere auf dem Altar des Appetits geopfert werden. Wenn ich mich recht erinnere, sind Helen und Ellen Zwillingsschwestern. Oder ihre Eltern hatten bei der Namensgebung ein schlechtes Händchen. Ich bin Tonys Frau schon begegnet und war auch bei ihnen zum Essen eingeladen. Im Allgemeinen hält Tony Ellen jedoch vom Revier fern und aus Polizeiangelegenheiten heraus. Darin sind wir uns ähnlich. Mein Job geht ebenfalls nur mich etwas an, und ich habe erst vor Kurzem das erste Mal meinen Bruder Hayden und meinen Freund Dan in einige Details eingeweiht.

Wir sind uns bei einem Vermisstenfall in Snow Creek begegnet, der sich als Mehrfachmord entpuppte. Ich befragte die Nachbarn der vermissten Person, und Dans Hütte befand sich ein Stück die Straße herunter. Er fand Gefallen an mir und bat mich, mit ihm auszugehen, doch zu jener Zeit stand mir der Sinn ganz und gar nicht nach einer Beziehung. Eine Affäre wäre vielleicht denkbar gewesen, doch ich hatte das Gefühl, es könnte mehr daraus werden, wenn ich erst einmal mit Dan ausging. Ich erzähle ihm sehr wenig, und er hakt auch nicht nach, es sei denn, ich spreche etwas an. Aber während des letzten Mordfalls, der meinen direkten Freundeskreis betraf, wurden wir beide gefangen genommen, unter Drogen gesetzt und uns wurde gedroht, dabei zusehen zu müssen, wie man dem anderen bei lebendigem Leib die Haut abzieht, bevor man uns beide umbringt. Dan hatte eine deutlich höhere Dosis bekommen als ich, daher bekam er nicht alle Gründe mit, aus denen ich bestraft werden sollte, aber er muss etwas gehört haben. Selbstverständlich behauptet er, sich an nichts erinnern zu können, doch mir ist klar, dass er das nur mir zuliebe tut. Bei diesem Fall wurde mir bewusst, wie tief meine Gefühle für diesen Mann geworden sind. Ich hätte nie gedacht, dass ich es zugeben könnte, aber er ist meine erste wahre Liebe. Für ihn würde ich alles tun, und ich weiß, dass es ihm genauso geht. Das bedeutet jedoch noch lange nicht, dass ich auch nur ansatz-weise für seinen Heiratsantrag bereit wäre. Lieber würde ich mich einem bewaffneten Amokläufer in den Weg stellen, als mich mit diesen unheimlichen Gefühlen auseinanderzusetzen. Das, was ich in der Vergangenheit getan habe und heute tue, könnte alles zerstören, und das will ich ihm nicht antun. Ich will nicht, dass er meinetwegen erneut in Lebensgefahr gerät oder dass ich ihm wehtue, selbst wenn es durch eine Trennung geschähe oder dadurch, dass ich weglaufen muss.

Die einzigen Menschen, die über meine Vergangenheit

Bescheid wissen – und selbst ihnen habe ich nur wenig gesagt –, sind Hayden, Ronnie und Sheriff Gray. Und meine Therapeutin Karen Albright, die jedoch der Schweigepflicht unterliegt. Aber selbst sie weiß nicht alles. Meine liebe Freundin Monique Delmont wusste mehr und wurde ermordet, um mich zu bestrafen.

Ich frage nicht nach, was zwischen Tony und Helen vorgefallen ist. Das geht mich nichts an. Tony ist mein Boss und mein Freund. Einer der wenigen, die mir noch geblieben sind.

»Sag Ellen, dass wir sie finden werden. Das verspreche ich dir.« Wahrscheinlich sollte ich so etwas nicht sagen, aber er braucht genau wie jeder andere etwas, woran er sich festhalten kann. »Ach, da ist noch etwas, Tony. Weiß Ellen, dass Marlena schwanger ist?«

»Woher weißt du das?«

»Laut Ben Parker ist sie etwa im dritten Monat. Wir haben es eben erst erfahren.«

Tonys Stimme wird noch ernster. »Merkwürdig, dass Parker weder der Zentrale noch den Officers von Marlenas Schwangerschaft erzählt hat. Vielleicht ist er so aufgewühlt, dass es ihm entfallen ist. Oder es hat keiner danach gefragt. Du weißt ja, wie manche Zeugen und Opfer so sind.«

»Wir haben Schwangerschaftsvitamine und Mittel gegen Morgenübelkeit in ihrem Arzneischrank gefunden, Tony«, erwidere ich. »Ben hat uns erst von der Schwangerschaft erzählt, als wir nachgehakt haben.«

»Haltet mich auf dem Laufenden. Ich rufe jetzt Helen an. Tut mir wirklich leid, dass ich euch nicht mehr helfen kann. Da Port Ludlow ganz in der Nähe liegt, sollte man doch annehmen, dass ich mehr über meine dortige Verwandtschaft weiß. Aber daran bin ich selbst schuld.«

»Mach dir deswegen keine Vorwürfe, Tony.«

Tony war immer sehr gut zu mir. Ich verdanke ihm mehr,

als ich ihm jemals vergelten kann. Sollte seiner Nichte und seinem Großneffen etwas zustoßen, werde ich jemanden dafür büßen lassen. Rache ist Bestandteil meiner DNA. Ich weiß, wie übel das klingt, und versuche sehr, diesen Teil meines Lebens zu ändern. Doch ich war schon immer der Meinung, dass das Böse bestraft werden muss, und der einzige Weg, das zu erreichen, besteht darin, dass man selbst böse wird. Da ich jetzt aber hier lebe, Polizistin bin, Freunde habe, denen etwas an mir liegt, sogar einen richtigen Freund, und vor allem, da Hayden neuerdings in der Nähe wohnt und ich somit Familie habe, werde ich mich ändern müssen.

»Danke, dass du uns bei diesem Fall unterstützt, Megan.«

»Bekomme ich die Überstunden bezahlt?«

Er lacht los und legt auf.

Ronnie wirft mir einen Blick zu. »Ich hatte mir überlegt, dass du ihn verhören solltest, sobald er aufs Revier kommt.«

»Das machen wir zusammen. Dies ist dein Fall ... Es sei denn, du willst, dass ich ihn übernehme.«

»Es geht um Sheriff Grays Familie, Megan. Ich möchte, dass du die Leitung übernimmst. Ich würde nur alles in den Sand setzen.«

»Okay. Als leitende Ermittlerin möchte ich, dass du das Verhör machst.«

»Ich?«

»Ich werde über den Monitor zusehen. Er wurde nicht verhaftet, daher musst du ihm auch nicht seine Rechte verlesen.«

»Du vergisst, dass ich bei Anwälten aufgewachsen bin, Megan.«

Sie schweigt, bis wir auf den Parkplatz des Sheriffbüros abbiegen.

»Du musst nicht nervös werden«, versichere ich ihr. »Ich werde die ganze Zeit zusehen und zuhören.«

»Hast du noch einen guten Rat für mich?«

»Er war's.«

Wir betreten das Revier, um uns vorzubereiten. Ich gehe fest davon aus, dass Ben das ebenfalls tut.

ZEHN

Sheriff Gray hat die Commissioner des Countys dazu gebracht, ihren Todesgriff um unser Budget zu lockern. Kameras und Aufzeichnungsgeräte wurden im Verhörraum und an den Außeneingängen installiert. Ronnie überprüft alles gewissenhaft und passt es an ihre Bedürfnisse an, indem sie mich im Verhörraum sitzen lässt. Die Aufzeichnung wird sie hinterher aber löschen müssen. Ich lasse mich nur ungern filmen.

Ronnie hat endlich genug davon, Regisseurin zu spielen, und setzt sich mir gegenüber. Ich habe die beiden zur Fahndung ausgeschrieben und die Meldung an jede Strafverfolgungsbehörde in Washington State, Oregon und Kalifornien weitergeleitet. Falls dort jemand Informationen über die vermisste Mutter und ihren Sohn hat, erfahren wir davon. Nur, um auf Nummer sicher zu gehen, habe ich auch einen Amber Alert für Bennie rausgegeben, eine Fahndung nach einem vermissten Kind. Falls Marlena ihn legal irgendwohin mitgenommen hat, kann ich mich später immer noch bei ihr entschuldigen.

Mindy Newsom arbeitet sich mit zwei unserer Kriminaltechniker durch das Haus der Parkers, Marlenas Wagen und die Umgebung. Uns bleibt nicht viel anderes zu tun, als den Ehemann zu verhören und danach zurückzufahren und mit allen Nachbarn zu sprechen. In einer Hinsicht hatte Ronnie mit dem recht, was sie zu Ben Parker gesagt hat: Wir werden erst ruhen, wenn Marlena und Bennie wieder zu Hause sind.

»Wir müssen uns seine Fingerabdrücke und eine DNA-Probe beschaffen, bevor er wieder geht, Ronnie.«

»Das ist bereits geregelt.« Sie fummelt an der Kamera herum. »Ich weiß, dass du denkst, wir könnten uns diese Mühe sparen, aber falls er irgendetwas gesteht, will ich es auch auf Band haben.«

»Das ergibt Sinn«, erwiderte ich. »Darf ich etwas vorschlagen?«

»Hab ich was falsch gemacht?«

»Lass mich dir zuerst eine Frage stellen.«

Sie sieht mich mit ihren himmelblauen Augen an, und die Worte kommen mir fast nicht über die Lippen. Aber wenn wir uns all die Mühe machen, um sein Gesicht zu sehen, dann sollten wir ihm auch tatsächlich ins Gesicht sehen. »Willst du ihm wirklich gegenübersitzen? Dadurch könntest du das Blickfeld der Kamera blockieren.« Ich sitze immer neben ihnen. Näher ist besser.

»Ich habe ein wenig Recherche über Verhörtechniken betrieben.«

Natürlich hast du das.

»Laut einigen Techniken, beispielsweise der Reid-Methode, sollte ich neben ihm sitzen, damit er sich zu mir umdrehen muss und so eingezwängt ist. Es gibt Anwälte, die sich darauf spezialisiert haben, solche Verhöre vor Gericht als unglaubhaft darzustellen, indem sie behaupten, ihr Klient sei genötigt oder eingeschüchtert worden und habe eigentlich gar nichts gestanden. Und ich will nicht nur einen Teil seines Gesichts sehen, vielmehr soll er direkt in die Kamera gucken.«

Das ist ein gutes Argument. »Klingt vernünftig.« *Aber ich*

mache es trotzdem weiterhin auf meine Art, wenn ich das Sagen habe. Auf die Megan-Methode.

Der Summer für die Lobbytür ertönt. Er ist da.

Ich gehe zur Tür und führe Ben in den Verhörraum. Ronnie hat ihren Stuhl aus dem Raum getragen, sodass ihm nur ein Platz bleibt, an den er sich setzen kann. »Möchten Sie etwas trinken?«, erkundige ich mich. »Wasser? Kaffee?«

»Ein Kaffee wäre schön. Mit Milch und Zucker, bitte.«

»Ich gehe Ronnie suchen«, behaupte ich und deute auf den einsamen Stuhl. Das hier ist ihre Show. Sie kann die Kellnerin spielen. Nachdem ich die Tür hinter mir geschlossen habe, gehe ich in das kleine Büro, in dem Seine Hoheit auf allen Monitoren zu sehen ist.

»Er hätte gern einen Kaffee ...«

»Mit Milch und Zucker«, beendet Ronnie den Satz für mich. »Der Recorder läuft. Kommst du rein und rettest mich, falls ich Probleme bekomme?«

Eher klebe ich die Tür mit Superkleber zu. Doch ich antworte: »Ich bin hier, falls du irgendwas brauchst.«

Eine Minute später sehe ich, wie Ronnie mit zwei Keramiktassen mit Kaffee und einer Plastikflasche Wasser, die sie sich zwischen Arm und Brust geklemmt hat, den Raum betritt. »Könnten Sie mir kurz helfen?«, bittet sie.

Er steht auf und nimmt ihr die Wasserflasche ab. Fingerabdrücke. DNA. Cleveres Mädchen. »Danke«, sagt sie. Er lächelt. Sie stellt den Kaffee auf den Tisch. Sein Blick folgt ihr, als sie die Tür schließt und ihr enganliegendes Oberteil zurechtrückt. Sie hat die Jacke ausgezogen. Falls dies Nötigung ist, dann funktioniert sie. Sein Lächeln ist wie festgefroren.

»Mr Parker ... Ben ... Womit sollen wir anfangen?«

Ihre Frage scheint ihn zu überraschen. »Nun ja ...«

»Sie kennen alle Antworten, Ben. Reden Sie einfach mit mir. Danach stelle ich Ihnen einige Fragen.«

»Was soll ich denn sagen?«

»Was immer Ihnen einfällt. Es gibt da kein richtig oder falsch.«

»Okay ...« Er starrt die Tischplatte an.

»Na gut. Am besten fangen wir mit ein paar einfachen Fragen an.« Sie zückt ihr Notizbuch. »Wie heißen Sie?«

»Ben. Ben Parker.«

Sie feuert einige einfache Fragen auf ihn ab und schreibt seine Antworten mit. Geburtsdatum, Geburtsort, Größe, Gewicht, Arbeitgeber, wie lange er schon dort beschäftigt ist, Adresse ... Danach erkundigt sie sich nach seiner Blutgruppe. Er ist o negativ.

»Das ist ja ein Zufall. Ich habe dieselbe Blutgruppe.«

Sie schiebt ihm die Wasserflasche über den Tisch zu. »Die ist für Sie. Wenn ich Fragen beantworten muss, macht mich das immer nervös. Wasser ist da sehr hilfreich.«

»Das geht mir genauso.« Er schenkt ihr ein Lächeln, als hätten sie beide eben festgestellt, dass sie auf rauen Sex stehen. *Dieser Mann wird mir immer unsympathischer. Ich wüsste zu gern, ob Sheriff Gray ihm jemals begegnet ist. Wenn ja, dann kann er Ben garantiert nicht leiden.*

Ronnie klappt das Notizbuch zu und legt es beiseite. »Ich zeichne unser Gespräch auf und mache mir Notizen, damit ich nichts durcheinanderbringe. Das ist für Sie doch in Ordnung?«

»Warum zeichnen Sie es auf?« Er erweckt den Anschein, als wolle er aufstehen.

»Aus zwei Gründen. Möglicherweise muss ich mir die Aufnahme später ansehen, um herauszufinden, ob mir etwas Wichtiges entgangen ist. Außerdem weiß ich ja, dass Sie nichts zu verbergen haben, daher sind Sie doch bestimmt damit einverstanden. Es kann Ihrer Familie nur helfen.«

»Oh. Na gut. Ich möchte nur, dass die beiden wieder nach Hause kommen.«

»Wie lange sind Marlena und Sie schon verheiratet?«

»Seit fast fünf Jahren.«

»Wo haben Sie sich kennengelernt?«

»Auf dem College.«

»Washington State, richtig?«

»Woher wissen Sie das?«

»Sie sehen aus wie ein Cougars-Fan. Haben Sie auf dem College Baseball gespielt?«

Seine Miene bleibt ernst. »Ich war nicht gut genug fürs Team. Der Coach meinte, ich hätte die falsche Einstellung.«

»Hatte er recht?«

»Der Coach konnte mich ebenso wenig leiden wie ich ihn.«

»Wieso das?«

»Er hatte was gegen Studenten aus reichem Haus. Mein Vater ist sehr wohlhabend. Der Coach hat deswegen andauernd spitze Bemerkungen gemacht. Ich wollte es gar nicht erst versuchen, doch mein Vater hat darauf bestanden. Anscheinend war ich einfach nicht gut genug.«

»Ich kenne das Gefühl. Mein Dad ist ein bekannter Anwalt. Er wollte, dass ich wie meine ältere Schwester nach Yale gehe. Aber eine Elitehochschule passt nicht zu mir. Ich bin das schwarze Schaf der Familie.«

Ben nickt. »Das kann man wohl über uns beide sagen. Wir sind beide schwarze Schafe.«

Ronnie streckt eine Hand aus und stößt mit den Fingerknöcheln gegen seine. Danach machen sie beide etwas, das ich auf den Tod nicht leiden kann: Sie tun so, als würden ihre Hände explodieren. Ich verziehe das Gesicht.

»Haben Sie nach der Hochzeit das College abgeschlossen?«

»Ja, allerdings hat es eine Weile gedauert. Als Marlena schwanger wurde, habe ich das Richtige getan. Selbstverständlich habe ich sie geliebt, aber mit einer schwangeren Ehefrau musste ich Verantwortung übernehmen. Mein Dad schenkte uns das Haus, in dem Marlena gelebt hat. Er war völlig begeistert vom kleinen Ben.«

»Ich weiß, was Sie meinen. Meine Schwester wird nie

Kinder haben. Oder einen Mann. Sie arbeitet für die Kanzlei unserer Familie und ist mit ihrem Job verheiratet. Außerdem wohnt sie noch immer zu Hause. Ich bin meinen eigenen Weg gegangen. Ich schulde ihm gar nichts, aber ich weiß, dass er gern kleine Marsh-Kinder um sich hätte. Nicht etwa, weil er Kinder mag, sondern weil er sich einen Thronerben wünscht.«

Ich erfahre Dinge über Ronnie, die sie mir nie erzählt hat. Mir war zwar bekannt, dass sie ihren Vater verabscheut, weil er sie zum Jurastudium drängen wollte, und dass ihre Entscheidung, zur Polizei zu gehen, nicht gut bei ihm ankam, aber ihre Worte machen mich traurig. Sie hat mir anvertraut, was er zu ihr gesagt hat, als er erfuhr, dass sie auf die Polizeiakademie gehen würde. »Solche Leute sind die Marshs nicht.« Möglicherweise lügt sie, um an Ben ranzukommen, doch das kann ich mir nicht vorstellen. Mir war bisher nie bewusst, wie groß die Kluft zwischen ihr und ihrem Vater ist. Aber Ben kauft ihr die Geschichte auf jeden Fall ab.

Sie stellt Fragen über Bennie: was er gern isst, ob er in den Kindergarten geht, wo er sich am liebsten aufhält, was Ben so alles mit ihm unternimmt, ob er ein schwieriges Kind ist, wie es um sein Temperament steht und andere Dinge, mit denen sich herausfinden lässt, wie viel der Dad über den Jungen weiß. Ben fällt gnadenlos durch. Er hat so gut wie keine Ahnung, was Bennie mag, und nennt nur Baseball, Darth Vader und seine Mutter. Er kennt Bennies Lieblingsplätze nicht, nur das Baseballstadion, in dem sie zusammen waren. Er kann seine Lieblingsessen nicht nennen. Er sagt, er würde ihn manchmal huckepack nehmen und dass Bennie das großen Spaß machen würde. Im Grunde genommen könnte er auch über einen streunenden Hund reden.

»Mag Bennie seine Großmutter?«

»Helen. Ja, er konnte sie ganz gut leiden. Marlena war manchmal mit ihm dort, doch der Junge kam danach immer ganz trotzig nach Hause. Das ist Marlena auch aufgefallen, daher fuhr sie nicht mehr so oft mit ihm hin.«

Mit jeder in der Vergangenheitsform formulierten Aussage über seine verschwundene Familie wird mir mulmiger zumute. Ronnie wartet darauf, dass er noch mehr sagt, doch er ist offenbar fertig. Seine Miene lässt vermuten, dass er die Familie seiner Frau nicht leiden kann. Sie wechselt das Thema.

»Ich habe einen Darth-Vader-Helm und ein Lichtschwert in Bennies Zimmer gesehen. Er treibt Sie damit bestimmt in den Wahnsinn.«

Nun lächelt Ben aufrichtig. »Ich habe ihm beides zu Weihnachten geschenkt. Er rannte die ganze Zeit durchs Haus und machte Darth Vaders Stimme nach.« Nach kurzem Schweigen fügt er fast schon emotional hinzu: »Ich wünschte, er würde mich jetzt in den Wahnsinn treiben. Ich würde alles dafür tun, dass er wieder nach Hause kommt.«

Ich lasse mir seine Worte durch den Kopf gehen. Er zeigt keinerlei Gefühle, wenn er über seine Frau spricht. Und er redet weiterhin in der Vergangenheitsform von seinem Sohn, sagt Dinge wie »Er konnte sie ganz gut leiden« statt »Er kann sie ganz gut leiden.« In meinem Ermittlungskurs an der Akademie habe ich gelernt, dass viele Menschen während des Verhörs die Person oder das Opfer entmenschlichen, indem sie den Namen nicht verwenden. Dasselbe kann man über die Vergangenheitsform sagen. Damit leugnen sie gleich doppelt, dass sie etwas falsch gemacht haben. Bei einer engen Beziehung gilt das insbesondere. Ich bin überzeugt davon, dass er seinen Sohn wirklich liebt, ebenso glaube ich, dass er seine Frau verabscheut, was darauf beruhen kann, dass er eifersüchtig ist, weil sein Sohn sie vergöttert. Ich werde bei Helen nachfragen müssen, ob Ben uns überhaupt die Wahrheit gesagt hat. Und ich muss sie fragen, ob die Scheidung bereits eingereicht wurde. Es gibt viele Gründe, aus denen ein Mann versucht, seine Frau und seine Kinder loszuwerden: Geld, Sex, Freiheit. Viele

Männer würden diese Liste vermutlich durch den Punkt Langeweile ergänzen. Andere Verdächtige kann ich zwar noch nicht ausschließen, doch mein Bauchgefühl sagt mir, dass Ben der Täter ist, der Grund dafür, dass seine Frau und sein Sohn verschwunden sind, dass er gefährlich ist, obwohl er sich so adrett gibt. Das große rote Tuch für mich war die Tatsache, dass Ben vergessen hatte, der Polizei von der Schwangerschaft seiner Frau zu erzählen. Paco schwört, dass er ihn nach ihrem Gesundheitszustand gefragt hat.

Das Telefon klingelt. Unsere Forensikerin Mindy ist dran.

ELF

»Ich hab nichts gefunden, was dir helfen kann, Megan. An der Kühlschranktür hängen ein paar Kinderzeichnungen. Ziemlich unheimliche Farben für einen Vierjährigen, wenn du mich fragst.«

»An die Zeichnungen erinnere ich mich.« Auf einer waren ein Haus und eine große grüne Kreatur mit langem Schwanz und spitzen Zähnen im offenen Mund zu sehen, die das Gebäude überragte. Eine kindliche Darstellung von Godzilla. Mir waren im Kinderzimmer keine anderen Gegenstände aufgefallen, die darauf schließen ließen, dass er Monster mag. Auf einem anderen Bild war ein brennendes Haus zu sehen und aus einem Fenster im ersten Stock spähte ein kleines Gesicht. Im Garten standen keine Blumen. Keine anderen Menschen. Wenn sich das Leben des Jungen so für ihn anfühlt, dann muss er durch die Hölle gehen.

»Ich weiß, was du denkst, Megan. Aber auf dem Kühlschrank lag noch eine Zeichnung. Darauf sieht man eine Frau und ein Kind, die vor dem Haus stehen und lächeln. Auf keinem der Bilder ist ein Mann abgebildet.«

Es sei denn, man zählt das Monster mit. »Könntest du etwas

für mich nachsehen, bevor du das Haus verlässt, Mindy? Parker sagte, sein Sohn hätte einen Darth-Vader-Schlafanzug. Er hat das Oberteil mit dem Spruch ›Bennie, ich bin dein Vater‹ bedrucken lassen. Ist dir so ein Kleidungsstück aufgefallen?«

Ich kann hören, wie sie mit ihren Kollegen spricht und sie nach dem Schlafanzug fragt. »Er ist uns bisher nicht aufgefallen, aber ich schaue noch mal nach.«

»Wir müssen uns sehr bald treffen. Wann seid ihr in etwa fertig?«

»In einer halben, maximal einer Stunde. Ich hab eine Babykamera im Kinderzimmer entdeckt, doch kein Aufnahmegerät. Möglicherweise ist sie mit einem Laptop verbunden, aber im Haus ist keiner. Ich konnte auch kein Handy finden. Das Haus hat eine Alarmanlage, die jedoch ausgeschaltet ist.«

»Was ist mit der Kamera an der Türklingel?«

»Die habe ich auch untersucht, aber auch hier existiert kein Aufnahmegerät.«

»Nichts?« *Mist.* »Ich rufe dich zurück und nenne dir eine Adresse, wenn ich aufbreche.« Ich werde sie erst anrufen, wenn ich die Gelegenheit hatte, mich allein in Parkers Hütte umzusehen.

Ronnie kommt herein und bringt mir einen Kaffee. »Das ist, als würde man gegen eine Mauer reden«, stellt sie fest. »Nein, vergiss es. Eine Mauer zieht einen nicht mit den Augen aus.«

»Kannst du ihn noch eine halbe Stunde beschäftigen?« Ich stehe auf und ziehe mir den Blazer über.

»Willst du irgendwohin?« Das sagt sie zwar, was ich jedoch höre, ist: *Muss ich das wirklich tun?*

Der Blick, den ich ihr zuwerfe, verrät ihr, wohin ich fahre. Ich muss ihr zugutehalten, dass sie mir nur rät: »Sei vorsichtig, Megan. Ich rufe dich an, wenn er das Revier verlässt.«

»Bitte ihn, morgen noch mal vorbeizukommen. Und versuch herauszufinden, bei welchem Handyanbieter er ist, damit wir uns einen Beschluss für seine Daten besorgen können. Lass dir von ihm die Liste seiner Anrufe bei Marlena zeigen. Und wenn du die Gelegenheit dazu bekommst, schau dich auch gleich ein bisschen auf seinem Handy um. Und wir brauchen den Namen ihres Hausarztes.« Ich drücke ihr meine Kaffeetasse in die Hand.

ZWÖLF

Ben Parkers Hütte befindet sich auf einem von mehreren aneinandergrenzenden abgelegenen Grundstücken am Ufer der Port Ludlow Bay. Das Navi auf meinem Handy zeigt mir an, dass sie von Wald umgeben ist. So ist es dann auch. Ich biege auf eine kaum befestigte Auffahrt ein, die sich zwischen Bäumen hindurchschlängelt. Ein noch nicht sehr alter Kiefernhain führt weiter nach Osten, und zwischen den Stämmen sehe ich, wie sich der Mond auf dem Wasser der Port Ludlow Bay spiegelt. Über die Geschichte von Port Ludlow stand letztes Jahr ein langer Artikel in der Zeitung von Port Townsend, zusammen mit einer Bilderstrecke über den Holzhandel. Port Ludlow ist heute eine Pendlerstadt voller Wohlhabender, aber gegen Ende des neunzehnten Jahrhunderts gehörte die Stadt einem Holzunternehmen und beherbergte etwa sechzig Arbeiter und ihre Familien. Als ich den Artikel las, fragte ich mich, wie das Leben für diese Familien gewesen sein muss. Das Leben in einer Gemeinde, in der alle das Gute wie das Schlechte zusammen erlebten und das gemeinsame Ziel eines besseren Lebens anstrebten, sich aber hauptsächlich mit dem Überleben beschäftigen mussten. Die Welt hat sich seitdem nicht groß geändert. Die Armen sind weiterhin von den Reichen abhängig.

Ich fahre um eine Kurve und sehe die Rückseite von Parkers Hütte vor mir. Bearbeitetes Zedernholz mit Schindeldach. Eine Veranda führt einmal um die Hütte herum, und man schaut über den Sund zur Whidbey Island hinüber.

Vor der Hütte parken keine anderen Fahrzeuge. Ich klopfe an die Hintertür und hoffe, dass er keinen Killerhund besitzt. Alarmsanlagenhinweise und Warnungen kleben an strategischen Stellen der Fenster und der Türen, um Möchtegerneinbrecher abzuschrecken. Die meisten Leute, die so abgeschieden leben, haben in Wirklichkeit gar keine Alarmanlagen und schließen nicht einmal die Tür ab. Hier ist es nicht anders. Ich trete ein, schalte die Taschenlampe an und sage laut: »Hier ist die Polizei.« Es folgt keine Antwort und kein Alarm, und nichts beißt mich oder leckt mir die Hand. Die Bedientafel der Alarmanlage neben der Tür zeigt an, dass sie ausgeschaltet ist. Ich mache einen Rundgang, jedoch nicht verstohlen, sondern so, als hätte ich einen guten Grund, wegen eines möglichen Verbrechens zu ermitteln, beispielsweise eines erfolgten Einbruchs.

Das Wohnzimmer ist geräumig und unordentlich, männertypisch unaufgeräumt. Auf den Möbeln liegen Kleidungsstücke, auf den Tischen stehen Pizzaschachteln, leere und halbleere Whiskey- und Bierflaschen. Zwei Fünf-Kilo-Hanteln liegen neben dem Sofa auf dem Boden. Er kann sich gleichzeitig entspannen und Gewichte stemmen. Allem Anschein nach lebt er schon deutlich länger hier als eine Woche, wie er es behauptet hat. Selbst bei mir ist es nicht so schmutzig wie in dieser Hütte, und ich putze nicht wirklich oft.

An die Küche grenzt ein kleines Arbeitszimmer mit deckenhoher Glasfront, durch die man einen Blick auf die Bucht von Port Ludlow hat. Der Raum ist karg eingerichtet und scheint nicht sehr oft benutzt zu werden. Ich sehe keinen Computer. Und da stellt sich mir die Frage: Welcher Mensch besitzt denn heutzutage keinen Laptop? Offensichtlich Ben. Möglicherweise war er deswegen auch noch mal hier, bevor er zum Revier gefahren ist. Ein Kabelmodem ist eingeschaltet. Er hat auf jeden Fall Internet.

Aus dem vorderen Zimmer bewundere ich den atemberaubenden Blick auf den Vollmond, der sich im Wasser der Bucht spiegelt. Neben der Tür, durch die man auf eine große Terrasse gelangt, liegen zwei zusammengerollte Schlafsäcke. Der große in Tarnfarben, der andere ist klein genug für ein Kind und mit Star-Wars-Bildern bedruckt. Ich will ihn mir schon genauer ansehen, als auf einmal das Licht von Scheinwerfern in den Raum fällt. Rasch entriegele ich die Vordertür und gehe durch die Tür, durch die ich in die Hütte gelangt bin, auf die hintere Veranda, wo mich grelles Licht blendet. Reifen knirschen über Kies, und ein Fahrzeug hält neben meinem Wagen. Ronnie hat nicht angerufen, daher wappne ich mich und ziehe meine Dienstmarke und meine Waffe. Die beste Verteidigung ist eine gute Offensive.

Die Scheinwerfer werden ausgeschaltet, eine leistungsstarke Taschenlampe geht an und blendet mich. Eine Stimme ruft: »Keine Bewegung!« Eine andere schreit: »Nehmen Sie die Waffe runter!« Ich will schon fragen, was ich zuerst tun soll, mich nicht bewegen oder die Waffe runternehmen, doch ich bewege mich auch so schon auf sehr dünnem Eis.

Meine Waffe wandert zurück in mein Schulterholster, und ich erwidere: »Ich bin Detective Carpenter vom Sheriffbüro in Jefferson County.« Daraufhin ist ein Kichern zu hören. Das Licht geht aus, und Paco und Sonny kommen auf mich zu. Die beiden Blödmänner haben mir gerade noch gefehlt.

»Was machen Sie denn hier?«, fragt Paco.

»Was machen *Sie* hier?«, entgegne ich.

»Das ist unser Patrouillengebiet.«

»Wurden Sie hergerufen?«

»Nein. Sie?«, will Sonny wissen.

Ich improvisiere. »Ich wollte nachsehen, ob die Vermissten vielleicht hier sind. Die Türen waren nicht verschlossen und es hat niemand auf mein Klopfen reagiert. Drin sieht es aus, als sei ein Sturm hindurchgefegt oder als würde hier ein Junggeselle leben.« So schlimm sieht es zwar nicht aus, aber wenn ich hier fertig bin, könnte die Beschreibung durchaus zutreffen.

»Aus dem Grund sind wir ebenfalls hier«, sagt Paco. »Sie hatten bestimmt noch nicht genug Zeit, um sich gründlich im Haus umzusehen und sich zu vergewissern, dass hier keiner ist?«

»Wenn Sie die Vorder- und Hintertür bewachen, durchsuche ich das Haus«, schlage ich vor.

»Gute Idee«, meint Paco. »Ich übernehme die Vorderseite.« Er raunt mir zu: »Sie sollten vorsichtiger sein. Es hätte auch jemand anderes als wir herkommen können.«

»Ich weiß nicht, was Sie meinen, Officer Paco.« Da ich mich nicht mehr verstecken muss, schalte ich das Licht an. Auf dem Kaminsims stehen wenigstens zehn gerahmte Fotos von Ben. Ben, der Baseball spielt. Ben beim Bowlen. Ben neben einem gefangenen Speerfisch. Ben am Steuer eines Bootes. Ben im Flugzeugcockpit. Keine Fotos von Marlena oder Bennie. Auch keine von älteren Menschen oder seinen Eltern. Dies ist Bens Schrein. An einem kurzen Flur liegen vier Zimmer, ein Wäscheraum und zwei Badezimmer. In einem der Zimmer stehen mehrere Rennräder und allerlei Radausrüstung. Auf einem Regalbrett entdecke ich zwei gerahmte Fotos von Ben. Auf jedem posiert er in einem Rennradoutfit, das so eng anliegt, als wäre es aufgesprüht. Auch hier kein Bild der Familie. Das Badezimmer wirkt unbenutzt.

Im nächsten Zimmer steht ein Doppelbett an einer Wand gegenüber einem riesigen Panoramafenster mit Blick auf die Bucht. Die Decke ist mit verspiegelten Kacheln bedeckt. Ich sehe das Mondlicht auf dem Wasser der Bucht schimmern, was aus dieser Perspektive faszinierend aussieht. Auf einmal taucht eine dunkle Gestalt im Spiegel auf und mir schlägt das Herz sofort bis zum Hals. Ich höre ein Knurren von draußen, greife nach meiner Waffe und sehe ein Licht, das dem Wesen ins Gesicht leuchtet. Paco. Ich bringe ihn um, wenn ich hier fertig bin. Zwar versuche ich, ihn zu ignorieren, aber ich bekomme trotzdem mit, wie er lachend weggeht.

Das Bett wurde abgezogen, Decken und Kissen sind verschwunden. Auf dem Boden daneben liegen mehrere ungeöffnete Kondompackungen. Der Boden ist mit Teppich ausgelegt. Ich passe gut auf, wo ich hintrete. Der Wandschrank steht offen und ist abgesehen von zwei Sportjacken und dazu passenden Hosen leer. An der Schrankrückseite befinden sich Regalbretter, die von Wand zu Wand reichen. Auf einem liegende Dutzende Jeans, zusammengefaltete Hemden, Badehosen und Socken. Auf den anderen Regalbrettern stehen alle möglichen Schuhe, viele noch im Karton. Es müssen an die fünfzig Paar sein. Hier ist nicht genug Platz, um eine Leiche zu verstecken.

Das angrenzende Badezimmer nehme ich mir als Nächstes vor. Die Glaswand der begehbaren Dusche ist voller Wassertropfen. Im Raum riecht es stark nach Desinfektionsmittel und Aftershave. Feuchte Handtücher und eine Jeans liegen auf einem Haufen am Boden. Ich werfe einen Blick in die Jeanstaschen und entdecke ein Streichholzbriefchen mit Werbung für einen Gentleman's Club. An den Hosenbeinen klebt Schlamm. Holzsplitter hängen am Stoff. Ich schabe mit dem Streichholzbriefchen etwas Schlamm und Holz auf einen neuen Latexhandschuh, rolle ihn zusammen und verstaue ihn in der Tasche. Im Arzneischrank stehen Haarpflegeprodukte für Männer. Haarwuchsmittel, ein dunkles Spray, mit dem man sich Haare aufsprüht, Haargel. Daneben eine Tube mit Testosteroncreme und eine mit Zahnpasta – hoffentlich verwechselt er die beiden nicht. Ich entdecke auch eine vom Arzt verschriebene Packung Viagra, in der sich noch zwei Tabletten befinden. Kurz überlege ich, Ronnie anzurufen und sie zu warnen, aber sie kann auf sich aufpassen. Das einzige echte Medikament im Schrank ist eine Packung Ibuprofen. Kein Inhalator für den Jungen. Nichts für schwangere Frauen wie beispielsweise Vitamine.

Ich kannte auf dem College mal einen Typen, einen Wrestler, der Testosteron nahm. Er behauptete, es würde ihn ausdauernder und kräftiger machen. Damals hatte ich mich darüber informiert. Zu den Nebenwirkungen gehören vergrößerte Brüste und Prostataprobleme. Gegen größere Brüste hätte ich nichts einzuwenden, aber so verzweifelt bin ich dann auch wieder nicht. Doch ich frage mich, ob Ben es zusammen mit Viagra genommen hat, um sein Durchhaltevermögen zu verbessern. Das nächste Schlafzimmer, das ich mir ansehe, beantwortet diese Frage.

Dieser Raum wird nicht als Schlafzimmer genutzt. Von der Decke hängt ein Trapez und in den Regalen, in denen früher einmal Bücher gestanden haben mögen, liegen Lederpeitschen, Ledermasken, Lederhosen und eine große Auswahl an Sexspielzeug, das auch im ganzen Raum verstreut zu sehen ist. Eine komplette Wand wurde verspiegelt. Ein Massagetisch steht mitten im Raum. Im Schrank werden mehrere Stöckelschuhpaare und eine Kunstlederhose mit Schleife am Bund aufbewahrt. Alle möglichen Kleidungsstücke für Frauen, von glitzernden Abendkleidern bis hin zu einer karierten Schulmädchenuniform hängen wie eine Menagerie aus Sexfetischen auf Bügeln. Sämtliche Kleidungsstücke sind in Größe S, die Schuhe Größe 38. Das ist nicht Bens Größe und auch nicht die seiner Frau.

Ich will nichts davon anfassen und überlege sogar, im Anschluss meine Schuhe zu verbrennen.

Hier gibt es nichts außer Anzeichen für Erkrankungen und mögliche Geschlechtskrankheiten. Ich gehe nach nebenan. Ein weiteres Schlafzimmer, ebenso unaufgeräumt wie die anderen Räume, allerdings stehen hier ein Bett, eine Kommode,

Lampen, Nachttische und ein Schrank. Das Bett sieht aus, als hätte darin ein heftiger Kampf stattgefunden. Es gibt kein Bett für seinen Sohn. Keinen Ersatzinhalator für Bennie im Badezimmer. Nur noch mehr Testosteroncreme, Gleitgel und ein Stapel Magazine. Natürlich Pornos. Der Toilettendeckel ist hochgeklappt, und um seine Zielsicherheit steht es offenbar nicht besonders gut. Als Hayden und ich viel jünger waren, musste ich immer das Bad putzen, nachdem er es benutzt hatte. Warum spülen Kerle nicht? Warum lassen sie den Toilettendeckel oben? Wieso pinkeln sie rings um die Toilette auf den Boden? Können sie nicht zielen oder ist es ihnen einfach egal?

Ich kehre in den vorderen Raum zurück und gehe eine Metalltreppe nach unten. Auf den untersten Stufen entdecke ich, dass mich dort ein Spielzimmer mit einem Ausgang auf eine winzige Terrasse erwartet. Draußen stehen ein Tisch mit Glasplatte und zwei gusseiserne Stühle, die gen Bucht gerichtet sind. Etwas streicht um meine Beine. Ich zucke zusammen und ziehe die Waffe, bis ich trotz des in meinen Ohren rauschenden Blutes ein leises Schnurren höre. Im Licht meiner Taschenlampe sehe ich eine orangefarbene Tigerkatze mit langem Fell, die sich an mich kuschelt. Sie ist so fett, dass sie mich an einen der riesigen Ballons bei der Thanksgiving-Parade erinnert. »Hallo, Kätzchen«, säusele ich. »Ist Bennie hier unten?« Etwas glänzt im Fell am Hals der Katze. Ein diamantbesetztes Halsband mit einem Anhänger, auf dem *Princess* steht.

»Wirst du hier als Sexsklavin festgehalten, Princess?«, frage ich sie, bekomme jedoch keine Antwort. Der Lichtstrahl meiner Taschenlampe wandert über ein Heimkinosystem mit bequemen Sitzen, einem Flachbildfernseher, der die halbe Wand einnimmt, und einem Projektor auf einem Ständer. Darunter befindet sich eine Auswahl an Blu-rays. Lauter Pornos. Ich kann nur hoffen, dass Bennie nie hier übernachtet hat. Hoffentlich musste er nicht einmal die Luft hier einatmen. Ich bete, dass es ihm gut geht.

Ein Schrank enthält zwei Steppjacken und gestrickte Schals. Eine Jacke ist Bens Größe, die andere die einer kleinen Frau. Laut der Beschreibung in Marlena Parkers Führerschein würde ihr diese Jacke ebenso wenig passen wie eines der Kleidungsstücke im Schlafzimmer oben. Dieser Raum wirkt im Vergleich zum Rest relativ aufgeräumt. Vielleicht ist das hier nur die Vorspeise und der Hauptgang folgt oben.

Mein Handy vibriert in meiner Tasche und ich gehe rasch wieder nach oben, klopfe an die Scheibe des Fensters neben der Eingangstür und bedeute Paco, er soll zur Küchentür kommen. Scheinwerfer nähern sich. Ich drücke die Tür weit auf, als Ben Parkers Pick-up neben dem Streifenwagen anhält und Ben aussteigt. Seine Miene spiegelt eine Mischung aus Erstaunen und Wut wider. Da ist auch noch etwas anderes. Angst? Sorge?

Jeder andere hätte gefragt, ob irgendetwas nicht stimmt. Er will erbost wissen: »Was zum Teufel geht hier vor sich?« Seine nächste Frage verrät den Grund für seine Unruhe. »Wie lange sind Sie schon hier?«

Sonny geht auf ihn zu. »Bitte halten Sie Abstand, Mr Parker. Wir waren auf Patrouille und haben festgestellt, dass Ihre Haustür offenstand. Ich wollte Sie eben anrufen.« Innerlich bedanke ich mich bei Sonny.

Parker verstummt. Er überlegt garantiert, ob er belastende Beweise zurückgelassen hat, und fragt sich, ob ich sein Spielzimmer und das Sexspielzeug schon gesehen habe. »Vermutlich habe ich die Tür nicht richtig zugezogen, als ich mich auf den Weg zum Revier gemacht habe. Vielen Dank, aber es wird schon alles in Ordnung sein.«

Während er das sagt, sieht er mich die ganze Zeit an. Ich sollte meinem Glücksstern danken, dass ich nicht auf frischer Tat ertappt wurde. »Das ist überhaupt kein Problem, Ben. Ich hörte über Funk, wie die Officer die offene Tür gemeldet haben, und dachte, Ihre Frau und Ihr Sohn wären vielleicht hierhergekommen.«

Er starrt mich überrascht an und es scheint ihm kurz die Sprache verschlagen zu haben.

»Ich habe nach ihnen gerufen, bekam jedoch keine Antwort. Waren die beiden nach der Trennung noch einmal hier?«

Die Frage ist simpel, und die Antwort sollte ebenso simpel sein.

»In letzter Zeit nicht, aber wir waren ein paarmal zusammen hier. Warum fragen Sie?«

»Ich hatte überlegt, ob sie den Weg hierher kennen.«

Er schweigt.

»Hier ist es wirklich schön. Warum wohnen Sie eigentlich in Baker Heights?«

»Das war Marlenas Idee. Sie war nicht gern ›im Wald‹, wie sie das hier bezeichnet.«

»Wie lange gehört Ihnen dieses Haus schon?« Mir ist bewusst, dass er diesen Smalltalk merkwürdig finden muss, vor allem, da ich in der Tür stehe und er draußen bei einem Polizisten. Aber er hat sich gefangen und scheint in Plauderlaune zu sein. Ich habe so etwas schon früher erlebt, wenn ich jemanden am Haken hatte und er glaubte, er könnte sich noch rausreden.

»Das weiß ich nicht genau. Das Grundstück gehörte meiner Familie schon, als ich noch ein Kind war. Mein Vater hat die alte Hütte durch diese ersetzen lassen.«

»Sie müssen hier sehr glücklich sein.«

»Ich kann mich nicht beklagen.«

Nein, das können Sie nicht. Dies ist ein wundervolles Versteck. »Sind Sie sicher, dass wir nicht noch bleiben und uns ein bisschen umschauen sollen?«

»Es ist bestimmt nichts passiert.«

»Sowohl die Vorder- als auch die Hintertür waren nicht verschlossen, Mr Parker«, schaltet sich Paco ein. »Sie sollten uns vielleicht lieber gestatten, im Haus nach dem Rechten zu sehen.«

»Das ist nicht nötig.« Er wirft Paco einen genervten Blick zu. »Wenn Sie nichts dagegen haben, würde ich mich jetzt gern ausruhen. Ich bin sehr müde und nachher erneut mit Detective Marsh verabredet.«

»Aber natürlich. Wir sind schon weg, Ben.« Ich frage nicht, ob er einem Lügendetektortest zugestimmt hat. Dieser Mann hätte auch eine Niere abgegeben, nur damit Ronnie ihm nicht länger auf die Nerven geht. Das habe ich alles schon erlebt.

»Vielen Dank, Detective Carpenter«, sagt er.

Nein. Ich danke Ihnen, Sie perverses Schwein.

DREIZEHN

Als ich aufs Revier zurückkehre, übergebe ich Ronnie alle in der Hütte gesicherten Beweismittel – das Streichholzbriefchen, den Schlamm und die Holzsplitter – und berichte ihr von der Lasterhöhle und der Frauenkleidung. Während ich ihr alles erzähle, erschaudert sie.

»Wie ist es mit Ben gelaufen?«, erkundige ich mich.

»Er hat einem weiteren Verhör zugestimmt, nachdem wir uns alle ein bisschen ausgeruht hatten. Der Sheriff sagte, Suchhunde und Officer haben das gesamte Gebiet durchkämmt, und sie fangen bald mit einer erneuten Befragung der Nachbarn an. Allerdings ist die Suche ganz schön schwer, wenn man nicht weiß, wo man anfangen soll.«

»Es geht um Tonys Familie, daher werden sie so lange weitermachen, bis er etwas anderes verlangt«, erwidere ich. »Was ist mit einem Lügendetektortest?«

»Er war einverstanden, einen zu machen, wollte das Ergebnis jedoch nicht durch den Schlafmangel beeinflussen lassen. Daher wird er gegen Mittag wiederkommen.«

»Das ist gut. Wir brauchen auch unseren Schlaf. Kannst du dich um die Sachen kümmern, die ich gefunden habe?« Womit ich die möglichen Beweise meine, die ich ohne Beschluss mitgenommen habe. Sie ist einverstanden, sie Marley Yang im Labor unter ihrem Namen zu übergeben. Marley ist klein, kompakt, hat olivfarbene Haut und eine kaum vorhandene Gesichtsbehaarung, die er sich zu einem Ziegenbart wachsen lassen will. Vermutlich glaubt er, dadurch schlauer oder attraktiver auszusehen, doch das kann er vergessen. Es gab einen Zeitpunkt, da dachte ich schon, er wollte mich bitten, mit ihm auszugehen, aber auch das wird niemals passieren. Marley ist der Laborleiter und außerordentlich gut in seinem Job, und nachdem ich ein bisschen nachgeholfen habe, sind Ronnie und er zusammen. Anfangs glaubte ich, das wäre, als würde man Öl mit Wasser vermengen, aber ihre Beziehung hält jetzt schon seit einer Weile. Das ist gut für mich, weil ich auf diese Weise einen direkten Draht ins Labor habe.

Ich sehe auf die Uhr. Es ist zu spät, um Tony anzurufen. Ich werde ihm eine Nachricht hinterlassen. »Wir sollten nach Hause gehen«, sage ich.

Das erste Morgenlicht macht sich am Horizont bemerkbar, als mich Ronnie zu Hause absetzt. Der Himmel ist in dunkles Rot getaucht, was einen aufziehenden Sturm ankündigt. *Abendrot Schönwetterbot. Morgenrot schlecht Wetter droht.* Ein Omen? Oder nur eine Redewendung? Ben kommt gegen Mittag zum nächsten Verhör vorbei. Bevor Ronnie losfährt, einigen wir uns darauf, uns zeitig am Morgen treffen.

Mein Schlüsselbund landet zusammen mit meiner Tasche auf dem Tisch neben der Eingangstür. Ich gehe in die Küche und werfe einen Blick in den Kühlschrank. Darin befindet sich noch ein Rest Pizza, und mein Magen verkündet, dass es Zeit zum Essen ist. Bevor ich die Schachtel jedoch aufgeklappt habe, klingelt mein Handy.

»Megan. Hier ist Tony.«

»Guten Morgen, Sheriff. Hast du überhaupt geschlafen?«
Ich bisher nicht.

»Kein bisschen. Ellen hat fast die ganze Zeit mit Helen telefoniert. Ich wäre ja zum Tatort gekommen, hätte jedoch nichts unternehmen können, was Ronnie und du nicht längst in die Wege geleitet haben, und ich wollte euch nicht in die Quere kommen.«

In seinen Worten schwingt die Aussage mit, dass er den Beteiligten viel zu nahe ist. Er hört sich sehr besorgt an, daher verdränge ich meine Müdigkeit. »Ich wollte dich nicht wecken, aber da ich dich sowieso in der Leitung habe, kann ich dich auch gleich auf den neuesten Stand bringen. Darf ich dir vorher noch ein paar Fragen stellen?«

»Sicher«, antwortete Tony.

»Wie gut kennst du Ben Parker?«

Der Sheriff räuspert sich. »Er ist der Mann meiner Nichte. Helens Schwiegersohn. Ich bin ihm nie begegnet, doch Helen hat meiner Frau einiges über ihn erzählt. Da sind einige Familiendynamiken im Spiel, und ich würde im Augenblick nur sehr ungern darauf eingehen. Doch das Familiendrama hat nichts mit Ben Parker zu tun.«

Was immer das auch sein mag, so ist es schlimm genug, dass er bis zum Morgen wach geblieben ist. Dies ist kein gewöhnlicher Vermisstenfall. Das war mir sofort klar. Und nicht nur, weil die Opfer mit Tony verwandt sind. Tony ist ein guter Mensch mit einem großen Herzen. Er hat mich alles über das Ermitteln gelehrt – jedenfalls über den legalen Teil. Doch er weiß auch, wann er in die andere Richtung gucken muss. Justitia trägt nicht nur eine Augenbinde, sie wurde auch von Verbrechern, Anwälten und Politikern verprügelt und vergewaltigt, die das Unaussprechliche zugelassen haben. Manchmal braucht Justitia einen Leibwächter.

»Sag Helen, dass wir Ben heute Nachmittag noch einmal

verhören. Bisher haben wir noch nichts gefunden, aber wir sind optimistisch. Ronnie hat sich beim Verhör übrigens hervorragend geschlagen.« Ich halte mit meinem Lob nicht zurück, würde jedoch auch nicht zögern, ihr den Kopf zu waschen, wenn sie Mist baut.

»Hast du überhaupt schon geschlafen?«, fragt er mich.

Ich kann das Gähnen kaum noch unterdrücken und halte mir in letzter Sekunde den Mund zu. »Ich wollte gerade ins Bett gehen, Sheriff. Wir machen in ein paar Stunden weiter.«

»Habt ihr im Haus irgendwas gefunden?«

Kurz frage ich mich, welches Haus er meint. »Direkt dort nicht.« Ich weiß nicht, wie viel ich ihm über seinen perversen angeheirateten Verwandten verraten soll, aber irgendwann muss er es so oder so erfahren.

»Ich habe die Hundestaffel angefordert«, sagt er. »Wir suchen in Schichten, wenn es sein muss. Helen wird bei uns wohnen, bis die ganze Sache vorbei ist.«

Bei ihm klingt es wie ein Hilferuf. Ich bin Helen, Ellen Grays Schwester, nie begegnet, aber Tony hat sich immer die größte Mühe gegeben, ihr aus dem Weg zu gehen, wenn sie gelegentlich in die Stadt kam.

»Wir wollen ihn heute einen Lügendetektortest machen lassen.«

»Dann wird er verdächtigt?«

»Das habe ich nicht gesagt.« *Einen Teufel werde ich tun.* »Er benimmt sich nur so … Du weißt schon … seltsam. Uns sind in seiner Geschichte einige Ungereimtheiten aufgefallen.« Wie die Tatsache, dass er und seine Frau angeblich versuchen, ihre Ehe zu retten. Sein Spielzimmer lässt etwas anderes vermuten. Aber das weiß ich ja angeblich nicht. Außerdem redet er ständig in der Vergangenheitsform von seiner Familie.

Tony sagt genau das, was ich nicht hören will. »Ein Reporter hat mich zu Hause angerufen.«

»Wir haben noch keine Informationen für die Presse, Sheriff.«

»Sie könnte uns vielleicht nützlich sein, Megan. Mehr Augen und Ohren.«

Ich kann Reporter nicht leiden, aber er hat recht. Doch bitte nicht schon jetzt. Außerdem ziehen Nachrichtenmeldungen immer die Irren an. Sie wollen sich mit dem Verbrechen brüsten oder heischen mit Falschinformationen um Aufmerksamkeit. Wir werden mehr Leute brauchen, die ans Telefon gehen und die Anrufe filtern. Tony muss sich die Ausgaben genehmigen lassen, und das bedeutet auch, dass uns woanders wichtige Ressourcen fehlen.

»Ich möchte Ben an den Lügendetektor anschließen und ihn gründlich verhören, bevor er die ganze Sache in den Medien sieht, Tony. Du weißt doch selbst, dass diese Aufmerksamkeit die Ermittlungen durcheinanderbringen kann.«

»Sie haben den Fall in Colorado erwähnt, Megan.«

Ich weiß, welchen Fall er meint. Darüber wurde tagelang in den Nachrichten berichtet. Ein Mann hat seine Frau und seine beiden Töchter erwürgt. Die Frau war schwanger. Die Mädchen waren drei und vier Jahre alt. Die Leichen der Kinder versteckte er in alten Ölfässern, die der Frau weit entfernt. Das Motiv, das er den Ermittlern nannte, war, dass er ein neues Leben mit einer anderen Frau anfangen wollte. Mir läuft es eiskalt den Rücken herunter.

Tony holt mich aus meinen Gedanken. »Falls du irgendetwas brauchst, ruf mich an, Megan. Was auch immer. Hast du verstanden?«

»Ja. Wird gemacht.«

»Ich kümmere mich um die Medien«, verspricht Tony. »Vielleicht zeigen sie Einsicht und berichten vorerst nicht über den Fall. Das Beste, was ich für dich rausholen kann, sind vierundzwanzig Stunden.«

»Verstanden.« Es würde mich schon überraschen, wenn sie

die Informationen auch nur zwei Minuten zurückhalten. Wahrscheinlich hat einer der Officer vor Ort mit den Medien gesprochen, weil er glaubte, er würde mir einen Gefallen tun. Schöner Gefallen.

»Ronnie und du, ihr müsst ein bisschen schlafen, Megan«, sagt Tony. »Ich halte die Medien hin, und wenn ich ihnen notfalls mit einer Verhaftung drohen muss.«

Falls ich überhaupt Schlaf finden kann, dann sind vierundzwanzig Stunden nicht viel, aber ich nehme, was ich kriegen kann. Wir legen auf. Vorerst brauche ich vor allem ein paar Stunden Schlaf. Solange ich Ben nicht im Verhörraum sitzen habe, kann ich ohnehin nicht viel ausrichten. Und ich bin zum Umfallen kaputt. Aber die letzten Stunden gehen mir erneut wie ein Film durch den Kopf. Vor meinem inneren Auge sehe ich, wie sich Ben von den Geschehnissen distanziert und Ronnie gleichzeitig förmlich anschmachtet. Es gibt sehr viele Gründe, aus denen ich Ben Parker nicht mag. Die Ähnlichkeiten zum Colorado-Fall sind mir natürlich nicht entgangen. Aber ich darf mich von meinen Gefühlen nicht ablenken lassen und muss mich darauf konzentrieren, Marlena und Bennie zu finden.

Ich ziehe mir vor dem Hinlegen die Stiefel aus, und meine Gedanken drehen sich im Kreis. Als ich die Augen schließe, höre ich es in der Ferne donnern. Das Unwetter scheint näher zu kommen, und ich versuche, mich auf das Geräusch zu konzentrieren und mir vorzustellen, die Wolken am Himmel wogen zu sehen, stelle jedoch bald fest, dass ich mich unmöglich entspannen kann.

Es heißt, wenn man sich mit einem Problem beschäftigt, arbeitet der Verstand auch im Schlaf daran weiter. Mein Verstand stellt Verbindungen her, findet Ähnlichkeiten, zählt eins und eins zusammen und kommt auf drei. Irgendetwas entgeht mir.

Es wird Zeit, dass ich mir die Kassetten anhöre. Ich

bewahre in der untersten Schublade meines Schreibtisches zu Hause eine Kiste mit Kassetten und einem Rekorder auf. Die Aufnahmen stammen von meinen Sitzungen mit Dr. Albright, einer Psychologin, einer klugen Frau, die meine Lebensretterin war, als ich mich mit zwanzig in einem Meer aus Unentschlossenheit, Zorn und Angst um mein Leben verloren hatte. Die Kassetten haben mir schon gute Dienste geleistet. Ich bilde mir beileibe nicht ein, darauf sämtliche Antworten zu finden, aber sie helfen mir dabei, Verbindungen herzustellen, Entscheidungen zu treffen und Dinge zu verstehen. Sie haben mich schon häufiger in die richtige Richtung gestupst, wenn ich mit einem kniffligen Fall beschäftigt war. Ich habe die Aufnahmen schon so oft gehört, dass ich weiß, auf welcher Kassette welche Sitzung gespeichert ist und worüber ich da gesprochen und was ich über mich und meinen Platz in einer höchst zerrütteten Familie herausgefunden habe. Das hat mir dabei geholfen, zu erkennen, dass es sehr viele kaputte Menschen und kaputte Familien gibt und dass man ihnen manchmal einfach nicht helfen kann. Das mag jetzt ziemlich pessimistisch klingen, aber ich habe auf meine eigene Art und Weise versucht, den Einfluss von Bösewichten auf die Gesellschaft zu begrenzen. Ich habe Leben gerettet. Das weiß ich genau. Und ich war bereit, böse zu werden, um das Böse zu bekämpfen. Heute frage ich mich, ob meine Entscheidung realistisch war. Mir ist nicht klar, ob ich mich ändern und all das hinter mir lassen kann. Ein normales Leben führen. Aber ich bin mir nicht sicher, was überhaupt normal ist. Ich dachte, ich wüsste es, weil ich mir das für meinen Bruder gewünscht habe und bereit war, jeglichen Anschein eines normalen Lebens aufzugeben, damit er eines bekommt. Ich habe Dinge gesehen und getan, von denen er nie erfahren sollte. Hat es ihm letzten Endes überhaupt geholfen? Oder entstand dadurch nur eine dicke Membran aus Verletzung und Missverständnissen zwischen uns, die ich nicht durchdringen kann, um ihn zu erreichen? Wir standen uns früher so nahe. Ich spüre, wie mir die Tränen kommen, und lenke mich ab, indem ich aufstehe und zum Schreibtisch gehe.

Ich habe darüber nachgedacht, die Bänder digitalisieren zu lassen und sie durch ein starkes Passwort geschützt auf meinem Computer aufzubewahren. Dort wären sie sicherer als die Kassetten in einer Schachtel in der Schublade. Dr. Albright hat mir versichert, dass es die einzigen Aufzeichnungen sind. Die Originale. Aber ich mag mich nicht von den Kassetten trennen. Ich bewahre sie nun schon so lange auf, dass sie Teil meines funktionierenden Verstands geworden sind. Nachdem ich gesehen habe, wie leicht Ronnie Computer manipulieren und hacken kann, die eigentlich sicher sein sollten, verschob ich das Ganze wieder. Auf diesen Kassetten sage ich Sachen, mache ich Geständnisse, von denen sonst niemand erfahren sollte.

Ben hat gesagt, er habe Marlena auf dem College kennengelernt. Sie wurde schwanger. Bei ihm klang es so, als hätte sie ihm damit etwas angetan. Er sagte »Ich habe sie geheiratet« und nicht »Wir haben geheiratet«, als wäre sie kein Teil davon oder als wäre er zu dieser Ehe gezwungen worden, was er vielleicht auch so gemeint hat, weil Bennie kurze Zeit später auf die Welt kam. Er mochte versucht gewesen sein, einfach abzuhauen und die Rolle eines Ehemanns und Vaters nicht zu übernehmen, doch er war geblieben. Dieser selbstlose Akt passt nicht zu dem Ben, den ich zunehmend verabscheue. War es Liebe? Hat ihn sein reicher Vater unter Druck gesetzt? Möglicherweise gefiel ihm auch die Vorstellung, Vater zu werden. Ich muss zugeben, dass es den Anschein macht, er würde seinen Sohn lieben. Aber es ist auch offensichtlich, dass er keine derartigen Gefühle für seine Frau hegt.

Ich finde die gesuchte Kassette, lege sie ein und drücke auf ›Play‹. Dr. Albrights sanfte, freundliche Stimme dringt aus dem kleinen Lautsprecher. Sie spricht mich mit einem Namen an, den ich nicht länger benutze. Ich hoffe sehr, dass dieser Name bei allen, die ihn je gekannt haben, in Vergessenheit geraten ist.

Dr. Albright: Klär mich auf, Rylee.

Ich: Courtney ist der richtige Name meiner Mom. Ich bin mir nicht mehr sicher, was mein richtiger Name ist.

Ich lausche meiner Stimme, die so jung klingt. Als käme sie aus einem anderen Leben. Ich höre die Wut, die dicht unter der Oberfläche lauert und auf den Auslöser wartet, der sie explodieren lässt. Ich höre sie, weil ich mit ihr gelebt habe. Ein Teil dieser Wut ist im Laufe der Jahre verraucht, doch sie ist immer noch da, nicht besonders gut versteckt.

Ich: Courtney ist der richtige Name meiner Mutter. Das hat sie mir verheimlicht, so wie alles andere auch. Tante Ginger sagte, dass meine Mutter nach der Entbindung völlig verkrampft im Krankenhausbett lag und mich nicht ansehen konnte. Mama sagte, sie sei froh, dass ich ein Mädchen bin. Meine Tante Ginger bat Mama, mich anzuschauen. Sie sagte, ich sei wunderschön. Meine Mutter wollte nicht. Sie hatte Angst. Sie hatte Angst, ihn zu sehen, wenn sie mich betrachtete.

Dr. Albright: »Ihn«?

Meine Mom war froh gewesen, dass sie eine Tochter bekommen hatte. War Ben ebenso froh, einen Sohn zu haben? Meine Mom hatte Angst gehabt, mich anzusehen. Sie hatte sich davor gefürchtet, die Züge meines Erzeugers wiederzuerkennen. Meine Tante Ginger hat mir erzählt, dass mich meine Mom vor meinem Erzeuger versteckt hatte. Sie hatte Angst vor ihm. Angst um mich. Das war eine Lüge.

Ich spule die Kassette ein Stück vor.

Ich: So vieles, was in meinem Leben passiert ist, war inszenierter Aufruhr. Inszeniert von meiner Mutter, um die Spuren der einen Lüge mit einer anderen Lüge zu verwischen und mit noch einer und noch einer. Ich weiß noch, dass wir einmal eine Folge von Teen Mom *im Fernsehen sahen und das Mädchen, das gerade ein Baby bekommen hatte, darüber sprach, es zur Adoption freizugeben.*

Dr. Albright: Deine Mutter wollte dich weggeben.

Ich: Ja. Ich vermute, das wollte sie. Natürlich sagte Tante Ginger, dass sie mich damit vor ihm habe schützen wollen. Sie behauptete, sie habe sich so lange vor ihm versteckt, damit er nicht merkte, dass sie schwanger war. Es war alles eine Lüge. Während meine Mutter und ich die Sendung sahen, sagte ich ihr, dass ich das nie tun könnte. Niemals würde ich ein Baby einfach so weggeben. Sie sagte, wenn es für das Kind das Beste wäre, wäre es vielleicht auch das Beste für mich. Sie sagte, sie kenne Leute, die es in Erwägung gezogen hätten, weil es das einzig Richtige sei.

Ben Parker behauptet, seine Frau habe eine Affäre gehabt und sei deshalb schwanger. Wollte er das Baby? Hatten sie sich deswegen gestritten? Er schien sich sehr sicher zu sein, dass Bennie sein Sohn war, aber was würde er tun, wenn er wüsste, dass er nicht der Vater dieses Babys war? Hatte er von ihr verlangt, es abtreiben zu lassen, es aufzugeben? Was hätte sie dann getan? Wäre sie gegangen? Helen hatte nichts vom Verschwinden ihrer Tochter und ihres Enkels gewusst, bis sie von Sheriff Gray davon erfuhr. Sie machte sich solche Sorgen, dass sie vorerst beim Sheriff und seiner Frau wohnte. Tonys Worten zufolge kamen weder er noch seine Frau gut mit Helen aus.

Ben hatte hingegen schlafen gehen wollen. Er hatte Fragen beantwortet, sich jedoch alles aus der Nase ziehen lassen.

Ich: Ich habe Mom gefragt, wie es jemals richtig sein kann, sein Kind wegzugeben. Ich finde, sie hätte gar nicht erst schwanger werden dürfen. Meine Mutter antwortete nur, dass

*Fehler eben manchmal passieren. Manchmal seien Schwan-
gerschaften alles andere als geplant.*

Ich schalte den Rekorder aus und stelle ihn zurück in die
Schreibtischschublade. Marlena Parker hat Bennie auf dem
College nicht abgetrieben, und damals kam ihr die Schwangerschaft höchst ungelegen. Nachdem ich in ihrem Haus war und
die Kekse, Saftpäckchen und die Buntstiftzeichnungen gesehen
habe, bin ich davon überzeugt, dass sie ihren Sohn liebt und
eine gute Ehefrau war. Ben ist ein Arschloch. Er hat sie
betrogen und seine Fehltritte auf sie projiziert. Kam es wegen
der neuen Schwangerschaft zum Bruch zwischen den beiden?
Wusste sie von seinen Eskapaden? Hat sie rebelliert? Wenn das
der Fall war, wollte sie vielleicht nicht gefunden werden. Als
ich schon eine neue Kassette aussuchen will, merke ich, dass es
nicht nötig ist. Ich erinnere mich an jedes Wort der Unterhal-
tung mit Dr. Albright. Sie hat mich gefragt, ob mein Leben, in
dem ich ständig auf der Flucht war, für meine Eltern normal
erschien. Gab es Regeln? Ich war knapp siebzehn, als wir auf
der Flucht waren, und mit dem Wissen, das ich heute habe,
hätte ich ihr eine andere Antwort gegeben. Damals erwiderte
ich, dass »normal wirken« und »normal sein« zwei Seiten einer
Medaille seien. Für uns war es die Hölle. Ich sehe noch immer
das Gesicht meines Stiefvaters vor mir, wenn es wieder einmal
Zeit war, zu gehen, unsere Namen zu ändern und die Flucht zu
ergreifen. Ich spüre noch immer seine Nervosität. Sehe, wie er
die Augen zusammenkniff, wie sich der Schweiß an seinen
Schläfen sammelte und wie er sich leicht zurückzog. Er machte
sich jedes Mal Sorgen, dass man uns finden könnte.

Dr. Albright fragte auch danach, wie wir entschieden
hätten, wohin wir gehen. Meine Antwort kam mir damals
dumm vor, und das hat sich bis heute nicht geändert. Aber diese
Methode hielt uns lange Zeit am Leben. Am Abend, bevor wir
umzogen, machten wir etwas, das meine Eltern als »der

Tausch« bezeichneten: Wir füllten eine Glasschüssel mit den Namen von Städten, die wir auf kleine Zettel von der Größe derer geschrieben hatten, wie man sie in Glückskeksen findet. Was immer auf dem stand, den wir zogen, wurde zur neuen Heimat für unseren winzig kleinen Club. Meine Mutter erklärte uns diese Methode so, dass die zufällige Auswahl uns Sicherheit bringe.

Hat sich Marlena Parker etwas Ähnliches gedacht? Ist sie weggelaufen? Wie hat sie sich für ein Ziel entschieden? Brauchte sie Hilfe? Falls ja, warum ist sie gegangen, ohne irgendjemanden zu informieren? Wovor hatte sie Angst? Oder vor wem?

VIERZEHN

Nach zwei Stunden Schlaf kann ich keine Zeit mehr vergeuden. Ich stehe auf, ziehe mich an und verzichte auf meinen Morgenkaffee. Der Fall und die Aufmerksamkeit der Medien drängen mich, wieder an die Arbeit zu gehen. Kaffee kann ich auch auf dem Revier trinken. Als ich dort ankomme, sitzt Ronnie bereits vor ihrem Computer. Ich höre schon, als ich durch die Tür komme, wie sie auf die Tastatur einhämmert. Sie blickt auf, lächelt und fährt damit fort, die Tasten zu malträtieren.

»Ich konnte auch nicht schlafen. Der Kaffee ist schon fertig«, sagt Ronnie.

»Danke.« Ich spüle meine Tasse aus, schenke mir schwarzen Kaffee ein, trinke einen Schluck und spucke ihn beinahe wieder aus. »Was hast du da reingetan? Feuerzeugbenzin?«

»Ist er zu stark? Hab ich gar nicht gemerkt.«

»Nein, nein«, behaupte ich. »Er ist genau richtig.« Ich nehme an meinem Schreibtisch Platz, auf dem Ronnie einen Stapel Ausdrucke sowie Quittungen für die Übergabe von Beweismitteln an Marley Yang deponiert hat, von Ronnie unterschrieben. Sie hat eine DNA-Überprüfung, eine Bodenanalyse und DNA-Tests für das Streichholzbriefchen, den Schlamm, die Holzsplitter und die Wasserflasche angefordert.

»Waren wir schon in den Nachrichten?«, erkundige ich mich.

»Ja.« Ronnie hört auf zu tippen. »Ich bin die ungenannte Quelle, und du bist der Detective, der nicht erreicht werden konnte, um einen Kommentar abzugeben. Die Reporterin hat auch nach dem Fall in Colorado gefragt. Sie scheint zu glauben, die Polizei gleiche einer Ameisenkolonie und verfüge über ein kollektives Gedächtnis. Ich habe ihr mitgeteilt, dass ich nicht über laufende Fälle sprechen kann und dass sie sich an den Sheriff wenden soll. Meine Mailbox quillt förmlich über von Anrufen.«

»Was haben sie denn in den Nachrichten gesagt?«, hake ich nach.

»Es war der übliche Hype. Mutter und Sohn auf mysteriöse Weise verschwunden. Der Ehemann wird von der Polizei befragt. Danach ging es um den Colorado-Fall, und sie haben versucht, eine Verbindung herzustellen. Sie haben ein Foto des Verdächtigen und der Mordopfer aus Colorado gezeigt und danach Bilder von Ben und Marlena. Sie schienen aus ihren Führerscheinen zu stammen. Selbstverständlich wurde behauptet, dass sie versucht hätten, die für den Fall zuständigen Detectives zu erreichen, die jedoch keinen Kommentar abgeben wollten.«

»Haben sie versucht, mit Ben zu sprechen?«, will ich wissen.

»Keine Ahnung. Ich hoffe nicht.«

»Wurden Namen oder Beschreibungen erwähnt oder wurde die Bevölkerung aufgefordert, Kontakt zu uns aufzunehmen? Hat außer den Reportern irgendwer angerufen?« Sie schüttelt den Kopf. Ich werfe einen Blick aufs Handy und stelle fest, dass ich mehr als ein Dutzend Anrufe habe, die direkt auf die Mailbox weitergeleitet wurden. Sie kamen alle von zwei Telefonnummern. Vermutlich Reporter. »Tony sagte, er würde sich um die Medien kümmern. Wir dürfen uns von ihnen nicht von unserem Job ablenken lassen. Was hast du noch?«

»Das Streichholzbriefchen stammt aus dem Gentlemen's Club in Port Orchard.«

»Gentlemen's Club. Pah«, spotte ich.

Sie setzt sich auf die Kante meines Schreibtischs, woraufhin ich ihr einen warnenden Blick zuwerfe, mit dem ich ihr vermitteln will: *Ich bin müde. Ich hab Hunger. Geh mir nicht auf die Nerven.* Sie bleibt sitzen. Das ist gut.

»Ich habe sämtliche Kontaktinformationen des Besitzers, des Managers und sogar einiger Tänzerinnen. Allerdings sollten wir uns lieber persönlich mit ihnen unterhalten, denke ich.«

»Gute Idee.« Das hat mir gerade noch gefehlt, ein Haufen nackter Frauen und sabbernder Trunkenbolde, die mir den Start in den Tag versüßen.

»Marley meinte, die Holzsplitter seien größer als von einer Kettensäge und müssten eher von einer Industriesäge stammen. Hilft uns das weiter?«

Es schadet auf jeden Fall nicht. Ich deute auf den Papierstapel. »Was ist das alles?«

»Lustig, dass du fragst.«

Ich kann es nicht leiden, wenn sie das macht, spiele jedoch mit. »Was hast du denn herausgefunden?«

»Bens Vater ist Cyrus Parker.« Sie wartet einen Moment und ich würde die Worte am liebsten aus ihr herausschütteln. Als sie merkt, dass mir der Name nichts sagt, redet sie weiter. »Er ist das, was man früher als Raubritter bezeichnet hat.«

»Er hat schon mal wegen Raub gesessen?« Ich weiß genau, was sie meint, glaube ich jedenfalls, aber dieses dämliche Spiel beherrsche ich ebenso gut wie sie.

»Nein, Megan. John D. Rockefeller, Andrew Carnegie, J. P. Morgan, Henry Ford ...«

»Die haben auch alle Polizeiakten?« Ich amüsiere mich prächtig. Fehlt nur noch ein guter Kaffee.

Ronnie seufzt übertrieben theatralisch. »Raubritter sind Großindustrielle aus dem späten neunzehnten Jahrhundert. Sie haben durch Rücksichtslosigkeit und zweifelhafte Geschäftspraktiken ein Vermögen gemacht.«

Genau wie jeder Politiker, denke ich. Als ich aufstehe und zur Kaffeemaschine gehe, folgt mir Ronnie. Auch wenn mich Raubritter kein bisschen interessieren, tue ich so, als würde ich anbeißen. »So wie Bill Gates und Mark Zuckerberg?«

»Eher wie Jeff Bezos«, erwidert Ronnie.

»Wer?« Der Spaß geht weiter.

»Ach, vergiss es. Ich wollte eigentlich darauf hinaus, dass Cyrus Parker an diversen Großunternehmen in den Vereinigten Staaten und darüber hinaus beteiligt ist. Fischerei, Autoindustrie, Versicherungen, Anwaltskanzleien und ...«

»Ronnie, ich hab vielleicht zwei Stunden geschlafen. Komm bitte einfach zum Punkt.«

»Okay. Entschuldige. Unter anderem gehören oder gehörten ihm der Großteil der Nutzwälder und Sägewerke entlang der Küsten von Washington und Oregon.«

»Gute Arbeit, Ronnie.«

»Ich habe Ben angerufen und ihm auf die Mailbox gesprochen, dass er doch bitte schon früher aufs Revier kommen soll. Falls er die Nachricht abgehört hat, müsste er bald hier sein.«

Ich fühle mich schon schmutzig, wenn ich mich nur in seiner Nähe aufhalte. Nachdem ich in seiner Hütte war, möchte ich eigentlich nur noch stundenlang baden. »Nichts von dem, was er uns erzählt hat, ergibt einen Sinn. Sein Verhalten ist völlig daneben. Vielleicht ist er ein Soziopath und kann einfach nicht anders, als sich wie ein gefühlloses Arschloch zu benehmen. Aber uns läuft die Zeit davon.« Jede verstreichende Stunde verringert unsere Chance, seine Familie lebendig zu finden. Port Ludlow liegt im Regenschatten des Mount Olympus, daher regnet es dort nur halb so oft wie in den anderen Gemeinden am Puget Sound, dennoch sind wir nicht gegen schlechtes Wetter immun. Der Donner von letzter Nacht stellte eine echte Gefahr für die Suche dar, doch der Sturm brach glücklicherweise nicht los.

»Ich habe Marlenas Handy angerufen, bekam jedoch nur die Mailbox ran«, berichtet Ronnie. »Sollen wir einen Wagen losschicken, um Ben abzuholen, Megan?«

»Wenn er sich nicht bald meldet, fahren wir selbst hin.«

»Ich rufe ihn noch einmal an.«

Sie wählt seine Nummer, und diesmal geht er ran. »Hi, Ronnie.«

»Waren wir nicht für heute verabredet?«

»Entschuldigen Sie, Ronnie. Ich hatte die Zeit aus den Augen verloren, fahre aber gleich los.«

Kaum hat Ronnie das Handy sinken lassen, rufe ich Tony an. »Ben ist auf dem Weg hierher, Sheriff. Ich will ihn bitten, den Lügendetektortest zu machen. Wie schnell können wir jemanden dafür herschaffen?«

»Ich habe bereits jemanden angefordert.«

Ich lege auf und drehe mich zu Ronnie um. »Wie hat sich Ben angehört?«

»Ich bezweifle, dass er geschlafen hat.«

Dann wären wir ja schon zwei. Ich bin zwar eingenickt, habe jedoch von Erinnerungen aus meiner Vergangenheit geträumt und bin mit vor Angst zusammengezogenem Magen aufgewacht. Im Traum war ich viel jünger, Hayden war noch klein, wir saßen in einem Wagen, Mom fuhr und unser Stiefvater war nicht bei uns. Mom hatte ihn noch nicht kennengelernt. Ich wusste nicht, wovor wir flohen, hatte jedoch zu Recht Angst. Es gibt echte Monster, und sie lauern nicht nur unter dem Bett oder im Schrank.

FÜNFZEHN

Ronnie hatte vorhin bereits einen Officer gebeten, Marley Yang im Labor die von uns gesicherten Beweise zu bringen. Im Moment sammelt sie Daten über Ben und Marlena: Schulakten, Steuererklärungen, Stromrechnungen, Zeitungsausschnitte und Social-Media-Posts sowie diverse andere Dinge. Sie bezeichnet das als Data Mining. Ich habe etwas Ähnliches gemacht, als ich nach meiner Mutter und meinem Erzeuger gesucht habe. Dabei ging ich nicht so gründlich vor, wie Ronnie es tut, aber es hat funktioniert.

Ich koche noch eine Kanne Kaffee und gehe Mindy Newsoms Bericht durch. Sie schreibt, dass es an der Tür des Hauses in der Luna Ridge eine Überwachungskamera gibt, die jedoch nicht aktiviert war. Ben hat den Vertrag vor zwei Wochen gekündigt. Sie haben keinerlei Hinweise auf einen Kampf gefunden, es war nichts zerbrochen, nirgendwo war Blut, es gab keine Notizen und keinen Terminkalender. Das Einzige, was Mindy komisch vorkam, war die Stelle an der Wand im Elternschlafzimmer, an der ein Bilderrahmen gehangen hatte, der nun nicht mehr da war.

Mehrere Beamte haben die Nachbarschaft durchforstet

und sich nach Zeugen und Aufnahmen der Außenkameras erkundigt. Nur in einem Haus funktionierte das Gerät überhaupt, und wir können nur hoffen, dass das Haus der Parkers im Blickfeld liegt. Die Officer haben sich die Genehmigung geholt, die Videoarchive zu durchforsten. Im Haus auf der anderen Straßenseite der Parkers gibt es ein solches System natürlich nicht, und anstelle einer Alarmanlage haben sie einen Rottweiler.

Den von Ben beschriebenen Darth-Vader-Schlafanzug konnte Mindy nicht finden. Sie entdeckte auch keine Beweise dafür, dass Marlena eine Reise machen wollte. Im Schrank standen mehrere Koffer. Bennies Reisetasche mit dem Luke-Skywalker-Aufdruck befand sich noch in seinem Kleiderschrank. Es gab keine leeren Kleiderbügel. Marlenas Schlüsselbund hing neben der Küchentür. Im besten Fall war Marlena überstürzt aufgebrochen. Schlimmstenfalls wurde sie entführt.

Das Haus hat einen Kabel- und Internetanschluss, jedoch wurden keine Computer, Handys oder Aufzeichnungsgeräte gefunden. Mindy hat das Backblech mitgenommen, ebenso den Teller, die Bratpfanne und den Deckel und alles Marley übergeben, damit er die Gegenstände auf Fingerabdrücke untersucht und analysiert.

»Hast du das gelesen?« Ich reiche Ronnie Mindys Bericht.

»Ja. Er lag im Drucker, als ich herkam.«

»Ich hab du weißt schon wo zwei Schlafsäcke gesehen.« Sie weiß genau, wovon ich rede. »Könntest du der Parkverwaltung bei Gelegenheit ein paar Fotos der Familie schicken und sie bitten, in den Unterlagen nachzusehen, ob die Parkers irgendwo erwähnt werden? Sie sollen keine Suchaktion starten oder so, nur bei den Parkrangern nachfragen, wer die Familie in letzter Zeit gesehen hat.«

»Das ist längst passiert«, erklärt Ronnie. »Parker ist nicht im System. Ich habe die Führerscheinfotos hingeschickt und sie lassen sie rumgehen, rechnen jedoch nicht damit, dass sich dadurch etwas ergibt – und das tue ich auch nicht. Es ist ein Schuss ins Blaue, aber wir sollten nichts unversucht lassen.«

»Ben hat mir erzählt, dass sich Marlena nicht gern in der Natur aufhielt. Sie war schon in der Hütte, jedoch nicht in letzter Zeit, und es hat ihr dort nicht gefallen. Wenn er herkommt, solltest du ihn fragen, ob sie jemals zelten waren, und falls ja, wo. Und wie lange das her ist.«

Parker dürfte die Schlafsäcke problemlos erklären können, aber ich möchte sie trotzdem untersuchen lassen. Dafür brauche ich allerdings einen Beschluss, und ich bezweifle, dass mir genug vorliegt, um die Hütte durchsuchen zu lassen. Oder auch Bens Pick-up. Außerdem kann ich nicht erklären, woher ich von den Schlafsäcken oder der schlammverkrusteten Jeans weiß, ohne zuzugeben, dass ich mich dort gesetzwidrig umgesehen habe. Ich könnte natürlich lügen. Darin bin ich gut. Allerdings waren Paco und Sonny ebenfalls vor Ort. Sie haben Ben schon angelogen, um mich in Schutz zu nehmen, und ich möchte nicht, dass sie das erneut tun müssen, damit ich einen Durchsuchungsbeschluss bekomme. Benjamin Franklin hat das mal am besten ausgedrückt: »Drei können ein Geheimnis bewahren, wenn zwei von ihnen tot sind.« Aber ich werde Pacos und Sonnys Karriere bestimmt nicht gefährden. Auch wenn Paco kurz vor der Rente steht. Doch wenn Ben das getan hat, wovon ich ausgehe, und ein Mörder ist, dann darf ich nichts riskieren, was diesen Fall ruinieren könnte. Wahrscheinlich besorgt er sich teure Anwälte, die sämtliche schmutzigen Tricks kennen.

»Ich finde wirklich, dass du Ben verhören solltest, Megan. Mir ist nicht wohl bei der Sache.«

Sie hat sich bisher gut geschlagen, aber ich verstehe, was sie meint. Dies schlug von einem Vermisstenfall in eine mögliche Entführung oder, schlimmer noch, einen Mord um.

»Die Sache ist viel zu wichtig, Megan«, fährt sie fort. »Wenn ich Mist baue, könnte das zu einer Katastrophe führen.«

Ich soll sie schließlich immer noch ausbilden. »Du wirst das schon schaffen.« Sie wirft mir einen unsicheren Blick zu, und ich gebe nach. »Na gut, wir machen es zusammen. Ich gönne ihm eine Pause, wir holen uns einen Kaffee und reden. Ist das für dich in Ordnung?«

Sie stößt die Luft aus und ich kann ihr ansehen, dass sie sich entspannt.

»Glaub jetzt aber bitte nicht, ich würde dir in der Sache nicht vertrauen, Ronnie. Du kannst das.« Nicht so gut wie ich, aber fast.

In diesem Moment ist der Summer der Eingangstür zu hören. Heute ist Samstag. Das kann nur Ben Parker sein.

Ronnie steht auf, um Parker in den Verhörraum zu führen. Ich habe ein mulmiges Gefühl in der Magengrube. Möglicherweise sind wir schon zu spät dran. Wenn die Nachrichten über den Colorado-Fall stimmen, waren die Frau und die beiden Kinder schon mehrere Tage tot, als der Verdächtige endlich ein Geständnis abgelegt und der Polizei die Stelle gezeigt hat, an der die Leichen lagen. Was für ein Arschloch tut einer schwangeren Frau so etwas an? Oder seinen eigenen Kindern? Ich erinnere mich noch an seine Pressekonferenz im Fernsehen, bei der er immer wieder gesagt hat, er wollte nur, dass sie *nach Hause kommen*. Auch Ben hat genau diese Worte verwendet.

»Bist du bereit?«, frage ich, bevor sie losgeht, und sie nickt. »Gut. Jetzt schnapp ihn dir, und das mit dem Wasser oder Kaffee überspringen wir diesmal.«

Während Ronnie weg ist, schenke ich mir Kaffee nach. Anstelle von Ben höre ich Sheriff Gray mit Ronnie sprechen. Sein schütteres Haar steht in alle Richtungen ab und ihm hängt das Hemd aus der Hose. Er trägt Flipflops.

Bevor ich etwas sagen kann, hebt er eine Hand. »Ich weiß. Ich sollte eigentlich gar nicht hier sein, aber ich konnte die Stimme dieser Frau einfach nicht mehr ertragen.«

»Welcher Frau?«, frage ich.

»Helen.« Er erschaudert übertrieben theatralisch. Dass er keine fettige Papiertüte mit etwas zu essen in den Händen hat, irritiert mich.

»Geht es dir gut, Tony?« Er hat dunkle Ringe unter den Augen.

»Alles okay. Ich muss mich nur umziehen. In meinem Büro liegt noch eine Ersatzuniform.«

»Auch Schuhe?«

»Ja.«

Ich hole seine Tasse, auf der Bugs Bunny prangt, der fragt: »What's up, Doc?« Die Tasse war ein Geschenk seiner Frau, um ihm stressige Tage zu erleichtern. Ich fülle sie mit meinem extrastarken Kaffee, ohne Milch und Zucker. Er schließt seine Bürotür und ich höre, wie er Schubladen aufzieht und wieder schließt, und das nicht gerade leise. Ich klopfe an die Tür. »Hier ist dein Kaffee, Sheriff.«

Er öffnet die Tür, streckt eine Hand durch den Spalt, nimmt die Tasse und macht die Tür wieder zu. Kurze Zeit darauf kommt er in einer gestärkten und gebügelten kakifarbenen Uniform, schweren schwarzen Stiefeln und einem Sam-Browne-Einsatzgürtel mit Waffe wieder heraus, hat sich das Haar zumindest halbwegs gekämmt und wirkt ernst. Er hätte wie ein knallharter Polizist ausgesehen, wäre da nicht diese weiße Plastikhülle von *Dell's Auto Towing* voller Kugelschreiber in seiner rechten Hemdtasche gewesen. Ich weiß, woher er das Ding hat, weil der Name auf der weißen Plastikklappe steht, mit der es an der Hemdtasche befestigt wird.

Der Summer ertönt erneut, und Sheriff Gray verschwindet mit seinem Kaffee wieder im Büro.

»Ich sehe mir das Ganze von hier aus an. Ich kann für nichts garantieren, wenn ich ihm über den Weg laufe, diesem ... diesem ...« Er presst die Lippen aufeinander und schließt seine Bürotür hinter sich.

SECHZEHN

Ben sieht aus, als wollte er ausgehen. Er ist glattrasiert, hat sich das Haar nach hinten gegelt und trägt eine hellbraune Hose und ein marineblaues Hemd. Die gerahmten Fotos in seiner Hütte bekommen auf einmal eine neue Bedeutung. Sie sind gewissermaßen eine Bildergeschichte vom pummeligen zum männlich muskulären Ben. Ich kann nicht leugnen, dass er gut aussieht. Ein Mann, nach dem man sich umdreht. Er riecht auch gut. Und er lächelt. Allerdings gilt sein Lächeln meist Ronnie. Vielleicht stellt er sich vor, sie in seinem Spielzimmer zu haben. Widerlich! Aber wirkt er wie ein besorgter Ehemann und Vater? Nicht im Geringsten.

Ich zerstöre seine Illusion, dass wir uns in seinem Gentleman's Club aufhalten, als ich ihn in den karg eingerichteten Verhörraum geleite.

»Bitte setzen Sie sich.« Bei diesen Worten deute ich auf den Stuhl in der Ecke an der Wand; danach setze ich mich direkt neben ihn, sodass er eingesperrt ist. Ronnie nimmt neben der Tür Platz, um ihm zu verstehen zu geben, dass er hier nicht so leicht wieder rauskommt. Als er sich auf den Stuhl sinken lässt, leuchten seine Augen kurz auf. Es gefällt ihm nicht, sich von anderen etwas sagen zu lassen. Erst recht nicht von einer Frau. Er ist größer als ich. Größer als Ronnie. Er mag ein Mörder sein, doch auch ich habe schon getötet. Mir fällt auf, dass sich Schweiß auf seiner Oberlippe bildet, dabei habe ich ihm noch keine einzige Frage gestellt.

»Wir nehmen das Gespräch auf«, teile ich ihm mit. Er kann sich weigern, gefilmt zu werden, sagt jedoch nichts und wirft Ronnie einen Seitenblick zu. »Sehen Sie mich an, Mr Parker«, verlange ich. Er konzentriert sich auf mich und setzt ein Lächeln auf. Es wirkt nicht echt. Anscheinend will er seinen Charme spielen lassen, was auf mich nur schmierig wirkt. Sein Lächeln verblasst, als ich sage: »Mr Parker, wir haben immer noch nichts von Ihrer Frau und Ihrem Sohn gehört, falls Sie sich das gefragt haben.«

»Das dachte ich mir bereits, Megan.«

»Detective Carpenter«, korrigiere ich ihn und unterbinde die Vertraulichkeiten. Ich habe hier das Sagen. »Ich möchte nicht unhöflich sein, Mr Parker, aber ich bin diejenige, die Ihre Frau und Ihren Sohn finden wird.« Ich kann mich gerade noch davon abhalten, hinzuzufügen: »und die sie nach Hause bringt«. Das, was ich von diesem Mann empfange, suggeriert mir, dass Letzteres nicht mehr möglich ist. Ich verdränge das Gefühl. Ich muss so weitermachen, als wären sie noch am Leben, wohlauf und hätten sich nur verlaufen oder würden irgendwo festgehalten. So etwas kenne ich aus eigener Erfahrung. Mein Erzeuger hat mich entführt und in einem verlassenen Pumpwerk angekettet. Mein eigener Vater wollte mich vergewaltigen, foltern und ermorden. Warum sollte sich dieser Kerl bei seiner Familie anders verhalten?

In seinen Augen ist der erste Hauch von Unsicherheit zu erkennen, während er sich offensichtlich fragt, wer hier die Kontrolle hat. Ich mache ihn nervös. Oder ich habe ihn zumindest von irgendwelchen Spielchen abgehalten.

»Wann haben Sie Ihre Frau Marlena oder Ihren Sohn Bennie das letzte Mal gesehen, Mr Parker?«

Er antwortet mir nicht sofort. Ich gebe ihm eine Sekunde Zeit. Als er spricht, sieht er mich direkt an. »Wann ich sie das letzte Mal wirklich gesehen habe? Vor einer Woche. Letzten Samstag.«

»Und woher wissen Sie das genaue Datum?« *Jetzt kommt's.*

Er wendet den Blick nicht ab, verschränkt jedoch die Füße. »Es wird in meinem Handykalender stehen. Ich bin hingefahren, um Bennie zu sehen und einiges mit meiner Frau zu besprechen.«

»Tragen Sie solche Sachen immer in Ihren Handykalender ein?«

Er blinzelt. »Ja, meistens jedenfalls.«

»Bitte geben Sie Detective Marsh Ihr Handy«, fordere ich ihn auf.

»Werde ich verdächtigt?« Er greift nicht nach seinem Handy und sieht mich die ganze Zeit unverwandt an.

»Ich weiß, dass Sie ein schlauer Mann sind, Mr Parker. Daher ist Ihnen klar, dass wir uns Ihr Handy ansehen müssen.« Er nickt. »Außerdem möchte ich gern einen Blick in Ihren Pick-up werfen.«

»Der Ehemann wird immer als Erster verdächtigt, nicht wahr?«, meint er. »Das kenne ich aus dem Fernsehen.«

»Ganz genau. Lassen Sie mich einfach meinen Job machen. Ich bin sehr gut darin. Ich werde Ihre Familie finden. Sie waren sehr kooperativ.« *Das ist gelogen.* Er scheint sich zu entspannen und setzt sich lockerer hin. Als er Ronnie sein Handy reicht, berührt er ihre Hand etwas zu lange. Sie lächelt ihn ermutigend an. Er lehnt sich zurück und erwidert das Lächeln. Sie geht mit dem Handy in der Hand hinaus.

»Ich würde alles tun, damit sie wieder nach Hause kommen.«

Bingo. Die magischen Worte. »Mr Parker – Ben –, wo

arbeiten Sie?« Diese Frage hat ihm Ronnie schon gestellt, daher sollte ihm die Antwort leichtfallen.

»Ich arbeite für meinen Vater.«

»Parker Industries, richtig?« Er nickt. »Was genau machen Sie für Ihren Vater?«

»Ich bin einer seiner Manager.«

»Er hat mehrere?«

»Ja. Mein Vater ist in vielen Geschäftszweigen tätig, und das nicht nur hier, sondern auch in Kanada, Italien, Frankreich und in anderen Ländern.«

»Was genau tun Sie so als Manager?«

»Im Allgemeinen kümmere ich mich um seine hiesigen Geschäftsinteressen.«

»Was genau bedeutet das?«

»Ich sitze in den Vorstandssitzungen, besuche die Unternehmen und überprüfe, ob alles läuft. Dabei reise ich an jeden Ort, an dem ich gebraucht werde.«

Mit anderen Worten: Sie haben gar keinen Job. »Bitte erklären Sie mir das.«

»Mein Vater ist Großaktionär mehrerer Unternehmensvereinigungen und besitzt einige auch direkt.«

»Beispielsweise?«

»Ach, es sind so viele. Supermarktketten, Casinos, Stahlproduktion, Kommunikationsunternehmen wie Radiosender, Fernsehkanäle und Handydienste. Soll ich weitermachen?«

Ich würde ja gern Ja sagen, aber er kommt sich auch so schon ungemein wichtig vor.

»Verwalten Sie auch Baustellen oder Raffinerien?« Ich lasse die Frage offen, damit er mir alles näher ausführt.

»Uns gehören einige Bauunternehmen. Seine Ölindustriefirmen befinden sich größtenteils in Louisiana, doch mit denen habe ich nichts zu tun.«

»Wie verstehen Sie sich mit Ihren Eltern?«

»Was hat das denn mit dieser Sache zu tun?«, will er wissen.

»Familiendynamiken sind wichtig, um zu verstehen, wie Ihre Frau denkt.« *Und auch Sie.*

»Mein Vater war in meiner Kindheit immer nur auf die Arbeit konzentriert. Ich wurde im Großen und Ganzen von Kindermädchen und Lehrern großgezogen. Mutter hat mich aufs Internat geschickt. Es waren sogar mehrere, wenn ich ehrlich bin. Meine Mutter ging, als ich gerade alt genug war, um ohne sie zurechtzukommen. Ich kann mich kaum an sie erinnern. Danach war ich mit meinem Vater allein. Manchmal mehr, als mir lieb war.« Er hält inne. »Sie müssen wissen, dass unsere Beziehung nicht unbedingt typisch ist, und sein Sohn zu sein war hin und wieder, nun ja ... seltsam.«

»Ist Ihre Mutter noch am Leben?«

Er schnauft und schaut zur Seite. »Ich habe nichts von ihr gehört und mein Vater redet nie über sie. Allerdings frage ich auch nie nach.«

»Was hat sie für einen Job?« Wenn man mit Midas verheiratet ist, muss man vermutlich nicht arbeiten.

»Nach allem, was ich weiß, macht sie nichts. Sie war Hausfrau, und dann ist sie gegangen. Ich erinnere mich nicht an sie. Warum fragen Sie nach ihr? Sie hat mit dem, was hier passiert ist, nichts zu tun.«

Passiert?

Ich ignoriere die Frage und stelle selbst eine. »Wusste Marlena von Ihrer Mutter?« Das Gespräch über seine Mutter ärgert ihn. Ich lasse es gut sein. »Vergessen Sie die Frage. Wie kommt Ihr Vater mit Marlena und Bennie aus?«

»Bennie hält Cyrus für einen Superhelden, und Vater tut so, als wäre Bennie sein Sohn und nicht etwa sein Enkel. Selbstverständlich kann mein Vater den Gedanken, dass er alt wird, nicht ausstehen. Er gestattet nicht, dass man ihn ›Gramps‹ oder ›Grandpa‹ nennt, sondern er ist ›Cyrus‹.«

Als Ben den Namen seines Vaters ausspricht, wedelt er mit einer Hand in der Luft.

»Was hält Cyrus von Ihrer Frau?«

»Marlena ist in seinen Augen die Beste. Schließlich ist sie Bennies Mutter.«

»Sehen sie sich oft?«

»Meine Frau und mein Vater?«

»Und Bennie?«, füge ich hinzu.

»Häufiger als ich. Ich arbeite viel. Mein Vater verlässt seine Insel nur selten.«

»Seine Insel?« Warum überrascht mich das nicht? »Welche gehört ihm denn?« Es gibt hier Dutzende von Inseln.

»Parker Island. Sie ist nicht besonders groß. Knapp acht Quadratkilometer. Er hat auf der Insel sogar eine kleine Stadt errichtet. Parkertown. Dort sind keine Autos erlaubt. Nur Golf-wagen. Man kommt auch nur mit dem Boot auf die Insel oder wieder runter. Mit seinem Boot. Ihm gehört ein Grundstück auf dem Festland, auf dem er eine Anlegestelle und Parkplätze für die Einwohner hat bauen lassen. Aber auf der Insel wohnt heute niemand außer Vater und seinen Angestellten.«

Von einer Parker Island habe ich noch nie zuvor gehört. »Da wohnt sonst niemand?« Das ist selbst für einen Milliardär ziemlich verrückt.

»Er war es leid, Nachbarn zu haben. Da er sowieso sämt-liche Kredite für die Häuser vergeben hatte, kaufte er sie einfach und die Leute zogen weg.«

Ronnie kehrt mit Bens Handy zurück und drückt es ihm wieder in die Hand.

»Sie sagten, Marlena und Bennie verbringen viel Zeit mit Ihrem Vater.«

»Er schickt ihnen seinen Fahrer. Manchmal bleiben sie eine ganze Woche auf der Insel. In der Casa Parker gibt es alle Annehmlichkeiten, die man sich nur denken kann.«

»Verzeihen Sie mir die Frage, aber kann es sein, dass Sie Ihren Vater nicht leiden können?«, will ich wissen.

Er grinst. »So langsam wird offensichtlich, warum Sie Detective geworden sind, Megan. Ich meine, Detective Carpenter.«

Der Mann bildet sich doch glatt ein, die Kontrolle über das Verhör zu haben. Sein Reichtum und die Macht seines Vaters haben ihn viel zu selbstsicher gemacht. Ich lasse ihn gern in diesem Glauben, wenn er dadurch redefreudiger wird. »Sagen Sie ruhig Megan, Mr Parker.«

»Sie können mich gern Ben nennen. Sind wir wieder Freunde?«

Mir war nicht bewusst, dass wir jemals Freunde waren. »Okay. Ben. Danke.« Er dreht sich auf seinem Stuhl um, sodass sein Knie das meine berührt. Das gefällt mir nicht, doch ich unterdrücke den Drang, ihm die selbstgefällige Miene zu zerschmettern. »Glauben Sie, Ihr Vater könnte seinen Fahrer geschickt haben, um Marlena und Bennie abzuholen? Halten sich die beiden vielleicht auf der Insel auf?«

Seine Augen lodern, doch das Feuer erlischt sogleich wieder. »Da müssen Sie Vater fragen. Es wäre durchaus denkbar. Wollen Sie sich einen Durchsuchungsbeschluss für sein Haus besorgen? Da wäre ich gern dabei.«

Der Apfel fällt nicht weit vom Stamm. »Das wird wohl nicht notwendig sein. Haben Sie ihn angerufen?« Er antwortet nicht. »Sie haben ihn nicht über das Verschwinden Ihrer Frau und Ihres Sohnes informiert?« Auch jetzt schweigt er. »Weiß er von Ihren Eheproblemen?«

»Vermutlich. Er würde es mir unter die Nase reiben, wenn sie mich verließe und zu ihm ginge. Schließlich hält er sich sowieso für einen besseren Ehemann und Vater.«

Das ist mehr, als ich verkraften kann. Ich habe schon viel krankes Zeug gesehen, aber das hier erinnert mich eher an *Die*

Nacht der moralisch Toten. »Glauben Sie, er würde mich mit Marlena reden lassen, falls sie dort ist?«

»Sie können ihn sowieso nicht erreichen. Er wird besser beschützt als der Präsident, und es ist noch schwerer, an ihn ranzukommen.«

»Gehen Sie gern zelten, Ben?«

Der plötzliche Themenwechsel überrascht ihn, und er kneift die Augen zusammen. Jetzt weiß er, dass ich die Schlafsäcke in seinem Haus und noch viel mehr gesehen habe.

»Ja. Im Einklang mit der Natur und all das.«

»Was ist mit Marlena und Bennie? Waren sie im Einklang mit Ihnen?« Er zuckt mit den Achseln. »Gehen Sie häufig zelten?«

»Gehe ich zelten?« Er überlegt kurz. »Offen gesagt gehe ich wahnsinnig gern zelten. Marlena hat mich nur einmal begleitet. Bennie schien es Spaß zu machen.«

»Waren Sie und Marlena auch allein zelten?«

»Ohne Bennie?«, fragt er.

Ich nicke.

»Ich wollte, dass sie meine Interessen teilt.«

Mir fällt auf, dass er nichts davon sagt, ihre Interessen teilen zu wollen. »In letzter Zeit?«

»Nein. Das ist länger her.«

»Waren Sie an einem besonderen Ort?« Nachdem ich die Frage gestellt habe, erschaudere ich. Vor nicht allzu langer Zeit wurde ich von einer durchgeknallten Killerin, die mich tot sehen wollte, in ein Waldgebiet im Clallam County gelockt. Daher kann ich nur hoffen, dass ich nie wieder in einen Wald gehen muss.

Er legt den Kopf schief und wirft mir einen vielsagenden Blick zu. »Lassen Sie mich nachdenken. Nein, an diesen Ort würden sie nicht gehen. Außerdem liegen ihre Schlafsäcke noch bei mir.« Der Ansatz eines Lächelns umspielt seine Lippen.

»Wissen Sie, wo ihr Handy sein könnte?«, erkundige ich mich.

»Ich dachte, die Polizei hätte es gefunden.«

»Hat sie es nicht ständig bei sich?«, entgegne ich. »Meins ist förmlich an mir festgewachsen.«

»Bei Ihrem Job überrascht mich das nicht. Sie könnten jederzeit einen wichtigen Anruf bekommen. Marlena hatte ihres immer in Reichweite, und wenn Sie es nicht im Haus gefunden haben, müsste sie es bei sich tragen.«

»Okay.« *Es sei denn, Sie haben es ihr abgenommen.*

»Ich möchte so etwas eigentlich nicht denken«, sagt er, »aber vielleicht hat jemand die beiden entführt und ihr Handy entsorgt. Oder sie ist mit dem Typen unterwegs, der sie geschwängert hat. Vielleicht ist sie gerade bei *ihm*. Ich weiß, dass sie ihr Handy eigentlich immer bei sich hat, aber sie ist nicht rangegangen. Und nein, ich habe keine Ahnung, wer der Typ ist.«

Er bietet uns eine alternative Erklärung für Marlenas Verschwinden an. Ich sollte ihn weiterreden lassen. Damit er sich die Schlinge selbst um den Hals legt. Aber ich möchte die Sache langsam angehen. Ihn zum Schwitzen bringen. Damit er einen Fehler macht. »Möchten Sie einen Kaffee? Oder ein Wasser? Müssen Sie mal für kleine Jungs?«

»Ein Kaffee wäre nett. Und ja, ich würde auch gern auf die Toilette gehen, wenn das gestattet ist.«

»Sie stehen nicht unter Arrest. Ronnie zeigt Ihnen den Weg. Ich kümmere mich in der Zwischenzeit um den Kaffee.«

Als ich aufstehe, um ihn rauszulassen, streift er mich, und zwar mit voller Absicht. Er will mich dominieren, mir zeigen, dass er der Alpha ist. Ich werde noch zu seinem Omega, wenn er das mit dem Berühren nicht sein lässt.

Ronnie zeigt in Richtung Toilette, und ich hole mir und ihr einen Kaffee. Als sie nach ihrer Tasse greift, frage ich: »Und?«

Sie sieht mich über den Tassenrand hinweg an. »Er ist eine totale Katastrophe.«

»So sehe ich das auch.«

»Und was jetzt?«

»Wenn er seine Nase gepudert hat, führst du ihn zurück in den Verhörraum. Er mag dich. Ich werde allein mit ihm sprechen. Hast du auf dem Handy was entdeckt?«

»Nichts, über das wir im Augenblick reden müssten.«

»Dann auf zu Runde zwei.« Ich schenke Parker einen Kaffee ein.

Ronnie begleitet ihn zurück in den Raum und schließt die Tür hinter ihn. Ich deute auf einen Stuhl.

»Ich bin bereit«, sagt Ben.

SIEBZEHN

Sie erinnert sich, an einem dunklen Ort aufgewacht zu sein, an dem es nach Sägespänen und Öl sowie leicht nach irgendeinem Treibstoff roch. Sie weiß jedoch nicht mehr, dass sie erneut eingeschlafen ist, und dies scheint nicht derselbe Ort zu sein wie der, an dem sie das erste Mal aufgewacht ist. Der Geruch hier ist nahezu erstickend. Zuvor hatte Bennie seinen Inhalator dabei. Sie befühlt ihre Taschen und ist erleichtert, als sie ihn darin spürt. Die Spielzeugfigur ist weg. Sie zieht den Jungen an ihre Brust, tätschelt sanft seine Wange und schüttelt ihn, bis er sich regt.

»Mommy?«

»Ich bin hier, Schatz. Du bist bei mir. Du bist in Sicherheit.« Sie weiß, dass sie nicht in Sicherheit sind. Der Boden ist trockener als zuvor. Es riecht anders. Alt und staubig. Sie hat keine Ahnung, wo sie sind. Wo sie vorher waren. Wie sie hierhergekommen sind. Sie weiß nur, dass sie hier nicht bleiben können.

Ihr wird übel, und sie beugt sich zur Seite und muss würgen. Doch es kommt nur etwas Schleim heraus. Als sich ihr Magen wieder beruhigt hat, holt sie mehrmals tief Luft und sagt sich, dass es vermutlich nur die Morgenübelkeit war. Bei Bennie hatte sie schlimmer darunter zu leiden. Sie versucht, sich zu beruhigen. Wenn sie nicht ruhig ist, kann sie Bennie nicht helfen.

Auch wenn sie es nicht will, muss sie an den Traum denken. Das Boot sank. Sie wusste nicht mehr, ob sie schwimmen kann, aber das Wasser war gefährlich. Sie tastet den Boden um sich herum ab und entdeckt zwei Plastikflaschen. Eine fühlt sich leer an. Die andere ist halbvoll. Ein komisches Gefühl überkommt sie. Mit dem Wasser stimmt was nicht. Ihr Traum war eine Warnung, das Wasser nicht zu trinken. Bennie und sie hatten etwas Wasser getrunken und das Bewusstsein verloren. Sie war nicht eingeschlafen. Zum Schlafen war sie viel zu durcheinander, und so tief schläft sie ohnehin nie. Jemand hatte etwas ins Wasser getan. An guten Tagen braucht sie schon Schlaftabletten, um überhaupt einschlafen zu können. »Das Wasser war nicht in Ordnung.«

»Mommy? Ich hab Durst.«

Seine Stimme klingt träge und schwach. »Wir können gleich etwas trinken, Schatz. Mommy muss erst nachdenken.«

»Ich hab Durst, Mommy.«

»Ich auch, Schatz, aber ich glaube, das Wasser ist verdorben. Wir sollten es nur trinken, wenn es unbedingt notwendig ist. Okay?«

»Okay. Aber ich hab großen Durst, Mommy.« Er drückt sich an sie und atmet immer langsamer, als er wieder einschläft.

Jemand hat ihnen etwas ins Wasser getan. Wer tut einem Vierjährigen so etwas an? Sie wurden entführt, so viel steht fest. Aber dass sie noch am Leben sind, ist eine gute Nachricht. Die Mutter und ihre Töchter, die vermisst und später ermordet aufgefunden wurden, waren erwürgt worden. Man hatte sie nicht einfach zum Sterben zurückgelassen. Die Polizei hatte den Ehemann in Verdacht. Möglicherweise hat er auch gestanden. Aber Bennie und sie sind noch am Leben und wurden an einen anderen Ort gebracht. Das bedeutet, dass die Entführer auf Geld aus sind. Aber sie wollen es nicht von Ben. Er hat kein eigenes Geld und würde es ihnen wahrscheinlich auch gar nicht geben. Er liebt sie nicht. Das hat er ihr deutlich zu verstehen gegeben. Für Bennie würde er hingegen alles tun. Jedenfalls hatte sie das bisher geglaubt. Er war ein verdammt guter Lügner. Hatte er ihr alles nur vorgespielt? Steckt er hinter der ganzen Sache? Er hatte sie schon früher geschlagen, war aber im Grunde genommen ein Feigling. Männer, die Frauen schlagen, sind immer feige. Es würde zu Ben passen, dass er sie einfach hier einsperrt und vergisst, damit er sich nicht von ihr scheiden lassen und Cyrus gestehen muss, dass seine Ehe gescheitert ist. Dieser Mistkerl.

ACHTZEHN

Als Ronnie hinausgeht, um die Daten von Bens Handy zu durchforsten, nehme ich ihren Platz an der Tür ein. Soll er doch glauben, er hätte mich zurechtgewiesen. Das macht mir die Sache nur leichter. Bisher hat Mr Ben Parker meine Fragen alle beantwortet. Allerdings lässt er sich leicht dazu verleiten, über seinen Vater und seine Mutter herzuziehen. Man sieht ihm die Abscheu deutlich an; sie verringert seine Fähigkeit, erlittene Kränkungen zu überwinden, und droht, ihn zu ersticken.

Verhörtechniken sind im Internet schnell zu finden, ebenso wie Informationen darüber, wie man einen Lügendetektortest bewältigt. Wenn man will, findet man dort sogar die Anleitung für den Bau einer Atombombe. Wie man ein mitfühlender, freundlicher Mensch wird, erfährt man online allerdings nicht. Zumindest bezweifle ich das. Wenn ich Zugriff auf Bens Computer bekomme, finde ich darauf garantiert den Beweis dafür, dass er recherchiert hat, wie man während eines Verhörs überzeugende Aussagen macht. Oder wie man eine Leiche entsorgt. Ben ist reich. Der Wohlstand war stets seine Rettung. Er behauptet, in der Highschool und auf dem College damit aufgezogen worden zu sein. Aber ich frage mich schon, ob er nicht einfach überempfindlich war und ob diejenigen, die ihn angeblich gepiesackt haben, einfach nur zu ihm durchdringen wollten. Ich habe keine Ahnung, wie schlau er ist. Mit Geld kann man sich eine Ausbildung oder ein Diplom kaufen, doch er ist weder besonders fantasievoll noch kreativ. Er hatte immer seinen Vater, ein Kindermädchen oder einen Lehrer und bekam gesagt, was er tun sollte. Wenn er über die Beziehung seines Vaters zu Marlena und Bennie die Wahrheit gesagt hat, sollte ich auch in diese Richtung ermitteln. Vielleicht suche ich sogar nach seiner Mutter. Und ich muss unbedingt mit Helen sprechen.

»Ich habe meine Meinung geändert«, verkündet er und lehnt sich auf seinem Stuhl zurück. »Würden Sie mir vielleicht einen Schokoriegel oder so etwas bringen?«

Ich öffne die Tür einen Spalt weit und bitte Ronnie darum. Eine Minute später kehrt sie zurück und erfüllt die Bitte des großen Meisters. Er nimmt den Riegel mit selbstgefälliger Miene von ihr entgegen. »Danke, Ronnie. Dafür schulde ich Ihnen ein Abendessen.«

Sie hat einen Freund, also mach dir lieber keine Hoffnungen. »Sonst noch was, bevor wir weitermachen?«, frage ich. *Vielleicht eine Fußmassage? Ich könnte dir aber auch in beide Kniekehlen schießen.*

»Das reicht vorerst. Wo waren wir?«

»Ihrem Vater gehört eine Insel.«

»Parker Island. Richtig. Ein bisschen exzentrisch, aber so ist Vater nun mal.« Er beißt vom Schokoriegel ab.

»Vielleicht sollte ich ihn anrufen«, schlage ich vor. »Ich könnte ihn bitten, herzukommen und Ihnen beizustehen. Sie zu unterstützen.«

Während ich das sage, kann ich beobachten, wie sein Ausdruck zu dem des alten Ben Parker wechselt, den wir bei unserer ersten Begegnung kennengelernt haben. Er ist der kleine Junge, der nie von seinem Vater geliebt wurde. Er wirkt verunsichert. Aber nur einen Sekundenbruchteil.

»Er wird nicht herkommen. Ich sagte ja schon, dass er seine Insel nur selten verlässt. Außerdem geht er fest davon aus, dass ich allein zurechtkomme. Mein Vater hat nichts übrig für Schwäche oder Dummköpfe.«

»Das tut mir leid, Ben. Sie müssen eine schwere Kindheit gehabt haben. Das kann ich nachempfinden.« Es ist nicht so, als würde ich ihn mögen oder ihm verzeihen, falls seiner Familie etwas zugestoßen sein sollte. Er tut mir auch nicht leid. Aber ich kann es nachempfinden.

Etwas Persönliches zu offenbaren, zahlt sich immer aus. »Ich habe erst mit achtzehn erfahren, wer mein leiblicher Vater ist«, teile ich ihm mit. »Meine Mutter war oft weg. Mein Stiefvater wurde ermordet, daher bin ich im Großen und Ganzen allein aufgewachsen.« Ich erwähne Hayden nicht und erzähle ihm auch nicht, dass mein Erzeuger ein Serienmörder war – oder dass *ich* ebenfalls gemordet habe.

»Na, Sie scheinen ja trotzdem etwas aus sich gemacht zu haben. Ist Ihre Mutter noch Teil Ihres Lebens?«

»Nein. Aber ich wollte eher darauf hinaus, dass Sie nach vorn blicken müssen, selbst wenn Sie in der Vergangenheit Probleme und kein liebevolles Zuhause hatten. Machen Sie es besser als Ihre Eltern. Glauben Sie an so etwas?«

Er mustert mich einen Augenblick. »Ich hätte nicht gedacht, dass Sie ein so tiefgründiger Mensch sind, Detective Carpenter. Polizisten sollen doch gar nicht so verständnisvoll sein.«

Ich versuche mich an einem Lächeln. Das hilft mir, das Würgen zu unterdrücken. »Ja. So bin ich nun mal. Detective, Psychologin, Visionärin.«

Das bringt mir ein Lachen ein. Ich kann auch charmant sein.

»Mein Vater würde Sie mögen. Er mochte auch Marlena, weil sie so schlagfertig wie Sie war.«

Mochte? War? Mir wird ganz anders. »Könnte er wissen, wohin sie gegangen sind?«

»Sie glauben also nicht, dass sie gegen ihren Willen verschleppt wurde.«

»Ich gehe nur alle Möglichkeiten durch.«

»Er wird es nicht wissen, und selbst wenn er es weiß, wird er es Ihnen nicht sagen, weil Sie es dann auch mir verraten müssten. Ich bezweifle, dass sie irgendjemandem gesagt hat, wo sie hinwill. Sie hat keine Freunde und niemanden, mit dem sie reden kann. Sie mochte meinen Vater, hätte ihn jedoch nie mit ihren Problemen belastet.«

»Was für Problemen?«

Er starrt seine Hände an. »Keine Ahnung, warum ich das gesagt habe. Ich bin mir nicht sicher. Eigentlich weiß ich es gar nicht. Aber wenn sie mit einem Freund abgehauen ist, würde sie meinem Vater garantiert nichts davon erzählen.«

Gute Antwort. »Lassen Sie uns den Gedankengang weiterverfolgen.«

»Ich sagte Ihnen doch schon, dass ich den Mann nicht kenne. Er ist für mich ein Fremder.«

Ich will gerade weiter in ihn dringen, als mein Handy in meiner Tasche summt. Da habe ich doch glatt die oberste Regel eines Verhörs missachtet: Schalte immer dein Handy aus. Ich lasse es summen.

»Sie sollten da lieber rangehen.«

»Das ist unwichtig«, erwidere ich.

»Es könnte *Ihr* Freund sein. Mir ist aufgefallen, dass Sie keinen Ehering tragen.«

Ich halte das Handy in der Hand. Auf dem Display steht die Nummer eines Telefonverkäufers. Lächelnd schalte ich es aus. »Sie sind wohl Hellseher. Ich rufe ihn später zurück. Ruft Ihre Freundin Sie zu unpassenden Zeiten an?«

»Nein«, antwortet er, bevor er bemerkt, dass er gerade zugegeben hat, eine Freundin zu haben. »Ich habe eine Freundin, also eine ganz normale Freundin, doch sie ruft mich nie an, wenn ich beschäftigt bin. Eigentlich tut sie es sowieso fast nie. Ich bin verheiratet.«

»Tut mir leid, dass ich das gefragt habe.« Tut es nicht.

»Schon okay. Sie und ich, wir sind nur Freunde.«

»Kennt Marlena Ihre Freundin? Vielleicht weiß Ihre Freundin ja, wo die beiden sind«, mutmaße ich.

»Nein, das kann ich mir nicht vorstellen.«

»Wie ist denn ihr Name?« Ich rechne nicht mit einer Antwort, werde es aber so oder so herausfinden.

»Ich möchte sie nicht damit belästigen. Sie ist nur eine Freundin.«

»Ich würde Sie das nicht fragen, wenn es nicht wichtig wäre, Mr Parker. Vertrauen Sie mir und lassen Sie mich meinen Job machen.«

»Das tue ich. Ich vertraue Ihnen. Aber es würde nichts bringen, mit ihr zu reden. Sie kennt Marlena nicht. Die beiden sind sich nie begegnet. Ich weiß wirklich nicht, was das soll. Glauben Sie etwa, ich hätte eine Affäre? Das ist doch lächerlich.«

»Passen Sie mal auf, Ben. Sie nehmen doch an keiner Vorstandssitzung teil, ohne jedes Detail zu kennen, richtig?«

»Lucia. Ihr Name ist Lucia Simmons.«

»Wie gut kennen Sie sie?«

»Wir arbeiten zusammen. Sie ist meine persönliche Sekretärin.«

Ich habe alles bekommen, was er mir zu geben bereit ist, ohne ihn zu verschrecken, daher wechsle ich das Thema. Wahrscheinlich sucht Ronnie bereits im Netz nach Lucia Simons, Cyrus Parker und Parker Island.

»Haben Sie oder Ihre Frau Feinde?«

»Jeder hat Feinde, Detective.«

Jetzt bin ich also »Detective« und nicht länger »Megan« oder »Detective Carpenter«.

»Fällt Ihnen da jemand Bestimmtes ein?«

»Ich musste sehr viele Menschen entlassen. Nicht jeder Arbeiter hat einen makellosen Ruf. Auf den Baustellen habe ich zahlreiche ehemalige Häftlinge und Freigänger eingestellt, sowohl Männer als auch Frauen. Ich kann mir nicht vorstellen, dass meine Frau jemals in Konflikt mit ihnen geraten ist.«

»Wenn Sie nur einen davon auswählen müssten, wer wäre das dann?«

»Äh, nun ja, da fällt mir eigentlich niemand Bestimmtes ein. Ich meine damit nur, dass das wohl diejenigen sind, die am ehesten einen Groll gegen mich hegen könnten.«

»Ich muss Sie bitten, mir die Kontaktinformationen Ihres Vorarbeiters aufzuschreiben. Sollte es mehrere geben, brauche ich alle Namen. Sie können mir dann eine Liste der Arbeiter geben, die kürzlich entlassen wurden oder gekündigt haben. Außerdem benötige ich die Daten Ihrer persönlichen Assistentin. Meiner Erfahrung nach weiß eine Sekretärin stets weitaus mehr, als ihr Boss glaubt.«

»Oh. Okay. Aber ich habe mein Adressbuch nicht bei mir.«

»Das ist kein Problem, Ben. Wir finden doch bestimmt alles auf Ihrem Handy, nicht wahr?«

»Stimmt. Das Handy hatte ich ganz vergessen.« Er wirkt betreten. Gut.

»Wir sehen uns auf Ihrem Handy nur an, was uns weiterhelfen kann.« Wie könnte er sich da weigern. »Sie sagten, Sie wüssten nicht, wer der Liebhaber Ihrer Frau ist.« Er nickt. »Und Sie haben ihn nie gesehen und hatten auch keinen Kontakt zu ihm?« Er bestätigt es. »Woher wissen Sie dann überhaupt von seiner Existenz?«

»Manchmal weiß man es einfach«, erklärt er. »Und sie war schwanger. Verstehen Sie?«

War? »Nein, das tue ich nicht.«

»Dass sie schwanger war, war alles, was ich wissen musste. Wir haben einige harte Monate hinter uns. Sie war die ganze Zeit gereizt und hat rumgenörgelt. Sie verstehen schon.«

Das tue ich nicht, doch ich nicke trotzdem. Wenn er gleich noch sagt, dass sie ihre Tage hat, erwürge ich ihn.

»Wir hatten seit Bennies Geburt nicht mehr regelmäßig Sex. Damals beschloss sie, dass sie keine Kinder mehr will, und hat von mir verlangt, etwas in der Hinsicht zu unternehmen. Das wollte ich aber nicht und will es noch immer nicht. Daher ist es bisher nicht passiert. Demzufolge kam Sex eigentlich nie infrage.«

Jetzt tischt er mir ein Lügenmärchen auf. Er hat genug außerehelichen Sex, um befriedigt zu werden. Ich tippe eher darauf, dass er derjenige ist, der keine weiteren Kinder will.

»Wann haben Sie von der Schwangerschaft erfahren?«

»Wir hatten uns wegen einiger Dinge gestritten und sprachen über eine Trennung auf Probe, da hat sie es mir ins Gesicht geschleudert. Das war letzten Samstag. Der Tag, an dem ich ausgezogen bin. Ich wusste ja, was sie trieb. Wie hätte sie sonst schwanger werden können? Von mir jedenfalls nicht. Außerdem benutze ich immer ein Kondom. Ich habe sie gefragt, wer der Vater des Kindes ist, aber sie wollte es mir nicht sagen. Ich sagte, dass ich bereit wäre, mit ihr zur Eheberatung zu gehen. Auch wenn ich nicht weiß, ob ich in der Lage wäre, das Kind eines anderen großzuziehen, wollte ich doch meine Familie behalten.«

»So etwas kann man nur schwer akzeptieren.«

»Mir ist bewusst, dass mich das verdächtig erscheinen lässt, aber ich schwöre Ihnen, dass sie mir nicht verraten wollte, mit wem sie zusammen war. Wenn ich sie jetzt nach Hause holen könnte, würde ich ihr vergeben. Sie ist Bennies Mutter. Er liebt sie.«

»Denken Sie noch einmal gut nach, Ben. Hat Ihre Frau irgendwelche Feinde?« Er gibt mir keine Antwort und starrt nur ins Leere. »Wie viel wissen Sie über die Vergangenheit Ihrer Frau?«

»Ich habe Ihnen ja schon erzählt, dass wir uns auf dem College kennengelernt haben. Ich kenne ihre Eltern. Sie ist ein Einzelkind. Sie wollten nicht, dass wir heiraten. Ihr Vater hatte von Anfang an etwas gegen mich, aber ihre Mutter war regelrecht hasserfüllt, hämisch, arrogant. Irgendwann hat sich ihr Vater von der alten Hexe scheiden lassen, was ich nur begrüßen kann.«

»Kennen Sie jemanden aus dem erweiterten Familienkreis?«

»Ich bin keinem anderen Verwandten begegnet. Wir hatten keine große Hochzeit und standen nur vor dem Friedensrichter. Mein Vater schlug eine kleine Hochzeit vor, weil man Marlena die Schwangerschaft bereits ansehen konnte. Marlena wollte eigentlich eine große Feier, hat sich jedoch dem Wunsch meines Vaters gebeugt. Natürlich hat sie das. Und als Bennie geboren wurde, überließ uns Vater das Haus, in dem wir leben. Und die Hütte.«

Ich hätte ihn gern gefragt, wessen Name im Grundbuch steht, will ihn aber nicht von dem ablenken, was er mir gerade erzählt. Außerdem lässt sich das leicht herausfinden. »Fällt Ihnen noch jemand ein, nach dem ich bisher nicht gefragt habe?«

»Ja, eine Sache wäre da noch ...«

Bens »eine Sache« stellt sich als Hammer heraus. Ein Spanner. *Wie praktisch! So ein Blödsinn!* Wir reden darüber, bis ich jedes noch so kleinste angebliche Detail aus ihm herausgequetscht habe. Dann schicke ich ihn nach Hause, nachdem ich ihm das Versprechen abgenommen habe, für den Lügendetektortest noch einmal aufs Revier zu kommen, wenn wir ihn anrufen.

NEUNZEHN

Ronnie fährt, und ihr Wagen ist inzwischen gut genug gelüftet, dass ich keine Papiertüte mehr bereithalten muss. Wir sind auf dem Weg nach Baker Heights, um mit der Nachbarin mit der Videoaufnahme zu sprechen. Bei der Durchsuchung der Baker-Heights-Wohnanlage und der umliegenden Waldgebiete wurde nichts gefunden. Auch die Hundestaffel hat nichts entdeckt. Das einzig Positive ist, dass bei der zweiten Befragung der Nachbarn die funktionierende Überwachungskamera aufgetaucht ist.

»Warum hat er uns nicht gleich was von dem Spanner erzählt?«, fragt Ronnie, nachdem ich ihr von der Bombe erzählt habe, die Ben gegen Ende des Verhörs platzen ließ.

»Angeblich war er wegen Marlena und Bennie derart besorgt, dass es ihm nicht gleich eingefallen ist«, antworte ich. »Und wir haben nicht nach einem Spanner gefragt.«

Wir werfen uns vielsagende Blicke zu. Ben war alles andere als besorgt. Und er hatte mehr als genug Gelegenheit, an so etwas wie einen Spanner zu denken. Er hat uns nur irgendeinen Unsinn aufgetischt. Bei der Befragung der Nachbarn wurde kein derartiger Zwischenfall erwähnt.

»Ben hat mir erzählt, er habe von Marlena gehört, dass sie direkt nach der Trennung mit Bennie im Wohnzimmer gesessen und der Junge jemanden bemerkt habe, der durchs Fenster reinschaute. Marlena habe einen Umriss gesehen und geschrien, woraufhin die Person verschwand. Er sei danach zu ihnen gefahren, um nach ihnen zu schauen, und habe gefragt, ob die Polizei jemanden gefunden hatte, aber sie habe die Polizei gar nicht gerufen. Angeblich hat er Marlena aufgefordert, den Zwischenfall anzuzeigen, wisse jedoch nicht, ob sie das getan hat. Ben glaubte, sie hätte vielleicht einen Schatten gesehen oder einen Hund, der über den Rasen lief. Er meinte, Baker Heights sei eine geschlossene Wohnanlage mit Wachmann, in der noch nie etwas passiert ist, daher glaube er, sie hätte sich das nur eingebildet.« Ich sehe Ronnie an, dass sie Ben nichts davon glaubt. »Er erzählte mir, er hätte am nächsten Abend, als er ein paar Sachen abholen wollte, jemanden seitlich des Hauses wegrennen sehen. Angeblich hat er die Person bis zum Golfplatz verfolgt, sie dann jedoch im Wald aus den Augen verloren. Er sagte, Marlena habe Angst gehabt und behauptet, jemand hätte versucht, sich durch die Hintertür Zugang zum Haus zu verschaffen. Sie habe denjenigen durch das Küchenfenster gesehen. Er bat sie, die Polizei anzurufen, was sie auch tun wollte.«

»Warum hat er das denn nicht getan?«, hakt Ronnie nach.

»Weil er eben Ben ist. Keine Ahnung. Er konnte mir nicht sagen, warum er nicht angerufen hat. Ich halte das ohnehin alles für erstunken und erlogen. Er hat den Mann als *Eindringling* bezeichnet. Das war seine Wortwahl. Seine Beschreibung der Person lautete Schwarz, männlich, klein, vielleicht ein Teenager, dunkle Kleidung, Hoodie. Er war sich nicht sicher, ob es sich wirklich um einen Schwarzen gehandelt habe, gehe allerdings davon aus, weil ›solche Leute so was nun mal machen‹. Er sagte, die Person sei sehr schnell gerannt.«

»Schwarze können also schnell rennen. Das ist ja mal was Neues.«

Laut Ronnies Onlinenachforschungen hatte niemand je die Polizei von Baker Heights oder das Sheriffbüro wegen eines Spanners oder eines versuchten Einbruchs angerufen. Es war, als wäre Baker Heights das reinste Paradies.

»Na ja, er hat auch sehr abfällig über seine einfachen Arbeiter gesprochen, schließlich ist er ja privilegiert und voreingenommen aufgewachsen«, berichte ich. »Jeder, der dunkle Kleidung und einen Hoodie trägt, ist für ihn ein Verbrecher.«

Ronnie biegt auf die Zufahrt nach Baker Heights ein und hält vor dem offenstehenden Tor. Es ist kein Wachmann zu sehen. »Ich dachte, sie hätten angesichts der Situation die Sicherheitsmaßnahmen verstärkt.«

Die Einwohner würden für einen zusätzlichen Sicherheitsdienst bezahlen müssen. Offensichtlich machen sie sich keine großen Sorgen. Als wir die Straße entlangfahren, sehe ich, dass an den meisten Häusern gut sichtbar Kameras montiert sind. Doch unsere Leute haben herausgefunden, dass sich nur an dem Haus, zu dem wir jetzt fahren, eine richtige Kamera befindet, und dass der Rest Attrappen sind. Die Bewohner meinten, der Anblick einer Kamera in der Nähe der Haustür sei Abschreckung genug. Das ist in einem Viertel mit Häusern, die eine Million Dollar wert sind, schon absurd. Würde ich etwas Stehlenswertes besitzen, hätte ich die Nummer einer Sicherheitsfirma auf einer Kurzwahltaste gespeichert. Zu meinem Glück wird sich jedoch kein Einbrecher, der etwas auf sich hält, für Wein in Tetrapacks und Cheetos interessieren. Selbst mein Scotch ist von einer Billigmarke. Das Einzige, das wahren Wert besitzt, sind die Kassetten, und ich kann mir nicht vorstellen, dass die irgendjemand mitnehmen würde. Jedenfalls will ich das nicht hoffen. Vielleicht sollte ich mir einen Safe kaufen. Einen explodierenden Safe. Wenn man den falschen Code eingibt, fliegt er in die Luft. Davon könnte ich garantiert Unmengen verkaufen.

Ich denke über Bens Spannergeschichte nach. Er hatte uns erzählt, er hätte Marlena seit letzten Samstag nicht mehr gesehen, an dem er ausgezogen ist. Wenn das mit dem Spanner der Wahrheit entspricht, muss er am Sonntag oder Montag noch mal im Haus gewesen sein. Vielleicht ist es auch gar nichts und er hat sich bei diesen Fakten ebenfalls geirrt. In jedem Fall sehe ich dies als weiteren kleinen Makel seiner Geschichte.

Als wir zum Haus der Parkers kommen, bitte ich Ronnie, in die Auffahrt zu fahren.

Sie wird langsamer. »Das Haus, zu dem wir wollen, liegt noch einen halben Block weiter, Megan.«

Ich kann die Kamera vor dem Haus sehen, aber nicht erkennen, in welche Richtung sie zeigt. »Das weiß ich. Ich möchte nur herausfinden, ob die Kamera auch diese Auffahrt erfasst.«

Wir steigen aus und ich blicke die Straße entlang zu dem Haus, das wir aufsuchen wollen. Es ist gut möglich, dass sich etwas auf dem Video befindet, wenn die Kamera tatsächlich funktioniert und in diese Richtung zeigt. Ich kann sie im Moment nicht sehen, daher wird sie mich auch nicht erfassen. Nach allem, was die mit der Befragung der Nachbarn betrauten Officer uns gesagt haben, bleiben die Leute hier größtenteils unter sich und wollen nicht in einen *Ehestreit* verwickelt werden. Das verrät mir auch, dass die Nachbarn von Eheproblemen ausgehen und dass hier mehr vorgefallen ist als nur ein Streit wegen Marlenas Schwangerschaft vor einer Woche.

Sind Marlena und Bennie vielleicht wirklich einfach abgehauen und haben den Inhalator, ihre Kleidung und sogar ihren Wagen zurückgelassen? Wenn Bennie seinen Darth-Vader-Schlafanzug noch immer so sehr mag, hatte er ihn vielleicht an. Keines der Krankenhäuser hatte eine Akte über eine Frau und einen Jungen, auf die die Beschreibung passen. Keines der Polizeireviere, die wir kontaktiert haben, wusste etwas über die beiden. Es sieht fast so aus, als wären sie einfach untergetaucht, aber daran glaube ich nicht. Ich muss mich allerdings fragen, warum ich bereit bin, den Nachbarn Glauben zu schenken, jedoch nicht Ben, der sie doch als vermisst gemeldet hat. Er hätte auch den Mund halten können. Sollte doch jemand anderes merken, dass die beiden nicht mehr da sind, und die Polizei benachrichtigen. Zudem kommt mir Bens Geschichte über den Spanner zu passend vor. Sie klingt erfunden. Niemand kann einen solchen Zwischenfall bestätigen.

Ich marschiere los und gehe in das Wäldchen hinter dem Haus, bis ich auf eine Lichtung gelange, von der aus ich einen Golfplatz mit einer Betonpiste sehe, die breit genug für Golfwagen und sogar größere Fahrzeuge ist.

»Wo gehen wir hin?«

Ich deute auf den Weg. »Du gehst nach links. Ich gehe hier entlang. Mal sehen, wo wir rauskommen.«

Ronnie fragt nicht nach dem Grund dafür. Das ist gut. Ich bin mir nämlich selbst nicht sicher. Der Weg führt über eine kleine Anhöhe und verschwindet, um dann etwa hundert Meter weiter wieder aufzutauchen, wo ich etwas aufgewühlte Erde daneben bemerke. Reifenspuren, wo Räder von der Straße abgekommen sind. Golfer sind sehr gewissenhaft und achten darauf, das Grün nie zu zerstören.

In der Ferne sehe ich eine etwa zweieinhalb Meter lange Stelle, wo ein Fahrzeug, kein Golfwagen, die Erde und das Gras aufgewühlt hat. Jemand hat versucht, die Reifenspuren zu verwischen. Ich bücke mich, um sie genauer in Augenschein zu nehmen, kann jedoch keine deutliche Spur mehr erkennen. Auf dem Beton sind mehrfarbige Streifen zu sehen, wo das Fahrzeug langgefahren sein muss, doch sie wurden größtenteils weggewaschen. Es muss hier im Laufe der Nacht – oder gestern – geregnet haben. Aufgrund des Schlafmangels bin ich da ein bisschen durcheinander. Ich gehe über eine weitere kleine Anhöhe und sehe vor mir, dass die Piste eine Straße kreuzt. Ronnie ruft hinter mir etwas.

»In der Richtung habe ich nichts außer einer Straße gefunden.«

Ronnie zückt ihr geliebtes Handy und ruft eine Karte auf. »Das ist die Mountain View, die Straße, auf der ich gelandet bin. Die vor uns ist die Luna Ridge.«

Ich berichte ihr von den Reifenspuren.

ZWANZIG

Auf dem Weg zu Mrs Green, der Nachbarin mit der funktionierenden Überwachungskamera, rufe ich Mindy an und frage sie nach den Spuren im Schlamm in der Nähe des Golfplatzes.

»Die haben wir gefunden, Megan. Es gab jedoch keine deutliche Spur, anhand derer wir das Fahrzeug identifizieren könnten.«

»Was hältst du davon?«

»Da ist jemand vom Weg abgekommen.«

Klugscheißerin, denke ich und spreche es auch aus.

Mindy kichert. Immerhin amüsiert sich eine von uns.

»Ich habe den Weg gemessen, und er ist kaum breit genug für einen Wagen oder Pick up. Möglicherweise war es die Wartungscrew.«

Blödsinn.

»Ich wollte noch mit dem Greenkeeper sprechen. Soll ich ihn anrufen?«

»Ja.« Daraus ergeben sich neue Möglichkeiten. Jemand könnte von hinten ans Haus rangekommen sein. Aber er hätte dennoch über die Luna Ridge fahren müssen, um dorthin zu gelangen. Oder die Mountain View. Vielleicht gab es auch noch einen weiteren Zugang.

Der Vorhang vor einem der vorderen Fenster von 28 Luna Ridge bewegt sich und eine Sekunde später wird eine gewaltige rote Tür mit Bleiglasfenster geöffnet. Die Frau, die herauskommt, scheint der Vergangenheit entsprungen zu sein. Sie trägt ein halblanges Kleid mit Blumenmuster – selbstverständlich Rosen – und an den Schultern gepufften Ärmeln, glänzende schwarze Schuhe mit flachen Absätzen und eine mit Spitze besetzte weiße Schürze. Ihre Frisur lässt eine starke Dauerwelle erkennen, und der chemische Geruch, der von ihr ausgeht, ist schlimmer als der in Ronnies Wagen.

»Mrs Green?«

»Ich hatte gehofft, dass ein Detective vorbeikommt, aber nicht mit zweien gerechnet. Noch dazu Frauen.«

Sie ist etwa so groß wie ich und muss zwischen achtzig und hundert sein. Vielleicht war sie 1913 sogar schon bei der großen Demo der Frauenrechtlerinnen, der Women's Suffrage Parade, dabei. »Frauen haben viel erreicht«, erkläre ich, und sie lächelt. »Ich bin Detective Carpenter, und das ist Detective Marsh.«

Ronnie reicht ihr die Hand. »Ich bin Ronnie. Das ist Megan.«

»Bitte kommen Sie doch herein. Wo sind denn meine Manieren? Ich werde wohl langsam alt.«

»Vielen Dank.« Wir folgen ihr in ein geräumiges Wohnzimmer voller antiker Möbelstücke mit roten Samtbezügen und aus dunkelbraunem Mahagoniholz. Mir ist gar nicht wohl dabei, den Hartholzboden zu betreten oder irgendetwas anzufassen. Sie bemerkt sofort meine Beklommenheit.

»Das habe ich alles von meiner Urgroßmutter geerbt. Die Möbel jedenfalls. Die Figuren und Andenken sind von mir. Ich habe sie ein Leben lang gesammelt.«

Na, da fühle ich mich doch gleich viel besser. Ich bin nie auf die Idee gekommen, das ganze Leben lang irgendwelche

Figuren zu sammeln, zumindest nicht bis jetzt. Da wir so oft umgezogen sind, hatte ich auch gar nicht die Möglichkeit dazu. Wir reisten stets mit leichtem Gepäck, manchmal sogar mit nichts weiter als den Kleidern am Leib.

»Setzen Sie sich doch. Ich koche uns einen Tee.«

Ronnie nimmt an einem Ende eines prächtigen Sofas Platz und ich setze mich vorsichtig ans andere, die Füße flach auf dem Boden, die Hände im Schoß.

»Hier würde es meiner Granny gefallen.« Ronnie schaut sich neugierig um.

Ich kann mir gut vorstellen, dass es bei Ronnies Großmutter ähnlich aussieht.

Mrs Green kommt mit einem Silbertablett, Porzellantassen, einer antiken Teekanne, Zucker, Milch, Silberlöffeln und richtigen Stoffservietten, die in diese Silberringe geschoben wurden, zurück. Sie schenkt uns behutsam ein, und wir nehmen die Tassen entgegen. Der feine, zarte Griff meiner Tasse lässt mich befürchten, ich könnte sie zerquetschen und müsste mich in Grund und Boden schämen.

»Mrs Green, Sie haben einem Officer gesagt, Sie hätten Videoaufnahmen von der Straße und dem Bereich vor Ihrem Haus.«

Sie pustet auf ihren Tee und trinkt einen Schluck. Dabei verzieht sie leicht den Mund. »Der Tee ist viel zu stark. Ich setze eine neue Kanne auf.«

Als sie schon aufstehen will, halte ich sie davon ab. »Das ist wirklich nicht nötig, Mrs Green. Wir haben auf dem Weg hierher schon mehrere Tassen Kaffee getrunken und meine Blase steht ohnehin schon kurz vor dem Platzen.«

Widerstrebend betrachtet Ronnie ihre Tasse und stellt sie zurück aufs Tablett. Mrs Green wirkt enttäuscht. In all den Jahren, die ich diesen Job jetzt schon mache, habe ich feststellen müssen, dass ältere Menschen die besten Quellen sind, was Informationen, Klatsch und Tratsch und all das angeht. Aber sie sehnen sich im Allgemeinen auch am meisten nach Gesellschaft.

Ich habe meine Großeltern nie kennengelernt. Ich weiß nicht mal, wer sie überhaupt waren oder wie sie hießen. Vermutlich brauchen sie gar keine Gesellschaft, falls sie überhaupt noch leben, doch ich weiß nur das über sie, was mir meine Mutter und Tante Ginger erzählt habe. Meine Großeltern haben meine Mutter rausgeworfen, als sie sechzehn und mit mir schwanger war. Das ist bestimmt erstunken und erlogen. Aber ich wüsste gar nicht, wie ich sie finden soll, falls ich doch herausfinden möchte, was für Menschen sie wirklich sind, und wenn man mir die Wahrheit gesagt hat, dann will ich ihnen lieber gar nicht erst begegnen. Ich wurde schon oft genug enttäuscht.

»Ich bin gleich wieder da«, sagt Mrs Green und huscht aus dem Raum.

»Ich glaube, du hast ihre Gefühle verletzt«, raunt mir Ronnie zu.

Mrs Green kehrt mit einem iPad zurück und ich stelle erstaunt fest, dass auch eine ältere Frau mit einem derart modernen technischen Gerät umgehen kann. Sie berührt ein Symbol, das aussieht wie eine alte Polaroid-Kamera, und auf dem Bildschirm erscheint eine Dateiliste in chronologischer Reihenfolge. Als sie die mit dem heutigen Datum antippt, wird das Bild dunkel und die Zeit 02:30 Uhr wird angezeigt. Man blickt von ihrer Veranda auf die Straße, jedoch nicht weit in irgendeine Richtung. Es gibt keinen Ton. Das Video fängt an. Nichts. Dann überquert etwas mit leuchtend grünen Augen die Straße. Eine Katze. Nachdem die Katze die Aufnahme aktiviert hat, sind Scheinwerfer in Richtung der Straße, aus der wir gekommen sind, zu sehen. Ein Fahrzeug müsste schon direkt vor dem Haus entlangfahren, um den Kamerasensor auszulösen.

Das alles erscheint mir wie reine Zeitverschwendung, bis

ich doch etwas auf dem Video erkenne. Auf dem Bildschirm steht 06:13. Ein Mann im Schlafanzug geht in den Garten, beugt sich vor, hebt etwas auf, blickt in die Kamera und winkt, bevor er aus dem Sichtfeld verschwindet. Das Bild ist schwarz-weiß, doch der Mann ist offensichtlich alt. Mrs Green hält das Video an.

»Das ist Mr Burrage. Er wirft immer die Zeitung in meinen Garten und behauptet dann, es sei der Zeitungsjunge gewesen, doch ich weiß, dass er ein Auge auf mich geworfen hat. Erzählen Sie das aber bloß nicht meinem Mann.«

»Das bleibt unser Geheimnis, Mrs Green«, versichere ich ihr augenzwinkernd.

»Mr Green kann sehr eifersüchtig werden.« Sie lächelt, und ich vermute fast, dass sie Mr Green das Video bei der erstbesten Gelegenheit zeigen wird. »Falls Sie mit Mr Burrage reden wollen, muss ich Sie warnen: Er beschwert sich sehr gern und Sie werden einiges zu hören bekommen.«

»Könnte er nützliche Informationen für uns haben?«

Sie gibt nur ein »Hmpf« von sich, legt sich einen Finger an die Schläfe und flüstert: »Der Gute ist nicht ganz dicht. Sie können ihm kein Wort glauben. Aber das haben Sie nicht von mir.«

»Haben Sie die Parkers gut gekannt?«, erkundige ich mich.

»Ich kenne jeden in den Heights. Unser Haus war das erste, das hier gebaut wurde. Was wollen Sie wissen?«

»Können Sie mir sagen, was für Autos sie fahren?«

»Aber sicher. Er hat einen großen weißen Pick-up. Sie fährt einen Mercedes. Einen schwarzen. Mein Mann sagt immer, der Pick-up ist viel zu übertrieben. Letztes Jahr hatte er einen sehr lauten Auspuff. Mr Green denkt, er muss ihn extra so eingebaut haben. Wir haben Beschwerde eingereicht, und er ließ den Auspuff reparieren.«

»Ist Ihr Ehemann auch da?«, frage ich.

»Er liegt noch im Bett. Wir hatten eine wilde Nacht.« Sie

wirft mir einen Blick zu, den ich zuerst nicht ganz einordnen kann, und als es mir dann gelingt, wird mir ein bisschen übel.

Anscheinend werde ich immer schlechter darin, mir meine Gedanken nicht ansehen zu lassen, denn sie deutet meine Miene richtig.

»Ihr jungen Leute glaubt immer, alte Menschen hätten keinen Sex mehr.«

Ich versuche mich an einem Lächeln. »Schön für Sie.« Das hört sich selbst in meinen Ohren falsch an, aber jetzt sind die Worte nun mal raus. »Wir sind Ihnen sehr dankbar, dass Sie sich die Zeit genommen haben, uns das zu zeigen.«

Ronnie erspart mir weitere Peinlichkeiten, indem sie bittet: »Könnte ich vielleicht noch eine Tasse Tee bekommen?«

Ich reiche ihr meine Tasse. »Oh, ich nehme auch einen.«

Mrs Green drückt Ronnie das iPad in die Hand und schenkt uns Tee nach. Ronnie geht die Dateien durch, bis sie die gesuchte findet. »Das ist die Nacht, in der die Parkers als vermisst gemeldet wurden. Dürfte ich mir die Datei vielleicht kopieren, Mrs Green?«

Nun, wo wir ihr grässliches Gebräu trinken, ist Mrs Green besänftigt. »Aber natürlich, meine Liebe.«

Ronnie hat es im Handumdrehen erledigt. »Das war's schon. Vielen Dank, Mrs Green. Sie sollten Ihren Internetzugang wirklich mit einem Passwort schützen.«

Mrs Green lächelt und füllt unsere Tassen auf. »Das sagt Mr Green auch immer. Aber ich habe keine Lust, mir diese unsinnigen Kombinationen zu merken und jedes Mal einzutippen, wenn ich eine meiner Sendungen sehen möchte. Ich habe hier Amazon Prime drauf. Und ich schaue *The Voice*. Ich liebe diese Show.«

Ich blende das Gespräch aus, als sie sich mit Ronnie über die aktuelle Staffel unterhält, und trinke den widerlichen Tee. Irgendwann sind sie fertig und ich schalte mich ein. »Dürfte ich Ihnen eine Frage stellen, Mrs Green?«

»Selbstverständlich, Detective Carpenter. Sie sind ja nicht hergekommen, um einer alten Frau beim Plappern zuzuhören.«

Da hat sie recht.

Es ist ihr gelungen, Ronnie mit ihrem Redefluss sogar noch zu übertreffen. Telefonverkäufer geben bei ihr garantiert auf und streichen sie von der Liste. Aber ich werde mich kurz fassen, damit sie zu ihrem Mann zurückkehren kann, der vermutlich noch gefesselt und geknebelt im Bett liegt.

»Wie gut kommen die Parkers miteinander aus?«

»Wir mögen Marlena und ihren kleinen Jungen sehr.«

Das ist keine Antwort auf meine Frage. »Und was ist mit Ben? Dem Mann?«

Auch darauf antwortet sie nicht. »Wir haben uns so gefreut, dass eine junge Familie ganz in der Nähe eingezogen ist. Aber dann fing das Geschrei an. Tag und Nacht. Das arme Kind. Der Junge sollte nicht in so einer Umgebung aufwachsen. Normalerweise kümmern wir uns nur um unsere eigenen Angelegenheiten, aber einmal mussten wir doch glatt die Polizei rufen, weil es so laut wurde und wir den Lärm bis hierher hörten.«

»Wie lange ist das her?«

»Ach, ein paar Monate. Als die Polizei ankam, war er schon weg. Ich komme gut mit ihr aus, und Bennie setzt sich manchmal zu mir auf die Veranda, aber ich kenne sie nicht gut genug, um mich da einzumischen. Der Eigentümerverein sorgt dafür, dass bei allen der Rasen gemäht wird, nur nicht bei den Parkers. Sie meinte mal zu mir, dass sie das lieber selbst macht, aber ich glaube, ihr Mann wollte niemanden auf seinem Grundstück haben. Er hilft ihr auch nie. Ständig ist er weg, und wann immer sie mal das Haus verlässt, bleibt sie nie lange aus. Bennie geht in den Kindergarten. Hin und wieder werden sie und der Junge von einer Limousine abgeholt und sind dann ein paar Tage weg. Ihr Mann begleitet sie nie.«

»Haben Sie nach dem Abend, an dem Sie die Polizei rufen

mussten, mit Marlena darüber gesprochen? Wissen Sie, was da passiert ist?«

»Nein. Es ergab sich keine Gelegenheit. Heute mache ich mir schreckliche Vorwürfe. Vielleicht hätte ich etwas unternehmen müssen. Glauben Sie, er hat den beiden etwas angetan? Ich gucke immer *CSI: Miami,* und da ist der Täter immer der Ehemann. Denken Sie etwa, die beiden sind längst tot?«

»Mrs Green«, erwidere ich besänftigend. »Wir wissen nicht, ob Marlena und Bennie vermisst werden, aber wir müssen ermitteln, bis wir uns vergewissern konnten, dass sie in Sicherheit sind.«

»Genau wie im Fernsehen.« Sie nickt eifrig.

»Sie hätten nichts weiter unternehmen können, Mrs Green«, versichere ich ihr. »Nach allem, was Sie mir erzählt haben, könnte sie auch einfach ihre Sachen gepackt haben und zu Freunden gezogen sein.«

»Das wäre durchaus möglich, allerdings habe ich nie irgendwelche Freunde gesehen. Es war allerdings offensichtlich, dass sie Angst vor ihm hatte. Sie wirkte immer so eingeschüchtert. Letzte Woche haben sie sich spätabends noch gestritten. Ich konnte nicht schlafen und bin noch einmal aufgestanden, um eine Tablette zu nehmen. Da konnte ich hören, wie sie sich angeschrien haben. Es klang nicht nach Gewalt, aber ich hörte, wie etwas zerbrach. Vielleicht hat sie einen Teller nach ihm geworfen. Hoffentlich hat sie getroffen. Jedenfalls ist er aus dem Haus gestürmt und in seinem großen Wagen lautstark weggefahren. Er ist ein Feigling. Jeder Mann, der eine Frau schlägt, ist feige. Und dieser Bennie ist erst vier Jahre alt und sehr klein für sein Alter. Kein Wunder, dass der Junge in diesem Haus nicht schneller wächst.«

»Wissen Sie, worum es bei diesem Streit ging?«

»Ich konnte nicht viel verstehen, vermute allerdings, dass er sie betrogen hat. Er tut immer so, als wäre er Gottes Geschenk an die Frauen. Enge Jeans und Muskelshirts. Er ist eher Gottes Fluch, wenn Sie mich fragen.«

»Glauben Sie, Mr Green könnte uns noch etwas darüber erzählen?«, wirft Ronnie ein.

»Nein. Er würde nie ein schlechtes Wort über jemanden sagen. Doch er hat diesen Mann nie gemocht.«

»Vielleicht können wir ja doch mit ihm sprechen, nachdem wir uns das Video angesehen haben«, schlage ich vor.

»Er wird Ihnen nichts erzählen. Das sagte ich doch bereits. Außerdem möchte ich ihn nicht stören. Er ist von letzter Nacht noch sehr erschöpft. Einmal hat er diesem Mann mit seinem riesigen Pick-up geholfen, und als er nach Hause kam, hat er sich über seine Unwissenheit kaputtgelacht. Parker könnte keinen Dichtungsring von einem Penisring unterscheiden, wenn Sie mir die freche Bemerkung erlauben.«

»Haben Sie je gesehen, wie er seine Frau oder seinen Sohn geschlagen hat, Mrs Green?«

»Nein. Aber ich habe gehört, wie sie und der Junge sehr panisch klangen, und Bennie hat geschrien: ›Nicht, Daddy!‹ Mr Green wollte schon mit einem Reifenklopfer rübergehen, doch er wäre nur verletzt worden. Das war der Abend, an dem ich die Polizei gerufen habe.«

»Eine Sache wäre da noch: Hatten Sie oder einer Ihrer Nachbarn schon mal ein Problem mit Fremden, die in Ihr Fenster geschaut haben? Oder die etwas stehlen wollten? Etwas in der Art?«

»Nein. So etwas ist noch nie passiert. Welche funktionierende Nachbarschaft würde das auch zulassen?«

»Falls Ihnen oder Mr Green noch etwas einfällt, rufen Sie uns bitte an.« Wir geben ihr unsere Visitenkarten.

»Finden Sie sie«, bittet sie.

»Das werden wir.«

Der Fall ist soeben noch interessanter geworden. Ben ist nicht der besorgte Ehemann, als der er sich ausgibt. Falls man

Mrs Green glauben kann, was ich durchaus tue. Unter normalen Umständen würde ich darauf bestehen, auch mit Mr Green zu sprechen, doch angesichts der Tatsache, dass wir schon sehr viel Zeit vergeudet haben und er möglicherweise »gebunden« sein könnte, beschließe ich, das auf später zu vertagen, falls es dann noch notwendig sein sollte.

EINUNDZWANZIG

Mein Handy steht auf Vibrieren, und während unseres Besuchs bei Mrs Green habe ich mehrere Anrufe des Sheriffs verpasst. Ronnie hat mir in einem Crashkurs beigebracht, wie ich die Videofunktion ihres iPads bediene. Ich rufe die Datei auf, die Ronnie von Mrs Greens iPad kopiert hat, wähle das Datum aus, an dem Paco und Sonny zum Haus gerufen wurden, und spule zwei Stunden zurück. Mitternacht. Dann lasse ich das Video laufen. Das Schwarzweißbild ist deutlich zu erkennen. Ich spule langsam vor, bis ich sehe, wie Sonny und Paco bei Ben eintreffen. Das Video ist nutzlos. Mehrmals glaube ich, ein schwaches Licht auf dem Boden zu erkennen. Eine Uhrzeit würde in etwa mit dem Zeitpunkt übereinstimmen, an dem Ben dort eingetroffen sein muss. Der andere mit Pacos Ankunft. Ich werde das Video trotzdem aufheben. Wir wissen zwar, dass darauf nichts zu sehen ist, aber Ben nicht.

»Hast du die Dateien der Kamera aus Pacos Auto runtergeladen?«, erkundige ich mich.

»Ich habe auch die der Bodycams. Die Kamera vom Armaturenbrett nimmt allerdings keinen Ton auf.«

Die Aufnahme der Dashcam setzt in dem Moment ein, in

dem die beiden Officer bei Bens Pick-up ankommen. Mehrere Minuten lang ist keine Bewegung zu sehen, bis Ben irgendwann auftaucht. Ich halte das Bild an und zoome auf Bens Gesicht. Er sieht den Streifenwagen nicht an, sondern schaut zur Seite. In Richtung Haus. Seine Miene ist ausdruckslos. Seine Haltung wirkt entspannt. Sein ganzes Verhalten erinnert an jemanden, der eine Rolle spielt. Ich muss es wissen, schließlich tue ich das schon mein ganzes Leben lang.

Die Bodycams der beiden Officer zeigen mir dasselbe. Pacos Kamera filmt von der Haustür in Richtung Pick-up, in dem Ben auf seinem Handy herumtippt. Er schreibt irgendetwas. E-Mails liest er nicht, denn dabei würde er das Display nicht so schnell berühren. Ihn interessiert nicht im Geringsten, was die Polizisten machen.

Auf dem Weg zum Revier gehe ich die Videos von Pacos und Sonnys Bodycams durch, bis ich zu dem Teil von Pacos Aufnahme komme, bei dem er Ben in der Garage vor dem offenen Kofferraum des Mercedes antrifft. Dort halte ich das Bild an und zoome erneut auf Bens Gesicht. Er hebt den Kopf, als Paco näher kommt, doch sein Blick bleibt weiter auf den Kofferraum gerichtet. Er wirkt erleichtert. Aber weswegen? Paco berichtete, Ben hätte seinen Worten zufolge nach Gepäck gesucht, um herauszufinden, ob sie wegfahren wollten. Nur wieso? Wenn der Wagen noch da stand und sie nicht mehr im Haus waren, wieso sollte sich dann Gepäck im Kofferraum befinden? Was hatte er wirklich darin gesucht? Oder nicht zu finden gehofft?

Vorerst habe ich genug gesehen. Ich rufe den Sheriff an. Es hat gerade erst einmal geklingelt, als er rangeht.

»Megan. Bitte sag, dass du etwas hast.«

Er klingt verzweifelt, und ich höre eine Frauenstimme im Hintergrund, die wissen will, wo er seinen »richtigen« Kaffee versteckt. Da ist auch noch eine andere Stimme, die ich allerdings nicht verstehe.

»Wir haben möglicherweise etwas, aber ich möchte dir keine falsche Hoffnung machen.«

Er stößt hörbar die Luft aus, und im Hintergrund ertönt ein lautes Geräusch. Na, dann viel Glück. Wir kaufen nie guten Kaffee, sondern kochen nur extra starken.

»Ist das Helen?«, erkundige ich mich.

»Gott steh mir bei.«

»Wir haben mit einer Nachbarin der Parkers gesprochen, die einige Häuser weiter wohnt. Sie hat uns Videoaufnahmen gegeben, die leider nicht besonders gut sind. Wir konnten sie uns noch nicht genauer ansehen und wollten die Frau auch nicht den ganzen Vormittag aufhalten.« Zudem gehe ich davon aus, dass die Greens andere Pläne hatten.

Mrs Green hatte uns mitgeteilt, dass sie seit zweiundsechzig Jahren mit Mr Green verheiratet war. Die Lektion, die ich daraus lerne, lautet, dass Sex eine Beziehung am Leben erhält. Bedauerlicherweise scheinen Leder, Peitschen und eine bereitwillige Freundin in Ben Parkers Fall nicht gereicht zu haben.

»Sonst nichts?«

Ich würde ihm gern etwas Positives mitteilen. Nur zu gern hätte ich auf einem Video gesehen, wie Marlena Bennie in einen Wagen setzt und mit ihm zusammen wegfährt. Das hätte bedeutet, dass sie weggegangen war, und ich hätte mir nicht länger solche Sorgen machen müssen.

»Ich könnte beim Durchsehen des Videos Hilfe gebrauchen.« Auf diese Weise wäre er abgelenkt und Helen könnte sich die Aufnahme ebenfalls ansehen. Auf der außer Mr Burrage ohnehin nichts ist.

»Kommst du her?«

Mein Handy pingt in meiner Hand. Es ist Hayden. »Ich muss auflegen, Tony. Wir sind in zehn Minuten da.«

»Bitte. Falls ihr da draußen Hilfe braucht, komme ich gern zu euch.«

Netter Versuch. »Danke, aber wir haben alles unter Kontrolle.«

Ich beende die Verbindung und nehme den nächsten Anruf an. »Hayden. Was liegt an, McPup?« Ein übertriebener Seufzer dringt zu mir herüber. Er tut immer so, als würde er es hassen, wenn ich ihn so nenne, dabei ist das genaue Gegenteil der Fall. Wir haben uns als Kinder mit allen möglichen Spitznamen bedacht, von denen einige nicht besonders nett waren. McPup ist mein Favorit, weil er als Kleinkind so chaotisch wie ein kleiner Welpe war. Er hat auf den Toilettensitz gepinkelt, auf den Boden getropft und das Wasser laufen gelassen. Daher fiel mir dieser Name ein, der meiner Ansicht nach perfekt zu ihm passte. Denn er war auch so naiv wie ein Welpe.

»Ich war heute früh im Moe's. Wieso bist du nicht gekommen?«, fragt Hayden.

Ach, verdammt! Wir waren heute zum Frühstück verabredet. »Entschuldige, Hayden. Ich wurde mitten in der Nacht zu einem Vermisstenfall gerufen. Eine Mutter und ihr kleiner Junge sind verschwunden. Es ist gegen zwei Uhr passiert, und seitdem bin ich auf den Beinen.« Mir geht auf, dass ich ihm eine viel zu ausführliche Erklärung liefere.

»Wurden sie entführt? So wie damals Mom?«

Das war etwas völlig anderes. Trotz all dem, was wir ihretwegen durchmachen mussten, hat er noch immer Kontakt zu ihr. Sollte ich jemals wieder in Kontakt mit ihr kommen, geschieht das vermutlich eher durch meine Faust.

»Was hältst du davon, wenn ich dich zum Abendessen einlade, Hayden? Ins Tides. Dann habe ich auch Zeit für dich.«

»Das musst du nicht tun, Rylee.«

Er spricht meinen Namen so leise aus, dass nur ich ihn hören kann, denn ich benutze ihn längst nicht mehr. Außerdem ist das nicht einmal mein richtiger Name. Und er könnte mich in große Schwierigkeiten bringen. Rylee war eine Verdächtige, die wegen des Mordes an meinem Stiefvater verhört werden sollte. Den weder sie noch ich begangen haben. Er nennt mich Rylee, um mich dafür büßen zu lassen, dass ich ihn versetzt habe.

»Hast du schon zu Mittag gegessen?« Ich will nicht mit ihm über unsere Mutter sprechen. Ich will nicht mal an ihn denken. Wir konnten nicht zusammen frühstücken, aber ich würde es gern mit einem Abendessen wieder gutmachen. Falls er mich lässt.

»Ich brauch nichts.« Schweigen. Keiner von uns weiß, was er sagen soll. »Wir hören uns.« Schweigen. Er hat aufgelegt.

»Hayden ist sauer, nicht wahr?«, erkundigt sich Ronnie.

»Er kommt schon drüber weg.« Ich werde es allerdings nicht tun. Das Leben gewährt einem nur begrenzt viele Chancen, und danach ist man am Arsch. Und mir gehen langsam die Chancen aus.

Ronnie parkt neben dem Pick-up des Sheriffs. Ein brandneuer Cadillac steht neben der Eingangstür. Er gehört wahrscheinlich Helen. Wir steigen aus und betreten das Gebäude. Ich habe das Gefühl, als würde ich in Schwierigkeiten stecken und müsste mir gleich einen Rüffel abholen. Soll sie doch. Ich werde die Bestie schon zum Schweigen bringen.

Als ich durch die Tür gehe, verspanne ich mich unbewusst, doch dann steigt mir ein herrlicher Duft in die Nase. Zimt und Kaffee. Mein Schreibtisch wurde zu einer Auslage für ein zimtschneckenartiges Gebäck, Donuts und himmlisch riechenden Kaffee. Eine Frau, die etwa im Alter des Sheriffs sein muss, kräftig gebaut, karierter Rock im Kilt Stil, weiße Bluse mit Puffärmeln und auf Hochglanz polierte schwarze Budapester, sitzt auf meinem Stuhl. Dauergewelltes graues Haar bedeckt ihren Kopf und rahmt ihr Gesicht ein, sodass sie aussieht wie Queen Elizabeth von England.

Runter von meinem Stuhl, Eure Majestät. »Sie müssen Helen sein. Freut mich, Sie kennenzulernen. Ich bin Megan. Das ist Ronnie.« Ronnie reicht ihr die Hand, und ich stelle erfreut fest, dass sich ihr Händedruck verbessert hat. Helen reibt sich sogar die Hand, als Ronnie sie wieder loslässt.

Der Sheriff kommt aus seinem Büro, wobei er zweifellos dem Duft des Gebäcks folgt, und bleibt neben dem Schreibtisch stehen. Die Schweißperlen an seinem Haaransatz entgehen mir nicht.

»Der Sheriff hat uns schon so viel Gutes über Sie erzählt«, sagt Ronnie, woraufhin Helen ein sarkastisches Grinsen aufsetzt.

»Der alte Bussard hat in seinem ganzen Leben noch kein nettes Wort über mich verloren. Aber es ist sehr nett von Ihnen, dass Sie ihm zur Seite stehen.« Sie sagt das nicht etwa harsch, vielmehr ist sie der Inbegriff von Klasse und wirkt ausgesprochen freundlich. Wenn ich nicht damit rechnen würde, dass sie jeden Augenblick jemandem den Kopf abreißt, könnte ich sie sogar mögen.

»Tony sagte, dass Sie versuchen, meine Tochter und meinen Enkelsohn zu finden. Er lobt Sie in den höchsten Tönen und hat Sie als seine besten Detectives bezeichnet.«

»Ja, Ma'am.« Ich spreche sie sogar mit »Ma'am« an und hasse mich dafür. Hoffentlich regt sie das nicht auf, doch ich kann mir einfach nicht vorstellen, sie mit Helen anzusprechen. So, wie Tony reagiert, wann immer die Sprache auf Helen kommt, könnte ihr Nachname glatt Hunnin lauten. Helen, die Hunnin.

»Ach, bitte. Wir stecken alle zusammen in diesem Schlamassel, also sagen Sie bitte Helen.« Ihre Miene verändert sich schlagartig von freundlich zu verärgert. »Tony meinte, es gäbe Neuigkeiten. Bitte sagen Sie mir, dass Sie etwas herausgefunden haben.«

Ich bemerke eine pochende Vene an ihrer Schläfe. Sie spielt die Mutige, kann sich jedoch nur noch mit Mühe und Not zusammenreißen. *Na, vielen Dank auch, Sheriff.*

»Wir haben Videoaufnahmen aus der Nachbarschaft, ...

Helen. Bisher konnten wir sie uns noch nicht ansehen, um herauszufinden, ob darauf etwas Hilfreiches zu sehen ist.« Ich werfe dem Sheriff einen vernichtenden Blick zu, der sich daraufhin räuspert.

»Ich sagte doch, dass es einige Zeit dauern kann, Helen«, wirft Tony ein. »Im Augenblick möchte ich niemanden von den Ermittlungen abhalten, indem ich lästige Fragen stelle, aber sie wollen möglicherweise einiges von dir wissen.«

Helen setzt ein gequältes Lächeln auf. »Ich habe etwas gebacken und anständigen Kaffee mitgebracht. Bitte. Während wir uns unterhalten, können Sie auch etwas essen und trinken. Das gilt auch für dich, Tony.« Sie legt riesige Zimtschnecken auf zwei Teller und bedeutet uns, dass wir uns am Kaffee bedienen sollen. Nachdem wir das getan haben, geht sie voran zum Verhörraum. Tony nimmt sich ebenfalls zwei Teilchen und folgt uns. Helen hat eine ganz andere Wirkung auf Tony als ihre Schwester.

Ronnie und ich nehmen weitere Stühle mit in den Raum, und wir setzen uns alle. Kaum hat Ronnie in die mit Zuckerguss verzierte Zimtschnecke gebissen, schließt sie die Augen und macht ein Gesicht, als hätte sie gerade einen Orgasmus. Dabei stößt sie verzückte Geräusche aus, doch da sie einen vollen Mund hat, klingt es eher so, als würde sie ersticken.

Helen holt tief Luft, stößt sie wieder aus und hält nachdenklich inne. Als sie das Wort ergreift, wird offensichtlich, dass sie nichts von Ben hält. Wobei das noch eine deutliche Untertreibung ist.

»Okay. Stellen Sie Ihre Fragen.«

»Unseres Wissens hat Ihre Tochter Ben auf dem College kennengelernt«, fange ich an.

»Ja.«

»Und sie wurde schwanger.«

Traurigkeit spiegelt sich auf ihrem Gesicht wider und sie nickt.

»Hat sie das College abgeschlossen?« Ich kann nur hoffen, dass sie nicht wieder einsilbig antwortet. Die Frage trifft einen Nerv und sie runzelt die Stirn. Dabei wirkt sie auf einmal richtig unheimlich, und mir wird klar, warum Tony so nervös ist.

Sie speit die Worte förmlich aus. »Er hat es nicht zugelassen. Nachdem sie geheiratet haben, hat er seinen Abschluss gemacht, doch er wollte nicht, dass sie wieder studiert. Sie durfte nicht einmal Fernkurse nehmen. Dabei hat ihr nur noch ein Semester bis zum Abschluss gefehlt. Sie ist so ein schlaues Mädchen. Bennie – das ist mein Enkel – kommt ganz nach ihr. Wussten Sie, dass er bereits weiß, wie man einen Computer und ein Handy bedient und dass er meinen Computer repariert hat, als ich damit nicht zurechtkam? Ich Dummerchen habe immer die falsche Taste gedrückt. Er sagte: ›Nimm die hier, Gramma‹, und es hat funktioniert. Ich kann diese technischen Dinge nicht ausstehen, doch nur so bekomme ich Fotos von meiner Tochter und meinem Enkel.«

Das ist eine gute Anschlussfrage, denke ich, die ich aber Ronnie für später überlasse.

»Welches Hauptfach hatte Ihre Tochter?«, erkundigt sich Ronnie.

»Sie wollte Innenarchitektin werden. Sie hatte schon während des Studiums ein halbes Dutzend Klienten. Sie ist wirklich sehr talentiert. Was man ihrem Haus allerdings nicht ansieht. Sie darf nur kaufen, was er gestattet.«

»Beschäftigt sie sich noch immer mit Innenarchitektur?«, hakt Ronnie nach.

»Ja. Aber er wacht mit Argusaugen über sie. Er kontrolliert die Bankkonten, die Kreditkarten – er passt sogar auf, wie viel Zeit sie am Handy und vor dem Computer verbringt. Im Grunde genommen darf sie nur die Hausarbeit machen und sich um Bennies Erziehung kümmern.«

»Liebt Ben sie und Bennie?«, will Ronnie wissen.

Ich rechne damit, dass sie Nein sagt, doch ihre Antwort überrascht mich. »Er ist mit meiner Tochter verheiratet. Ich muss allerdings zugeben, dass er den Jungen abgöttisch liebt. Er würde Bennie die Welt zu Füßen legen.«

Das passt nicht so ganz zu dem, was uns Mrs Green zuvor darüber erzählt hat, dass er Marlena angeschrien und Bennie ihn angefleht habe, damit aufzuhören. Was ich Helen jedoch nicht mitteilen werde. Es erklärt allerdings, warum sich Ben anscheinend keine Sorgen um sie macht.

»Haben sie sich gestritten?«, fährt Ronnie fort.

»Oh, und wie. Manchmal glaube ich fast, sie machen nichts anderes. Marlena hat sich im ersten Jahr Bennie zuliebe mit ihm arrangiert, doch danach wurde sie mutiger und gab Widerworte. Was ihr nichts nutzte. Er kontrolliert das Geld. Das Haus war ein Geschenk von Dagobert Duck. Entschuldigen Sie, aber so bezeichne ich Bens Vater. Sie sind beide zu jung, um zu wissen, wer das ist.«

So jung bin ich nun auch wieder nicht. Das war eine Figur aus Haydens Cartoons. Vermutlich habe ich mir sogar einige davon mit ihm zusammen angeschaut.

»Marlena sagt, Bens Vater liebt Bennie, und es beruht auf Gegenseitigkeit«, berichtet Helen. »Sie ist stets voll des Lobes für diesen Mann. Ich glaube, Ben hat sie nur geheiratet, weil sein Vater das von ihm verlangt hat.«

Ben hat uns erzählt, dass er »das Richtige tun« wollte.

Sie trinkt einen Schluck Kaffee und ihre Miene verfinstert sich. »Ich glaube, wenn man so wie Ben aufwächst und einen derart reichen Vater hat, musste er jemanden kontrollieren, so wie er von seinem Vater kontrolliert wird.«

»Tut sein Vater das denn?«

»O ja. Sehr sogar. Marlena sagt, wenn sein Vater von Ben verlangt, dass er springen soll, holt Ben seinen Fallschirm.«

Ich muss grinsen. Diese Frau wird mir immer sympathischer.

»Arbeitet er für seinen Vater?«

»Haben Sie mit ihm gesprochen?«

»Das haben wir«, antworte ich.

»Entschuldigen Sie. Ich hatte vergessen, dass man eine Frage nie mit einer Gegenfrage beantwortet. Man sollte doch annehmen, dass ich das als Tochter eines Polizisten besser wüsste.«

Jetzt bin ich überrascht. Ich hatte keine Ahnung, dass Tonys Schwiegervater bei der Polizei war. Vermutlich gibt es noch vieles, was ich nicht über Tony weiß.

»Haben Sie Bens Vater kennengelernt?«

»Nein. Daher bin ich vermutlich auch nicht fair. Ich stelle mir einfach vor, dass jemand mit so viel Geld und Macht ein Kontrollfreak sein muss. Sein Name ist Cyrus, doch das wissen Sie vermutlich längst.«

»Haben Marlena und Bennie Cyrus oft gesehen?«

»O ja. Er hat versucht, sich ihre Zuneigung zu erkaufen. Solche Menschen haben nie Zeit für ihre Familie. Sie sind zu sehr damit beschäftigt, reich zu werden, um zu bemerken, dass ihre Persönlichkeit längst verrottet ist. Bennie liebt Cyrus, weil er jedes Spielzeug bekommt, das er haben will. Er hat sogar zwei Wolfshunde. Bennie hat große Angst vor den Tieren. Aber Marlena liebt Hunde. Sie ist mit ihnen aufgewachsen.«

»Glauben Sie, Cyrus hat die beiden eingeladen und sie halten sich momentan bei ihm auf? Und er hat Ben einfach nicht Bescheid gesagt?«

»Das wäre durchaus denkbar. Haben Sie ihn angerufen?«

»Noch nicht. Wir haben seine Nummer erst vor Kurzem von Ben erhalten.« Ben glaubt nicht, dass Marlena dort sein könnte, aber ich könnte mir in den Hintern beißen, weil wir nicht längst dort nachgefragt haben. »Haben Sie eine Nummer, unter der man Cyrus erreichen kann? Ben sagte, sein Vater lebt sehr abgeschieden und wir könnten von Glück reden, wenn wir es schaffen, mit ihm zu sprechen.« Wobei durchaus denkbar ist, dass Ben uns angelogen hat.

»Vielleicht sollten Sie beide sich aufteilen«, schlägt Helen vor. »Dann könnten Sie verschiedenen Hinweisen folgen.«

Jetzt geht sie mir auf die Nerven. »Wir sind ein Team.«

Ich werfe Ronnie einen Blick zu, die mich anstrahlt. Diese Bemerkung wird sie mich so schnell nicht vergessen lassen.

»Entschuldigen Sie bitte. Ich will Ihnen nicht vorschreiben, wie Sie Ihren Job machen sollten. Ich habe nur schreckliche Angst. So etwas ist in unserer Familie noch nie passiert. Ich hätte nie gedacht, dass ich mal auf einem Polizeirevier sitzen würde, weil meine Tochter vermisst wird.«

Willkommen in meiner Welt. Ich hätte auch nie gedacht, dass ich mal nach jemandem suchen würde, dem ich nicht schaden will.

»Leiden Ihre Tochter oder Bennie unter irgendwelchen Erkrankungen, von denen wir wissen sollten?«

»Marlena ist schwanger, aber noch im ersten Trimester. Sie nimmt Schwangerschaftsvitamine. Bennie hat Asthma. Er benutzt einen Inhalator. Der Arzt meint, dass es sich auswachsen wird, aber die Streitereien zu Hause haben es nur noch schlimmer gemacht.«

»Würde er irgendwo hingehen, ohne seinen Inhalator mitzunehmen?«

»Nein. Auf gar keinen Fall. Marlena hat stets einen dabei. Und er bewahrt einen in seinem Zimmer auf und weiß, wie man ihn benutzt.«

»Gab es irgendwelche Probleme hinsichtlich der Schwangerschaft Ihrer Tochter?«

»Sie kam unerwartet. Aber Marlena freut sich, dass sie ein weiteres Kind bekommt.«

»Was ist mit Ben? Freut er sich ebenfalls?« Das ist eine tiefgreifende Frage, doch ich muss wissen, wie nah er und Helen sich stehen.

»Sie wusste nicht, wie sie ihm von der Schwangerschaft erzählen sollte. Ihre Ehe läuft seit einigen Jahren nicht so gut. Eigentlich schon von Anfang an. Sie haben anderen immer die perfekte Familie vorgespielt, und ich glaube, Marlena hat immer gehofft, dass er sich eines Tages in sie verlieben und sich mit dem Gedanken, Ehemann und Vater zu sein, anfreunden würde. Sie hat ständig Ausreden für ihn erfunden.

Mein Exmann ist Ben einige Male begegnet, jedenfalls hat mir das meine Tochter erzählt. Ihren Worten zufolge war ihr Vater nicht gerade beeindruckt.

Ich hatte meine Tochter gebeten, Ben und Bennie zum ersten Weihnachtsfest nach ihrer Hochzeit mitzubringen. Aber Ben hatte irgendeine Ausrede und hat mein Haus noch nie betreten. Bennie und Marlena kamen jedoch jedes Jahr zu Weihnachten und Thanksgiving zu Besuch. Letztes Jahr konnte ich Bennie sogar Ostern sehen. Sie kann Bens Abwesenheit immer irgendwie erklären. Letztes Weihnachten habe ich sie zu Hause besucht und Ben war nicht in der Stadt. Da fiel mir auch auf, wie schäbig ihr Heim aussieht. Es passt gar nicht zu meiner Tochter, dass sie es nicht gemütlich einrichtet. Sie sagte, sie würde immer noch überlegen, was sie mit dem Haus anfangen will, und könne sich nicht entscheiden. Ich habe Ben angerufen und angeboten, die Möbel und alles, was sie kaufen möchte, zu bezahlen. Er hat mich jedoch schroff abblitzen lassen und schien verärgert zu sein. Danach wurde ich nicht mehr eingeladen.«

»Dann haben Sie Ihre Tochter oder Bennie nicht mehr häufig gesehen?«, fragt Ronnie.

»Sie ruft mich immer noch an. Aber nein, ich habe sie seit einigen Monaten nicht mehr gesehen. Er hasst mich. Er weiß ganz genau, dass ich ihn von Anfang an nicht leiden konnte. Sie wollten wissen, ob Ben über die neue Schwangerschaft glücklich ist, aber das kann ich Ihnen nicht sagen. Ich habe seit über einer Woche nichts mehr von meiner Tochter gehört. Als wir das letzte Mal telefoniert haben, war sie nervös und wusste nicht, wie sie es ihm sagen soll, aber ich habe sie ermahnt, dass er es erfahren sollte. Und jetzt ...« Ihre Stimme bricht und ihre Augen werden feucht. »Das ist alles meine Schuld. Ich werde es mir nie verzeihen, wenn dieser Mistkerl ihnen etwas angetan hat.«

Ich frage mich, ob Cyrus Parker von Marlenas Schwangerschaft wusste. Oder von den vielen Streitereien zu Hause. Aber wenn Ben die Wahrheit gesagt hat, steht Cyrus Marlena und Bennie nahe und muss von den Problemen und der Schwangerschaft gewusst haben. Möglicherweise sucht er nach einem Weg, um die Vormundschaft für Bennie zu bekommen.

»Bitte seien Sie ganz ehrlich«, leite ich die entscheidende Frage ein. »Glauben Sie, dass Ben etwas mit dem Verschwinden der beiden zu tun haben könnte?«

ZWEIUNDZWANZIG

Während des Gesprächs mit Helen ist Ellen aufs Revier gekommen. Sie sitzt an meinem Schreibtisch, als wir den Verhörraum verlassen. Warum müssen sich alle ausgerechnet an meinen Schreibtisch setzen? Sie steht nicht auf, als sie mich sieht. Das muss in der Familie liegen. Ich setze mich auf die Kante meines eigenen Schreibtischs und Ronnie geht uns Kaffee holen. Während ich Ellen anlächle, lasse ich mir Helens Antwort auf meine Frage, ob Ben etwas mit dem Verschwinden ihrer Tochter zu tun haben könnte, durch den Kopf gehen. Sie hatte sich die Augen mit den Fingern abgetupft, war jedoch nicht länger den Tränen nahe gewesen. Vielmehr wirkte sie wütend. Beim Anblick ihrer stark schwankenden Gefühle musste ich an meine Therapiesitzungen bei Karen Albright vor einigen Jahren denken. Ich war siebzehn, als mein Stiefvater ermordet wurde. Meine Mutter wurde entführt. Hayden und ich schwebten in großer Gefahr. Ich schnappte mir Hayden und ergriff die Flucht. Aber ich suchte nach meiner Mutter, um sie zu befreien. Dabei sprach ich auch mit den Familien anderer Opfer, die wie meine Mutter entführt worden waren, denn ich hoffte, irgendeinen Hinweis darauf zu erhalten, wo meine

Mutter festgehalten wurde. Ich höre Dr. Albright noch immer in ihrer besänftigenden Stimme sagen: »Wie hast du dich dabei gefühlt?« Wie habe ich mich dabei gefühlt? Ich habe diese Familien an das Entsetzen erinnert, das sie beim Verlust einer Tochter spürten. Ich sehe noch immer den Schmerz in ihren Gesichtern. Höre ihren gepressten Atem, weil sie die Tränen und Schmerzensschreie zurückhalten. Damals habe ich mir eingeredet, ich würde diesen armen, unschuldigen Menschen all das antun, um meine Mutter zu finden. Um ihren Entführer zu fassen. Den Mörder der Töchter all dieser Leute. Aber ich habe gelogen. Ich habe sie belogen. Dr. Albright. Mich selbst. Ich habe diese Leute das durchstehen lassen, um meine Wut und meine Rachsucht zu befriedigen. Ich kann noch immer die kaum verhohlene Scham in meiner Stimme hören: »Es ist meine Schuld.«

Meine Schuld. Das lastet weiterhin schwer auf meinem Herzen. Jetzt sehe ich, dass Helen ebenfalls in diese Rolle schlüpft. Wenn sie doch nur dies getan oder das unterlassen hätte ... Dabei hätte es rein gar nichts geändert. Ich bin derart in der Vergangenheit verhaftet, dass ich mich genau die Worte zu Helen sagen höre, die Dr. Albright damals zu mir sagte.

»Brauchen Sie einen Moment? Ich weiß, wie schwer das für Sie ist. Sie machen das gut. Wirklich. Wir können jederzeit aufhören.«

Sie reagiert mit denselben Worten, die ich vor all den Jahren an Dr. Albright gerichtet habe.

»Es geht mir nicht gut, aber ich möchte es hinter mich bringen. Ich muss es einfach tun.«

»Können wir Ihnen etwas bringen?«

»Nein. Ich muss mit Ihnen reden. Etwas Sinnvolles tun. Ich habe mich nie zuvor derart hilflos gefühlt.«

»Dann reden Sie einfach mit mir. Sagen Sie, was immer Sie wollen.« Ich bin mir nicht sicher, ob es helfen wird, aber als ich bei Dr. Albright in Therapie war, habe ich ihr mein Herz ausgeschüttet – jedenfalls so weit es mir möglich war. Es war nicht sofort hilfreich, aber nach und nach, im Laufe der Zeit, ging es mir besser. Als Helen zu reden anfängt, hoffe ich, dass Ronnie bald mit dem Kaffee zurück sein wird.

»Marlena ist mein einziges Kind. Bei ihrer Geburt war noch vieles anders. Die Art, wie sich die Menschen verhielten, wie sie sich umeinander kümmerten, einfach alles. Damals durfte niemand zur Mutter in den Kreißsaal. Sie haben alle auf dem Flur gewartet. Waren ängstlich, aufgeregt, glücklich, erwartungsvoll, überlegten, wie das Baby wohl sein würde und welchen Namen es bekommt. Ich wusste, dass es ein Mädchen wird. Ich kann Ihnen nicht sagen, woher ich das wusste, aber ich war mir da völlig sicher. Das hatte ich noch nicht mal meinem Mann erzählt. Wir hatten zwar über Namen gesprochen, jedoch nur unter uns. Ich hatte mich längst für Marlena entschieden. Wir wollten noch ein zweites Kind, doch das sollte nicht sein.

Sie war sehr schlau und schloss schnell Freundschaften. Manchmal kam es mir so vor, als hätte ein Haufen Pfadfinderinnen unser Haus übernommen. Aber sie gerieten nie in Schwierigkeiten. Keine Drogen. Kein Alkohol. Sie waren brave Mädchen. Als sie wegzog, um aufs College zu gehen, haben wir uns keine Sorgen um sie gemacht. Sie war sehr unabhängig und selbstständig. Kurz vor ihrem Abschluss kam dann der Anruf. Sie war schwanger und wusste nicht, was sie tun sollte. Das war das erste Mal, dass ich hörte, wie sie aufgab. Sie sagte, der Junge wollte sie heiraten. Er bestand sogar darauf. Damals wusste ich nicht, wie er wirklich ist. Als wir ihn kennenlernten, war er sehr charmant. Mein Mann konnte ihn vom ersten Augenblick an nicht leiden. Er hielt ihn für einen Angeber. Ich glaubte einfach, Ben wäre in Gegenwart ihrer Eltern nervös. Wie sich herausstellte, hatte mein Mann recht, und ich fühlte mich schrecklich, weil ich nicht versucht habe, ihr die Hochzeit auszureden.«

Ihr läuft eine Träne über die Wange und ihre Stimme schwankt. »Daher ist es meine Schuld. All dieser Ärger mit ihm. Meine Schuld. Wenn sie verletzt sind, dann ist das ...«

Da ist es wieder. Schuldgefühle. Schuldzuweisungen. Wie können diese Worte derart mächtig sein? Wie können wir uns für so wichtig halten, dass wir uns einbilden, die Welt würde auf unsere Launen, Entscheidungen oder Fehler reagieren? »Ich sage das nur ungern, Helen, aber Sie müssen aufhören, sich Vorwürfe zu machen.« Sie stößt die Luft aus und lächelt.

»Es war sehr schlau von Tony, Sie einzustellen, Megan.«

Da bin ich ganz ihrer Meinung. »Er ist ein guter Mensch. Ich möchte Ihnen noch eine andere Frage stellen: Seit wann wohnen sie in diesem Haus?«

»Sie sind kurz vor Bennies Geburt eingezogen. Es war von Anfang an viel zu groß für sie. Und er wollte nicht noch mehr Kinder.«

»Davon hat er nichts erwähnt.« Eigentlich hat er mir das Gegenteil erzählt.

»Das hätte mich auch gewundert. Als sie mir sagte, dass sie wieder schwanger ist, dachte ich nur ›Oh, oh‹, hoffte aber, dass er dieses Kind so wie Bennie lieben würde.«

Die Fotos in seiner Hütte kommen mir in den Sinn. Die einzigen Fotos, die man bei mir findet, sind von Hayden. In Bens Hütte konnte ich keine Fotos von Bennie finden. Alle behaupten, er würde den Jungen derart lieben, aber wieso hat er dann keine Bilder von ihm? Dort gab es nicht einmal einen Schlafplatz für Bennie.

»Wussten Sie, dass sich die beiden getrennt haben?«

Diese Information überrascht sie, doch sie versucht, es zu verbergen. »Das kann erst kürzlich passiert sein. Wir haben vor etwa einer Woche das letzte Mal miteinander gesprochen. Sind Sie sich da sicher oder hat er Ihnen das erzählt?«

Gute Frage. Wir konnten es uns noch von niemandem bestätigen lassen. Ich wechsle das Thema.

»Können Sie uns die Namen von Marlenas Freunden und ihre Kontaktinformationen geben?«

»Ihre alten Freunde werden vermutlich nicht viel wissen, aber ich kann sie gern anrufen und informieren. Was aktuelle Freunde angeht, so hat Bennie einen Freund aus dem Kindergarten, mit dem er sich zum Spielen trifft. Doch sie übernachten nicht beieinander, sondern besuchen sich nur. Ich kann mich im Augenblick nicht an seinen Namen erinnern und habe ihn nie gesehen. Marlena sagte, er wäre ein guter Junge. Er ist in Bennies Alter. Ich weiß noch, wie ich mal mit Bennie telefoniert habe ... Warten Sie kurz ... Sean. Das ist sein Name. Sean Hunter. Da bin ich mir ganz sicher. Die Eltern leben nicht weit entfernt. Marlena ist mit der Mutter befreundet und trinkt manchmal mit ihr einen Kaffee, während die Kinder spielen. Und es gibt da noch eine Nachbarin, eine ältere Dame, die ein paar Häuser entfernt wohnt und von der Marlena mir erzählt hat. Sie kennen einander gut genug, um sich zuzuwinken, aber ich glaube nicht, dass sie sich nahestanden.«

»Ging sie gern zelten?«

»Er ist einmal mit ihr zelten gegangen, aber meine Tochter hat es gehasst. Sie hat in ihrer Kindheit mal große Angst ausgestanden, als ein Bär nachts auf Futtersuche zu den Zelten kam. Seitdem hält sie sich von Wäldern fern. Ben geht jedoch gern zelten und bleibt manchmal wochenlang weg.«

»Allein?«

»Ich nehme es an«, erwidert Helen. »Marlena hat nie mehr erzählt. Ich weiß, dass sie und Bennie nur hin und wieder im Wohnzimmer mit Schlafsäcken zelten spielen. Sie bäckt dann Kekse und baut ein kleines Picknick für ihn auf. Doch sie lässt ihn nicht mit Ben zelten gehen, da sie den Jungen aufgrund seiner Asthmaerkrankung gern in der Nähe hat. Nicht, dass Ben seinen Sohn mal mitnehmen wollte. Er kam nur gut mit Bennie klar, solange jemand in der Nähe war, der ihn dann übernehmen konnte.«

Ich zeige ihr das Foto, das ich von den Schlafsäcken in Bens Hütte gemacht habe.

»Das sind ihre Schlafsäcke. Lagen sie im Haus?«

Ich wechsle abermals das Thema. »Wo würde sie hingehen, wenn sie woanders übernachten möchte? Zu irgendwelchen Verwandten?«

»Mein Exmann ist vor ein paar Jahren an Krebs gestorben. Außer mir hat sie keine Familie mehr. Ben kam zur Beerdigung, hätte jedoch genauso gut auf einem anderen Planeten sein können. Marlena war das ungemein peinlich.«

Ich präge mir ihre Worte ein, da ich sie nicht durch handschriftliche Notizen aufhalten möchte. Wir kennen nun also zwei von Marlenas Freundinnen. Eine ist offenbar Mrs Green. Ben hatte es so aussehen lassen, als hätte Marlena keine Freunde gesucht und er wäre der einzig Gesellige gewesen. Außerdem war er wegen der Schlafsäcke neben seiner Eingangstür besorgt gewesen.

»Wusste Ben von ihrer Freundin in derselben Straße?«

»Sie hat mir erzählt, dass er von den Verabredungen zum Spielen wusste und nichts davon hielt. Den Grund dafür hat sie mir nicht genannt, doch der liegt auf der Hand. Er hat Marlena und Bennie aus dem Haus ihrer Freundin abgeholt, weswegen sie sich zu Tode schämte.«

Ungeschickte Wortwahl. »Aber er hat ihr erlaubt, einen Wagen zu haben.«

»Marlena sagte, dass er den Kilometerstand überprüft. Er hat ihn direkt nach Bennies Geburt gekauft. Sie durfte damit zum Einkaufen fahren und Bennie in den Kindergarten bringen. Viel mehr allerdings nicht. Ich fuhr immer hin und holte sie und Bennie ab oder brachte sie in mein Haus, wenn sie es zuließ.«

Er hat den Kilometerstand überprüft? Dieser Mann ist gestört und paranoid. Aber weswegen?

»Ich muss Sie das fragen, Helen: Sind Sie sich sicher, dass Marlena keine Affäre hatte?«

»So etwas hätte sie nie getan. Aber selbst, wenn es so wäre, könnte ich es ihr nicht verdenken. Wir haben bis vor Kurzem wenigstens einmal die Woche telefoniert. Dabei gab es nie irgendeinen Hinweis darauf, dass sie ... Nein, das ist unmöglich. Auf gar keinen Fall. Sie war Ben treu. Wir haben einmal darüber gesprochen, dass sie ihn verlassen könnte, und sie meinte, sie würde immer bei ihm bleiben. Sie hat ihn noch immer geliebt, obwohl er sie wie ein Möbelstück behandelt hat. Aber vielleicht ist das nur die Sicht einer Mutter. Sie hat mir gegenüber nie erwähnt, dass sie in Gefahr sein könnte oder dass er sie verletzte. Bennie und sie hatten das Notwendigste: ein Dach über dem Kopf, Essen auf dem Tisch, sie hatte einen Wagen, aber nicht viele Freunde. Ich könnte es gut nachvollziehen, wenn sie sich mit einem anderen getroffen hat. Sie nicht?«

Ich gebe ihr keine Antwort. In Marlenas Situation wäre ich ohnehin nie geraten. Ich bin völlig anders aufgewachsen. Wäre ich an ihrer Stelle, würde nun der Täter vermisst.

»Ich bin fest davon überzeugt, dass sie keine Affäre hatte.«

Morgen werden wir Marlenas einzige Freundin, Mrs Hunter, aufsuchen. Aber erst einmal brauchen wir Schlaf. In diesem Zustand sind wir zu nichts zu gebrauchen, allerdings werde ich mich auch nicht erholen können. Marlena, Bennie und Hayden werden mich im Schlaf heimsuchen.

DREIUNDZWANZIG

Der Motor des Taurus rattert widerwillig und geht aus, als ich vor meinem Haus anhalte. Ich empfinde Mitgefühl für den Wagen, der sich so verhält, wie ich mich fühle. Auf der Heimfahrt habe ich Hayden angerufen, und er meldete sich mit »Du bist bestimmt wieder beschäftigt.« Seine Worte haben mich schwer getroffen. Seine Wohnung liegt ganz in der Nähe und ich überlege kurz, bei ihm vorbeizufahren. Er ist ans Telefon gegangen, also ist er zu Hause. Dann tue ich es doch nicht. Das würde nur den Anschein erwecken, als wäre meine Absage eine Lüge gewesen. Ich habe ihm gesagt, dass ich ihn liebe. Er hat jedoch nicht geantwortet, dass er mich ebenfalls liebt, wie er es immer getan hat, als wir noch jünger und eine Familie waren. Es war ein Fehler, dass ich unser Treffen heute vergessen habe. Ein vielleicht noch größerer ist, ihn jetzt nicht zu besuchen. In Bezug auf Hayden habe ich sehr viele Fehler gemacht. Vielleicht will ich ja gar keine Familie haben. Möglicherweise ist es ein Abwehrmechanismus, wie meine Therapeutin es immer glaubte? Habe ich seine Liebe etwa gar nicht verdient?

Ich öffne die Wagentür und die Scharniere knarren und knacken. Es wäre ratsam, sie von ihrem Leid zu erlösen, doch das ist nicht meine Entscheidung. Ich trotte zur Haustür und betrete meine dunkle Wohnung. Es ist still, abgesehen vom Geschrei der Nachbarn nebenan. Ich widerstehe dem Drang, rüberzugehen und ihnen Waffen in die Hand zu drücken, damit sie ihre Probleme aus der Welt schaffen können.

Mein Schlüsselbund landet auf dem Tisch neben der Tür und rutscht zu Boden. War ja klar. Meine Knie knacken wie mein Wagen, als ich mich bücke, um die Schlüssel wieder aufzuheben. Mein Bett sieht sehr verlockend aus, aber zuerst muss ich noch etwas anderes erledigen. Ich mache mir nicht die Mühe, mich auszuziehen oder mir wie üblich ein Glas Wein einzuschenken. Stattdessen gehe ich direkt zum Schreibtisch und hole mein Beruhigungsmittel heraus: die Schachtel mit den Kassetten. Die gesuchte springt mir förmlich in die Hand. Ich stecke sie in den Rekorder, hole tief Luft, stoße sie langsam wieder aus und drücke auf ›Play‹.

Ich: (Ich gähne und halte mir eine Hand vor den Mund.) Entschuldigung. Ich habe nicht viel geschlafen.

Dr. Albright: Schlechte Träume?

Ich: Ich bin nur müde. Ich bin aufgewacht und konnte nicht wieder einschlafen.

Dr. Albright: Erzähl mir von den Träumen.

Ich habe das alles früher schon einmal in einer anderen Sitzung erzählt, aber die Worte sprudeln nur so aus mir heraus, brechen sich mit Gewalt Bahn.

Ich: Es sind weniger Träume, sondern eher Erinnerungen aus meiner Kindheit. Hayden war noch klein. Kaum älter als zwei oder drei. Wir sitzen in einem Auto, und Mom fährt. Mein Stiefvater Rolland ist nicht bei uns. Mom hat ihn noch nicht kennengelernt.

Ich halte das Band an. Rolland war nicht Haydens Vater. Hayden stammt vom selben kranken Serienmörder ab wie ich. Mom hatte gelogen, als sie behauptete, sie wäre nach meiner Geburt geflohen. Sie blieb bei ihm und bekam auch noch Hayden. Erst danach lief sie mit uns weg, aber sie hat nicht versucht, uns zu verstecken. Vielmehr blieb sie in Kontakt mit unserem Erzeuger. Sie berichtete ihm, wo wir lebten, und das war auch der Grund dafür, dass Rolland ermordet wurde. Ich liebe sie und hasse sie gleichzeitig dafür, dass sie so böse ist. Dann lasse ich das Band weiterlaufen. Das ist noch nicht das, was ich hören wollte.

Ich: Im Traum wusste ich nicht, warum wir weglaufen oder vor wem. Ich wusste nur, dass ich Angst hatte. Ich war krank vor Angst, wie immer in Gegenwart meiner Mutter. Es gab echte Monster. Nicht nur unter dem Bett oder im Schrank. Sie verkleideten sich auch als Menschen.

Dr. Albright schweigt. Sie wartet darauf, dass der Rest der verletzenden Worte rauskommt. Schließlich hat sie mich Geduld gelehrt und dafür liebe ich sie.

Ich: Im Traum sehe ich Hayden an, der in seinem Kindersitz festgeschnallt ist. Er ist blau angelaufen. Ihm quillt Blut aus dem Mund und seine Augen sind schwarz und ich schreie meine Mom an, damit sie ihm hilft: »Halt den Wagen an! Hayden stirbt!« Als sie sich zu mir umdreht, stelle ich fest, dass sie kein Mensch ist. Sie ist ein Monster. Sie ist genau das, wovor ich Angst habe.

Meine Kehle ist wie zugeschnürt und ich bekomme keine Luft mehr. Haydens Worte haben mich tief getroffen. Er weiß nicht, wie sehr ich ihn liebe. Was stimmt bloß nicht mit mir? Ich lege die Kassetten wieder weg und schaffe es, den Blazer auszuziehen und das Schulterholster abzunehmen, um dann aufs Bett zu fallen, bevor mich eine Woge der Traurigkeit überkommt und ich mich in den Schlaf weine.

VIERUNDZWANZIG

Der Wecker geht nicht an, aber irgendetwas hat mich geweckt. Wenn ich das Sonnenlicht, das mein Schlafzimmer durchflutet, richtig deute, ist es Tag, und mir wird bewusst, dass ich länger als die beabsichtigte Stunde geschlafen haben muss. Ich weiß, dass in der Zeit, die ich geschlafen habe, Suchtrupps das Gebiet durchstöbert, Officer die Nachbarn befragt und alle auf den Anruf gewartet haben, dass sie unversehrt gefunden wurden. Oder dass das Schlimmste passiert ist. Mein Schlaf war von dem Gefühl getrübt worden, dass mir etwas Wichtiges entging. Dass ich zu spät dran war. Aber ich bin kein Teenager mehr und mein Körper muss für einige Zeit runterfahren, selbst wenn es mein Geist nicht tut. Laut meinem Handy ist es fünf Uhr, und ich fühle mich nach fast vier Stunden Schlaf erholt. Außerdem bemerke ich, dass mir Dan, mein Freund, eine Nachricht geschickt hat.

Megan,

ich weiß, dass es bei dir noch früh ist, und ich habe dich hoffentlich nicht geweckt. Du fehlst mir. Vermisst du mich?

Ich habe heute mehrere Meetings. Es läuft bisher gut. Wenn der Plan aufgeht, eröffne ich vielleicht ein Franchise in Colorado und Maine. Auch wenn ich gesagt habe, dass ich nie derart groß expandieren wollte. Das Angebot ist verlockend, aber ich will meinen Namen nicht auf Dingen sehen, die ich nicht selbst geschaffen habe. DAN'S CREATIONS. Wie klingt das als Firmenname? Wenn ich das durchziehe, könnte ich Hayden Vollzeit einstellen. Er ist gut. Fast so gut wie ich. Haha. Glaubst du, das würde ihm gefallen? Ich hoffe es sehr, denn ich weiß ja, dass du ihn gern in deiner Nähe behalten möchtest. So langsam bekomme ich müde Finger. Du weißt, dass ich nicht gern am Handy schreibe, aber das zeigt wieder einmal, wie sehr ich dich liebe. Wenn du heute Abend Zeit hast, melde dich bitte, dann können wir telefonieren.

In Liebe

Dan

Ich lese den Text zweimal und dann noch einmal laut, bevor ich antworte.

Wer sind Sie? Sie müssen sich in der Nummer geirrt haben.

Das entlockt ihm garantiert ein Lächeln. Aber um ganz sicherzugehen, schicke ich noch eine Nachricht hinterher und schreibe ihm, dass er mir ebenfalls fehlt und dass er mich jederzeit wecken darf. Solange es dann auch Kaffee gibt. Oder etwas anderes. Ich komme mir vor wie ein weiblicher Pinocchio. So langsam verwandle ich mich in eine richtige Frau. Er hat mich nach unserer ersten Begegnung mehrmals gefragt, ob ich mit ihm ausgehe, und ich habe ihm jedes Mal eine Abfuhr erteilt. Damals war ich nicht bereit für eine richtige Beziehung. In Wahrheit hat mir das, was er wollte, sogar eine Heidenangst eingejagt. Reiner Sex war machbar, wenn ich ihn brauchte. Doch er wollte alles von mir. Ich konnte seinen Blick deuten und die Aufrichtigkeit in seiner Stimme erkennen. Daher habe ich uns beide auf den Prüfstand gestellt, bevor wir uns in eine geschmeidige Beziehung begaben, die auf dem Geben-und-Nehmen-Prinzip beruht. Er gibt und ich nehme. In letzter Zeit denke ich immer häufiger an ihn. Wenn er nicht aufpasst, bin ich irgendwann noch diejenige, die gibt, und dann kann er sich auf einiges gefasst machen. Ich habe noch einen langen Weg vor mir.

Das reicht jetzt. Ich gehe schnell unter die Dusche und fahre aufs Revier. Vielleicht schaffe ich es ja zur Abwechslung mal, vor Ronnie da zu sein.

Es gelingt mir nicht. Als ich parke, sehe ich Ronnies nach Lavendel und Tannenduft riechenden Wagen auf seinem üblichen Platz stehen. Ich lege eine Hand auf die Motorhaube und stelle fest, dass sie noch warm ist. Gut. Unterwegs habe ich Kaffee und Donuts geholt, und jetzt kann ich behaupten, ich wäre schon mal da gewesen und wieder losgefahren, um Verpflegung zu besorgen.

»Greif zu«, sage ich und muss auf ihrem überfüllten Schreibtisch erst einmal Platz schaffen, um alles abzustellen.

Geistesabwesend greift Ronnie nach einem Kaffeebecher, den ich ihr wieder abnehme und gegen den anderen mit dreimal Sahne und vier Stück Zucker austausche. Ich trinke meinen Kaffee schwarz und würde mir Koffein injizieren, wenn das nicht illegal wäre.

Ronnie starrt auf ihren Computerbildschirm, daher öffne ich die Tüte mit den frischen Donuts und schüttle sie unter ihrer Nase. Für uns Süchtige ist das vergleichbar mit Riechsalz.

»Danke, Megan. Errätst du, was ich gemacht habe?«

Ich werde noch nicht einmal wütend, weil sie mir auf die Tour kommt. Nach Dans Nachricht habe ich derart gute Laune, dass ich es sogar mit der neugierigen Sekretärin des Sheriffs aufnehmen würde. Aber heute ist Sonntag, Nans freier Tag, daher muss ich diese Theorie glücklicherweise nicht austesten.

»Cyrus Parker besitzt Unternehmen, die Unternehmen besitzen, die Banken haben, die Wohngebiete wie Baker Heights bauen. Ihm gehört außerdem eine Möbelfirma in Seattle und ... Ach, es ist einfach zu viel, um sich einen Durchblick zu verschaffen.«

»Zu viel zu durchsuchen?«, frage ich.

»Selbst, wenn wir die Nationalgarde hinzuziehen. Aber ich habe vielleicht etwas Interessantes gefunden. Noch dazu gleich in Port Ludlow.«

So langsam lassen die Glückshormone nach, aber noch bin ich zu beschwingt, um sie anzufahren. Fast jedenfalls.

»Ich habe mehrere Industriestandorte in Washington, Oregon und Colorado entdeckt. Danach habe ich den Suchbereich auf einem Umkreis von hundertfünfzig Kilometer um Baker Heights eingegrenzt und die Liste weiter ausgedünnt, bis ich zu einer sehr guten Option kam, an der man problemlos Geiseln festhalten könnte.«

Okay. Jetzt wird es interessant.

»Ludlow Timber Works. Die Firma ist außer Betrieb und wurde schon vor zwanzig Jahren geschlossen, aber als ich auf Google Earth nachgesehen habe, waren die Gebäude noch immer da.«

»Was würden wir nur ohne Google Earth machen?«, murmele ich und füge hinzu: »Das war gute Arbeit.« Rasch stopfe ich mir einen Donut in den Mund, um nicht zu schroff zu klingen. Dann fällt mir wieder ein, dass Dan mich liebt und vermisst, und ich zeige Ronnie die Nachricht.

»Oh, Megan. Das ist so süß. Er ist ein wirklich lieber Mann.

Ihr habt einander verdient. Hoffentlich hast du ihm eine süße Antwort geschickt.«

Da ich noch den Donut im Mund habe, muss ich nicht antworten. Ich stecke das Handy ein, schlucke und spüle den Donut mit Kaffee herunter, der mir die Speiseröhre bis zum Bauchnabel verbrennt. »Das habe ich. Und jetzt lass uns Marlena und Bennie finden.« Und Ben einsperren.

Ronnie stapelt die Unterlagen zu einem ordentlichen Haufen und dreht sie auf dem Schreibtisch um. *Nans Schule.* Nan läuft zu Höchstform auf, wenn sie etwas sieht oder erfährt, und obwohl sie heute nicht arbeitet, ist es zur Gewohnheit geworden, Dinge vor ihr zu verstecken. Doch wenn Nan etwas wissen will, kann sie nicht einmal ein Schredder davon abhalten.

Wir nehmen meinen Wagen. Ich bin nicht in der Stimmung, um das Gemisch aus Putzmitteln und Lufterfrischern zu ertragen. »Was kannst du mir über das alte Sägewerk erzählen?«

»Ich sagte ja schon, dass es seit zwanzig Jahren geschlossen ist, aber Cyrus besitzt es noch immer und bezahlt Steuern dafür. Ich konnte keine neuen Baugenehmigungen finden, daher gehe ich davon aus, dass nichts unternommen wurde, um es wieder zu nutzen. Wahrscheinlich nutzt er es als Abschreibungsobjekt.«

Oder zur Geldwäsche, schießt mir durch den Kopf, dabei bin ich dem Mann nicht mal begegnet. Aber man wird nicht so reich wie Midas, wenn man stets ehrlich agiert.

»Wir müssen Ben anrufen und herausfinden, wo er ist.«

Schon hat Ronnie ihr Handy in der Hand und drückt beim Fahren darauf herum. *Das ist unheimlich.* Aber sie hat irgendeine App geöffnet und reicht mir das Handy. Auf dem Display ist eine Karte mit einem blinkenden blauen Punkt in der Mitte zu sehen. Ich erkenne den Ort als Bens Hütte wieder. Sie hat »Mein Gerät finden« auf seinem Handy aktiviert, daher können wir seine Bewegungen halbwegs nachvollziehen.

»Super. Kannst du mir auch verraten, was er zum Frühstück gegessen hat?«

Sie lacht auf. Dabei war das kein Witz. Was weiß sie denn überhaupt? Ronnie nimmt mir das Handy wieder ab und drückt ein anderes Symbol. Sie hat den Standort des Sägewerks ins Navi eingegeben. Okay, ich nehme es zurück.

Das Werk liegt in einem entlegenen Teil der Bucht. Die Parkers scheinen abgelegene Gebiete zu bevorzugen. Ein Teil des Gebäudes wurde über dem Wasser gebaut und wird mit Pfählen von der Größe von Telefonmasten gestützt. Ein verrosteter Maschendrahtzaun blockiert den Eingang und ist mit »Kein Zutritt«-Schildern gespickt. Außerdem ist er mit einer Kette und einem Vorhängeschloss gesichert. Die Straße zum Tor ist mit Kies bestreut, der in den Schlamm gedrückt wurde, und im Inneren kann ich Reifenspuren erkennen.

Ronnie späht über den Zaun. »Was sollen wir machen, Megan? Da steht ›Zutritt verboten‹.«

Wenn wir uns Zutritt verschaffen, wäre das illegal. Sie kennt mich lange genug, um zu wissen, dass Schilder nur Vorschläge sind.

Ich habe für genau solche Situationen gewisse Werkzeuge im Wagen. Daher steige ich aus, öffne den Kofferraum und hole einen Zimmermannshammer und ein Brecheisen heraus, mit denen ich das Schloss aufbreche. Es ist zäher, als es aussieht, und springt erst nach fünf Schlägen auf. Im Fernsehen klappt so was immer sofort. Oder das Schloss wird mit einem einzigen Schuss zerstört, der sogar durch robusten Stahl dringt. Abpraller gibt es nie. Ronnie steigt aus, und wir drücken die Torflügel auf und setzen uns wieder in den Wagen. Ich möchte hier weder von Ben noch von irgendwelchen Wachleuten ertappt werden. Schloss und Kette sehen neu aus, also ist man

hier offensichtlich daran interessiert, Eindringlinge fernzuhalten.

»Ich fahre mit dem Wagen vor und versperre den Eingang.
Wenn jemand kommt, muss er hupen. Dann behaupte ich, wir
hätten gesehen, dass das Tor offenstand, und wollten uns hier
nach unbefugten Personen umsehen.« Das hat schon früher
funktioniert.

Ronnie schweigt, als wir über den überwucherten Platz
gehen und etwas überqueren, was einst Bahngleise waren, auf
denen wahrscheinlich Holz zur Bucht transportiert wurde, um
es von dort zu flößen oder auf Schiffe zu verladen. Von den
Gleisen ist nicht mehr viel übrig und die Holzbalken wurden
ausgegraben. Das erklärt die Zutritt-verboten-Schilder. Ein
ungewöhnlich geformtes Gebäude, das gute zehn Meter hoch
sein muss, sieht aus wie ein Federball. Als wir näher herange-
hen, erinnert es eher an einen Wigwam. Die Oberseite ist abge-
rundet und mit einem Metallgitter verschlossen. Überall prangt
Rost. Ich bemerke eine große Tür auf der uns zugewandten
Seite, die zugerostet zu sein scheint.

»Das ist der Bienenstockbrenner«, erklärt Ronnie, die
Allwissende. »Aufgrund der Form wird er auch oft Tipi-
Brenner genannt.«

Da fällt mir etwas ein, das Hayden gesagt hat, als er etwa
vier Jahre alt war. Vermutlich hatte er es von meinem Stiefvater
gehört. Er sagte: »Behalt dein Pipi im Tipi.« Das war die einzige
Gelegenheit, bei der ich je mitbekam, dass meine Mom ihren
über alles geliebten perfekten Sohn angeschrien hat. Und dann
hat sie gelacht, weil Hayden nun mal nichts falsch machen
konnte. Wenn er Kacke an die Wand schmierte, bezeichnete sie
es noch als Kunst und lobte ihn dafür.

»Dort verbrennen sie die Sägespäne und den Abfall.«
Ronnie deutet in Richtung Tipi.

Bei diesem Gedanken erschaudere ich. Der Geruch nach
Holz und Schmiere bestürmt meine Nase. Die Erinnerung an

Dans ausgebrannte Hütte und seine zerstörten Holzschnitzereien ist noch zu frisch. Ich verdränge das unangenehme Gefühl, auch wenn ich weiß, dass es zurückkehren wird. Armer Dan. Diese Tragödie muss ihm schwer zu schaffen machen, doch er erwähnt sie nie. Er macht mich auch nicht für seinen Verlust verantwortlich.

Das Hauptgebäude besteht aus einer Reihe von abgedeckten und überdachten Schuppen mit sechs Meter hohen Decken und Förderbändern auf Stahlrollen. Ich stelle mir vor, wie die Baumstämme in die Sägen geschoben wurden. Vor mir befindet sich etwas, das an ein aufrechtes Wagenrad aus Stahl erinnert, einen Durchmesser von wenigstens drei Metern hat und mit einem schweren Sägeblatt auf einer Art Nabe oder Achse montiert ist, das im Holzboden verschwindet. Ich sehe mir die Stelle genauer an, an der die Klinge nach unten weitergeht, kann aufgrund des Drecks und der Sägespäne rings um die Öffnung jedoch nichts erkennen.

Ronnie hat ihr Handy gezückt und zeigt mir ein Foto von etwas, das genau so aussieht wie das Gebilde vor uns. »Das ist eine Bandsäge.«

Ich habe Bilder von Bandsägen in Zeitungsartikeln über solche Werke gesehen und kann mir kaum vorstellen, wie breit das stählerne Sägeblatt dafür sein muss. Die Holzsplitter und Sägespäne bilden eine dicke Schicht unter meinen Füßen. Als ich etwas davon aufhebe, hat es dieselbe Konsistenz wie das Zeug, das ich an Bens Hosenbein in der Hütte vorgefunden habe. Allerdings unterscheiden sich Holzsplitter nicht groß voneinander. Die Tatsache, dass Ben ein Teil dieser Anlage gehört, ermutigt uns jedoch, uns weiter umzusehen. Das Schloss und die Kette waren auch nicht wie der Zaun verrostet.

»Verschaffen wir uns einen Überblick«, schlage ich vor. Es scheint sicher zu sein. Meine Waffe werde ich höchstens für eine Ratte brauchen. Aber zuerst muss Ronnie überprüfen, wo sich Ben aufhält. Er ist noch immer in der Hütte. Wir teilen uns auf, und ich gehe weiter nach hinten, weil ich wissen will, wie es unter mir aussieht. Es muss doch einen Weg geben, nach unten zu gelangen, um Reparaturen durchzuführen oder was man sonst so mit Riesensägen macht. Dieser Ort gäbe eine gute Location für eine Spukhaustour ab.

Auf der Rückseite der Sägemühle stoße ich auf eine Fensterreihe mit Stahlrahmen und zerbrochenen Scheiben. Eine schmutzige Plane fällt mir ins Auge, die etwa in der Mitte seitlich am Gebäude befestigt ist. Ich hebe sie hoch in der Hoffnung, dass mir nicht gleich Ratten über die Füße huschen, und entdecke eine Treppe, die zu einer soliden Stahltür führt. Die Unterseite der Plane ist von der Nacht noch taufeucht. An der Tür befindet sich ein Riegel, aber kein Schloss. Als ich den Riegel genauer unter die Lupe nehme, stelle ich fest, dass der Rost kürzlich entfernt worden ist. Mein Schatten verschwindet in pechschwarzer Dunkelheit. Der Boden hier ist feucht vom vielen Schimmel und mit Holzsplittern und Sägespänen bedeckt. Ich schwenke meine Taschenlampe herum und das Licht spiegelt sich auf etwas. Einer Wasserflasche. *Glacier Mist Natural Spring Bottled Water*, um genau zu sein. In der Flasche ist nur noch ein kleiner Rest. Ich nehme sie mit nach draußen. Der Boden besteht aus hartem Lehm, der durch die Holzspäne und Ölreste an den Schuhen der Arbeiter über Jahre steinhart geworden ist. Meine Fußspuren zeichnen sich nicht darauf ab. Draußen im Tageslicht sieht die Flasche neu aus. Sie kann noch nicht lange hier liegen.

Ich klettere eine schlammige Böschung hinauf und leuchte den Teil des Werks ab, der in die Bucht hineinragt. Nichts. Zwei baufällige Gebäude stehen in der Nähe. Eines sieht aus wie ein Außenklo. Ich öffne die Tür und entdecke ein Loch im Boden. Als ich hineingehe und nach unten leuchte, stelle ich fest, dass es schon sehr lange nicht mehr benutzt wurde. Es riecht auch kaum noch. Vielleicht wurde mein Geruchssinn aber auch durch Ronnies Wagen beschädigt.

Das Dach des anderen Gebäudes ist eingedrückt und aus den Seitenwänden wurden Bretter entfernt. Es ist etwa so groß wie eine Garage für ein Auto und könnte früher ein Werkzeugschuppen gewesen sein. An einer Wand hängen noch Metallhaken. Ich suche Ronnie und frage sie, was sie entdeckt hat.

»Nichts als Ratten«, sagt sie und ich verziehe das Gesicht. Sie bemerkt, dass ich etwas gefunden habe. »Wo lag die?« Ich erzähle ihr von dem kleinen Raum unter der Bandsäge und zeige ihr die Flasche.

»Hier ist sonst nichts. Lass uns zurück zum Revier fahren.« Wir kehren zum Wagen zurück, ziehen das Tor zu und lassen das Schloss neben der Kette auf dem Boden liegen. Das müssen Vandalen gewesen sein.

Als wir vor dem Sheriffbüro ankommen, ist die Tür abgeschlossen. Tony, Ellen und Helen sind weg. Auf meinem Schreibtisch liegt eine Notiz in der perfekten Handschrift des Sheriffs.

Sind im Moe's. Kommt rüber.

Das Moe's liegt in Port Townsend. Ich bin heilfroh, dass sie keinen schickeren Laden ausgesucht haben. Wir riechen nach Holz, Öl und anderen unangenehmen Dingen und werden im Moe's nicht groß auffallen.

Nachdem wir uns ein Beweismittelformular und ein paar Etiketten geschnappt haben, schließen wir das Büro ab und brechen auf. Diesmal muss ich die Einzelheiten zu dem gefundenen Beweismittel eintragen. Ich unterschreibe das Formular sogar. Marley wird stolz auf mich sein.

<h1 style="text-align:center">FÜNFUNDZWANZIG</h1>

Das Moe's war anfänglich ein Frühstücksrestaurant, bot später auch Hamburger und Pommes zum Mittagessen an und hat nun eine Speisekarte voller Junkfood und Bier, die man problemlos verstehen kann, ohne vorher eine Fremdsprache zu lernen.

Als wir eintreten, kommt Moe hinter dem Tresen hervor und wischt sich die Hände an einem Geschirrhandtuch ab. »Megan. Das Übliche?«

Mir war nicht bewusst, dass ich hier etwas Übliches habe, dennoch nicke ich. »Dasselbe für sie.« Ich deute auf Ronnie.

»Der Sheriff wartet schon«, sagt er. »Er hat zwei heiße Bräute dabei. Damit wären es jetzt vier.«

Würg. »Müssen wir warten oder bekommen wir gleich einen Tisch?« Es ist ein Witz. Er versteht ihn.

Sheriff Gray und seine beiden Begleiterinnen sitzen hinten an der Fensterfront. Er hat schon einen zusätzlichen Stuhl herangezogen. Ich nehme neben dem Sheriff Platz, sodass Ronnie am Tischende sitzen muss.

»Wir haben eben bestellt«, teilt Helen uns mit. Tony verdreht die Augen. Normalerweise isst er immer etwas

Fettiges zu etwas Süßem, doch seine Frau passt genau auf, was er zu sich nimmt. Sie haben sich kennengelernt, nachdem Tony einen Herzinfarkt hatte. Sie war seine Krankenschwester – und ist es noch immer, wenn er auf sie hört. Hätte sie allerdings die fetttriefenden Tüten mit Lebensmitteln gesehen, die er jeden Tag mit aufs Revier bringt, würde sie ihm die Hölle heißmachen. Aus diesem Grund schleicht er sich jeden Morgen ins Büro und versteckt sein Essen wie ein Alkoholiker seine Flaschen. Tony ist ein Burgerholiker.

Ich will den anderen nicht die Laune verderben, indem ich über die Arbeit spreche. Moe bringt unser Essen. Doppelte Cheeseburger mit Bacon für Ronnie und mich. Helen isst zwei hartgekochte Eier, Avocado und Toast. Ellen und Tony haben Salat bestellt. Er sieht aus wie ein verhungernder Hund. Am liebsten würde ich ihm unter dem Tisch etwas von meinem Burger zuschieben.

Nach einer Weile erkundigt sich Helen: »Haben Sie etwas gefunden, als Sie unterwegs waren?«

Ich möchte ihr nichts von der Plastikflasche verraten. Ich will ihr auch nicht erzählen, dass ich ein Schloss aufgebrochen und ein Privatgrundstück betreten habe. Ihr wäre das vermutlich egal, und der Sheriff weiß, wie ich arbeite, aber es käme mir respektlos vor, das in seiner Gegenwart auszusprechen.

»Wir sind noch auf der Suche, Helen. Bleiben Sie vorerst in der Stadt?« Schon, als ich die Worte ausspreche, merke ich, dass es unklug war. Sheriff Gray wirft mir einen mahnenden Blick zu, und ich begreife, was ich getan habe.

»Wenn es Ellen nichts ausmacht, dass ich noch eine Nacht bleibe, werde ich das tun.«

»Du weißt doch ganz genau, dass du bei uns immer willkommen bist«, schaltet sich Ellen ein. »Nicht wahr, Tony?«

»Ähm, aber sicher, Schatz. El kann dir das Gästezimmer herrichten.«

»Nur, wenn es euch keine Umstände macht.«

»Das ist überhaupt kein Problem. Du gehörst doch zur Familie.« Tony starrt auf seinen Salat, als würden seine Qualen niemals enden.

»Wir müssen noch etwas ins Labor bringen, Sheriff.« Auf meinem Teller liegen nur noch ein paar Pommes frites. Als ich dem Sheriff den Teller zuschiebe, fange ich mir einen bösen Blick von seiner Frau ein. Doch das ist mir egal. Für sie arbeite ich schließlich nicht. Ronnie hat den Burger nicht angerührt und nur ein paar Pommes frites gegessen. Sie achtet auf ihre Figur. Wenn sie nicht bald anfängt, mehr zu essen, könnte das übel enden.

»Haltet mich auf dem Laufenden«, bittet Tony.

»Ach, Sheriff, wie wurden Sie eigentlich über das Verschwinden Ihrer Nichte informiert?«, erkundige ich mich.

Er sieht seine Frau an. »Die Zentrale hat mich angerufen. Ich weiß nicht genau, woher man das da wusste, aber anscheinend ist man dort über alles im Bilde. Nach Bens Anruf wurde ein Streifenwagen losgeschickt, und danach informierte man mich.«

Meine Neugier ist befriedigt, wir gehen zum Wagen, und das Erste, was Ronnie sagt, ist: »Du weißt doch, dass sie ihn auf Diät gesetzt hat.«

Das ist mir durchaus bewusst, aber er hatte Hunger. »Betrachte es als milde Gabe.«

»Helen ist nett, findest du nicht auch?«

»Ja«, bestätige ich. »Man kann sich gut mit ihr unterhalten.«

»Ich sollte Marley anrufen und ihm Bescheid sagen, dass wir kommen.«

Dass sie kommt, muss sie ihm auf jeden Fall mitteilen. Er wird sich nicht besonders freuen, mich zu sehen.

In Bezug auf Marley hatte ich recht. Er muss geglaubt haben, Ronnie würde allein auftauchen, denn er hat diese »Welpe-will-gekuschelt-werden«-Miene aufgesetzt. Ich gewähre ihm und Ronnie zwei Minuten Zeit zu zweit, bevor ich aufs Berufliche zu sprechen komme. »Was gibt's Neues aus dem Haus der Parkers?«

»Aus welchem Haus? Ihrem oder seinem?«

Er rät. Volltreffer. Ronnie mischt sich ein. »Du bist süß, wenn du so ernst wirst. Dann siehst du aus wie Robert Downey Jr. als Sherlock Holmes.« Mehr braucht es nicht.

»Du könntest Gwyneth Paltrow in *Iron Man* sein.«

Ich würde sie zu gern bitten, damit aufzuhören, aber Ronnie bearbeitet ihn. Jedenfalls macht es auf mich den Anschein.

»Und wer wäre ich?«, frage ich, werde jedoch von beiden ignoriert.

»Ich konnte noch keine DNA analysieren oder andere Auswertungen durchführen. Das Gerät ist ausgefallen, wird jedoch gerade repariert.«

Als mir die Gesichtszüge entgleisen, grinst er.

»War nur Spaß«, sagt er. »Aber nicht das mit dem Gerät. Es fällt für eine Weile aus. Allerdings konnte ich Fingerabdrücke von der Flasche sichern, die mir Ronnie nach dem Verhör gegeben hat, und sie mit Sachen aus dem Haus vergleichen. Dabei gab es einige Treffer.«

Super. Gut gemacht, Wissenschaftsnerd.

Ronnie strahlt ihn an und umarmt ihn. Er errötet, was bei seinem Teint nicht besonders vorteilhaft aussieht.

»Gute Arbeit, Marley«, lobe ich ihn, spare mir aber die Umarmung. Den Part kann Ronnie übernehmen.

Als sie sich von ihm löst und ihn wieder atmen lässt, spricht er weiter. »Die DNA-Analyse müsste heute Abend fertig sein.« Da er dabei ein komisches Gesicht macht, wappne ich mich für schlechte Nachrichten.

»Ronnie kann die Ergebnisse heute Abend gern abholen.«

Das sind keine schlechten Nachrichten. Er will nur ein weiteres Mal von Ronnie umarmt werden. Gerissen. *Gut gemacht, Marley.*

»Da fällt mir ein ...«, murmele ich.

Er streckt die Hand aus und ich reiche ihm den Beweismittelbeutel und das ausgefüllte Formular. Nachdem er es zweimal durchgelesen hat, mustert er die Unterschrift.

»Hast du das ausgefüllt?«, will er wissen.

»Du weißt ganz genau, dass ich meine eigenen Beweisformulare immer ausfülle.« Was nun wirklich nicht stimmt.

Er überfliegt das Dokument erneut. »Ihr habt die Flasche in einem verlassenen Sägewerk gefunden?«

»Das steht doch da, oder nicht?« Das ist immerhin nicht gelogen.

Er beäugt mich skeptisch, unterschreibt dann jedoch das Formular, sodass die Flasche untersucht werden kann.

»Das ist dieselbe Wassermarke wie die, die mir Ronnie gegeben hat. Soll ich sie ebenfalls auf DNA und Fingerabdrücke untersuchen?«

»Ja. Was immer du darauf findest.«

»Du bist so gut in diesen Dingen«, sagt Ronnie. »Ich weiß gar nicht, was wir ohne dich machen würden.«

Er wird wieder rot. »Ich lege mich für dich ins Zeug, Ronnie, und habe die Ergebnisse schnellstmöglich vorliegen.«

SECHSUNDZWANZIG

»Sollen wir den Sheriff anrufen?«, fragt Ronnie.

»Dann müssten wir ihn von den Ladys entführen, und ich möchte nicht, dass uns die beiden Druck machen.«

»Aber das ist doch gut, oder nicht? Wie kommen Bens Fingerabdrücke denn auf die Gegenstände, die sie im Spülbecken sichergestellt haben? Angeblich hat er das Haus doch seit einer Woche nicht betreten.«

Ganz genau. Aber er hat in diesem Haus gelebt. Er wird behaupten, seine Fingerabdrücke wären überall. Wenn die DNA-Analyse beweist, dass er das Glas oder die Gabel in der Hand hatte, können wir gegen ihn ermitteln. Mit allem, was wir haben. Mein Bauchgefühl sagt mir, dass die Plastikwasserflasche, die wir im Sägewerk gefunden haben, immer wichtiger wird. Wo Wasser ist, gibt es auch Leben.

Ronnie tippt bereits wie eine Wilde auf ihrem Handy herum. »Jon und Jennie Hunter. 32 Mountain View, Baker Heights.«

Wir schweigen und hängen unseren Gedanken nach. Ich halte gerade vor dem Haus am 32 Mountain View, als ein goldfarbener Honda Odyssey rückwärts aus der Garage fährt. Die Fahrerin sieht uns, hält an, sagt etwas zu einem Kind auf dem Rücksitz und steigt aus.

»Mrs Hunter?« Wir zeigen unsere Dienstmarken vor.

Sie scheint nicht überrascht zu sein, uns zu sehen. »Ich schätze mal, Sie möchten mit mir sprechen. Ich hole schnell Sean aus dem Wagen, dann können wir ins Haus gehen.«

Wir warten, während sie einen etwa vierjährigen Jungen vom Rücksitz holt. Er sieht genauso aus wie Hayden in diesem Alter. Dünn, zerzaustes blondes Haar, neugierige Augen. »Hi, Sean«, begrüße ich ihn.

»Sie sind Detective.«

»Ganz genau.«

»Haben Sie eine Waffe?«

Ronnie und ich sehen einander an. Noch so klein und bereits fasziniert von Waffen. Jennie nimmt seine Hand und führt ihn die Auffahrt entlang. Wir folgen den beiden.

Das Haus der Hunters ist wunderschön eingerichtet. Sie schickt Sean in die Küche, wo er sich etwas zu naschen holen darf, und bittet ihn dann, sich an den Tisch zu setzen, während sie uns zum Sofa führt. Sie setzt sich auf eine Ottomane und schenkt uns ihre ungeteilte Aufmerksamkeit.

»Sie haben ein sehr schönes Haus, Mrs Hunter«, bemerkt Ronnie.

»Das habe ich nur Marlena Parker zu verdanken.«

»Wussten Sie, dass Marlena und ihr Sohn vermisst werden?«

»Mrs Green hat es der gesamten Nachbarschaft mitgeteilt. Sie hat Ihnen bestimmt auch erzählt, dass Marlena und ich befreundet sind. Unsere Söhne gehen in denselben Kindergarten.«

Sean kommt mit einem Gummiwurm, der ihm halb aus dem Mund hängt, zu uns zurück. Er bleibt neben seiner Mutter stehen und schneidet Grimassen. Ich verziehe ebenfalls das Gesicht und er kichert und macht eine noch viel grässlichere. Das könnte den ganzen Tag so weitergehen, aber Mrs Hunter dreht ihn um und zeigt in Richtung Küche. »Was habe ich über das Essen im Wohnzimmer gesagt, Sean?« Er trottet von dannen.

»Marlena wollte einen Abschluss als Innenarchitektin machen und hätte eine Firma gründen sollen. Ich wollte sie für die Arbeit bezahlen, doch sie hat sich geweigert. Sie meinte, die Gesellschaft und Kaffee wären ihr Bezahlung genug. Haben Sie schon irgendeine Spur?«

Ich wechsle das Thema. »Wir haben uns noch gar nicht vorgestellt. Ich bin Megan Carpenter, und das ist meine Partnerin Ronnie Marsh.«

»Ich bin Jennie.« Sie hat einen kräftigen Händedruck, der wohl daher kommt, dass sie ständig einen Vierjährigen herumträgt. »Ich mache mir große Sorgen.«

»Dürfte ich vielleicht Ihre Toilette benutzen?«, fragt Ronnie.

»Gleich hinter der Küche. Bitte beachten Sie die Unordnung nicht weiter.«

Ronnie entschuldigt sich. Sie geht ein wenig schnüffeln. Das hat sie von mir gelernt.

Jennie ist Mitte dreißig, klein, wohlproportioniert und trägt einen Trainingsanzug. Als sie merkt, dass ich sie mustere, meint sie: »Es ist ein so schöner Sonntagmorgen und wir wollten in den Park. Sean hat sehr viel Energie.«

Ich bemerke Sean in der Küchentür, wo er aussieht, als würde er mit seinem Gummiwurm ein unsichtbares Kraftfeld bekämpfen. Er ist vier Jahre alt. Genau wie Bennie. Als er eine Grimasse schneidet, ignoriere ich ihn. Daraufhin dreht er sich um und verschwindet.

»Sie sagten, Marlena habe Ihnen bei der Inneneinrichtung geholfen?«

»Ja. Ich stand eigentlich nur herum, während die Sachen geliefert wurden und sie dafür sorgte, dass es so aussieht, wie es das jetzt tut. Alles, was Sie hier sehen, stammt von Marlena. Sie ist großartig, nicht wahr?« Das ist keine Frage. Ich könnte in meiner Wohnung ebenfalls Hilfe gebrauchen, mag es jedoch nicht, wenn sich jemand anderes dort aufhält. Würde ich versuchen, Möbelstücke, Wandbehänge, Gardinen, Tische und dergleichen zusammenzustellen, sähe es bei mir wahrscheinlich aus, als hätte ein Tornado eingeschlagen.

»Wunderschön.« Mir entgeht nicht, dass Ronnie im Raum herumschlendert und sich einiges ansieht. Dann verschwindet sie in der Küche. »Dürfte ich Ihnen einige persönliche Fragen stellen?«

»Was möchten Sie denn wissen?«

Ich möchte wissen, wo Marlena und Bennie Parker im Augenblick sind. »Seit wann kennen Sie die Parkers?«

»Mein Mann Jon hat dieses Haus als Hochzeitsgeschenk gekauft. Wir feiern nächste Woche unseren zehnten Hochzeitstag.« Sie strahlt mich an, und mir schießt durch den Kopf: *So sieht Liebe aus.*

»Die Parkers zogen her ... Lassen Sie mich überlegen. Bennie ist ungefähr so alt wie Sean. Also vor etwa vier Jahren.«

»Dann kennen Sie die beiden seit vier Jahren und haben sie vorher nicht gekannt?«

»Ich kannte Marlena nicht.«

Ich ziehe eine Augenbraue hoch.

»Sie habe ich erst kennengelernt, als die Parkers hergezogen sind. Wir hatten beide Babys und es war schön, eine andere Frau zu treffen, für die das alles ebenfalls neu war. Das habe ich Marlena allerdings nie verraten. Doch bevor sie hierherzogen, war ich Ben Parker bereits auf einem Junggesellinnenabschied begegnet.«

Jetzt müssen meine Augenbrauen fast meinen Haaransatz berühren.

»Witzig, nicht wahr? Eine Freundin von mir hat geheiratet und mich eingeladen. Ich wollte nur das Geschenk abgeben und mich wieder rausschleichen und dabei bemerkte ich Ben mit einigen anderen Männern an der Bar. Ich erkannte ihn wieder, als sie herzogen, weil er mich so anzüglich angestarrt hat. Genau wie damals an der Bar. Und er hat einen abgedroschenen Spruch gemacht. Ich weiß nicht mehr genau, was er gesagt hat, aber ich erinnere mich noch, dass ich dachte: ›Was für ein Arschloch.‹« Sie schlägt sich eine Hand vor den Mund. »Entschuldigen Sie die Ausdrucksweise.«

»Es ist Ihr Haus.« Ich grinse sie an und mir geht durch den Kopf, dass ich für Ben noch schlimmere Bezeichnungen finden könnte.

»Eines Tages schob ich Sean im Kinderwagen durch den Park und Marlena war mit Bennie da. Wir kamen ins Plaudern und sie war mir sofort sympathisch. Die Frau hat Klasse. Sie ist klug und lustig. Himmel, hat sie uns zum Lachen gebracht. Mich und Jon. Jon neckt mich manchmal und sagt, ich hätte lieber sie heiraten sollen. Aber Jon hat einen Narren an Bennie gefressen. Wenn die Kinder miteinander spielen, könnte man glatt auf die Idee kommen, Jon wäre auch erst vier und ich wäre die einzige Erwachsene.«

Ich spüre, wie mir die Tränen kommen. Die Vorstellung, derart glücklich zu sein. Ein Leben zu führen, in dem jeder nett ist und kein Mörder, Lügner oder Psychopath. Wie das wohl sein muss? Wer wäre ich dann heute? Meine Gefühle machen mir ein bisschen Angst. Hayden hat bei seiner Adoptivfamilie so etwas erleben dürfen. Da ist es kein Wunder, dass es ihm schwerfällt, mich in sein Leben zu lassen. Ich würde es an seiner Stelle auch nicht einfach so tun. Trotzdem werde ich es weiterhin versuchen.

Jennie redet noch immer, und ich merke, dass ich nicht zugehört habe. »Könnten Sie das bitte wiederholen?«

»Ich habe nur in Erinnerungen geschwelgt. Es war nicht weiter wichtig.«

»Wenn eine Person vermisst wird, ist alles wichtig. Bitte sagen Sie es noch mal.«

Sie schenkt mir ein Lächeln. »Sie sind eine sehr gewissenhafte Frau.«

Sie hat mich als Frau bezeichnet. Dabei bin ich erst dreißig und fühle mich noch lange nicht so. Werde ich langsam alt?

»Ich sagte eben, ich hätte herausgefunden, dass Marlena Ben nichts von unserem Kaffeetrinken beim Spieltreffen der Jungen erzählt hat. Er wusste, dass Sean und Bennie in denselben Kindergarten gehen, und er war mal mit Bennie und Marlena bei einer kleinen Party hier. Doch dabei hat er sich über irgendwas geärgert und sie sind gegangen. Dann saß ich eines Tages mit ihr beim Kaffee, als Ben auf einmal vor der Tür stand und verlangte, dass sie sofort mitkommen sollte. Sie würde zu Hause gebraucht. Die beiden Jungs waren zu der Zeit im Kindergarten und wir hätten sie bald abholen müssen. Ich sagte Ben, dass ich die Kinder mit Marlena zusammen abholen wollte. Sie wirkte ... nicht unbedingt ängstlich, aber eingeschüchtert und geknickt. Es war offensichtlich, dass Ben sie nicht mitfahren lassen würde.«

»Was hat Marlena gesagt?«

»Gar nichts. Sie hat einfach ihre Handtasche genommen und ist mit ihm gegangen. Er wollte ihre Hand nehmen, doch sie hat sie ihm entzogen. Das war eine Woche vor dem großen Streit. Ich war sehr froh, dass er ausgezogen ist. Sie wirkte zum ersten Mal, seitdem ich sie kenne, wirklich glücklich.«

»Dann wussten Sie von der Trennung?«

»Aber sicher. Ich habe, kurz nachdem er weggefahren war, mit Marlena gesprochen.«

Ronnie kehrt mit dampfenden Teetassen aus der Küche

zurück und verteilt sie. »Ich hoffe, es macht Ihnen nichts aus, dass ich mich selbst bedient habe«, sagt sie. »Ihre Küche ist so gemütlich und hat mich an zu Hause erinnert. Als Kind habe ich immer mit meiner Schwester Tee gekocht und wir haben so getan, als wären wir Mitglieder des englischen Königshauses. Tee und Crumpets.« Ronnie grinst schief. »Die Teebeutel lagen auf der Arbeitsplatte, und ich ...«

»Das macht mir überhaupt nichts aus, Ronnie. Ich hätte Ihnen vielmehr etwas anbieten sollen.«

Ronnie setzt sich. »Was habe ich verpasst?«

Dass mein Leben vor meinem inneren Auge abgelaufen ist. »Sie hat mir gerade davon erzählt, dass Ben einmal hergekommen ist und Marlena mit nach Hause genommen hat.«

»Hat Helen nicht auch etwas in der Art erwähnt?«, fragt Ronnie.

»Ja.« An Jennie gewandt sage ich: »Marlenas Mutter Helen hat mit uns gesprochen. Hat Marlena Ihnen erzählt, warum Ben so wütend auf sie war?«

»Sie nicht, aber er. Ben hat Bennie an einem anderen Tag vom Kindergarten abgeholt und den Charmanten gespielt, als er mich gesehen hat. Er meinte, er wäre an diesem Tag früher von der Arbeit nach Hause gekommen und hätte sich Sorgen um die beiden gemacht. Seinen Worten zufolge sei Marlena oftmals zerstreut, und er hatte Angst, sie könnte vergessen, Bennie abzuholen. Als ich nach Hause kam, lag vor der Tür eine Nachricht von Marlena, die mich bat, sie am nächsten Tag anzurufen. Ben bricht normalerweise um sechs Uhr früh auf und kommt erst im Dunkeln wieder nach Hause. Marlena hat mir erzählt, dass er oft weg ist.«

»Haben Sie sie am nächsten Tag angerufen?«

»Ja, aber Ben blieb an diesem Vormittag zu Hause, um Bennie in den Kindergarten zu bringen. Als ich seinen Wagen sah, habe ich noch abgewartet. Sobald der Pick-up weg war, rief ich an, aber er ging ans Telefon. Ich fragte ihn, wieso er an

Marlenas Handy geht, und er behauptete, er hätte es versehentlich eingesteckt. Er saß im Auto, denn ich konnte Verkehrslärm hören. Daher ging ich zu ihrem Haus und sie machte die Tür nur einen Spaltweit auf. Sie wollte mich nicht reinlassen. Ich konnte erkennen, dass sie geweint hatte. Sie sagte, Ben hätte ihr Handy mitgenommen, weil er es bei AT&T aktualisieren lassen wollte. Da hatte er mir aber etwas anderes erzählt, dieser elende Lügner.«

»Ging es ihr gut? War sie verletzt?«

»Ich konnte durch den Türspalt nur einen Teil ihres Gesichts sehen, aber es war offensichtlich, dass es ihr nicht gut ging. Danach sah ich sie nur noch im Garten und wir haben einander zugewunken, aber wir haben uns erst nach seinem Auszug wieder getroffen. Das war vor etwa einer Woche. Der Tag hat sich mir ins Gedächtnis eingebrannt. Unser Garten ist nur durch wenige Häuser von ihrem entfernt. Bei der Erinnerung an die Schreie und Geräusche von zerbrechenden Dingen bekomme ich noch immer eine Gänsehaut. Sie und der arme kleine Junge taten mir so leid. Ich musste meinen Mann davon abhalten, zu ihnen rüberzugehen. Ich sagte ihm, dass sich die Polizei darum kümmern soll. Aber bevor wir es melden konnten, hörte ich Ben mit seinem Wagen wegfahren. Wir gingen beide rüber zum Haus, und Marlena war völlig aufgelöst, schien jedoch nicht verletzt zu sein. Jedenfalls nicht körperlich. Eigentlich sah sie sogar gut aus. Sie sagte, er sei weg und sie sei heilfroh darüber. Dann fragte sie noch, ob ich etwas dagegen hätte, dass Jon vorbeikommt, wenn Ben seine Sachen abholt. Jon war selbstverständlich sofort einverstanden, aber mein Mann ist recht klein. Ben überragt ihn deutlich. Ich riet ihr, das Sheriffbüro anzurufen und ein Kontaktverbot anzustreben, sich scheiden zu lassen und sich einen großen bissigen Hund zuzulegen.«

»Hat sie irgendetwas davon getan?« Helen hatte nichts

davon erwähnt, doch vielleicht hatte Marlena ihr nichts davon erzählt.

»Ich habe ihr die Nummer eines Anwalts gegeben, den Jon ganz gut kennt, weiß jedoch nicht, ob sie ihn angerufen hat. Einen Moment.« Jennie geht ins Nachbarzimmer und kommt mit einer Visitenkarte wieder zurück. »Sie hat nicht mal ein Kontaktverbot erwirkt. Sie meinte, dass er Bennie nie etwas antun würde.«

»Das war vor einer Woche?«

»An dem Tag, an dem er ausgezogen ist. Und jetzt wird sie vermisst. Aber ich habe seinen Wagen danach noch mehrmals in der Nachbarschaft gesehen. Immer nachts. Ich glaube, er hat sie beobachtet. Echt unheimlich. Sie denken doch nicht etwa, dass er ihnen etwas angetan hat?«

SIEBENUNDZWANZIG

Nachdem wir Jennie Hunter verlassen haben, erkundige ich mich bei Ronnie, ob sie den Namen von Bens Sekretärin in seinen Handykontakten gefunden hat.

»Lucia Simmons.«

»Wie ist ihre Adresse?« Sie nennt sie mir. Ich weiß, wo das ist. »Ich wünschte, wir hätten sie bereits überprüft.«

Ronnie kramt in ihrer Handtasche und zieht ihr iPad hervor. Selbstverständlich hat sie sämtliche über Simmons verfügbaren Informationen längst abgerufen. Darunter befinden sich auch einige Facebookfotos. Seine Freundin ist umwerfend schön.

»Laut ihrem Führerschein ist sie einundzwanzig Jahre alt, einen Meter achtundfünfzig groß, wiegt fünfundvierzig Kilo und ist wie Marlena brünett. Ihrem Facebookkonto zufolge ist sie Single, hat keine Kinder, arbeitet bei Parker Industries als persönliche Sekretärin, geht gern zelten und schwimmen und spielt hervorragend Darts. In einem ihrer Posts schreibt sie, dass sie letztes Jahr in England, in Yorkshire, die Meisterschaft gewonnen hat.«

»Erwähnt sie irgendwo, dass Ben seine Familie entführt hat?«

»Sie hat nichts darüber gepostet. Und Ben ist nicht bei Facebook, Twitter, Instagram, TikTok oder sonst wo in den sozialen Medien. Aber ...«

Ich nehme ihr das iPad aus der Hand. »Mach das nicht.«

»Was denn?«

»Wenn du etwas zu sagen hast, dann sag es einfach.«

»Entschuldige.«

Jetzt fühle ich mich mies. »Du musst dich nicht entschuldigen.« *Es sei denn, du machst damit weiter.*

»Lucia Simmons ist sehr aktiv in den sozialen Medien. Es gibt einige Fotos, auf denen Ben mit ihr zusammen zu sehen ist. Sie trägt darauf einen knappen Bikini. Einige der älteren Posts stammen von ihm.« Ronnie zeigt mir ein Foto von Simmons und Ben am Strand. Sie sehen nicht aus, als würden sie arbeiten. Es gibt noch andere Bilder. Auf der Space Needle in Seattle, in einem Hotelzimmer, auf einem prosten sie sich mit Drinks zu und strahlen in die Kamera. Mehrere Bilder zeigen Ben, der knapp bekleidet die Muskeln spielen lässt. Es überrascht mich, dass so viel Nacktheit auf Facebook erlaubt ist.

»Wann hat das angefangen?«

Sie schaut erneut aufs Display. »Die ältesten Posts mit Ben auf ihrer Facebookseite sind zwei Jahre alt. Die neuesten zwei Wochen. Da waren sie in San Francisco und haben etwas getrunken. Das läuft schon eine ganze Weile.«

»Aber wieso ist er nicht in den sozialen Medien?«

»Er muss all seine Konten deaktiviert haben. Aber dadurch werden die Posts nicht gelöscht, die er bei anderen Leuten gemacht hat oder in denen er getaggt wurde.«

»Können wir irgendwie herausfinden, wann er die Konten gelöscht hat?«

Sie schüttelt den Kopf und ich staune, dass meine Superhackerin nicht an diese Informationen herankommt.

»Wir werden sie vorladen. Allerdings hat sie vor einem Monat aufgehört, auf Facebook etwas über ihn zu posten. Zu diesem Zeitpunkt war sein Profil noch aktiv, was beweist, dass er dort angemeldet war.«

»Überprüf mal Jennie und Jon Hunter.«

Ronnie hat die beiden schnell gefunden. »Jennie postet sehr viel. Meist Fotos aus dem Kindergarten, von Geburtstagsfeiern, Sean, der Grimassen schneidet, Sean mit Bennie und die üblichen lustigen Katzen-und-Hunde-Posts.«

Jemand sollte Sean mal sagen, dass sein Gesicht so bleibt, wenn er ständig Grimassen macht. Ich werde das allerdings nicht tun, denn ich finde das niedlich. Bis zu einem gewissen Punkt. »Zeig mir mal die von Bennie und Sean.« Sie ruft die Fotos auf und wir gehen sie langsam durch. »Halt.« Ich nehme ihr das iPad ab und vergrößere den Bildausschnitt. »Siehst du das?«

»Im Hintergrund stehen Ben und Marlena mit einem Geschenk. Das muss ein Geburtstag sein.«

»Was fällt dir noch auf?«, hake ich nach.

»Ihre Mienen. Sie haben sich gestritten.«

»Was noch?«

Sie schaut genauer hin und gibt auf.

»Was hat sie an?«, will ich wissen.

»Einen Rolli und eine Stoffhose. Sie trägt das Haar offen.«

»Was tragen die anderen Gäste?«

»Jetzt weiß ich, worauf du hinauswillst. Sie ist viel zu warm angezogen.« Sie wirft einen Blick auf ihre Notizen. »Sean hat am siebzehnten Juli Geburtstag. Wenn das seine Geburtstagsfeier war, muss es draußen warm gewesen sein. Die Kinder haben noch nicht mal T-Shirts an.«

Der Rollkragen reicht fast bis unter Marlenas Kinn. Ich wüsste zu gern, was sie darunter verborgen hat.

»Wir müssen Helen anrufen und in Erfahrung bringen, wer Marlenas Hausarzt ist.«

»Bin schon dabei.« Ronnie ruft den Sheriff an.

»Ronnie. Habt ihr sie gefunden?«

»Noch nicht, Sheriff. Wir waren eben bei einer von Marlenas Freundinnen, einer Mrs Hunter. Helen hat uns von ihr erzählt. Sie konnte uns ein paar interessante Informationen liefern, aber keine Hinweise zu ihrem momentanen Aufenthaltsort. Marlena hat sich nicht bei Mrs Hunter gemeldet, aber ich glaube, sie stehen sich nahe genug, dass Marlena ihr erzählt hätte, wenn sie hätte wegfahren wollen. Außerdem hatte Marlena keine Affäre. Ben lügt. Wenn sie schwanger ist, dann von ihm.«

»Was kann ich für euch tun?«

»Ich muss mit Helen sprechen. Ist sie da?«

Helen kommt ans Telefon und Ronnie stellt auf Lautsprecher.

»Hier ist Ronnie. Wissen Sie, wer Marlenas Arzt ist?«

»Dr. Krietemeyer ist ihr Hausarzt. Er arbeitet in der Jefferson Healthcare Clinic in Port Ludlow.«

»Wir werden ihn schon finden.«

»Glauben Sie, die beiden sind verletzt? Wollen Sie das deshalb wissen?«

»Nein, Helen. Wir sind bloß gründlich.«

Sie versichert Helen noch einmal, dass wir uns melden, sobald wir etwas herausgefunden haben. So langsam wird Ronnie eine richtig gute Lügnerin. Was auch kein Wunder ist, schließlich bin ich ihre Mentorin.

»Könnte ich bitte noch mal den Sheriff sprechen, Helen?«, frage ich.

Er meldet sich. »Habt ihr, was ihr braucht?«

»Das könnte eine Spur sein. Würdest du bitte den Lügendetektortest für Ben planen?« Dazu muss der Sheriff erst jemanden anrufen, der am Sonntag aufs Revier kommt.

»Um wie viel Uhr?«

»Sagen wir, um drei. Ben war einverstanden, einen Lügendetektortest zu machen, als wir ihn gestern danach gefragt haben.«

»Wird erledigt.«

Wir legen auf. Ich weiß, wo die Klinik ist. Dann fällt mir ein, dass der Arzt erst am Montag wieder zu sprechen sein wird. Verdammt! Es ist immer besser, direkt mit Medizinern zu reden. Manchmal macht die körperliche Präsenz eine Menge aus. Und eine schwangere Frau erzählt ihrem Arzt oft Dinge, die sie keinem anderen anvertraut, nicht einmal ihrer Mutter.

»Suchst du bitte die Privatnummer des Arztes heraus?«

Ronnie hat die Nummer rasch gefunden und ruft an. Sie bekommt nur die Mailbox dran, hinterlässt eine Nachricht und legt auf. »Ich werde es auch bei seinem automatischen Antwortdienst versuchen.« Sie will gerade wählen, als das Handy in ihrer Hand klingelt.

»Hier ist Dr. Krietemeyer. Sie haben eben bei mir angerufen?«

Ronnie stellt auf Lautsprecher. »Ich bin Detective Ronnie Marsh vom Sheriffbüro in Jefferson County. Detective Carpenter sitzt neben mir und hört mit. Wir arbeiten an einem Vermisstenfall und wurden darüber informiert, dass die vermisste Frau Ihre Patientin ist. Es geht um Marlena Parker.«

»Kann ich irgendwo anrufen und Ihre Identität bestätigen?«

Sie gibt ihm Sheriff Grays Handynummer. Eine Minute später ruft er zurück.

»Ich gebe Ihnen gern einige Informationen, werde aber nicht gegen die ärztliche Schweigepflicht verstoßen.«

»Hier ist Detective Carpenter, Doktor. Ich habe Grund zu der Annahme, dass Ihre Patientin und ihr vierjähriger Sohn vermisst werden und in großer Gefahr sind. Der Junge hat Asthma und keinen Inhalator dabei. Man hat uns darüber informiert, dass die Mutter schwanger ist. Ich bin über die ärztliche

Schweigepflicht im Bilde, verspreche aber, Sie von Marlena davon entbinden zu lassen, sobald ich sie finde.«

»Mit Sarkasmus sind Sie bei mir an der richtigen Adresse, Detective Carpenter. Ich weiß, wer Sie und Detective Marsh sind. Über Sie stand einiges in der Zeitung. Was möchten Sie wissen?«

Ronnie und ich tauschen Blicke. Ich halte am Straßenrand. Das geht ja leichter als erwartet. »Zuerst einmal würden wir gern wissen, seit wann Marlena schwanger ist.«

»Bei ihrem letzten Termin war sie in der vierten Woche, also müsste sie jetzt in der siebten sein. Ist das wichtig?«

Ich stelle hier die Fragen, mein Freund. »Wir brauchen so viele Informationen, wie wir kriegen können, Doktor. Wir vermuten, dass sie gegen ihren Willen verschleppt wurde, und die Zeitachse ist von großer Bedeutung.«

»Verstehe. Was noch?«

»Gab es irgendwelche Probleme mit der Schwangerschaft?«

»Marlena ist trotz der Umstände bei guter Gesundheit.«

Das klingt irgendwie gar nicht gut.

»Sie hatte einige gesundheitliche Probleme, die sie und die Schwangerschaft beeinflusst haben. Tut mir sehr leid, aber ich kann nicht ins Detail gehen.«

»Schon okay.« *Ist es nicht.* »Kennen Sie ihren Mann, Ben?« Schweigen. »Doktor?«

»Ach, was soll's. Er ist nicht mein Patient. Ja, ich kenne ihn.«

»Reden Sie mit mir.«

Nachdem Ronnie aufgelegt hat, haben wir beide einiges zu hören bekommen. Der Arzt hat kein gutes Wort über Ben verloren. Ganz im Gegenteil. Marlena bekommt Antidepressiva und Schlaftabletten. Helen wusste nichts davon. Er hat auch über Bennie gesprochen, und obwohl er nicht sein Kinderarzt ist, vermutet er, dass das Asthma durch die häuslichen Probleme verschlimmert wird. Er war schon vor Marlenas Ehe ihr Hausarzt. Nachdem ich ihm versprochen habe, dass seine Aussage nicht festgehalten wird, hat er noch mehr verraten. Es wird höchste Zeit, dass wir Ben erneut verhören. Zwar haben wir noch nicht genug, um ihn zu verhaften, aber es reicht dafür, dass er jetzt ganz oben auf meiner Liste der Verdächtigen steht.

ACHTUNDZWANZIG

Wir treffen uns mit Tony auf dem Parkplatz vor dem Sheriffbüro. Ich möchte nicht in Helens Gegenwart mit ihm reden. Noch nicht. Sie muss nicht alles wissen, was wir von dem Arzt erfahren haben, und die wichtigsten Punkte sind ohnehin vertraulich.

Der Taurus rasselt, als ich den Motor ausschalte.

»Wenn du Helen dazu bringst, nach Hause zu fahren, bekommst du von mir einen neuen Wagen.« Tony sieht erschöpft aus. Inzwischen will ich erst recht wissen, was er eigentlich gegen Helen hat.

»Wir haben mit Marlenas Arzt gesprochen. Seine Informationen sind allerdings inoffiziell.« Es sei denn, ich brauche sie vor Gericht, dann kann er das vergessen. »Hast du jemanden gefunden, der den Lügendetektor bedienen kann?«

»Steht auf Abruf bereit. Habt ihr mit Ben gesprochen?«

»Ronnie hat ihn angerufen. Er kommt her. Ich möchte ihn glauben lassen, dass wir es immer so handhaben.« Er hat Daddys Geld zur Verfügung, um uns zu verklagen, während ich mir von meinem Gehalt gerade mal einen guten Scotch leisten kann.

»Was habt ihr rausgefunden, was ihr mir nicht drinnen erzählen könnt?« Er deutet mit einem Daumen in Richtung Büro.

Mindys Bericht ist schon auf der richtigen Seite aufgeschlagen. »Mindy hat im Haus keine Medikamente für Marlena und Bennie gefunden, abgesehen von einem Inhalator und Schwangerschaftsvitaminen, die in Marlenas Arzneischrank standen. Ben sagte, seine Frau wäre im dritten Monat. Laut dem Arzt ist sie erst in der siebten Woche. Sie war vor drei Wochen in seiner Sprechstunde. Du darfst weder Helen noch sonst jemandem erzählen, was ich dir jetzt anvertraue.« Er nickt. »Okay. Der Arzt sagt, sie nimmt seit Jahren Antidepressiva. Letztes Jahr hat er ihr auch noch starke Schlafmittel verschrieben. Er kann Ben nicht ausstehen und führt Bennies Asthma auf Bens Verhalten zurück. Wir haben im Haus weder Schlaftabletten noch Antidepressiva gefunden.« Auch nicht in Bens Hütte, doch das darf ich nicht laut sagen.

»Er hat uns den Namen von Bennies Kinderarzt genannt, damit wir uns wegen des Inhalators informieren und nachfragen können, welche Apotheke sie aufsuchen. Könntest du da anrufen und dich erkundigen, wann er zuletzt nachgefüllt wurde, wenn Ronnie dir die Daten gibt?«

Tony macht ein nachdenkliches Gesicht. »Ich setze jemanden darauf an. Wenn ihre Medikamente nicht im Haus zu finden sind, könnte das auch bedeuten, dass sie aus eigenem Antrieb weggegangen ist.«

»Stimmt. Aber es könnte auch ein Hinweis darauf sein, dass jemand so schlau war, Marlenas Medikamente zu beseitigen. In diesem Fall wurde allerdings Bennies Inhalator vergessen. Wenn sie wie die meisten Eltern mit einem asthmatischen Kind ist, hat sie einen Ersatz und diesen auch eingepackt. Außerdem hat uns der Arzt einiges über Ben erzählt, was mit dem übereinstimmt, was wir von der Nachbarin Jennie Hunter wissen.«

Der Sheriff seufzt. »Ich habe mitgehört, was Helen euch

über Ben erzählt hat. Zuerst hielt ich es für die typische Aussage einer Schwiegermutter. Aber wenn es so schlimm ist, bin ich froh, dass ihr mich hier draußen sprechen wolltet.«

Es ist schlimm genug. »Kennst du seinen Vater Cyrus?«

»Ich bin ihm schon begegnet. Er spendet dem County häufig Geld.«

Verdammt. Tony wird mich gleich warnen, ihm nicht zu sehr auf die Pelle zu rücken, aber er kann mich nicht davon abhalten. Außerdem weiß er, dass ich es so oder so tun werde.

»Ich fasse es dir zusammen. Sowohl Jennie Hunter als auch Helen haben gesagt, dass Ben Marlena und Bennie isoliert hat. Bennie hat einen Freund namens Sean Hunter, der mit ihm zusammen in den Kindergarten geht. Wir haben einen Video-clip, auf dem die Parkers bei Seans Geburtstagsfeier letzten Juli zu sehen sind. Darauf ist etwas zu sehen, das wir noch über-prüfen müssen. Der Arzt hat mich zur Verschwiegenheit verpflichtet, mir jedoch gesagt, was er vermutet. Marlena hat ihn am Tag nach Seans Geburtstagsfeier aufgesucht. Sie hatte Magenschmerzen und ihr war seit einiger Zeit regelmäßig übel. Bei der Untersuchung fand er heraus, dass sie schwanger ist. Sie hatte eine große Prellung auf dem Bauch und kleinere am Hals. Ihren Worten zufolge litt sie unter Schwindel und war gestürzt. Er hat sie gefragt, ob ihr Sohn misshandelt wird. Sie hat es verneint, aber er hat ihr nicht geglaubt. Er schlug vor, dass sie sich beraten lässt oder zur Polizei geht, und sie versprach, es zu tun.«

»Dieser Mistkerl.« Der Sheriff benutzt selten solche Worte. Ich hätte für Ben noch ganz andere gefunden.

»Marlena hat Jennie und Helen von der Schwangerschaft, aber nicht von den Verletzungen erzählt. Jennie sagte, Marlena sei besorgt gewesen, wie Ben reagiert, wenn er von der Schwangerschaft erfährt, wollte es ihm aber sagen. Außerdem berichtete Jennie, dass sie einige sehr laute und wütende Streits aus dem Haus der Parkers gehört habe und dass Bennie im Hintergrund geweint und etwas wie ›Hör auf, Daddy!‹ gerufen habe. Ronnie hat Jennies Facebookseite überprüft und ein Foto und ein Video von der Geburtstagsfeier gefunden. Darauf sind Marlena und Ben im Hintergrund zu erkennen und er starrt sie wütend an. Marlena trägt einen dicken Rollkragenpullover. Als wir bei Jennie nachgefragt haben, hat sie uns bestätigt, dass es an diesem Tag heiß war und dass sie befürchtet habe, er hätte Marlena verletzt. Auf dem Video ist zu sehen, dass die Kinder halbnackt herumlaufen. Die lautstarken Streitereien fingen vor etwa einem Jahr an und der schlimmste Vorfall ereignete sich vor einer Woche. Seitdem Ben ausgezogen ist, hat Jennie Marlena nicht mehr gesehen, doch sie sagte, sie habe ihr die Adresse eines Anwalts gegeben. Sie weiß nicht, ob Marlena ihn angerufen oder eine Kontaktsperre erwirkt hat. Im Computer war nichts zu finden, aber vielleicht hat sie sich nur die Unterlagen dafür besorgt. In ihrem Haus wurde aber nichts dergleichen gefunden.«

Ich halte erneut inne, falls er Fragen hat. Es kommen keine. »Wir haben eine Wasserflasche gesichert, die jetzt bei Marley Yang liegt. Er vergleicht sie mit den Abdrücken von der Flasche, aus der Ben im Verhörraum getrunken hat, und den Gegenständen, die Mindy im Haus sichergestellt hat.«

»Das ist gut«, kommentiert der Sheriff.

»Marlenas Arzt sagte, sie würde Antidepressiva und Ambien nehmen, um schlafen zu können. Ronnie wird Marley bitten, die Wasserflasche auf diese Substanzen zu untersuchen.«

Ronnie wirft mir einen Blick zu. »Was? Ach ja. Das werde ich tun. Ich rufe ihn gleich an.« Sie zückt ihr Handy.

»Glaubst du, da war irgendetwas im Wasser?«, will er wissen.

»Was denkst du?«, entgegne ich. »Was hältst du von Ben als Verdächtigem?«

Er überlegt eine Weile. »Er ist ein guter Verdächtiger, so viel steht fest.«

»Aber?«

»Aber das reicht nicht für eine Verhaftung. Noch nicht. Dafür brauchst du noch mehr.«

»Etwa zwei Leichen?«

»Das habe ich nicht gesagt, Megan. Komm mir jetzt bloß nicht auf die Tour.«

Ich fühle mich schrecklich. Für Tony steht in dieser Sache mehr auf dem Spiel als für mich. Aber diesen Teil meiner Vergangenheit kennt er nicht. Er weiß nicht, wie ich meine verschwundene Mom gesucht und gefunden habe und dass wir dabei beide fast umgekommen wären. Ich habe ihm auch nichts von den drei verschwundenen Mädchen erzählt, die mein Erzeuger entführt, gefoltert, vergewaltigt und ermordet hat. Oder dass ihre Leichen wie Abfall entsorgt wurden. Und wie ich ihn dafür habe büßen lassen.

»Vielleicht bekommst du ja beim Lügendetektortest ein Geständnis«, meint Tony, klingt jedoch nicht zuversichtlicher, als ich es bin. Ben führt ein privilegiertes Leben und wird garantiert nichts gestehen.

Ronnie beendet ihr Telefonat und kehrt zu uns zurück. »Das erratet ihr nie.« Sie fährt sofort fort. »Entschuldigt. Marley sagt, er hat die Flasche untersucht, die du in dem Sägewerk gefunden hast, und mit der von Ben benutzten verglichen. In Bens waren minimale Spuren von Alkohol und einer anderen Droge, die er nicht identifizieren konnte, zu finden. Die Flasche aus dem Sägewerk enthielt Zolpidemtartrat. Das ist Ambien«, erläutert Ronnie.

Ich drehe mich zum Sheriff um. »Das ist das Schlafmittel, das der Arzt Marlena verschrieben hat.«

»Marley hat Überreste im Wasser gefunden und vermutet, dass die Tablette zerstoßen und mit Wasser vermengt wurde«, berichtet Ronnie. »Er meint, dass es etwa zehn Minuten bis eine Stunde dauert, bis die Medizin in üblicher Dosis Wirkung zeigt. Selbst der Rest in der Flasche enthielt noch mehr als eine übliche Dosis.«

Als Marlenas Haus durchsucht wurde, konnten keine Hinweise auf einen Kampf oder Einbruch gefunden werden. Das Ambien wurde möglicherweise benutzt, um sie aus dem Haus zu bekommen. Danach hat der Entführer sie in dem Sägewerk festgehalten und irgendwann beschlossen, sie an einen anderen Ort zu bringen. Aber wie wurden Marlena und Bennie dazu gebracht, das mit Ambien versetzte Wasser zu trinken?

»Fingerabdrücke?«, frage ich.

Ronnie stöhnt frustriert auf. »Er sagt, auf der Flasche seien so viele Fingerabdrücke, dass er keinen eindeutigen sichern konnte. Es könnten ebenso gut Marlenas und Bennies wie deine und meine sein. Allerdings wissen wir, dass wir beide die Flaschen nicht angefasst haben.«

Wenn es auch nur eine teilweise Übereinstimmung gäbe, würde Marley das wissen, weil er Marlenas und Bennies Fingerabdrücke vom Geschirr und den Saftpäckchen, die Mindy mitgenommen hat, sichern konnte.

Tony hat uns erzählt, dass er Cyrus bisher nicht erreichen konnte, und in der Hinsicht müssen wir dringend etwas unternehmen. »Könntest du noch einmal versuchen, Cyrus anzurufen, Tony? Vielleicht geht ja jemand ran, wenn sie die Nummer des Sheriffs erkennen. Helen sagte, er würde Marlena und Bennie sehr mögen. Vielleicht machen wir uns ja ganz umsonst Sorgen.« *Das wäre schön.* Aber eigentlich glaube ich nicht daran. Bislang habe ich keinen Grund zu der Annahme, dass Cyrus von ihrem Verschwinden weiß. Was wiederum die Frage aufkommen lässt, warum Ben seinen Vater nicht informiert hat. Das nenne ich mal eine dysfunktionale Familie.

»Ich werde es versuchen. Vielleicht schicke ich auch jemanden zu ihm.«

»Sag uns Bescheid, sobald du etwas weißt.«

»Sicher. Ich werde alle Hebel in Bewegung setzen. Was kommt als Nächstes?«, fragt Tony.

»Bens Sekretärin. Sie hat einige interessante Dinge auf Facebook gepostet. Ben hat Ronnie ihren Namen genannt, war jedoch nicht begeistert, dass wir mit ihr reden wollen. Er behauptet, sie wäre nicht seine Freundin. Facebook sieht das anders.«

»Gute Arbeit. Jetzt findet den Entführer. Schließt den Fall ab und verhaftet diesen Mistkerl.«

Oder diese Hexe. Entführer sind nicht immer nur Männer.

NEUNUNDZWANZIG

Bens Handy befindet sich noch immer in seiner Hütte. Es hat sich noch nicht einmal bewegt, seitdem wir es überwachen. Ich fahre zu Lucia Simmons Apartment, während Ronnie Ben anruft. Als er nicht rangeht, hinterlässt sie auf der Mailbox die Nachricht, dass sie ihn sprechen möchte. Außerdem erkundigt sie sich, wie es ihm geht. Sie sagt, sie könne gut verstehen, wie er sich fühlt, und suche emsig nach seiner Frau und seinem Sohn. Außerdem freue sie sich darauf, mit ihm zu sprechen. Das klingt alles sehr besorgt und mitfühlend und ist von vorn bis hinten gelogen. Was er jedoch nicht weiß, weil sein kleiner Kopf so etwas nie realisieren würde. Nachdem sie aufgelegt hat, fragt sie: »Meinst du, wir sollten sie vorher anrufen und unseren Besuch ankündigen?«

»Überraschung!«, rufe ich und wedele mit mir einer Hand in der Luft.

»Glaubst du, Ben hat mit ihr gesprochen und sie vorgewarnt?«

»Das will ich doch hoffen. Was er wohl gesagt hat? ›Hey, Baby, die Polizei geht mir auf die Nerven, weil meine Frau und mein Sohn vermisst werden, also lüg sie bitte über uns an.‹ Es wäre aber auch denkbar, dass sie mit ihm unter einer Decke steckt. Er hat Geld. Vielleicht verrät sie uns genug, dass wir ihn mitnehmen und einbuchten können.« Zumindest bis die teuren Anwälte seines Vaters ihn wieder rausholen, den Sheriff verklagen und mir den Taurus wegnehmen.

»Wenn er nicht mit ihr gesprochen und sie gewarnt hat, ruft sie ihn vielleicht hinterher an und verrät ihm, was wir wissen wollten«, gibt Ronnie zu bedenken.

Da hat sie auch wieder recht. Ihrer Facebookseite nach zu urteilen wirkt sie wie ein leichtes Ziel. Damit sich Ronnie besser fühlt, erwidere ich: »Nach allem, was wir wissen, könnten Marlena und Bennie gefesselt in ihrem Kleiderschrank sitzen. Möglicherweise müssen wir die Tür eintreten und die Waffen ziehen.«

Wir überlegen und haben einen guten Plan entwickelt, als wir vor dem Bayview Racquet Club ankommen. Die vielen teuren Autos und gebräunten Körper, die in ihren feinsten Klamotten herumlaufen, nicht zu vergessen die Vielzahl an Gärtnern, Golfwagen, Tennisplätzen und der Golfplatz bringen mich auf den Gedanken, dass der Name Bayview-Schnöselclub vermutlich angemessener wäre.

Ronnie spricht aus, was ich denke. »Wie kann sich eine Sekretärin hier eine Eigentumswohnung leisten?«

»Vielleicht kommt sie aus einer reichen Familie.« Was wir uns beide nicht vorstellen können. Wir finden ihre Wohnung, was ganz leicht geht, weil ihr Name an dem Parkplatz steht, auf dem ein neuer Mercedes geparkt ist.

»Das ist ein SL 550 Roadster«, stellt Ronnie fest. »Der kostet locker über hundertzwanzigtausend Dollar.«

Ich pfeife leise. Von dem Geld kann man sich jede Menge Wein im Tetrapack und Pizzas kaufen. Ich stelle den Wagen auf dem Besucherparkplatz ab, während Ronnie die Umgebung bewundert. »Ich kann mir nicht vorstellen, dass hier irgendjemand zur Miete wohnt.«

»Ich würde hier ganz bestimmt nicht wohnen.« Wobei ich eigentlich »könnte« statt »würde« meine.

»Meine Schwester hat mehr Geld als Gott. Wie kann sich eine Sekretärin das alles leisten?«

»Wahrscheinlich bezahlt Ben Parker alles«, erwidere ich.

»Vielleicht sollten wir uns das Ganze noch einmal überlegen?« Ronnie mustert mich besorgt.

»Wir sind hier. Du weißt doch, was man über Leute sagt, die keinen Spaß verstehen.«

»Das hier ist kein Spaß. Sie könnte stinkreich sein und die Nummer eines Anwalts auf der Kurzwahltaste haben.«

Na, und wenn schon? Mit meiner Waffe kann ich mir noch immer mehr Respekt verschaffen, als es mit Geld möglich wäre. Ich male mir aus, wie sie an die Tür kommt und fragt: »Wissen Sie überhaupt, wer ich bin?« Und dann lüpfe ich meinen Blazer, sodass man meine Waffe sieht, und erwidere: »Wissen Sie, was *das hier* ist?«

Eine verschnörkelte eiserne Pergola, an der sich Ackerwinden emporranken, führt zu einem Garten, in dem unzählige bunte Blumen, Sträucher und andere Pflanzen, die ich nicht benennen kann, wachsen. Einiges davon sieht für mich wie Unkraut aus. Wahrscheinlich ist es sehr teures Unkraut. Ich drehe mich zu meinem Taurus um und denke: *Die Beverly Hillbillies* sind da.

Eine junge, sehr kleine Frau in einem ausgeblichenen schwarzen Jogginganzug, die ihr langes braunes Haar zu einem Pferdeschwanz gebunden hat, sitzt mit dem Rücken zu uns an einem gusseisernen Tisch auf einem gusseisernen Stuhl und trinkt etwas aus einem billigen Plastikbecher. Vielleicht konnte sie ja keinen gusseisernen Becher finden. Auf dem Tisch steht eine Flasche Scotch. Meine Marke. Einer der Glens. Als sie uns hört, dreht sie den Kopf. Ihr Gesicht ist blass, die Augen sehen gerötet und verquollen aus. Sie ist attraktiv, aber nicht so attraktiv wie Marlena. Andererseits hat sie aber auch kein Kind und trägt kein zweites unter dem Herzen. Jedenfalls noch nicht.

»Lucia Simmons?« Ich zeige meine Dienstmarke vor. Das Gold sieht in diesem Ambiente schäbig aus, aber, hey, die Frau trinkt aus einem Plastikbecher.

»Ich hatte mich schon gefragt, wann Sie kommen.« Sie bedeutet uns, dass wir uns an den Tisch setzen sollen.

»Sie wussten, dass wir kommen?«, hakt Ronnie nach.

»Ben sagte, dass Sie mit mir reden wollen. Er ist sehr aufgewühlt.«

»Sie sehen auch ziemlich mitgenommen aus.«

»Ich wusste nicht, dass er ein Kind hat, bis ich es in den Nachrichten gesehen habe. Wie kann das nur sein?« Sie hält ihren Becher hoch. »Möchten Sie auch was?«

Ich wüsste zu gern, wie viel sie schon getrunken hat. Dieses Gespräch könnte einfacher verlaufen, als wir dachten. »Ich nehme einen kleinen. Wir sind im Dienst.«

Sie grinst und will schon aufstehen, aber Ronnie legt ihr eine Hand auf die Schulter. »Ich hole die Becher.«

Lucia deutet mit dem Kopf in Richtung Wohnung. »Gläser stehen über dem Weinregal.«

Ich hebe die halb leere Flasche hoch. »Das ist einer der Glens, die ich am liebsten trinke.«

Sie ringt sich ein schiefes Lächeln ab. »Glenlivet. Das ist auch mein Lieblingsgift. Drinnen stehen noch teurere Tropfen, aber ich bevorzuge etwas, bei dem ich beim Trinken nicht dauernd über den Preis nachdenken muss. Ich bin eben ein Kleinstadtmädchen.«

»Das bin ich auch. Ich bin Detective Carpenter. Meine Partnerin ist Detective Marsh. Ich war mir nicht sicher, ob wir Sie zu Hause antreffen. Entschuldigen Sie, dass wir uns nicht angekündigt haben.« Ich schaue mich um. Möglicherweise versteckt sich Ben ja in den Büschen.

»Keine Sorge. Er ist nicht hier.«

»Ben?«

»Ja. Benjamin Woodrow Parker. Dieser Sohn eines Tycoons. Dieser Hundesohn. Dieser Hurensohn.«

Ich lache über den lahmen Witz. Ronnie kehrt mit zwei Plastikbechern zurück, solche, die man nach dem Benutzen wegwirft. Sie schenkt uns beiden ein bisschen ein und setzt sich. Ich tue so, als würde ich an der bernsteinfarbenen Flüssigkeit nippen, und erschaudere übertrieben. »Ich hatte schon lange keinen Glenlivet mehr. Von meinem Gehalt kann ich ihn mir nicht leisten. Mein Freund ist in der Hinsicht mein Retter«, flunkere ich.

»Ben sagt, Detectives verdienen nichts. Er ist reich, wissen Sie. Richtig, richtig, richtig reich.«

Das weiß ich längst, und Sie sind auf dem besten Weg, betrunken zu werden.

»Haben Sie schon mit dem Alten gesprochen? Cyrus? Wer nennt sein Kind denn bitte schön Cyrus? Oder Woodrow? Verraten Sie mir das.«

Es geht sie rein gar nichts an, mit wem ich gesprochen habe, aber sie hat durchaus recht. Ich staune selbst, dass er sich nicht längst gemeldet hat, entweder bei mir oder beim Sheriff. Wenn er Bennie so nahesteht, wie Ben behauptet, muss er längst wissen, dass Bennie und Marlena vermisst werden. Selbst wenn ihm sein Arschloch von Sohn nicht darüber informiert hat.

Ihr Becher ist fast leer. Ich fülle ihn bis zum Rand auf. Ja, so entgegenkommend kann ich sein. »So, Lucia«, setze ich an, doch sie unterbricht mich.

»›Luci‹, wenn es Ihnen nichts ausmacht. ›Lucia‹ klingt nach einer alten unverheirateten Tante. Meine Mom hatte einen kranken Sinn für Humor.«

»Das tut mir leid«, sage ich, was ebenfalls nicht der Wahrheit entspricht. »Haben Sie Bens Eltern schon kennengelernt?«

»Er ist ein Einzelkind. Seine Mutter ist weg. Sein Vater ist ein richtiger Mistkerl. Und ich bin Bens Geheimnis.«

»Warum wollten Sie dann wissen, ob wir schon mit Cyrus gesprochen haben?« Sie starrt mich mit leerem Blick an. Das könnte am Alkohol liegen, daher sollte ich besser leichtere Fragen stellen. Mich nach etwas Offensichtlichem erkundigen. »Wohnen Sie hier allein?«

»Ja. Dabei ist hier genug Platz für eine Familie.« Sie verzieht das Gesicht und ihr laufen Tränen über die Wangen. »Haben Sie Familie?«, will sie von mir wissen.

»Ich habe einen Bruder.«

»Und was ist mit Ihnen?«, fragt sie Ronnie.

»Ja. Und Sie?«

»Ich habe eine Mom und eine Schwester und einen Dad, den niemand finden kann. Er war Lastwagenfahrer. Eines Tages stieg er in seinen Lkw und ist einfach verschwunden. Meine Mom und meine Schwester leben in New York, wo ich ebenfalls herkomme. Ich habe Unmengen an Nichten und Neffen, Onkel und Tanten, Cousinen und Cousins, und meine Mom und meine Schwester wohnen da. Weihnachten, Taufen, Geburtstage, Thanksgiving. So viel Essen, wie man sich gar nicht vorstellen kann, Alkohol und Gesang.« Sie blickt auf und legt den Kopf schief, als würde sie sich in den Erinnerungen verlieren. »Es ist ohrenbetäubend. Der Lärm in New York ist ... Ach, mit nichts hier zu vergleichen. Seattle kommt noch am ehesten an Manhattan ran.«

»Vermissen Sie New York?«, frage ich, damit sie weiterredet.

»Und wie. Die Leute sind hier zwar freundlicher, trotzdem fehlt mir die Stadt. Ich gehe zurück nach Hause.«

»Sie müssen bei Ihrem Job für Ben gut verdienen.«

»Was? Glauben Sie etwa, mir gehört das hier? Ich wohne

hier nur. Ich hatte ein Studioapartment in Port Hadlock – nein, Port Townsend. Ach, irgendwo da. Warum muss hier jeder Ort Port heißen? Ist ja auch egal. Nicht weiter wichtig. Jedenfalls gehört die Wohnung Ben.« Sie schenkt mir noch etwas ein und kippt den Rest aus der Flasche in ihren Becher. »Wären Sie so freundlich?« Bei diesen Worten reicht sie Ronnie die Flasche. »Hinter der Bar. Da stehen auch teure Flaschen. Wein. Brandy.« Sie lacht, als sie das Wort »Brandy« ausspricht. »Wer trinkt das Zeug überhaupt?«

»Ich jedenfalls nicht. Ich bin mit dem Glen zufrieden«, sage ich und sie grinst mich an.

»Sie sind witzig. Sind Sie wirklich Detective?« Sie nuschelt immer stärker. »Ich habe bisher noch keinen witzigen Detective kennengelernt. Das waren alles Arschlöcher.«

Ronnie wirft mir einen Blick zu, und ich nicke. Daraufhin verschwindet sie mit der leeren Flasche in der Wohnung. »Ich hatte schon ein paar Drinks, und ich könnte auch noch Snacks holen. Möchten Sie einen?« Sie nimmt noch einen Schluck und mir fällt auf, dass sie immer lauter spricht.

»Das ist nicht nötig, Luci. Sie sagten, Ben gehört diese Wohnung?«

»Sie müssen nicht aus dem Plastikbecher trinken. Im Kloster gibt es auch richtige Gläser.«

»Der Becher reicht mir völlig aus.«

Ronnie kehrt mit einer weiteren Scotchflasche zurück, die fast leer ist.

»Haben Sie das hier eben als Kloster bezeichnet?«, fragt Ronnie.

Luci greift nach der Flasche, beäugt sie, schwenkt sie dann in Richtung Wohnung durch die Luft und stöhnt. »All das hier. Es ist wunderschön. Ich bin immerzu allein. Habe niemanden. Keinen, mit dem ich reden kann. Keine Freunde. Ben will nicht, dass ich Freunde habe. Das würde den Nachbarn nicht gefallen, sagt er. Scheiß auf die Nachbarn. Hier würde es meinen Freunden sowieso nicht gefallen. Viel zu schickimicki.«

»Ist das Ihr Wagen?«, will Ronnie wissen.

»Mir gehört nicht einmal der Wagen. Dabei liebe ich ihn.« Sie schaut sich um. »Wo ist mein Schlüsselbund?«

»Im Kloster«, antworte ich, und sie grinst.

»Ich hatte einen Prius. Aber er hat mir den Wagen geschenkt. Angeblich war ihm der Prius peinlich. *Na, entschuldigen Sie, Mr Hochnäsig.* Ihm geht es immer nur um den Außeneindruck.«

Da hat sie recht, allerdings um *seinen.* Ben will keine Geliebte, die in einem Studioapartment lebt und einen Prius fährt. »Haben Sie sich von ihm getrennt?«, frage ich. »Sind Sie deshalb so traurig?« Und betrunken.

»Der Mistkerl ist verheiratet.« Ihre Augenlider werden schwer, ihre Gesichtszüge entgleisen. »Er hat mich wegen des Kindes angelogen. Ich gehöre hier nicht her. Das tat ich nie.«

Die letzten Worte klingen eher wie *gehörhiernichhin. Dstatichnie.*

Sie kichert und ich muss grinsen. Es fällt mir sehr schwer, Luci mit dem Sexspielzeug in Bens Hütte in Verbindung zu bringen. Jeder, wie er mag, denke ich, aber Peitschen und Ketten ... Das ist nichts meins. Zu viel Folter und Vergewaltigung. Ich weiß mehr als genug darüber und was es mit der Menschlichkeit und Würde anstellt. Kannte Marlena diese Seite ihres Mannes? Spielte sie dabei mit? Im Haus der Parkers war nichts davon zu sehen. Allein der Gedanke widert mich an. Ich sehe Bennies kleines Gesicht vor mir. Höre, wie er Ben anschreit, dass er aufhören soll. Rasch trinke ich einen Schluck Scotch. Er brennt in meiner Kehle und lenkt mich von den Bildern von Ben und Luci in diesem »Spielzimmer« ab. Von den Peitschen und Ketten. Den Schulmädchenuniformen. Dieser ganzen Widerlichkeit. Ich möchte diese Fragen nicht stellen, aber dies ist vermutlich der beste Augenblick dafür, solange sie noch wütend, verletzt und betrunken ist. Daher nehme ich ihr die Flasche und das Glas weg und schütte den Inhalt aus. Wenn sie so weitermacht, müssen wir sie noch in die Notaufnahme bringen.

»Ich hab genug, was?«, nuschelt sie.

»Keine Sorge, ich werde Sie nicht verhaften. Wir wollen nur, dass Sie mit uns reden. Wir haben Ihre Facebookposts gesehen, Luci.«

Sie setzt ein verträumtes Lächeln auf und schließt die Augen. »Der Strand. Ja. Schöne Zeiten. Virginia Beach. Mein Strand. Er sagte, er würde ihn kaufen. Für mich. Er hat gesagt, dass er mich liebt.« Ihr Lächeln verblasst, und als sie die Augen aufschlägt, sehe ich darin den Zorn, den Schmerz, die Traurigkeit. Tränen quellen aus ihren Augenwinkeln und sie presst die bebenden Lippen aufeinander.

»Wir müssen alles über Ben wissen. Sein Sohn ist vier Jahre alt und hat Asthma. Der Junge hat seine Medizin nicht bei sich. Seine Frau ist schwanger.«

Luci schlägt mit einer Faust auf den Tisch. »Dieser Mistkerl. Ich bring ihn um! Reiße ihm den Kopf ab! Schneide ihm die Eier ab!« Sie lacht auf und legt den Kopf auf den Tisch. Der Ausbruch ist ebenso schnell vorbei, wie er angefangen hat. Dann hebt sie den Kopf und hat Speichelfäden an den Lippen. »Der Mistkerl hat einen Sohn.«

»Sein Name ist Bennie«, sage ich.

Sie fängt an zu weinen und wir trösten sie. Ronnie verschwindet in der Wohnung und kocht einen starken Kaffee. Wir flößen Luci etwas davon ein, und als ich schon glaube, dass mit ihr nichts mehr anzufangen ist, reißt sie sich zusammen und setzt sich auf. Ronnie drückt ihr noch eine Tasse Kaffee in die Hand, in die sie ein paar Eiswürfel zum Abkühlen getan hat. Luci trinkt den Kaffee und wischt sich den Mund mit dem Handrücken ab. Jetzt kann ich die Pole-Tänzerin in ihr erkennen.

»Er sagte, er würde sich scheiden lassen. Von einem Sohn war nie die Rede.« Das erklärt, warum es abgesehen von den Schlafsäcken nichts von Marlena oder Bennie in der Hütte gab. »Er sagte, sie hätte ihn verlassen.«

Ich gehe davon aus, dass wir noch immer über Ben reden. Bei Betrunkenen weiß man nie so genau, aber es macht auf mich ganz den Anschein.

»Er sagte, sie hätte einen Haufen Geld gestohlen«, fährt sie fort.

»Sie hatten keinen Grund, ihm nicht zu glauben«, erwidere ich. Das ist eine gute Lüge.

»Verdammt noch mal. Er hat mir sogar die Anwaltsunterlagen gezeigt. Er wollte sie nicht mehr zurück. Hat behauptet, sie könne haben, was immer sie will. Dass er nur mich will.« Sie beugt sich zu mir herüber und senkt die Stimme, als würde sie mir ein Geheimnis anvertrauen. »Er hat über Kinder geredet. Mit mir. Dass wir Kinder bekommen sollten.« Sie verzieht das Gesicht, hat ihre Tränen aber offenbar vergossen.

»Wie lange waren Sie zusammen?«

»Ich will nicht mehr über ihn reden. Lassen Sie mich in Ruhe.«

Wir sitzen bei Luci, während sie noch eine Tasse Kaffee trinkt. Sie sagt kein Wort und starrt nur ins Leere. Zweifellos betrachtet sie das Leben, das nun vor ihr liegt. Sie kann nicht einmal dieses moderne Gefängnis behalten. Sie hat ihren Körper und ihre Seele für nichts als Tand verkauft.

Luci holt tief Luft und stößt sie langsam wieder aus. »Es geht mir gut. Mir tut nur seine Familie leid. Falls seine Frau nicht einfach das Weite gesucht hat.«

Sie verträgt eine Menge Alkohol. Mein erster Freund, Caleb, hat immer diesen dummen Spruch losgelassen: »Wie gut verträgst du Alkohol?« Die Knallerantwort lautet: »Immer ein Glas nach dem anderen.« Das war damals nicht witzig und ist es auch heute nicht. Diese junge Frau hat ein Problem, und die Lösung dafür wird sie in keiner Flasche finden.

»Möchten Sie uns noch mehr erzählen?«, wagt sich Ronnie vor.

Lucis Augen sind nicht mehr glasig, als sie zwischen uns hin und her schaut. Ronnie zeigt Luci ein Foto von Bennie, das sie auf ihrem Handy gespeichert hat. »Das ist Bennie. Er hat wahrscheinlich große Angst. Und er braucht seine Medizin. Bitte helfen Sie uns.«

Eine gefühlte Ewigkeit sitzt Luci einfach nur da und starrt Bennies Foto an, dann rülpst sie und schlägt sich eine Hand vor den Mund. »Entschuldigung. Lieber raus als rein. Was wollen Sie wissen?« Sie klingt nicht länger angetrunken. Ich habe schon von Menschen gehört, die sich nüchtern saufen, bin aber noch keinem begegnet.

»Seit wann sind Sie und Ben zusammen?«

»Vermutlich seit dem Tag, an dem ich eingestellt wurde. Vor zwei Jahren. Ich habe nie verstanden, warum er mir den Job gegeben hat. Vorher hatte ich nur Teilzeit in einer Anwaltskanzlei ausgeholfen. Ben hatte eine Stelle auf LinkedIn ausgeschrieben, und ich habe mich beworben. Er hat sofort geantwortet und mich um ein Foto gebeten. Am selben Tag fragte er mich schon, ob ich nach Seattle umziehen würde. Selbstverständlich war ich bereit dazu. Schließlich zahlt er viermal so viel, wie ich bei meinem letzten Job verdient habe, und ich musste mich auch nicht länger von diesen Geeks in der Firma begrabschen lassen.«

Dafür müssen Sie jetzt für Ben eine Rolle spielen. Allerdings für mehr Geld. Sie sind die Karriereleiter raufgestiegen. Das ist krank.

»Als ich hier ankam, sagte Ben, dass ich von zu Hause arbeiten darf, wenn wir nicht auf Reisen sind. Damit hatte er mich am Haken. Wir trafen uns zuerst in Restaurants, danach in schönen Hotels. Alles rein geschäftlich. Er hat die Finger bei sich behalten. Ich hielt ihn für einen wahren Gentleman. Für charmant. Einen netten Kerl.«

»Aber das hat sich geändert«, werfe ich ein.

»Das können Sie laut sagen. Zugegeben, er ist attraktiv und verdammt reich. Und er trug keinen Ehering. Bei ihm fühlte ich mich wie eine Prinzessin. Schmuck. Geschäftsreisen im Firmenjet. Wir fingen an, uns ein Zimmer zu teilen – das war meine Idee. Ich konnte mein Glück nicht fassen. Ein gutaussehender Mann, der erfolgreich und Single ist. Wo gibt's das denn schon?«

Luci wirkt bei Weitem nicht mehr so gesprächig wie zuvor, und mir ist bewusst, dass sich das von Ronnie geöffnete Fenster langsam schließt. Doch dann fragt Ronnie: »Haben Sie noch immer Unterlagen, E-Mails oder Quittungen von diesen Reisen oder Hotels? Ich hätte sie ja als Andenken aufgehoben, aber das haben Sie bestimmt nicht gemacht.«

»Soll das ein Witz sein? Wir waren sogar mal in Edinburgh, in Schottland. Zu Silvester. Wir haben im Caledonian gewohnt und sogar an einem richtigen Highland-Ball teilgenommen. Er hat mir ein schottisches Outfit gekauft. Möchten Sie es sehen?«

»Später«, antwortet Ronnie. »Hatten Sie je Zweifel? Ist Ihnen irgendetwas komisch vorgekommen?«

»Na ja ...« Sie blickt auf ihre Hände hinab und ich entdecke mehrere Ringe, die teuer aussehen. Als sie es bemerkt, streckt sie die Hände aus und zeigt uns einen Diamantring, der locker vier Karat haben muss. »Der ist von Tiffany's in New York.« Sie wird immer nüchterner. Ich widerstehe dem Drang, ihr etwas Scotch einzuschenken. »Er sagte, ich dürfte die Ringe behalten, solange er mich behalten darf. Das klingt im Nachhinein echt abgedroschen. Was war ich doch für eine Närrin. Aber Sie wollten wissen, ob mir etwas komisch vorkam. Offen gesagt war mir das Ganze nicht geheuer. Es fühlte sich irgendwie nicht richtig an. Ich bin ein einfaches Mädchen, das in einer kleinen Wohnung in New York City aufgewachsen ist. Ich dachte immer, dass ein Märchenprinz mein Herz im Sturm erobern würde. Als es dann endlich passierte, stellte er sich als Frosch heraus. Mir fehlt mein altes Leben. Meine Freunde. Dass ich hingehen kann, wohin ich will, tragen darf, was ich möchte. Er hatte keine Freunde. Jedenfalls hat er mich ihnen nie vorgestellt. Es kam mir seltsam vor, dass er mich zu Geschäftsreisen im In- und Ausland mitgenommen hat und doch nie irgendwelche Geschäfte zu machen schien. Ich habe ihn nach seinen Eltern gefragt, weil ich dachte, dass er mich ihnen doch bestimmt vorstellen will, wenn er mich wirklich liebt. Doch da hat er mich angeschrien und verlangt, dass ich mich nie wieder nach ihnen erkundige. Da wurde mir klar, dass seine Mom und sein Dad seine Geliebte vermutlich nicht kennenlernen sollen. Falls ich überhaupt die Einzige war. Gibt es noch andere?«

»Das wissen wir nicht«, erwidere ich. *Wahrscheinlich.*

»Er hat gewisse sexuelle Vorlieben.«

Ach was. »Und die wären?«, frage ich.

»Er steht auf Bondage und Rollenspiele. Wussten Sie das? Er hat allerlei Fesselzeug in seiner Hütte. Ein ganzes Zimmer voll. Und er filmt sich gern dabei. Ich hätte die Videos gern, damit ich sie vernichten kann. Könnten Sie das für mich tun?«

»Ich werde es versuchen«, erwidere ich. Eine Kamera ist mir nicht aufgefallen.

»Er hatte die Videokamera auf einem Regalbrett in dem Schlafzimmer mit dem Sexspielzeug aufgestellt.«

Sie war nicht da, als ich mich dort – illegal – umgesehen habe. Nicht, dass ich sehen möchte, wie er stöhnt und Safewords schreit, aber vielleicht hat er auf Video ja noch andere grässliche Verbrechen gestanden.

»Was hat er da denn noch?«, hake ich nach.

»Er stand drauf, wenn ich mich als Krankenschwester, Schulmädchen und Ähnliches verkleidete. Er hat auch Peitschen. Er mochte es, ausgepeitscht zu werden. Mir hat er nie wehgetan und ich wollte ihm auch nicht wehtun, wünschte jetzt aber, ich hätte es gemacht. Sie müssen mich für ganz schrecklich halten.«

Nun ja. »Nein, das tue ich nicht«, behaupte ich. »Sie waren verliebt. Die Liebe bringt einen dazu, die seltsamsten Dinge zu tun.« *Wie sich anketten und auspeitschen zu lassen, während man eine Schuluniform trägt. Igitt.* »Wann haben Sie Ben das letzte Mal gesehen?«

DREISSIG

»Wohin jetzt, Megan?«

»Zu Bens Hütte.«

Ronnie sucht auf dem Handy nach Fahrzeugzulassungen. »Ich kann es nicht fassen, dass ich den anderen Pick-up nicht gefunden habe.«

Damit wären wir schon zwei. »Schon okay. Jetzt wissen wir ja davon.«

Als Luci wieder einen klareren Kopf hatte, erzählte sie uns, dass Ben sie eine Stunde vor uns aufgesucht hatte. Ihren Worten zufolge war er in einem Chevy-Pick-up gekommen und besitzt noch zwei weitere, einen anderen Chevy und einen Ford, die alle in einer Garage in der Nähe seiner Hütte stehen. Den Wald haben wir bisher nicht durchsucht.

Ben hat ihr die Wohnung gekauft, doch sie trafen sich meist in seiner Hütte. Vorher in Hotels. Sie dachte, er würde in der Hütte wohnen. Beim heutigen Kurzbesuch hatte er sie gewarnt, dass wir bei unserem Gespräch versuchen würden, sie gegen ihn aufzuhetzen. Er hatte gesagt, er würde sie lieben und wolle mit ihr zusammen sein. Allerdings hatte er auch zugegeben, die

Scheidung noch nicht eingereicht zu haben, jedoch nur, weil er Marlena nicht finden konnte. Er hätte erst von der Polizei vom Verschwinden seiner Frau erfahren. Das war eine seiner vielen Lügen.

Er hatte Luci geraten, einen Anwalt zu verlangen, sobald wir bei ihm auftauchen, weil wir sie verdächtigen würden, etwas mit dem Verschwinden seiner Frau zu tun zu haben. Ben hatte ihr offen gesagt, dass sie als seine Geliebte ein ebenso gutes Motiv habe wie er, Marlena loswerden zu wollen. Bennie habe er mit keinem Wort erwähnt. Er habe versprochen, sie von hier wegzubringen und mit ihr überall hinzugehen, solange sie nicht mit uns spricht. Außerdem wollte er ein Haus kaufen, in dem sie zusammenleben können. Sie hatte sich jedoch nicht darauf eingelassen und gewusst, dass ihre Affäre zu Ende war. Mit einem Lügner und Betrüger wollte sie nicht zusammen sein. Ich erkundigte mich, ob es jemanden gäbe, der bei ihr bleiben könne. Innerlich hoffte ich, dass derjenige ihr auch den Zugang zum Alkohol verwehrte, damit sie sich nicht zu Tode soff. Doch sie hatte niemanden. Sie hatte noch mit keinem der Nachbarn ein Wort gewechselt, und der Grund dafür lag für mich auf der Hand.

»Bevor wir gegangen sind, hat sie gefragt, ob Ben in Schwierigkeiten steckt«, sage ich zu Ronnie. »Ich gehe fest davon aus, dass sie später alles leugnen wird, was sie uns erzählt hat. Sie liebt ihn noch immer.«

Ronnie nickt. »Auf Parker Industries sind mehrere hundert Fahrzeuge zugelassen. Ich habe sein Handy lokalisiert, das immer noch in der Hütte ist. Er könnte mehrere besitzen und sie abwechselnd benutzen.«

Wir kommen zu spät. Er ist abgehauen. Vielleicht sitzt er längst in seinem Privatjet. Aber Marlena und Bennie sind immer noch irgendwo da draußen und Ben ist der Einzige, der weiß, wo wir sie finden können. Mein Bauchgefühl sagt mir, dass sie in dem Sägewerk festgehalten wurden und dass er nicht geschlafen hat, als er zu spät zum Verhör kam. Stattdessen hat er sie mit Schlafmitteln bewusstlos gemacht und an einen anderen Ort gebracht. Ich kann mir nicht vorstellen, wie man einem vierjährigen Jungen, den man angeblich liebt, so etwas antun kann. Er ist ein Psycho. Ein sehr reicher Psycho. Er könnte einfach jemanden anheuern, der die beiden wegschafft. Sie könnten inzwischen überall sein. Allerdings bezweifle ich, dass Ben die Kontrolle über sie abgeben würde. Er will sie in seiner Nähe haben. Sie gehören ihm. Er ist ein sehr entschlossener Perversling. Ronnie sagt etwas, und ich schüttle den Kopf.

»Wie bitte?«

»Ich fragte, was wir machen, wenn wir ihn in seiner Hütte antreffen.«

»Wir bitten ihn, den Lügendetektortest zu machen, und nehmen ihn mit aufs Revier.«

»Sheriff Gray glaubt nicht, dass wir genug haben, um ihn zu verhaften.«

»Wir verhaften ihn ja auch nicht. Aber er wird uns begleiten. Das bezeichnet man als Präventivhaft. Wir vermuten, dass er ein Verbrechen begangen hat. Zudem hindert er uns an den Ermittlungen, indem er Luci auffordert, nicht mit uns zu reden. Wir können ihn ein paar Stunden lang festhalten, während wir alles durchsuchen.«

»Ich weiß, wie du dich fühlst, Megan. Ich möchte die beiden doch auch finden. Das wünsche ich mir mehr als alles andere. Aber sein Vater hat großen Einfluss. Er kann uns zugrunde richten. Wir schaffen es ja nicht einmal, mit ihm zu reden.«

»Das weiß ich. Aber es ist unser Job, Ben einzureden, dass uns das nicht kümmert.« Mich beeindruckt es jedenfalls nicht. Und ich glaube, Ronnie geht es genauso. Sie ist die Stimme der Vernunft. Sie ist das Zuckerbrot und ich bin die Peitsche.

»Erwartest du etwa, dass er gesteht?«, fragt sie. »Dass er uns zu ihnen bringt?«

Ehrlich gesagt tue ich das nicht, aber ich muss es wenigstens versuchen. »Wir werden sehen. Wenn er anfängt zu reden, können wir wenigstens weitere Fragen stellen. Es ist schwerer zu lügen, als die Wahrheit zu sagen.« Das weiß ich aus eigener Erfahrung.

Bens Pick-up steht vor der Hütte. Wir steigen aus und befühlen die Motorhaube. Sie ist kalt. Als wir anklopfen, macht niemand auf. Ronnie wählt seine Handynummer und erreicht nur die Mailbox. Ich klopfe lauter und länger an die Tür. Meist funktioniert das. Ich weiß nicht, warum, aber es ist so. Heute nicht. Ich drücke ein Ohr an die Tür und lausche. Doch außer den über der Bucht kreisenden Möwen ist nichts zu hören. Die Hütte scheint leer zu sein, aber ich gehe dennoch nach vorn, während Ronnie an der Hintertür stehen bleibt. Die Fensterläden sind geschlossen. Ich versuche, die Vordertür zu öffnen. Sie ist abgeschlossen. Also klopfe ich laut an und rufe: »Sheriff's Department!« Nichts. Ich überlege, ob ich abermals das Schloss knacken soll. Schließlich könnte ich Ronnie gegenüber behaupten, es wäre nicht abgeschlossen gewesen. Dann tue ich es doch nicht. Selbst ein Blödmann wie Ben würde nicht zweimal auf denselben Trick reinfallen, und ich gehe fest davon aus, dass er inzwischen sämtliche Beweise beseitigt hat.

Ronnie ist lautlos zu mir gekommen und ich schrecke zusammen. »Auf Google Earth ist eine Art Gebäude in etwa

fünfhundert Metern Entfernung in diese Richtung zu sehen.«
Sie zeigt auf den dichten Wald östlich der Hütte.

Jetzt bereue ich es, so laut gerufen zu haben. Wenn er dort
hinten ist, würde ich ihn lieber überraschen. Wir bahnen uns
einen Weg durchs Unterholz und gehen über einen dichten
Teppich aus Kiefernnadeln. Es ist fast, als würden wir über
einen Sandstrand laufen.

»Luci sagte, er habe in der Nähe mehrere Pick-ups untergestellt.«

Wenn es auf Google ist, muss es existieren. Wir klettern
über einige umgestürzte Baumstämme und ich ermahne sie:
»Manchmal sind die Aufnahmen ganz schön alt. Dinge können
sich ändern.«

Kaum habe ich die Worte ausgesprochen, stoßen wir auf
einen Weg, der uns bisher entgangen ist. Er führt zu einer Lichtung, auf der ein Holzgebäude mit Schindeldach steht. Es erinnert an eine Scheune, die groß genug für landwirtschaftliche
Geräte oder mehrere Fahrzeuge ist. Tiefe Reifenspuren führen
zu dem modernen Garagentor. Es sieht robust aus und als
würde es sich nur mit einer Fernbedienung öffnen lassen. Ich
gehe um das Gebäude herum und kann keine Fenster entdecken, aber einen weiteren Eingang: ein breites Scheunentor.
Ein Weg führt von hier zu dem Kiesweg, über den man zur
Hütte gelangt. Das Tor ist mit einer schweren Kette und einem
biometrischen Schloss gesichert, gegen die mein kleiner Bolzen-
schneider nichts ausrichten kann. Es wird an Rollen und
Schienen hochgezogen. Im lockeren Boden zeichnen sich
frische Reifenspuren ab. Ich sehe nirgendwo Kameras oder
andere Überwachungsgeräte. Ohne einen von Bens Daumen
oder eine Fernbedienung kommt man hier vermutlich nicht
rein. Wenn wir ihn das nächste Mal sehen, werden wir uns
eines davon beschaffen.

»Glaubst du, wir bekommen einen Durchsuchungsbeschluss hierfür?«, fragt Ronnie.

»Wie wär's, wenn du zurück zum Wagen gehst und einen besorgst? Ich glaube, im Handschuhfach liegt noch ein leeres Formular. Ich unterschreibe für den Richter.« Da sie nicht besonders glücklich aussieht, füge ich hinzu: »Marlena und Bennie könnten da drin sein. Er hat uns nichts von diesem Ort verraten. Wenn es Ärger gibt, nehme ich alles auf meine Kappe. Du kannst zum Wagen zurückgehen und hinterher versichern, du hättest mich davon abhalten wollen.«

»Warum zeigst du mir nicht, wie es geht? Es könnte ja sein, dass ich mich irgendwann mal aus meinem Haus aussperre.«

Braves Mädchen. Oder auch böses Mädchen. Ich bringe ihr schlimme Dinge bei. Eigentlich sollte ich mich schlecht fühlen oder schämen, doch es gefällt mir, eine richtige Partnerin zu haben.

»Vielleicht sollten wir zuerst versuchen, Aufmerksamkeit zu erregen.« Schon hämmert sie mit einer Faust gegen das Tor und brüllt dasselbe, was ich an der Hütte gerufen habe. Dann sieht sie mich an. »Ich glaube, ich habe da drin jemanden gehört.«

Ich habe ein Monster erschaffen. »Ich kann das Schloss nicht knacken, aber jeder Gegenstand hat eine Schwachstelle.« Im nächsten Augenblick bin ich auch schon in der Hocke, schiebe die Finger unter das Tor und stemme es hoch. Es ist verdammt schwer. »Du wolltest, dass ich dir etwa beibringe, also hilf mir jetzt auch mal.« Zusammen legen wir uns ins Zeug und werden dadurch belohnt, dass sich das Tor in Bewegung setzt. Verwesungsgeruch schlägt uns entgegen. Wir versuchen, ihn zu ignorieren, und stemmen das Tor weit genug hoch, dass wir darunter hindurchkriechen können. Falls ein Alarm oder Sirenen losgehen, werden wir uns auf Ronnies Behauptung berufen, dass wir jemanden im Inneren gehört haben.

Wir ziehen uns Handschuhe an und ich entdecke einen Lichtschalter neben dem Tor. Mehrere Reihen starker LEDs tauchen den Raum in schwaches Licht, aber der Gestank hängt weiterhin in der Luft. Ronnie hält sich mit den Händen Mund und Nase zu. Durch den Gestank fangen meine Augen an zu tränen. Ich lege mir einen Arm über Mund und Nase und rufe gedämpft: »Marlena!« In der Hoffnung, wirklich etwas zu hören, mache ich es gleich noch einmal, wobei ich gleichzeitig Angst vor dem habe, was es bedeuten könnte, dass ich keine Antwort bekomme.

»Ich sehe mich hier allein um, Ronnie. Wir müssen uns ja nicht beide übergeben.«

»Falls es ein Tatort ist«, meint sie.

»Genau.« Eigentlich will ich nur nicht über sie stolpern, wenn ich zum Brechen ins Freie renne.

»Ich bleibe hier.« Sie wischt sich die Tränen aus den Augen und versucht sichtlich, sich an den Gestank zu gewöhnen.

»Nutz deine Bluse«, rate ich ihr. »Wer weiß, was hier alles in der Luft hängt.«

Sie zieht sich die Bluse über Mund und Nase. Im Inneren sieht es aus wie in einer typischen Scheune. Heuboden, Stroh und ein Boden aus gestampfter Erde. Werkzeuge an den Wänden. Da stehen ein kleiner Kubota-Traktor, ein mit Schlamm bespritzter Gator-ATV und ein großer Ford F-450-Pick-up – dasselbe Modell, in dem wir Ben gesehen haben, nur dass dieser mitternachtsblau und einige Jahre älter ist. Ein Platz ist frei, der groß genug für einen Chevy-Pick-up ist.

Ich schaue mich schnell im Inneren um, während Ronnie das Kennzeichen des Pick-ups überprüft. Es gibt keine Hinweise auf eine Falltür, Schleifspuren oder Blut. Auf den Heuboden gelangt man über eine Stahlleiter. Es wäre für einen Muskelprotz wie Ben nicht weiter schwer, zwei Leichen nach da oben zu tragen. Ich klettere hinauf und der Verwesungsgeruch wird mit jeder Sprosse intensiver. Meine Augen tränen heftig, teilweise ob des Gestanks, teilweise, weil mir aus Angst vor dem, was ich dort vorfinden werde, das Herz schwer wird.

»Was ist da oben?«

»Wenn du mich fallen siehst, weißt du, dass ich sie gefunden habe.«

Ich verharre mit der Hand an der obersten Sprosse und schiebe das Stroh weg, bevor ich so hochklettere, dass ich etwas erkennen kann. Außer dem Wind, der draußen weht, und meinem Herzschlag, durch den Adrenalin durch meine Venen gepumpt wird, ist nichts zu hören. Ich wappne mich, halte den Atem an und klettere auf den Heuboden.

ZWEIUNDDREISSIG

Sheriff Gray sitzt auf seinem quietschenden Stuhl, schiebt die untere Schreibtischschublade zu und wischt sich Puderzucker vom Kakihemd. Er ist allein in sein Büro gekommen, um seinen Ohren eine Ruhepause zu gönnen, die vom ständigen Geplapper der beiden Schwestern arg beansprucht gewesen waren. Er denkt an die Schokocroissants in der Tüte und zuckt zusammen, als Helen den Kopf durch die Tür steckt, ohne vorher anzuklopfen.

»Was passiert deiner Meinung nach gerade?«

»Wenn sie etwas gefunden hätten, wüssten wir das längst, Helen. Sie sind durchaus in der Lage, ihren Job zu machen, und wissen, welche Sorgen wir uns machen.«

»Na, ich bin jedenfalls besorgt. Ich bin hier, aber wo zum Teufel steckt ihr Ehemann? Warum ist er nicht ebenfalls hier?« Sie meint Ben, spricht es jedoch wir Er-dessen-Name-nicht-gennant-werden-darf aus. »Man sollte doch annehmen, dass er der Erste ist, der über Neuigkeiten informiert werden möchte.«

Ellen tritt ein, und die beiden Frauen setzen sich.

Nun gibt es kein Entkommen mehr. Er wirft einen letzten Blick auf die Schublade mit den Leckereien und seufzt. »Ich wollte nicht mit dir darüber reden, Helen, weil ich dir nicht den Eindruck vermitteln möchte, dein Schwiegersohn hätte etwas falsch gemacht.«

»Was wolltest du mir nicht sagen? Ich war geduldig. Ist dem nicht so, Ellen? Sag ihm um Himmels willen, dass ich geduldig bin.«

Ellen macht ein betretenes Gesicht. »Angesichts der Tatsache, dass Marlena und Bennie seit über vierundzwanzig Stunden vermisst werden, schlägt sie sich ganz gut, Tony.«

»Da hast du es«, sagt Helen. »Und jetzt erzähl mir, was du mir verschwiegen hast. Du musst nichts beschönigen. Ich merke, wenn du nicht ehrlich bist, und das weißt du auch. So etwas entgeht mir nie.«

Tony lehnt sich zurück und wackelt mit dem Stuhl. Das ist ein nervöser Tick. Der Stuhl weiß nicht, dass es zur Beruhigung dient, und protestiert bei jeder Bewegung.

»Ich bin ganz deiner Meinung, dass sich Ben nicht typisch verhält, doch dafür könnte es eine Vielzahl von Gründen geben. Die beiden machen gerade eine schwere Zeit durch und es wäre denkbar, dass er sich schämt.«

Helen winkt schnaubend ab. »Er ist vielleicht wütend auf sie, aber er liebt Bennie. Wieso sollte er nicht dabei mithelfen, Bennie zu finden? Das sind Schuldgefühle, keine Scham.«

»Das ist durchaus denkbar, bedeutet jedoch noch lange nicht, dass er etwas falsch gemacht hat. Jedenfalls strafrechtlich gesehen.«

»Du gibst also zu, dass ihr Verschwinden einen strafrechtli chen Aspekt hat. Dann verrate ich dir jetzt mal, was ich denke.«

Ellen wirft ihrem Mann einen bedauernden Blick zu und sagt lautlos *Tut mir leid*.

»Ich glaube, dass sie die Scheidung will und er dagegen ist. Er ist zu stolz, um zuzugeben, dass er als Ehemann versagt hat. Vielleicht will er auch keinen Unterhalt zahlen. Aus diesen Gründen gab es schon häufiger Morde, wie du ganz genau weißt.« Kaum hat sie die Worte ausgesprochen und die Möglichkeit in Betracht gezogen, kommen ihr die Tränen.

»Wir wissen rein gar nichts, Helen, solange die Detectives keine Zeit hatten, um ...« Beinahe hätte er *die Leichen zu finden* gesagt.

Helens Gesicht läuft rot an und man sieht, dass Zorn in ihr auflodert. Sie steht auf und verlässt das Büro. Tony und Ellen stoßen beide die Luft aus.

»Sie wird explodieren«, sagt er.

»Nur die wenigsten Menschen wissen, was du tust und womit du dich abgibst, sehen die Qualen, die dich noch zu Hause peinigen. Ich liebe dich dafür, dass du für sie da bist. Und für mich. Du wirst sie finden. Davon bin ich überzeugt.«

Tonys Augen werden feucht und er blinzelt mehrmals. Ja, er wird sie finden, doch vielleicht sind sie dann nicht mehr am Leben. »Danke. Ich weiß, dass es für keine von euch einfach ist, und ich verspreche, so offen zu sein, wie ich nur kann.«

»Einige Dinge kannst du einfach nicht sagen. Nicht einmal in unserer Gegenwart. Das werde ich ihr schon noch vermitteln.«

Ellen geht hinaus und schließt die Tür hinter sich. Der Klang von Ellens leiser Stimme wird von der eindringlichen ihrer Schwester übertönt. Danach herrscht Stille. Er kann das Ticken der *Felix-the-Cat*-Uhr hören, die Ellen ihm zum Geburtstag geschenkt hat und unbedingt in seinem Büro aufhängen musste, damit er daran erinnert wird, hin und wieder mal eine Atempause einzulegen. Genau das macht er jetzt. Es funktioniert nicht. Er steht auf, um herauszufinden, was los ist. Dass er überhaupt auf den Gedanken kommt, es könnte etwas los sein, weil alles still ist, verdankt er nur seinem verrückten Job.

Als er die Tür aufmacht, steht Helen bereits davor. Einen Moment lang sehen sie sich in die Augen. »Bitte entschuldige«, sagt sie dann. »Ich bin dir wirklich sehr dankbar für alles, was du tust. Aber ich verliere bald den Verstand. Sie ist mein einziges Kind und er ist mein einziger Enkel.«

»Ich bin genauso besorgt wie du, Helen, und es tut mir auch leid. Wir sind doch eine Familie.« Das meint er ernst. Er nennt sie zwar immer »Hellion« statt Helen, weil sie so schnell in die Luft geht und oft voreingenommen ist. Aber jetzt verbindet sie etwas Größeres als das, was sie für den jeweils anderen empfinden. Er würde alles dafür geben, da draußen bei seinen Detectives zu sein, zu suchen, mit Leuten zu reden, zu tun, was getan werden muss. Zwar weiß er, dass Megans Methoden nicht immer vorschriftsmäßig sind, aber sie erzielt stets Resultate. Ihm tut der Teufel schon jetzt leid, dem Megan vermutlich irgendwann einmal in der Hölle begegnen wird.

»Ich rufe sie an, wenn du möchtest, aber es könnte ein schlechter Augenblick für ein klingelndes Telefon sein.«

DREIUNDDREISSIG

Ronnie hat meinen ebenso überraschten wie angewiderten Ausruf falsch verstanden und klettert auch nach oben. Jetzt stinken wir beide wie verbrannter Kaffee aus der Hölle. Wir verlassen den Heuboden und meine Beine zittern vor Erleichterung, als ich Tony anrufe und ihm mitteile, was wir gefunden haben.

»Eine Familie toter Stinktiere?«, fragt er.

Ich wüsste zu gern, wie Ben den Gestank aushält. »Ja. Wir glauben, dass Ben mit einem anderen Pick-up unterwegs ist. Seiner steht noch vor der Hütte. Könntest du etwas für uns tun?«

»Was immer ihr wollt.«

»Ruf deinen Freund, den Richter an, und besorg uns einen Durchsuchungsbeschluss für die Scheune, seine Hütte und den anderen Pick-up, falls wir ihn finden. Ronnie schickt dir die Einzelheiten.«

»Als ihr den Geruch wahrgenommen habt – von außerhalb der Scheune, versteht sich –, habt ihr das Gebäude betreten, weil ihr euch um das Wohlergehen der dort eventuell befindlichen Personen gesorgt habt, nehme ich mal an?«, erwidert er. »Ist es so gewesen, Megan?«

»Ganz genau«, bestätige ich. Unter diesen Bedingungen können wir uns auf Gefahr in Verzug berufen und Gebäude auch ohne Durchsuchungsbeschluss betreten. *Gut mitgedacht, Tony.*

»Ich schicke euch ein Rettungsteam rüber. Und ich sage Mindy Bescheid. Sie bringt euch den Durchsuchungsbeschluss mit. Soll ich auch zu euch kommen?«

»Du kannst von mir aus gern herkommen, aber wenn du mich fragst, bist du auf dem Revier besser aufgehoben.« Außerdem möchte ich nicht, dass Ben oder irgendein eifriger Anwalt behaupten, Tonys persönliche Verbindung hätte ihn dazu bewogen, Beweise zu manipulieren oder Bens Bürgerrechte einzuschränken. Vor Gericht geht es nicht um die Wahrheit, sondern darum, wer am überzeugendsten lügen kann.

Ich berichte ihm von unserem Gespräch mit Lucia Simmons. »Ben war gerade erst gegangen, als wir dort aufgetaucht sind, und hatte ihr geraten, entweder zu lügen oder sich einen Anwalt zu besorgen. Sie konnte uns allerdings nicht viel mehr sagen, außer dass er ein egoistischer, kontrollsüchtiger Blödmann und Lügner ist. Er hatte ihr nie erzählt, dass er einen Sohn hat; das hat sie erst aus den Nachrichten erfahren. Sie glaubte, er wollte sich von Marlena scheiden lassen. Er hat ihr versprochen, mit ihr wegzugehen und für immer bei ihr zu bleiben, wenn sie uns anlügt.«

»Wie hat er das Verschwinden seiner Frau und seines Sohnes erklärt?«, will Tony wissen. »Sie muss sich doch gefragt haben, warum er wollte, dass sie lügt.«

»Er hat behauptet, er habe Marlena gerade aufsuchen und sie zur Scheidung drängen wollen, als er den Anruf von der Polizei erhalten habe«, antworte ich. Tony schweigt. »Ja, das dachte ich auch. Er erzählt eine Lüge nach der anderen. Jedenfalls hat er Lucia die von seinem Anwalt verfassten Scheidungspapiere gezeigt. Angeblich wollte er Marlena suchen, damit sie sie unterschreibt. Luci glaubte, den Jackpot geknackt zu haben. Er hat ihr teuren Schmuck geschenkt, daher glaubte sie, er würde sie heiraten. Jetzt weiß sie, dass er ein Mistkerl ist, und sie will zurück nach New York, wo sie herkommt. Ich habe sie jedoch gebeten, in der Stadt zu bleiben, bis der Fall aufgeklärt ist.«

»Denkst du, dass sie das tun wird?«

»Sie ist im Moment stark betrunken, daher gehe ich davon aus, dass sie vorerst zu Hause bleiben wird.«

»Kann ich irgendetwas tun?«, will Tony wissen. Es ist wirklich eine Wonne, für diesen Mann zu arbeiten.

»Das war's vorerst. Wir müssen nach Hause fahren und uns umziehen ...« – und diese Kleidungsstücke verbrennen – »und danach suchen wir Cyrus Parker auf.«

Ich höre, wie er tief einatmet. »Muss das wirklich sein, Megan?«

»Ja. Und wir lassen Ben Parker zur Fahndung ausschreiben. Er ist möglicherweise abgehauen. Ich möchte mit seinem Vater sprechen und herausfinden, ob er uns dabei helfen kann, seinen Sohn zu finden.« Und ob er Bens Zugriff auf Transportmittel blockieren kann.

»Ist das alles?«

»Ach ja: Wir benötigen auch einen Durchsuchungsbeschluss für das Sägewerk, das der Familie gehört.«

»Das hört sich für mich an, als wäre Ben verzweifelt«, stellt Tony fest. »Jammerschade, dass er nicht zum Lügendetektortest auftauchen wird.«

»Der wird schon kommen, notfalls in einem Klarsichtbeutel.« Mir geht zu spät auf, dass ich den letzten Satz laut ausgesprochen habe.

»Sei nett, Megan.«

»Bin ich immer. Das weißt du doch.« Ich höre ihn glucksen und trenne die Verbindung. Danach wende ich mich an

Ronnie. »Den Gestank kriege ich nie wieder aus den Haaren oder der Nase. Ich habe keine Wechselkleidung dabei, daher muss ich mal kurz nach Hause.«

»Ich finde vielleicht ein paar Sachen, die dir passen«, schlägt Ronnie vor.

»Das ist lieb von dir, aber nein. Ich setze dich zu Hause ab und komme später wieder vorbei.« Sie ist gute sechs Zentimeter größer als ich, hat eine schmalere Taille und trägt hauptsächlich Markenkleidung. Außerdem habe ich es mir zur Gewohnheit gemacht, mich nie im Haus einer anderen Person auszuziehen. Es sei denn, ich entscheide das.

Eine halbe Stunde später stehe ich geduscht wieder vor Ronnies Haus. Ihr rotes Haar leuchtet und ist frisiert, als käme sie gerade vom Friseur. Meins ist noch immer feucht und ich habe Wasser in einem Ohr, das einfach nicht verschwindet. Jemand hat mir mal geraten, etwas Alkohol reinzutröpfeln, was angeblich hilft, aber das wäre Verschwendung eines guten Scotchs.

»Ich habe in Bens Kontakten eine andere Telefonnummer von Cyrus Parker gefunden. Sie ist für seine persönliche Security und ich hatte sie vorher nicht getestet«, teilt mir Ronnie mit. »Also habe ich angerufen und uns angemeldet. Du hast hoffentlich nichts dagegen.«

Das habe ich durchaus, doch dafür ist es jetzt zu spät. »Danke. Wann empfängt er uns?«

»Seine Sicherheitschefin sagte, wir sollen sofort kommen, und wollte wissen, ob es Marlena und Bennie gut geht.«

»Dann weiß Cyrus also, dass sie verschwunden sind. Na, dann ist dieser Teil schon mal leichter.« Mein Outfit ist identisch mit dem, was ich vorher anhatte. Das alte habe ich in einen Müllbeutel gestopft und diesen zugeklebt. Meine jetzigen Kleidungsstücke landen vermutlich auch bald im Müll. Ich habe die Tüte auf die Schwelle vor meiner Haustür gestellt. Vielleicht klaut sie ja jemand und erlebt eine Überraschung.

»Ich habe mich ein wenig über Cyrus schlaugemacht«, fährt Ronnie fort. »Angeblich ist er gnadenlos und aufbrausend.«

»Aha.« Aufbrausend kann ich ebenfalls sein. Da muss man nur meinen biologischen Vater fragen. Der nun biologischen Dünger erzeugt.

»Das sollte nur eine Vorwarnung sein, Megan.«

Jetzt bereue ich es, geduscht zu haben. Ich wüsste zu gern, was er sonst von mir gehalten hätte. »Ich habe Tony versprochen, nett zu sein. Du darfst auch das Reden übernehmen, wenn du willst.«

Ihr Gesicht läuft rot an. »Nein, du bist der leitende Detective.«

Da hat sie verdammt recht. »Wir lassen es einfach drauf ankommen.« *Vielleicht mag er dich ja, so wie die meisten Männer zwischen eins und hundert.*

Cyrus Parker, Magnat, tyrannischer Geschäftsmann, Milliardär, lebt an einem Ort, der seinem Status entspricht. Auf seiner eigenen Insel. Wir warten an seinem persönlichen Dock, wo wir von einem seiner Angestellten abgeholt und hinüber zur Insel gebracht werden. Ich halte am Ufer Ausschau nach Bäumen, in die das Wort »Croatoan« geschnitzt ist. Das Ufer ist so verlassen, wie es 1590 das der Roanoke-Kolonie war; nicht einmal eine Maus rührt sich. Bens Worten zufolge wurden alle Anwohner abgefunden und sind weggezogen, sind jedoch nicht auf mysteriöse Weise verschwunden.

Während der kurzen Bootsfahrt führe ich ein Gespräch mit unserem Fährmann – oder vielmehr mit unserer Fährfrau. Ich musste sie nach ihrem Namen fragen. Sissy. Kein Nachname.

Wie *the artist formely known as Prince*. Sie ist größer als Ronnie, hat den Körper einer Athletin, helle Haut, kurzes kupferfarbenes Haar und grüne Augen wie ein Raubtier. Mir fallen ihre »Männerhände« auf: kräftige Finger, dicke Nägel, stark. Ich bin froh, dass wir uns nicht die Hand geschüttelt haben. Eine Sissy hätte ich mir anders vorgestellt.

Sie ist Cyrus Parkers Sicherheitschefin, was ein nettes Wort für Bodyguard ist, und für das Abholen seiner Besucher verantwortlich. Ronnie hat natürlich recherchiert und herausgefunden, dass Sissy einen schwarzen Gürtel in mehreren Kampfsportarten besitzt und an MMA-Turnieren teilgenommen hat. Die Narben über einem Auge und auf einer Gesichtshälfte beweisen es. Allerdings sieht die lange weiße Narbe, die von ihrer Wange zum Unterkiefer führt, eher aus, als würde sie von einem Messer stammen.

»Wie gefällt Ihnen das Leben hier?«, erkundige ich mich.

»Es ist super. Ich wohne auf der Insel und habe sogar mein eigenes Dojo. Cyrus war sehr großzügig.«

»Tritt er gegen Sie an?«, frage ich, was als Witz gemeint ist, doch sie bleibt ernst. Oh, oh. »Entschuldigen Sie, Sissy. Ich habe gerade eine Begegnung mit einer Familie toter Stinktiere hinter mir und Wasser im Ohr, weil ich mir den Gestank runterschrubben musste.« Ich weiß nicht, ob es an meiner blöden Bemerkung liegt, doch sie grinst.

»Ich habe durch die Kämpfe das Hörvermögen auf einem Ohr verloren. Doch das ist okay. Lassen Sie mich Ihnen helfen.«

Sie dreht meinen Kopf zur Seite und lässt ihn langsam rotieren. Im Allgemeinen mag ich es nicht, angefasst zu werden, aber da sie einen schwarzen Gürtel hat, mache ich eine Ausnahme. Das Wasser läuft heraus und ich höre wieder besser.

»Ich habe das Ménière-Syndrom. Medikamente helfen,

aber das, was ich eben gemacht habe, bewirkt meist mehr. Sind Sie Boxerin?«

Ich stehe eher auf Glocks. »Nein. Ich hatte aber ein paar Stunden auf der Akademie.«

»Ihr Job kann gefährlich werden. Sie sollten es mal versuchen. Sie wären bestimmt gut darin.«

»Ich möchte niemanden mit meinem Können verschrecken«, erwidere ich, was sie zum Kichern bringt. Ich bin eben charmant. Hoffentlich muss ich nicht gegen sie antreten, solange ich auf der Insel bin.

Vor uns sehe ich etwas, das an die Steintürme eines Schlosses erinnert, das über die Bäume hinausragt. Sie hält auf die Anlegestelle zu und macht die Leinen fest. Beim Aussteigen fragt sie: »Haben Sie Hunger?«

»Sind Sie etwa auch die Köchin?«

»Zu Ihrem Glück nicht. Mir brennt sogar Wasser an. Nein, Cyrus speist gern gut. Seine Küchenmannschaft würde ein Drei-Sterne-Restaurant eifersüchtig machen, allerdings kann er selbst auch sehr gut kochen. Hier kriegen Sie, was immer Ihr Herz begehrt.«

»Würde uns Mr Parker beim Essen Gesellschaft leisten?«, erkundigt sich Ronnie. Nette Überleitung.

»Wenn Sie das möchten. Er ist auf der Pirsch und müsste bald zurück sein. Wir sollen dafür sorgen, dass Sie es bequem haben. Ich funke ihn gleich an und sage ihm, dass Sie da sind.«

»Er ist auf der Pirsch?« *An wen pirscht er sich denn ran? Wo bin ich hier gelandet?*

Sie grinst. »Er jagt. Auf der Insel leben Rehe. Und auch Bären. Cyrus erlaubt niemandem, die Tiere abzuschießen, doch er hat Spaß daran, sie aufzuspüren und zu beobachten.«

Beinahe hätte ich erwidert, dass sein Sohn andere Hobbys hat, bei denen Ledermasken und das Verprügeln durch eine Partnerin eine Rolle spielen. Ich tue es jedoch nicht, weil ich schon eine dumme Bemerkung gemacht habe.

VIERUNDDREISSIG

Sissy führt uns durch das Erdgeschoss des Herrenhauses und im Anschluss in eine kleine Küche mit einem Tisch und Stühlen aus Holz. Eine rotweiß karierte Plastikdecke liegt auf dem Tisch, darauf drei Gedecke. Der Teil des Hauses, den wir gesehen haben, wirkte extravagant. Dieser Raum ist hingegen gemütlich, praktisch und schlicht und gefällt mir viel besser. Ich höre schwere Schritte, und schon lernen wir den Burgherren kennen.

Cyrus Parker ist gute eins zweiundachtzig groß und ein stämmiger Mann von Ende fünfzig, jedoch mit schneeweißem Haar, von dem er, anders als sein Sohn, sehr viel aufweist. Er trägt eine offene braune Lederweste, darunter ein langärmliges weißes Hemd, eine beige Leinenhose und Cowboystiefel, womit er mich an einen Schauspieler aus einem dieser alten Fernsehwestern erinnert.

Uns erwartet eine angenehme Überraschung. Er heißt uns willkommen und schüttelt uns auf herzliche, freundliche Weise die Hände, wobei er uns in die Augen sieht. Es kommt mir so vor, als wäre er mein Großvater, Vater und bester Freund in einer Person. Aber ich bekomme hier seine gute Seite zu sehen.

Seinem Ruf zufolge ist er ein rücksichtsloser, egoistischer Groß-grundbesitzer.

Er bedeutet uns, dass wir uns setzen sollen, und geht zu einem Schrank. »Das wäre alles, Sissy.« Sie verlässt den Raum und er holt Packungen und Eisenpfannen hervor. »Sissy sagte, dass Sie Hunger haben. Darauf hatte ich gehofft. Meine Pancakes mit Bacon sind nicht zu verachten. Ich kann Ihnen aber auch eine Waffel mit echtem Ahornsirup zubereiten, falls Ihnen das lieber ist. Wir gewinnen den Sirup aus den Ahorn-bäumen, die hier auf der Insel wachsen.«

Wir entscheiden uns beide für Pancakes, Bacon und Rührei, die Cyrus prompt zubereitet und serviert. Dabei unter-hält er uns mit Geschichten darüber, wie Marlena ihrer aller Leben verändert hat und wie klug und talentiert Bennie ist. Dass sie an jedem Feiertag und Geburtstag vorbeikommen, er sie jedoch gern häufiger sehen würde. Die Art, wie er das sagt, lässt mich innehalten und fragen: »Warum haben Sie ihnen nicht angeboten, hier zu wohnen, Mr Parker?«

»Meine Angestellten sprechen mich mit Mr Parker an. Bitte sagen Sie doch Cyrus.« Seine Miene hellt sich auf, als er hinzufügt: »Bennie sagt immer ›Papaw Sy-wus‹.«

Ich warte darauf, dass er meine Frage beantwortet. Er tut es nicht und hat es auch nicht vor. »Sie wissen, warum wir hier sind, Cyrus.« Es kommt mir seltsam vor, einen Milliardär mit seinem Vornamen anzureden. Falls er versucht, Informationen von uns zu erhalten, macht er seine Sache bisher gut. Er sorgt dafür, dass wir uns wohlfühlen. Erzählt ein bisschen von sich. Stellt keine direkten Fragen, sondern setzt uns Gedanken in den Kopf und lässt sie wirken. Er ist völlig anders, als ich erwartet hatte.

Ich beherrsche sein Spiel ebenfalls und lasse ihn warten. Er steht auf, holt eine altmodische Perkolator-Kaffeekanne aus Kupfer und schenkt uns nach. Ich nippe an meinem Kaffee und harre aus. Ronnie folgt meinem Beispiel, aber ich kann erkennen, dass sie Cyrus Parker längst mag. Sein Kaffee ist heiß und stark. Er ist gut, doch aus diesem Grund sind wir nicht hier.

Er grinst mich an. »Um Ihre Frage zu beantworten, Megan: Ich würde mich freuen, wenn sie hierherzögen, doch das ist unmöglich. Marlena besteht auf ihre Unabhängigkeit. Sie hat einen Abschluss als Innenarchitektin. Das hat Ihnen mein Sohn vermutlich nicht erzählt. So etwas käme ihm nicht in den Sinn. Wenn es nach mir ginge, hätte ich sie arbeiten lassen oder dafür gesorgt, dass sie eine eigene Firma gründet. Sie ist sehr talentiert.«

»Wir durften ihre Fähigkeiten bereits bewundern.«

»Ach ja?« Er stellt seine Kaffeetasse ab und fummelt daran herum. »Mein Sohn will nichts davon hören. Er ist der Ansicht, ich würde sie zu sehr verhätscheln und seine Stellung als Ehemann und Vater unterwandern.«

Jeder Elternteil bildet sich ein, das Beste für sein Kind zu tun. Mit Ausnahme meiner Mutter. Sie ist eine verlogene, hinterhältige, kaltherzige Hexe. Mir war völlig gleich, dass wir nie Geld hatten. Mich scherte auch nicht, dass wir schäbige Klamotten und so gut wie nie einen Fernseher hatten. Auch das ständige spontane Umziehen, nach dem ein Neuanfang an einem anderen Ort mit neuen Namen, neuem Haus und neuem Leben folgte, machte mir nichts aus. Ich wollte nur, dass sie mir einen Bruchteil der Liebe schenkte, die Hayden bekam. Ich war ihre Dienerin, nicht ihre Tochter. Cyrus behandelt selbst seine Angestellten besser. Warum empfindet Ben eine solche Abscheu gegen ihn? Auch Cyrus scheint seinen Sohn nicht besonders zu mögen oder von ihm enttäuscht zu sein.

»Ich habe Ben gefragt, ob er glaubt, dass Marlena und Bennie hier bei Ihnen sein könnten«, sage ich.

Cyrus blickt auf. »Wenn sie hier wären, würde ich es Ihnen sagen. Wenn ich sie hier haben wollte, dann wären sie auch hier, ohne dass Ben ein Mitspracherecht hätte. Und ich würde sie bestimmt nicht verstecken.«

Ich glaube ihm. »Haben Sie auch nur die geringste Ahnung, wo sie sein oder bei wem sie sich aufhalten könnten?«

»Ich wünschte wirklich, ich wüsste es. Der Junge ist Ihnen bei der Suche nach den beiden keine große Hilfe, nicht wahr?« Als ich nicht antworte, stößt er die Luft aus. »Er ist mein Sohn. Von meinem Blut. Aber er ist nicht mein Sohn, wenn Sie verstehen, was ich damit sagen will.«

Cyrus steht auf und läuft zwischen Tisch und Herd hin und her. »Wenn ich öfter zu Hause gewesen wäre, dann hätte ich vielleicht ...« Er spricht nicht weiter, und ich kann erkennen, welche Gefühle er geschickt zu verbergen sucht.

»Können Sie mir etwas über Ben erzählen, das mir hilft, ihn besser kennenzulernen? Oder ihn zu erreichen?«

Ein ironisches Lächeln umspielt seine Lippen. »Man kommt nur schwer an ihn ran. Glauben Sie etwa, ich hätte es nicht versucht? Aber ich war auch nicht oft genug da, um mitzubekommen, was aus ihm geworden ist. Ich möchte nicht schlecht über mein eigen Fleisch und Blut sprechen, aber er ist ein notorischer Lügner. Er wird Ihnen sagen, was Sie seiner Meinung nach hören wollen oder was immer ihm dienlich ist.«

Ronnie bringt ihm seine Kaffeetasse und bittet ihn, sich zu setzen. Er tut es und starrt in die Ferne. »Anders als Ben hatte ich eine sehr schwere Kindheit. Mein Vater war ein brutaler Trinker. Meine Mutter litt unter etwas, das wir heute als bipolare Störung kennen. Damals hieß es, sie hätte Wutanfälle. Wir waren sehr arm. Aber ich sehnte mich nach mehr als nur Essen. Wie sich herausstellte, besaß ich ein Talent als Geschäftsmann. Ich war erfolgreich, nur um dann zu erkennen, dass ich aufgrund dieses Erfolges während Bens Kindheit nie da war. Ich habe dafür gesorgt, dass er alles hatte, was er brauchen oder sich wünschen konnte. Er ging auf die besten Schulen, hatte die besten Lehrer. Er ist schlau genug, um alles zu werden, was er sein will. Dummerweise will er vor allem mich und seine Mutter bestrafen.

Seine Mutter ist – war – kontrollsüchtig. Sie verlangte totale Treue, Gehorsam, Liebe, ohne eine Gegenleistung zu liefern. Ich war die meiste Zeit weg. Sie schickte ihn nach seinem achten Geburtstag auf eine Privatschule. Seine Noten waren von Anfang an schlecht und irgendwann warfen sie ihn raus. Danach stellte sie Kindermädchen ein, die ihm Gesellschaft leisten sollten, und bezahlte die besten Lehrer für Privatstunden. Aber nach wenigen Wochen weigerten sich die Hauslehrer stets, ihn weiter zu unterrichten. Ich erkannte ein Muster und rief einige von ihnen an, um mir bestätigen zu lassen, warum sie Ben nichts beibringen wollten. Sie hatten Angst vor ihm. Oder, genauer gesagt, vor mir. Er hat sie terrorisiert. Er sagte ihnen, ich würde ihr Leben ruinieren, wenn sie nicht taten, was er verlangte. Als ich mit ihm darüber sprach, tat es ihm leid und er versprach, sich zu bessern. Er versuchte kurze Zeit, anständig zu sein, doch er hat seine Mutter abgrundtief gehasst. Um sie den Mangel an Mitgefühl und die völlige Dominanz und mich meine Abwesenheit büßen zu lassen, wurde er richtig kreativ. Er sah mein Fernbleiben als Beweis dafür, dass ich ihn nicht liebe. Darum glaubte ich, ihm meine Liebe zu beweisen, indem ich ihm alles gab, was ich nie hatte.

Sie haben zweifellos erfahren, dass mir die Insel gehört und dass hier einst noch andere Menschen wohnten. Als Ben noch klein war, glaubte ich, sein Problem wäre mangelnde Zuneigung. Meine Geschäfte hielten mich fern. Er hatte keine Freunde. Also kaufte ich ihm einen Hund. Einen Collie. Nach einer Woche war er verschwunden. Ben sagte, er hatte den Hund geliebt, doch seine Mutter hätte ihn weggegeben. Sie hat es geleugnet. Ich ließ die Insel durchsuchen, doch der Hund wurde nicht gefunden.

Es war offensichtlich, dass Ben nicht zur Schule gehen wollte, daher brachte ich die Schule zu ihm. Ich ließ Häuser errichten und überließ sie ausgesuchten Personen. Es wurde auch eine kleine Schule mit einem Klassenzimmer gebaut. Ich holte Menschen mit guter Arbeitsmoral her, mit Fähigkeiten, die sie weitergeben konnten, insbesondere an ein Kind in Bens Alter. Ich hoffte, Ben würde Freunde finden. Doch mehrere Familien beschwerten sich, die Wildtiere würden ihre Haustiere töten. Sie fanden tote, zerfetzte Möwen hinter dem Haus. Einige Haustiere verschwanden und wurden nie gefunden. Die Eltern hörten auf, Ben zu sich nach Hause einzuladen, die Kinder kamen nicht länger zu Besuch. Den Grund, aus dem sie wegzogen, wollten mir die Eltern nicht verraten, oder sie schoben gute Jobangebote vor. Zu guter Letzt erkaufte ich mir das Schweigen aller und sie zogen weg. Niemand widersprach.

Veronica, meine jetzige Exfrau, hatte Ben längst aufgegeben, als er das Highschoolalter erreichte, und schickte ihn auf eine Militärakademie. Sie glaubte, dort würde er endlich etwas Rückgrat bekommen. Das Problem war nur, dass er davon längst zu viel hatte. Aber er war ... Wie sagen die Psychotherapeuten doch gleich? Passiv-aggressiv. Er glaubte, der Kommandant der Akademie hätte es auf ihn abgesehen. Das Haustier des Kommandanten – ein Hund, wenn ich mich recht erinnere – verschwand und wurde nie gefunden. Alle waren davon überzeugt, dass Ben etwas damit zu tun hatte, doch man konnte ihm nichts beweisen. Inzwischen bin ich davon überzeugt, dass Ben schuld daran war.«

Er verstummt und fährt mit einem Finger über den Rand seiner fast leeren Kaffeetasse.

Ronnie steht auf. »Ich koche noch eine Kanne Kaffee.« Er widerspricht nicht und sie leert den Perkolator, gibt neues Kaffeepulver hinein und füllt die Kanne mit Wasser. »Meine Großmutter hat auch so eine Kaffeekanne«, sagt sie. »Ich saß früher immer bei ihr, wenn sie Tee und Toast gemacht hat. Sie schnitt den Toast in vier Rechtecke, bestrich ihn mit Butter und Marmelade und wir tranken Tee und aßen ...«

»Crumpets«, wirft Cyrus ein und sieht sie erstaunt an. »Tee und Crumpets. Meine Mutter hat an guten Tagen dasselbe gemacht. Der Tee bestand allerdings nur aus Wasser, Kondensmilch und Zucker.«

Ronnie schenkt ihm ein Lächeln. »So war es auch bei meiner Großmutter. Sie bereitete ihn genauso zu, behauptete jedoch, es sei richtiger Tee. Selbst als Kind kannte ich den Unterschied, aber ich habe sie so sehr geliebt, dass ich nichts gesagt habe. Es war immer so schön, in ihrer Küche zu sitzen. Die Welt bestand nur aus uns und unserer Teeparty.«

»Lebt Ihre Großmutter noch?«

»Sie ist vor ein paar Jahren gestorben«, antwortet Ronnie, und in ihrer Stimme schwingt große Traurigkeit mit. Sie schaltete den Gasherd ein und bleibt daneben stehen.

Cyrus fährt damit fort, mit einer Fingerspitze über den Rand seiner Kaffeetasse zu fahren, was auch eine der Angewohnheiten meiner Mutter war. Wenn es schlechte Neuigkeiten gab oder wir wieder einmal unsere Sachen packen mussten, kochte sie sehr süßen Kaffee mit Milch und ließ mich und Hayden einige Schlucke trinken, während er abkühlte. Solange er heiß war, fuhr sie mit einem ihrer langen, schlanken Finger über den Rand der Tasse und weilte in ihren Gedanken ganz woanders, vermutlich in einer besseren Zeit.

Heute frage ich mich, ob meine Großmutter Tee oder Kaffee und Kekse auf den Tisch gestellt, sich mit ihren Töchtern darangesetzt hat und alle friedlich die Gesellschaft der anderen genossen haben. Irgendwie bezweifle ich es. Meine Tante Ginger sagte, ihre Mutter hätte Mom verabscheut. Ich wüsste zu gern, ob meine Mutter ein Produkt ihrer Umgebung war. Allerdings bin ich der lebende Beweis dafür, dass eine Person steuern kann, wer sie ist.

»Ben hatte eine Wahl«, sage ich, woraufhin mich Cyrus und Ronnie ansehen. »Er hätte sein können, wer immer er wollte. Wenn er stark genug ist, um andere zu kontrollieren, ist er auch stark genug, um sich dagegen zu entscheiden.«

»Da haben Sie recht«, stimmt mir Cyrus zu. »Er hat sich das

selbst eingebrockt. Er wuchs im Grunde genommen ohne Eltern auf. Ohne Liebe. Ohne Sinn und Zweck im Leben. All das wurde durch Geld und Macht über andere ersetzt. Doch er hätte lernen können, das Leben zu genießen, unter anderen Menschen zu leben und seine Stärke für das Gute einzusetzen und nicht, um andere zu dominieren. Ich bereue am meisten die Zeit, die ich fern von meinem eigenen Sohn verbracht habe. Fern von meiner Frau. Ich kann es ihr nicht übel nehmen, dass sie mich verlassen hat. Und ich kann es Ben nicht verdenken, dass er mich hasst. Denn das tut er. Er hasst mich.«

»Die Vergangenheit ist vergangen, Cyrus«, erwidere ich. »Es könnte sich noch vieles ändern.« Solange Ben nicht das Undenkbare getan hat. Vielleicht sind seine Frau und sein Sohn wie der Hund des Akademiekommandanten verschwunden. Wie die geliebten Haustiere anderer Menschen. Er erträgt es nicht, mit ansehen zu müssen, wie jemand anderes etwas hat, das er nicht haben kann. Darum nimmt er ihnen weg, was sie lieben. Und zwar dauerhaft.

Offenbar hat Cyrus meine Gedanken gelesen. »Er ist gestört. Aber er würde seine Familie nicht umbringen. Auf seine eigene Art liebt er sie. Und ich weiß, dass er die beiden vergöttert. Außerdem würde er mir das nicht antun.«

Oder hätte er es aus genau diesem Grund getan? Sie haben ihm nie das gegeben, was er brauchte. Er nimmt sich nun das, was Sie brauchen.

»Wissen Sie, wo Ben ist?«, will ich wissen.

Er schüttelt den Kopf. »Er kommt schon seit Langem nicht mehr her und schickt nur Marlena und Bennie zu mir. Das ist alles.«

»Wussten Sie, dass sie schwanger ist?«

Er antwortet nicht, aber seine Miene verrät mir, dass er nichts davon wusste.

»Wann haben Sie das letzte Mal mit ihr oder Ben gesprochen?«

»Sie haben sich gestritten und soweit ich weiß, ist er ausgezogen. Sie rief mich vor einer Woche an. Am Sonntag. Sie fragte, ob ich ihn gesehen hätte, erzählte mir von ihrem Streit und dass Ben zornentbrannt aus dem Haus gestürmt sei. Ich versprach, mit ihm zu reden, wenn er sich bei mir meldet. Wenn er schlechte Laune hat, geht er nie ans Telefon. Sissy sagte, sie hätte seinen Pick-up vor der Hütte gesehen, die ich ihm zur Benutzung überlassen habe. Das war einige Tage nach meinem Gespräch mit Marlena. Ich habe nichts mehr von ihr gehört und dachte, sie hätten sich wieder versöhnt. Sie hätte es mir sagen sollen. Dann hätte ich darauf bestanden, dass sie mit Bennie herkommt. Ich hätte mich um die beiden gekümmert. Sie sind garantiert der Ansicht, bei Ben hätte ich auf ganzer Linie versagt, und da haben Sie recht. Aber ich bin jetzt älter und habe alles erreicht, was ich erreichen wollte. Daher bleibe ich zu Hause.« Er starrt einen Moment ins Leere. »Ich werde Ihnen nun etwas verraten, was außer mir und Marlena niemand weiß.«

Ich nicke und warte. Er blickt auf die Tischplatte hinab. »Er war von Anfang an nicht gut für sie. Wäre Bennie nicht gewesen, hätte sie ihn bestimmt schon vor langer Zeit verlassen. Sie ist sehr treu und beschützt ihn, aber ich weiß, dass er sie nie gut behandelt hat. Sissy hat sie für mich im Auge behalten. Ich glaube, Marlena hatte die Nase voll. Sie hat mich gefragt, ob ich sie hassen würde, wenn sie die Scheidung einreicht. Dabei könnte ich sie niemals hassen. Sie ist für mich wie eine Tochter. Ich habe erwidert, dass sie tun soll, was sie für das Beste hält. Wenn sie meine Hilfe bräuchte, eine Unterkunft, Anwälte, was auch immer, könnte sie sich auf mich verlassen.«

Cyrus presst sich die Daumen und Zeigefinger auf die Augen. Er ist erschöpft, beschämt, wütend, geknickt. »Er ist mein Sohn. Ich möchte nicht, dass er leidet. Sollte er aber für das Verschwinden meiner Schwiegertochter und meines Enkels verantwortlich sein, dann werde ich ihn enterben.«

Wenn ich ihm verrate, dass Ben glaubt, nicht der Vater des zweiten Kindes zu sein, wäre das, als würde man Salz auf eine offene Wunde streuen. Dass er denkt, Marlena hätte ihn betrogen. Oder dass Ben sie betrogen hat. Wir unterhalten uns noch eine Weile und er gibt uns die Kontaktdaten seiner Exfrau. Ich bezweifle allerdings, dass sie uns weiterhelfen kann. Marlena wird weder bei ihr sein noch Kontakt zu ihr aufgenommen haben. Ich notiere Helens Telefonnummer auf der Rückseite einer Visitenkarte und gebe sie Cyrus. Erstaunlicherweise sind sie sich nie begegnet und haben noch nie miteinander gesprochen. Gemeinsam werden sie vielleicht mit dem fertig, was immer sich in diesem Fall noch ergibt.

FÜNFUNDDREISSIG

Cyrus ruft seinen Sohn an, wird auf die Mailbox weitergeleitet und hinterlässt keine Nachricht. Er tippt auf eine Taste neben der Küchentür und Sissy kommt herein.

»Würden Sie bitte Bens Handy lokalisieren, Sissy?«

Sie tippt auf ihrem Handy herum und hält das Display so, dass er es sehen kann, dann zeigt sie es mir. Der Punkt befindet sich noch immer in seiner Hütte. Wir wissen längst, wo sich sein Handy befindet, tun jedoch überrascht, da wir sein Handy gehackt haben.

»Besitzt Ben irgendeines der Unternehmen, eine der Hütten oder ein Haus, Cyrus?«

Sissy geht hinaus. »Sissy wird sich um Sie kümmern. Sie haben meine Erlaubnis, jeden Ort zu durchsuchen, an dem er Ihrer Meinung nach sein könnte. Ihm gehört gar nichts. Dem Unternehmen, also mir, gehört die Hütte, in der er wohnt. Laut Sissy ist es ein Saustall.«

Dann habe ich mir also nicht als Einzige unbefugt Zutritt verschafft, geht mir durch den Kopf. Sissy kehrt mit einer Metallkassette und einem Umschlag zurück. Sie reicht beides

Cyrus, der es an Ronnie weitergibt. »Die Schlüssel zum Königreich. Und eine Liste aller Grundstücke in der Nähe, die er möglicherweise aufgesucht hat. Die Schlüssel sind gekennzeichnet. Ich würde meine Sicherheitsleute bitten, alles zu durchsuchen, halte mich aber zurück, falls Sie das lieber selbst übernehmen möchten.«

Dafür haben wir gar nicht genug Leute. »Wir wären Ihnen sehr dankbar, wenn Sie das tun würden, Cyrus. Sollten Sie irgendetwas finden ...«

»Dann sorgt Sissy dafür, dass alle sofort aufhören, und ruft Sie an.«

Sissy gibt mir eine Visitenkarte. »Meine persönliche Handynummer. Falls Sie irgendetwas brauchen.«

»Haben Sie noch weitere Fragen an mich, Detectives?«

»Im Augenblick nicht«, erwidere ich.

»Dann bringt Sissy Sie zu Ihrem Wagen zurück.«

Wir bedanken uns bei ihm und gehen zu unserem Wagen, sobald wir wieder auf dem Festland abgesetzt wurden. Ich überlasse Ronnie die Schlüssel und mache einen Anruf.

»Die Durchsuchungsbeschlüsse brauchen wir nicht länger, Sheriff.«

»Ich habe gerade erst einen Richter aufgetrieben, Megan. Was ist denn los? Wo seid ihr?«

»Wir waren bei Cyrus Parker. Habe ich nicht erzählt, dass ihm eine Insel gehört?«

»Parker Island. Das war mir bekannt. Seid ihr jetzt dort?«

»Nein, in Port Ludlow. Auf dem Weg zu Bens Hütte. Pass mal auf: Ben besitzt keines der Grundstücke oder Unternehmen. Sein Vater hält ihn an der kurzen Leine. Cyrus hat uns erlaubt, alles zu durchsuchen, und uns eine Liste der Grundstücke und die Schlüssel überlassen.«

»Über wie viele Grundstücke reden wir?«

»Ich weiß von mehr als einem Dutzend, aber wir

bekommen Hilfe. Cyrus hat eine eigene Sicherheitsfirma, deren Chefin auf der Insel lebt. Sie wird uns beim Durchsuchen unterstützen. Auch in dem verlassenen Sägewerk. Ich fahre zuerst dorthin zurück, um nachzusehen, ob mir heute Morgen nichts entgangen ist, als wir festgestellt haben, dass jemand dort eingebrochen ist.« Eine durchaus glaubhafte Lüge. »Schickst du Mindy bitte zur Hütte?«

»Soll jemand bei der Hütte warten, falls er zurückkommt?«

»Das wäre super. Falls er auftaucht, sollen sie ihn fürs Verhör festhalten. Wir kommen auch bald dorthin.«

»Was ist mit den Kriminaltechnikern?«

»Noch nicht.«

»Ich mache ein paar Anrufe. Die Techniker halten sich bereit. Außerdem schicke ich einen Officer zu euch.«

»Tony. Er hat es getan.« Ich fasse ihm kurz zusammen, was wir von Cyrus erfahren haben. Dass in Bens Nähe Tiere verschwinden. Dass einige tot aufgefunden wurden, wenn er jemanden nicht ausstehen konnte. Dass ihm nichts nachzuweisen war. »Ich muss jetzt los, Sheriff. Wir halten dich auf dem Laufenden.«

»Das war gute Arbeit von euch beiden.«

Als wir bei Bens Hütte ankommen, wartet bereits ein Wagen des Sheriffbüros auf uns. Ich halte dahinter und stelle dankbar fest, dass es Deputy Davis ist. Er ist einige Jahre junger als ich, hat schwarzes Haar, einen Pornoschnurrbart, ist mollig und kann gut mit Menschen umgehen. Ganz im Gegensatz zu mir. Noch hat ihn der Job nicht abgestumpft, und wir haben in der Vergangenheit schon mehrmals zusammengearbeitet.

»Durchsuchen wir den Pick-up, Detective Carpenter?«, fragt Davis.

»Wir warten auf Mindy, aber ich habe einen Schlüssel.« Ich

suche den Schlüssel aus der Kassette heraus und drücke auf einen Knopf. Die Tür wird mit einem Klicken entriegelt. Im Inneren ist nicht viel zu sehen. Auf dem Boden liegt allerdings eine Flasche Glacier Mist Spring Water. Dieselbe Wassermarke, die wir auch im Sägewerk gefunden haben. Ich beschließe zu warten, bis Mindy mit der Hütte fertig ist. Ihr weißer Van mit dem Aufdruck eines Blumenladens trifft ein.

»Megan. Ronnie. Deputy Davis«, grüßt Mindy. »Ich war in der Nähe, als Sheriff Gray anrief. Worum geht es?«

Ich bringe sie auf den neuesten Stand und werde Zeuge, wie ihre fröhliche Miene ernst wird.

»War schon jemand im Haus?«, erkundigt sie sich.

Ich will nicht lügen, aber Deputy Davis steht bei uns, und alte Gewohnheiten wird man nur schwer wieder los. »Ich war in der Nacht hier, nachdem die Vermisstenmeldung erfolgt war. Um herauszufinden, ob sich Marlena und ihr Sohn möglicherweise hier aufhalten.« Mindy kauft mir das nicht ab. »Die Tür war nicht abgeschlossen, daher bin ich hineingegangen und habe nach ihnen gerufen. Dann kam Ben nach Hause. Bis dahin waren auch die Officer Paco und Sonny eingetroffen, und wir fragten ihn, ob wir für ihn das Haus durchsuchen sollen. Was er abgelehnt hat.«

Sie zieht die Augenbrauen hoch. Ich weiß nicht, ob sie das tut, weil sie es für ebenso verdächtig hält wie ich, oder ob sie meine Geschichte anzweifelt.

»Der Schlamm und die Holzsplitter stammen von hier?« Sie hat mich ertappt, geht jedoch nicht weiter darauf ein. »Haben wir einen Durchsuchungsbeschluss?«

»Den brauchen wir nicht. Die Hütte gehört Cyrus Parker. Er hat mir die Erlaubnis und die Schlüssel gegeben.« Ich reiche ihr die beiden Schlüssel für die Hütte und den Wagen. »Da drüben steht noch ein großes Gebäude, entweder eine Werkstatt oder eine Garage.« Ich zeige in die ungefähre Richtung. »Du kannst es nicht verfehlen. Cyrus hat uns erlaubt, die Tür aufzubrechen.« Das stimmt zwar nicht, aber ich gehe davon aus, dass er nichts dagegen hat. »Darin steht noch ein Pick-up.« Ich suche ihr den Schlüssel für den Wagen heraus, den wir in der Scheune gesehen haben. Sie fragt nicht nach, woher ich das Kennzeichen kenne.

»Gut. Dann ziehe ich mich mal um.« Mindy zieht die Seitentür ihres Vans auf, in dem sich ein funktionstüchtiges Labor befindet.

»Hast du auch Overalls für uns?«, erkundigt sich Ronnie.

Mindy zieht einen weißen Tyvek-Overall an. »Ich gehe als Erste rein. Hast du bei deinem Sicherheitsrundgang irgend-etwas bemerkt, wovon ich wissen sollte?«

Ich würde ihr gern antworten, aber die Dinge, die mir aufgefallen sind, sollten offensichtlich sein. Falls sie nicht inzwischen vernichtet wurden. »Nichts von Bedeutung.«

Sie kneift die Augen zusammen, hängt sich eine kleine Kamera um den Hals, zieht sich Handschuhe an und trägt Papierüberschuhe zur Tür. Zuerst macht sie Fotos von allem, was sie von der Tür aus sehen kann, bevor sie eintritt. Zehn Minuten später taucht sie wieder auf und ist nicht grün im Gesicht, daher gehe ich davon aus, dass das Sexspielzeug weggeschafft wurde. Wahrscheinlich genau wie die Schlafsäcke.

Sie kommt zu uns. »Es riecht nach Desinfektionsmittel. Da drin ist es so sauber, dass man vom Boden essen könnte.«

Ich kann einfach nicht anders und muss es aussprechen: »Ich habe mich keine Minute im Haus aufgehalten und es war der reinste Saustall.«

»Vielleicht hat er einen Putzdienst?«

Nie im Leben.

»Oder er hat Dinge entsorgt?«

Bingo.

»Hast du zufällig Campingausrüstung gesehen?«, frage ich.

Sie schüttelt den Kopf.

»Ist dir ein Handy oder ein Computer aufgefallen?«

»Nein.«

Ich bleibe neben Bens Pick-up stehen und wähle seine Handynummer. Aus dem Wagen ist ein leises Klingeln zu hören.

SECHSUNDDREISSIG

Es ist hier drin stockdunkel, aber sie schließt die Augen, rutscht nach hinten an die Wand und versucht, sich daran zu erinnern, was sie vor der Entführung gemacht hat. Ihr ist noch immer schwummrig. Sie weiß noch, dass sie zu Hause war und dass Bennie neben ihr geschlafen hat. Danach nichts mehr. Sie sucht nach älteren Erinnerungen. Ihr fällt wieder ein, dass ihr Arzt ihr gesagt hat, sie wäre in der vierten Schwangerschaftswoche. Sie hatte Angst davor, es Ben zu sagen, weil sie nicht wusste, wie er darauf reagieren würde. Als sie gerade genug Mut gesammelt hatte, um es zu tun, bekam sie Besuch, bevor er nach Hause kam. Von einer Frau, die für Ben arbeitet. Sie sagte, sie müsse Marlena ein paar Dinge über Ben erzählen. Es waren schreckliche Dinge, und Marlena wollte ihr nicht glauben, aber als Ben spät abends endlich heimkam, hatte sie unten auf ihn gewartet und stellte ihn zur Rede. Sie fragte, wo er gewesen sei. Sie schäumte noch und dachte an all das, was sie von der Frau erfahren hatte, und als er sie anlog und ihr nicht sagen wollte, wo er wirklich gewesen war, erzählte sie ihm vom Besuch der Frau.

Er behauptete, die Frau sei verrückt und bilde sich ein, dass er sie liebe. Sie hätte es sich in den Kopf gesetzt, dass er sie heiraten wolle. Marlena fragte Ben, woher die Frau den teuren Wagen hatte, den sie fuhr. Sie beschrieb ihm die Frau, den Wagen und all das, was sie gesagt hatte. Sie wollte wissen, ob er sich scheiden lassen wolle. Da wurde er wütend und schlug Sachen kurz und klein. Schubste sie.

Sie hatte keine Angst mehr und teilte ihm mit, dass sie schwanger war. Er würde noch einmal Vater werden. Daraufhin beschuldigte er sie, ihn betrogen zu haben. Er sagte, es könnte nicht sein Kind sein, weil sie seit Bennies Geburt kein Sexleben mehr hatten. Damit hatte er recht, denn sie schliefen nur miteinander, wenn ihm danach war. Wenn er es wollte, dann wurde er zudringlich und beharrlich, und sie gab lieber nach, als sich zu wehren. Es fühlte sich jedes Mal wie eine Vergewaltigung an, doch er rief ihr jedes Mal ins Gedächtnis, dass sie verheiratet waren und es ihre Pflicht sei, seine Bedürfnisse zu erfüllen. So drückte er es aus. Sehr romantisch. Das letzte Mal, als er sich ihr aufgedrängt hatte, passte vom Zeitpunkt her dazu, in welcher Schwangerschaftswoche sie war. Als sie ihn daran erinnerte, schlug er sie heftig ins Gesicht. Ben sagte, er wolle die Scheidung. Er wäre sie leid. Sie war verletzt und wütend und sagte einiges, was sie am liebsten zurückgenommen hätte. Sie teilte ihm mit, dass sie der Scheidung zustimmen würde, ihm jedoch alles nehmen würde, was er hatte. Und dass er seinen Sohn und das ungeborene Kind nie wiedersehen würde.

Er holte aus, um sie abermals zu schlagen, doch dann ging Bennie zwischen sie und rief: »Hör auf, Daddy! Du tust Mommy weh!« Ben versuchte, sich zu beruhigen, doch er war so zornig. Zweifellos ärgerte er sich darüber, dass er aufgeflogen war. Er wollte mit Bennie reden, doch Bennie drückte die Nase in Marlenas Seite und ignorierte ihn. Die letzten Worte, die Ben im Haus sagte, waren: »Deine Mutter ist eine Hure. Du bekommst keinen Penny. Fahr zur Hölle.«

Zu diesem Zeitpunkt hatte sie ihn nicht ernst genommen. Aber er war nicht zurückgekehrt und hatte auch nicht angerufen. Ihr tat nach dem Schlag die ganze Nacht das Gesicht weh. Der arme Bennie war aufgewühlt und gab sich die Schuld dafür, dass Daddy weggegangen war. Er wollte Ben anrufen und ihn bitten, wieder nach Hause zu kommen, was sie ihm jedoch nicht gestattete. Bennie hatte schon genug durchgemacht, um auch noch miterleben zu müssen, wie Ben mit der kleinen geldgierigen Schlampe am Arm wieder auftauchte.

Danach fing Bennie an, Monster im Schrank zu sehen. Er schlief fast nur noch bei ihr, und selbst dann warf er sich herum oder weinte im Schlaf. Sie ließ ihn weiterhin in den Kindergarten gehen, damit sein Leben möglichst normal weiterlief. Bis sie die Zeichnungen und Bilder sah, die Bennie mit nach Hause brachte. Monster, brennende Häuser und andere furchtbare Dinge. Das waren nicht die Bilder eines glücklichen Vierjährigen, der Katzen, Hunde, Blumen und lächelnde Gesichter malte. Sie machte sich Sorgen um ihn und beschloss, mit ihm einen Therapeuten aufzusuchen. Wenn Bennie traumatisiert war, würde sie sich das niemals verzeihen.

Sie weiß nicht, wie sie hierhergekommen ist oder wer sie entführt hat, ist sich aber sicher, dass Ben hinter der ganzen Sache steckt.

SIEBENUNDDREISSIG

Bens Handy liegt unter dem Sitz und ich stecke es zusammen mit einer leeren Wasserflasche ein. Ronnie bekommt eine Nachricht, schaut aufs Display und steckt das Handy wieder ein. »Der Sheriff will uns sofort sehen.«

»Gibt es Neuigkeiten?«

»Das schreibt er nicht. Nur, dass wir so schnell wie möglich kommen sollen.«

Ich mag keine Überraschungen. Wir brauchen etwa eine Viertelstunde zum Revier, daher rufe ich ihn zurück.

»Ihr müsst auf der Stelle herkommen, Megan.«

»Wir sind in der Nähe. Was ist denn los, Tony?«

»Ben und sein Anwalt sind da.«

»Oh.« *Scheiße.* »Wir fahren sofort los.« Ich lege auf und wir sind auch schon unterwegs. »Ben hat einen Anwalt dabei. Ruf Cyrus an und frag ihn, ob er zum Revier kommen kann.«

Ronnie wählt die Nummer, die uns Sissy gegeben hat. Sissy geht sofort ran und reicht das Telefon an Cyrus weiter. »Hier ist Detective Marsh«, meldet sich Ronnie.

»Haben Sie sie gefunden?«

»Nein, Sir. Aber Ihr Sohn ist im Sheriffbüro in Port Hadlock.«

»Das ist gut. Weiß er, wo sie sind?«

»Wir sind nicht auf dem Revier, Sir. Außerdem wissen wir gar nicht, ob er mit uns reden will. Er hat einen Anwalt dabei.«

»Ich bin schon unterwegs.«

Ronnie legt auf. »Glaubst du, er kann Ben zur Vernunft bringen?«

»Ben sieht sich als Alpha-Mann. Sein Vater ist der Einzige, der ihn übertrumpfen kann. Ich kann nur hoffen, dass ihn Helen nicht in Stücke gerissen hat, bevor wir dort sind.« Ich rufe noch einmal Tony an.

»Hoffentlich seid ihr in der Nähe«, meint Tony. »Sein Anwalt ist ungeduldig.«

Das bin ich auch. »Hat Helen schon mit Ben gesprochen?«

»Ben und sein Anwalt sitzen in meinem Büro. Ellen ist mit Helen zu unserem Haus gefahren, bevor Ben hier eintraf.«

Das ist gut. Dann hat sie immerhin nichts gesagt, was ihn irritieren könnte. Jedenfalls noch nicht. »Könnte es schwierig werden, ihn dort zu behalten?«

»Sein Anwalt sagt, sie wollen kooperieren, aber er hat auch zum Ausdruck gebracht, dass es ihm missfällt, wie wir seinen Klienten drangsalieren.«

Eine Person nimmt sich einen Anwalt, wenn sie sich bedroht fühlt oder etwas zu verbergen hat. Ben muss noch einmal mit Luci gesprochen haben. Doch weder irgendwelche Sonderrechte noch Geld können ihn vor seinem Vater schützen. Oder vor mir.

ACHTUNDDREISSIG

Ben ist aus Tonys Büro an meinen Schreibtisch umgezogen und sitzt auf meinem Stuhl. Ein Mann, den ich für seinen Anwalt halte, steht neben ihm und trägt einen dunklen Anzug mit silbernen Nadelstreifen, goldenen Manschettenknöpfen und einer gelben Krawatte. Er sieht uns nicht an, sondern überprüft den Glanz seiner burgunderfarbenen Krokodillederschuhe.

Ich nehme ihn genauer in Augenschein. Er ist groß, Anfang dreißig, bekommt an den Schläfen bereits graues Haar, stabil gebaut und hat schwarze Haare, die sich wie bei Superman an der Stirn wellen. Mit seinem kantigen Kiefer, den gepflegten Fingernägeln und dem glattrasierten Gesicht würde ich ihn glatt als attraktiv bezeichnen, wäre er kein Anwalt.

»Detective Carpenter«, begrüßt er mich aalglatt und reicht mir die Hand. Er trägt eine goldene Uhr, die vermutlich mehr kostet, als ich letztes Jahr verdient habe. Wer trägt denn heutzutage noch Armbanduhren? Damit will er garantiert nur angeben. »Lincoln Mansoni. Mr Parkers Anwalt.«

Ich schüttle ihm die Hand, um mir die Uhr genauer anzusehen. Da ist der nächste Raubüberfall praktisch vorprogrammiert. Ich stelle Ronnie vor und er setzt ein strahlend weißes

Lächeln auf, während er sie begutachtet. Als er einen Blick mit Ben austauscht, passiert etwas zwischen ihnen. Ich habe keinen Zweifel daran, dass Ben Mansoni alles über Ronnies Aussehen erzählt hat, und bin nicht beleidigt. Ronnie gibt einen guten Köder ab.

Ich ignoriere den Anwalt. »Sie sind heute den ganzen Tag nicht ans Telefon gegangen, Ben.«

»Welche Nummer haben Sie denn angerufen?«

»Ihre Nummer.« *Blödmann.*

»Ach, Sie haben meine private Handynummer. Ich hatte das Geschäftshandy dabei.«

»Ihre Frau versucht vielleicht, Sie zu erreichen. Würde sie auf die Idee kommen, Ihr Geschäftshandy anzurufen?« Seine Idiotie ärgert mich. Er weiß, dass wir keine Ahnung haben, wo die beiden sind. Das macht mir Sorgen. Er ist selbstsicher genug, um herzukommen, obwohl er darüber informiert ist, dass wir mit seiner Freundin gesprochen haben. Bestimmt leugnet er alles, was sie uns erzählt hat. Sie ist keine gute Zeugin. Schließlich war sie betrunken und wird ihre Aussage für eine gewisse Geldsumme widerrufen. Damit hätten wir in dieser Hinsicht nichts in der Hand.

»Ich bin mir ziemlich sicher, dass ich auf dem Revier angerufen und meine Nummer bei irgendjemandem hinterlassen habe.« Er macht ein selbstgefälliges Gesicht und greift nach einem meiner Haftnotizzettel und einem Stift. »Ich schreibe sie Ihnen auf, damit Sie sie nicht verlieren.«

»Ich verliere nie etwas, Mr Parker.«

Mansoni verschränkt die Hände. »Was wollen Sie von meinem Mandanten?«

»Ist Ihnen bekannt, in welcher Sache wir ermitteln, Mr Mansoni?«

»Mein Klient hat mich informiert.«

Das ist ja großartig. Ein Lügner lügt einen anderen Lügner an. Das erinnert mich an einen Witz, den ich mal auf der Polizeiakademie gehört habe: »Woran merkt man, dass ein Anwalt lügt? Seine Lippen bewegen sich.«

»Wir ermitteln in einem Vermisstenfall. Marlena und Bennie Parker. Die Frau und der Sohn Ihres Klienten sind verschwunden.«

»Fahren Sie fort«, meint er.

»Wir haben Ben bei unserem letzten Gespräch gefragt, ob er einen Lügendetektortest machen würde, und er hat zugestimmt. Hat er Ihnen das auch mitgeteilt?«

Mansonis Contenance gerät ins Wanken. »Ich habe meinem Klienten davon abgeraten.«

»Und warum?«

»Weil er ebenso ein Opfer ist. Er ist mit den Nerven völlig am Ende und das wird den Test beeinflussen.«

Ja, klar. Ich sehe selbst, wie nervös er ist. »Unsere Lügendetektorexpertin ist die beste des Landes.« *Jedenfalls hoffe ich das.* »Sie wird das berücksichtigen und sehr sanft und respektvoll hinsichtlich seiner Sorge um das Wohlergehen seiner schwangeren Frau und seines asthmatischen Sohns vorgehen.«

Mansoni entgleisen kurz die Gesichtszüge, wobei er auf einmal wie ein Mensch wirkt, doch dann hat der Anwalt erneut Besitz von seiner bösen Seele ergriffen. Ben macht ein betretenes Gesicht. *Er hat Mansoni nichts von der Schwangerschaft und dem Asthma erzählt.*

»Dürfte ich wohl für einen Moment mit meinem Klienten unter vier Augen sprechen?«

»Selbstverständlich.«

Er beäugt die Überwachungskamera am Eingang. »Sie werden unser Gespräch nicht aufzeichnen.« *Das ist keine Frage.*

»Natürlich nicht«, sagt Sheriff Gray. »Sie können auch in den Verhörraum oder in mein Büro gehen.«

Ben folgt Mansoni in den Verhörraum, sieht Ronnie über die Schulter an und zwinkert ihr zu.

»Hast du das gesehen?«, fragt sie.

»Ja, das habe ich. Ein Glück, dass Helen nicht hier ist.«

Sheriff Gray bittet uns in sein Büro. »Schließ die Tür, Megan.« Er setzt sich auf die Schreibtischkante und seine Hände zittern leicht. Ich frage mich, wie viele Tassen Kaffee er schon heruntergestürzt hat. Oder ob er in Versuchung ist, einen Mord zu begehen, nachdem er Bens Verhalten mit eigenen Augen gesehen hat.

»Ich möchte, dass ihr besonders freundlich seid«, verlangt er. »Ihr beide.«

»Kein Problem. Ich kann freundlich sein, wenn ich das will. Ronnie kann das bestätigen.«

Er spannt die Kieferknochen an und flüstert fast schon: »Bringt dieses Arschloch hinter Gitter.«

Damit hätte er auch gleich anfangen können. »Und dabei werden wir ausgesprochen freundlich sein.«

Es klopft leise an die Bürotür. Ronnie lässt eine kräftige Frau in einem geblümten Trägerkleid und mit hochhackigen Korksandalen herein. Sie lächelt uns an. »Hat hier jemand nach einem Lügen-Detective verlangt?«

Tony stellt uns einander vor. »Louisa Layton. Das sind Ronnie Marsh und Megan Carpenter.«

Louisa ist in den Vierzigern, trägt das blonde Haar zu kleinen Zöpfchen geflochten und hat knallroten Lippenstift aufgelegt. Die Korksandalen sehen aus, als müssten sie gleich platzen. Dasselbe kann man über die Taille ihres Kleides sagen.

»Sie haben die Lügner vermutlich schon gesehen. Ben Parker und sein Anwalt halten sich im Verhörraum auf«, sage ich, woraufhin mir Tony einen ermahnenden Blick zuwirft. Okay, werde ich eben noch freundlicher.

»Sie können mein Büro benutzen«, sagt Tony. »Ronnie kann mir draußen Gesellschaft leisten.«

Nachdem ich die Tür geschlossen habe, bittet mich Louisa, sie einzuweihen.

Ich sage ihr alles, was sie wissen muss. Sie macht sich keine Notizen, obwohl ich eine gute Viertelstunde benötige.

»Okay«, meint sie dann und steht auf. Ich bemerke, dass ihre Fußknöchel stark geschwollen sind und dass sie nicht gerade leicht auf die Beine kommt. Zwar frage ich nicht nach, aber es sieht schmerzhaft aus. »Hat Mr Parkers Anwalt dem Lügendetektortest zugestimmt?«, will sie wissen.

Wir hören draußen Stimmen. »Das werden wir gleich erfahren.«

Als wir das Büro verlassen, stelle ich zufrieden fest, dass Ben nicht mehr ganz so selbstsicher aussieht. Eigentlich wirkt er, als hätte er Verstopfung. Das könnte daran liegen, dass er aus nichts als Scheiße besteht. Mansoni übernimmt das Reden. »Louisa«, grüßt er und gibt ihr einen Luftkuss auf die Wange.

Was in aller Welt?

»Lincoln. Schön, Sie zu sehen. Sie sind immer gut fürs Geschäft.« Sie klimpert mit den Wimpern und er verzieht angespannt die Lippen.

»Mein Klient hat dem Lügendetektortest zugestimmt. Er weiß, dass dieser vor Gericht nicht verwendet werden kann.«

Ben wurde nicht verhaftet, daher frage ich mich, wieso er glaubt, wir würden uns vor Gericht wiedersehen.

Mansoni setzt sein Haigrinsen auf. »Wie wäre es, wenn Sie sich kurz frischmachen, Ben? Man wird mich holen, sobald Sie fertig sind, aber Sie können jederzeit eine Pause machen und mich hinzuziehen. Haben Sie das verstanden?«

Ben nickt und verschwindet in der Toilette. »Bitte nehmen Sie keine Medikamente, Mr Parker«, ruft Louisa ihm hinterher. »Das beeinträchtigt die Testergebnisse. Sie haben doch heute noch nichts genommen, oder?«

»Nein, Ma'am.« Sein Übermut ist verschwunden.

»Ist das wirklich notwendig, Louisa?«, fragt Mansoni.

»Das wissen Sie doch, Lincoln. Mir ist es lieber, wenn er

Bescheid weiß, damit der Test auch eindeutig ist. Ich möchte der County-Kasse nicht unnötig zur Last fallen.«

»Wie freundlich von Ihnen«, erwidert Mansoni. »Ich werde draußen eine rauchen.«

»Wie Sie meinen.« Sie gibt ihm einen Klaps auf den Hintern. Nachdem er gegangen ist, sagt sie: »Ihn hätte ich auch gern als Anwalt. Ein heißer Typ.«

»Sie scheinen sich ja gut zu kennen«, stellt Ronnie fest.

Louisa lacht auf. »Er hat Angst vor mir. Bisher war noch keiner seiner Klienten mir gegenüber ehrlich und ich kenne ihn nun schon seit fünf Jahren. Ich bin mit seiner Momma aufs College gegangen. Sie war wirklich nett. Er hingegen ... Ach, das ist eine andere Geschichte. Aber er ist ein Hingucker.«

Ronnie kichert.

Louisa beäugt mich. »Sind wir auf ein Geständnis aus oder wollen wir nur den Aufenthaltsort der vermissten Personen erfahren?«

»Das entscheiden Sie. Ich muss sie so oder so finden.«

»Okay. Wenn ich Erfolge erziele, lasse ich Sie reinrufen.«

»Zumindest eine von uns. Ben hat Gefallen an Ronnie gefunden.«

»Nachdem er mich gesehen hat? Unmöglich.« Sie grinst breit. »Ich hole eben meine Ausrüstung und baue alles im Verhörraum auf. Oder hat Tony daraus einen Frühstücks-, Mittags-, Abendessen- und Snackraum gemacht?«

»Ich kann Sie hören«, wirft Tony ein.

»Ach was. Bin gleich wieder da.« Sie geht hinaus und Tony schüttelt den Kopf. »Louisa ist wirklich die Beste, die ich kenne. Sie hat schon mehr Geständnisse aus den Leuten gelockt als Perry Mason.«

»Wer?«, fragen Ronnie und ich gleichzeitig.

Wir zwängen uns in Tonys Büro, um den Lügendetektortest über den Monitor mitzuverfolgen. Louisa bittet Ben, es sich bequem zu machen, und stellt die einleitenden Fragen zu seinem Gesundheitszustand, seiner körperlichen und geistigen Verfassung und ob er heute schon Kaffee getrunken oder Medikamente genommen hat. Er antwortet, dass er zwei Tassen Kaffee getrunken hat, was sie sich ebenso wie die Zeit, zu der er das getan hat, notiert. Das Testosteron, das er nimmt, erwähnt er nicht.

Sie verbindet das Gerät mit Ben und demonstriert ihm, wie es funktioniert. Danach erklärt sie, dass dies kein Verhör ist, und weist ihn an, nur mit Ja oder Nein zu antworten. Im Anschluss stellt sie einige leichte Fragen, damit sie die wahren Antworten später von den Lügen unterscheiden kann. Sie fragt Dinge wie »Lautet Ihr Name Ben Parker?«, worauf er mit Ja antworten sollte. Ich habe schon Ausdrucke solcher Tests gesehen, die an ein EKG erinnern.

Ist Ihre Frau Marlena Parker?
Ja. (Er antwortet, ohne zu zögern.)

Lieben Sie Ihre Frau?
(Zögert.) Ja.
Lieben Sie Ihren Sohn Bennie?
Ja.
Leben Sie von Ihrer Frau getrennt?
Ja.
Ist Ihr Vater Cyrus Parker?
Ja.
Haben Sie eine Freundin?
Ich weigere mich, darauf zu antworten.
Wissen Sie, wo Ihre Frau und Ihr Sohn sind?
Nein.

Auch bei dieser Antwort zögert er nicht, doch seine Miene hat sich verändert. Er wirkt angespannt. Unsicher. Die Befragung dauert noch weitere zwanzig Minuten, bis es an der Tür summt. Ronnie kommt mit Cyrus und Sissy wieder zurück.

»Tony. Wie ist es Ihnen ergangen?«

Ronnie und ich tauschen Blicke. Sheriff Gray scheint einfach jeden zu kennen, von den Ärmsten bis hin zu den Reichsten.

»Cyrus. Es tut mir sehr leid, dass wir uns unter diesen Umständen wiedersehen.«

»Marlena und Bennie. Ich liebe sie, als wären sie meine eigenen Kinder. Wenn ich irgendetwas tun kann, um zu helfen, sagen Sie es einfach. Ich habe Ressourcen.«

Mit mehreren Milliarden Dollar kann man sich eine Menge Ressourcen beschaffen. Ich bezweifle jedoch, dass sich Tony kaufen lässt. Eigentlich bin ich sogar davon überzeugt, dass es unmöglich ist. Tony ist ein loyaler Mann. Ich kann nur hoffen, dass Cyrus das weiß und sich nicht einmischen wird.

»Danke für das Angebot, wir kommen vielleicht darauf zurück. Megan ist im Augenblick diejenige, die Ihre Hilfe gebrauchen kann. Sie wird Ihnen alles Weitere erzählen.«

»Ah, ja. Detective Carpenter und Detective Marsh. Mansoni sagte, mein Sohn würde einen Lügendetektortest machen.«

»So ist es«, bestätige ich. »Sein Anwalt wartet schon seit einer Weile vor der Tür und …«

»Vergessen Sie ihn. Ich habe ihn weggeschickt. Mansoni arbeitet für mich und ich habe ihm mitgeteilt, dass Ben seine Dienste nicht länger benötigt.«

Davon hat er kein Wort gesagt. Aber hey, eine Milliarde Dollar.

»Ach, machen Sie sich keine Sorgen. Ich habe nicht gegen Gesetze oder Grundrechte verstoßen. Mansoni war der irrtümlichen Meinung, ich hätte ihn angeheuert. Ben hat ihm das eingeredet, und er war nur zu gern bereit, sich von dannen zu machen, als ihm bewusst wurde, dass er nicht bezahlt wird.«

So langsam schließe ich diesen Mann ins Herz. »In diesem Fall können wir uns auch ins Büro setzen und uns unterhalten.«

»Nein«, widerspricht Sheriff Gray. »Nehmen Sie mein Büro. Cyrus kann zusehen.«

Gute Idee. Vielleicht entdeckt er sogar einige Löcher in dem, was sein Sohn leugnet. Wir gehen in Tonys Büro und Tony gibt Cyrus den quietschenden Stuhl. Das scheint Cyrus nicht weiter zu stören. Er sitzt ganz still da und wendet den Blick nicht vom Monitor ab.

Haben Sie eine Freundin?
Ich sagte doch bereits, dass ich derartige lächerlichen Fragen nicht beantworte.
Bitte antworten Sie nur mit Ja oder Nein. Haben Sie das verstanden?
Ja. Aber solche Fragen beantworte ich nicht. Das ist erniedrigend.
Arbeitet Lucia Simmons für Sie?
Ja.

Ist sie Ihre persönliche Sekretärin?

Ja.

Haben Marlena und Sie sich getrennt?

Ja. (Er seufzt schwer.)

Haben Sie sich vor einem Monat getrennt?

Nein.

Haben Sie sich vor einer Woche getrennt?

Ja.

Haben Sie sich mit Ihrer Frau gestritten?

Welches verheiratete Paar streitet sich denn nicht?

Bitte beantworten Sie die Frage.

Ja. Ja, wir haben uns gestritten. Aber wenn Sie versuchen, mir ihr Verschwinden anzuhängen, sind Sie verrückt. Ich hatte nichts damit zu tun. Ich habe den beiden nichts angetan.

Bitte beschränken Sie sich bei Ihren Antworten auf Ja oder Nein, Mr Parker. Dies ist kein Verhör.

Okay.

Ging es bei dem Streit um Geld?

Nein.

Haben Sie einen Führerschein?

Ja.

Ging es bei dem Streit um Untreue?

Darf ich sprechen?

Nur zu.

Wenn Sie damit ihre Untreue meinen, lautet die Antwort Ja. Falls es noch immer um die Frage nach einer Freundin geht, dann ist die Antwort Nein. Wir haben uns nie wegen meiner vermeintlichen Untreue gestritten.

Hat Sie Ihre Frau der Untreue bezichtigt?

Darauf antworte ich nicht.

Ist Ihre Frau schwanger?

Sie behauptet es. Das Kind ist nicht von mir.

Ist Ihre Frau schwanger? Ja oder nein.
Ich kenne die Antwort nicht. Sie sagt, sie wäre schwan-
ger. Das ist alles, was ich weiß.
Hat Marlena Sie je der Untreue bezichtigt?
Das reicht jetzt aber. Ich habe genug.

Während Louisa Ben von der Maschine löst, starrt Cyrus ins Leere.

»Was halten Sie von den Antworten Ihres Sohnes?«, frage ich nach einer Weile.

»Er hat sich nicht verändert. Vielleicht dringe ich ja zu ihm durch.«

Mir ist schleierhaft, wie Cyrus, ausgerechnet Cyrus, Ben dazu bringen sollte, ehrlich zu sein. Aber vermutlich hatte ich genau das im Sinn, als ich ihn gebeten habe, aufs Revier zu kommen. Jetzt frage ich mich, ob es wirklich eine gute Idee war. Ben kann einfach hier rausspazieren und das wird sein Kurzzeitanwalt ihm auch gesagt haben. Wenn er herausfindet, dass sein Vater den Anwalt weggeschickt hat, wird er wohl einfach gehen. Das muss ich um jeden Preis verhindern. Ich brauche ihn hier. Er ist wahrscheinlich der Einzige, der weiß, wo Marlena und Bennie sind.

Louisa verlässt den Verhörraum. »Ich habe den Detektor noch stehen lassen. Ben hat gleich mehrfach gelogen. Er liebt seine Frau nicht. Er weiß, dass sie schwanger ist und dass er der Vater ist. Er hat eine Affäre. Er wäre beinahe aus der Haut gefahren, als ich Luci Simmons erwähnt habe. Möchten Sie mit mir reingehen, Megan? Ich kann ihm sagen, wie er sich geschlagen hat. Wo steckt eigentlich dieser scharfe Anwalt?«

Ich ignoriere ihre letzte Frage. »Glauben Sie, er weiß, wo seine Frau und sein Sohn sind?«

»Das weiß ich nicht. Ich dachte, die Fragen über seinen Sohn würden ihn milde stimmen, aber er hasst seine Frau so sehr und scheint für beide nichts zu empfinden. Ist Ihnen

aufgefallen, dass er in der Vergangenheitsform über sie gesprochen hat?«

Ihr ist es also auch aufgefallen. »Sein Vater ist hier, Louisa.
Ich überlege, ob ich die beiden miteinander reden lassen soll.
Was denken Sie?«

Sie sieht erst Tony und Ronnie und dann wieder mich an.
»Sie sind die Detectives. Ich bediene nur den Lügendetektor.«

Tony legt ihr eine Hand auf die Schulter. »Jetzt kommen
Sie aber, Louisa. Sie machen das schon, seitdem ich ein junger
Deputy war. Was sagt Ihnen Ihr Bauchgefühl?«

VIERZIG

Sie hat jeden Zentimeter ihrer neuen Gefängniszelle abgesucht. Bennie hat sie endlich lange genug losgelassen, damit sie versuchen konnte, irgendwie herauszufinden, wo sie sind. Ihre Stimme ist ganz heiser, weil sie die ganze Zeit mit Bennie Marco Polo gespielt hat, damit er im Dunkeln stets wusste, wo sie ist. Sie hat in der Nähe zwei weitere Wasserflaschen gefunden. Bennies Inhalator steckte in ihrer Tasche, daher will derjenige, der sie entführt hat, anscheinend nicht, dass sie sterben.

»Ich hab Durst, Mommy.«

»Wir heben uns das Wasser auf, Schatz. Vergiss nicht, dass es uns vielleicht schadet. Wir trinken nur, wenn es unbedingt sein muss.«

»Ich muss Pipi, Mommy.«

Sie kriecht in die Richtung, aus der seine Stimme kommt. Offenbar befinden sie sich in einem kleinen Gebäude. Möglicherweise einer Werkstatt. Sie hat Tische ertastet, auf denen schwere Werkzeuge montiert sind. Hier wird vermutlich mit Holz gearbeitet, das würde den Geruch erklären. Sie hat auch eine Tür in der Wand entdeckt. Aus Stahl, wenn sie das

Geräusch beim Gegenklopfen richtig gedeutet hat. Da sie nichts finden konnte, womit sie gegen die Tür hämmern konnte, hat sie die Hände und Füße benutzt, bis es zu sehr schmerzte, um weiterzumachen. In der Nähe eines Tisches ist sie auf einen Haufen Sägespäne gestoßen. Dorthin bringt sie Bennie, damit er seine Blase leeren kann. Er kann kaum stehen, geschweige denn laufen. Sie haben Hunger und er klagt über Kopfschmerzen. Ihr Kopf tut ebenfalls weh, doch ihr Hunger ist größer. Sie brauchen Wasser. Dehydrierung kann Kopfschmerzen und Muskelschwäche hervorrufen, sogar Halluzinationen. Noch halluziniert sie nicht, aber wer weiß, vielleicht ist das alles hier ja eine Halluzination.

Bennie zieht seine Schlafanzughose wieder hoch und umarmt sie. »Wann können wir nach Hause, Mommy? Ich hab keine Lust mehr auf Marco Polo.«

»Bald.« Sie führt ihn zurück zu der Stelle, an der die Flaschen auf sie warten, durch die sie erneut schlafen sollen. Vielleicht für immer. Dann setzt sie sich und nimmt ihn auf den Schoß. »Kein Marco Polo mehr, Mister. Lass uns über Spielzeugeisenbahnen reden.«

»Die mag ich. Genau wie Grampy.«

»Das weiß ich doch, Schatz. Er sucht uns bestimmt bereits.«

»Grampy hat gesagt, dass er eine Überraschung für mich hat.«

Das erwähnt Bennie gerade zum ersten Mal. Cyrus hat auch nichts davon gesagt. »Was denn für eine Überraschung?«

»Er meinte, es wäre keine Überraschung mehr, wenn er es mir verrät.«

»Da hat er natürlich recht. Du bist einfach ein viel zu schlaues Kerlchen.«

»Kerlchen«, wiederholt Bennie und kichert.

»Ach, das hältst du wohl für witzig.« Sie drückt ihn an sich. »Wir ruhen uns jetzt ein bisschen aus und dann trinken wir etwas Wasser.«

»Ich hab ganz schön Durst, Mommy.«
»Ich auch, Schatz. Ich auch.«

»Ich hab ganz schön Durst, Mommy.«
»Ich auch, Schatz. Ich auch.«

EINUNDVIERZIG

»Hallo, Sohn«, sagt Cyrus.

Ben springt auf und weicht einen Schritt zurück, wobei er fast über seinen Stuhl stolpert. Cyrus bedeutet ihm, sich zu setzen. Ben wirft einen Blick in Richtung Tür, lässt die Schultern sinken und nimmt wieder Platz.

»Du hättest es mir sagen sollen.«

»Warum, Dad? Damit du mir *helfen* kannst?«

»Du bist mein Sohn und liegst mir am Herzen.«

Ben wendet den Kopf ab.

»Die Polizei will dir auch nur helfen. Möchtest du deine Familie finden?«

»Du meinst, *deine* Familie? Ja. Ich möchte, dass meine Frau und mein Sohn wieder nach Hause kommen.« Er sieht in die Kamera. »Ich würde alles dafür tun, dass sie wieder nach Hause kommen.«

»Warum sagst du dann nicht die Wahrheit, Ben?«

Er bekommt keine Antwort.

»Du sagst das, von dem du glaubst, dass die Leute es hören wollen. Genau, wie es deine Mutter früher getan hat.«

»Du musst nicht mehr über sie reden, Dad. Sie ist frei.«

»Frei von mir, meinst du.«

Abermals Schweigen. Cyrus wartet. Nach einer Weile sagt Ben: »Frei von all dem. Dem Drama. Dem Gefühl, im goldenen Gefängnis zu sitzen. Sie hatte nie richtige Freunde, es sei denn, es waren deine Freunde. Sie …« Er stockt und hat rote Wangen bekommen.

»Wir hatten sehr viele gemeinsame Freunde. Wir verkehrten in denselben Kreisen, Ben. Wie hätte es auch anders sein sollen? Wir waren verheiratet.«

»*Waren*. Das ist das Schlüsselwort. Und ich war dein Sohn. Hatte ich dieselben Freunde wie du? Wie hätte das möglich sein sollen? Du warst nie zu Hause. Und wenn du mal da warst, hast du mir wegen der Schule, der Nachbarn und allem, was du für eine Schwäche gehalten hast, in den Ohren gelegen. Du wolltest, dass ich genauso bin wie du. Ist dir je in den Sinn gekommen, dass ich gar nicht wie du sein will? Du kannst dir ja nicht mal vorstellen, dass jemand nicht zu deinen Füßen sitzen will.«

Cyrus hört sich das alles ruhig an. Er hebt nicht die Stimme, widerspricht nicht und verteidigt auch nicht sein Verhalten. Er tut, was er am besten kann: Er gibt den Geschäftsmann.

»Ich habe dich immer geliebt, Ben. Ich liebe auch deine Mutter noch. Sie hat für dich getan, was sie konnte. Für uns.«

Ben dreht sich zu seinem Vater um. »Sie hat getan, was sie konnte, bedeutet, dass sie schwach war. Willst du mir das damit sagen, Dad? Dass ich von ihr gelernt habe, schwach zu sein? Sie hat weitaus mehr Zeit mit mir verbracht als du. Und du hast mich immer wieder auf Schulen geschickt, die nicht zu mir passten. Ich war Cyrus Parkers Sohn. Die Leute wollten sich mit Cyrus Parkers Sohn anfreunden. Ich zog den Kopf ein, bis ich merkte, dass es keinen Unterschied macht. Was immer ich tat, ich besudelte den Namen Parker. Ich wertete das Parker-Imperium ab.«

»Ich gebe zu, dass ich kein guter Vater war, Sohn. Und das

bereue ich mehr, als du ahnst. Ich würde das gern wieder gutmachen, wenn du mich lässt.«

Ich warte auf den unausweichlichen Donnerschlag nach dem Blitz. Bens Lippen beben; die Zeit scheint stehen zu bleiben. In diesem Augenblick empfinde ich auf einmal Mitleid für ihn, für seinen Vater, für all die Menschen, die der Verlust und die Feindseligkeit, die sich in fast dreißig Lebensjahren aufgebaut haben, getroffen hat. Ich stelle mir Ben als jungen Mann vor, hungernd nach Aufmerksamkeit und bedingungsloser Liebe, begraben von den Erwartungen, ein anderer Mensch sein zu sollen als der, der er ist. Ich sehe Cyrus, getrieben, ein Geschäftsgenie, der glaubt, das Beste für seine Frau und seinen Sohn zu tun, und nicht merkt, was ihn sein geschäftlicher Erfolg zu Hause kostet. Ich sehe mich selbst in einer ähnlichen Lage wie Ben und Cyrus. Gierig nach Aufmerksamkeit, belastet von der Verantwortung vergangener Tage, in denen ich einen jüngeren Bruder aufziehen musste, weil unsere Eltern nie da waren, nicht die sein durfte, die ich war, anderen stets etwas vorspielen musste. Ich erkenne, wie die Ereignisse meines Lebens, meine entführte Mutter, mein ermordeter Stiefvater, die Erkenntnis, dass mein Erzeuger ein Serienmörder, Entführer, Vergewaltiger, Sadist ist, mich angetrieben und sich so sehr auf mein Handeln ausgewirkt haben, bis ich das tat, was ich eigentlich rächen wollte: bis ich mordete. Ich habe meine Teenagerzeit und auch viele Jahre danach damit verbracht, diese Tiere zu jagen und zur Strecke zu bringen. Meine eigene Form der Gerechtigkeit lässt mich ebenso schlecht dastehen wie meinen richtigen Vater. Ist Ben nur ein Spross seines Vaters? Ich weiß, dass sich Ben irgendeiner Sache schuldig gemacht hat. Die Frage ist nur, welcher.

ZWEIUNDVIERZIG

Ben blickt nicht auf, als ich den Raum betrete und mich hinsetze. »Ein langer Tag«, sage ich. Er sieht auf. Seine Augen sind gerötet. Tränen haben salzige Spuren auf seinen Wangen hinterlassen. Mir kommen Zweifel, die ich jedoch rasch verdränge, um mich zu konzentrieren. »Entschuldigen Sie, dass ich Ihren Vater hergebeten habe, Ben. Ich hätte Sie vorher fragen sollen.«

Er sieht er mich mit ausdruckslosem Gesicht an. Anhand seiner Atmung erkenne ich seine Anspannung, denn er holt langsam Luft und stößt sie schnell wieder aus.

»Er wollte Sie sehen«, fahre ich fort. »Er hat sich Sorgen gemacht.«

»Blödsinn. Er liebt *die beiden*.«

»Ronnie und ich waren heute schon einmal bei ihm. Er hat sehr zuneigungsvoll über Sie gesprochen.«

»Zuneigungsvoll? Wirklich? Ich kann Ihnen eines verraten: Mein Vater hat mich nie geliebt. Er wollte mich so weit wie möglich von sich fernhalten. Ich glaube, darum hat er ein solches Imperium aufgebaut. Damit er immer eine Ausrede hatte, um von meiner Mutter und mir wegzukommen.«

»Sie haben mir nicht viel über Ihre Mutter erzählt.«

»Meine Mutter.« Er schnaubt sarkastisch, doch mir entgehen die Tränen hinter der Abneigung nicht. »Ich kann mich kaum noch daran erinnern, wie sie aussieht.«

»Bei Ihnen klingt das so, als sei sie tot. Ich dachte, sie ist noch am Leben.«

»Sie lebt. Ist weg.« Er zuckt mit den Achseln, als würde das keinen Unterschied machen. »Sie hat mich weggeschickt. Sie hat sich meinetwegen geschämt. Sie hat mich verlassen.«

»Meine Mutter ist auch weg«, sage ich und warte. Seine Neugier wird schon irgendwann die Oberhand gewinnen.

Ben wartet ebenfalls. Letzten Endes gewinne ich. »Ist sie noch am Leben?«

»Nicht wirklich.« Er grinst angespannt. »Wir sind oft umgezogen. Sie war nie zu Hause und ich musste mich um alles kümmern. Ich ging nicht mal zur Schule, sondern habe zu Hause eigenständig gelernt. Merkt man das?« Jetzt lächelt er richtig.

»Nicht wirklich«, antwortet er.

Als ich mit einem Finger, den ich wie eine Pistole halte, auf ihn zeige, lachen wir beide.

»Warum sind Sie Polizistin geworden?«

»Mein Vater wurde ermordet.« Das ist keine Lüge. Ich habe ihn getötet.

»Das ist schrecklich«, meint Ben.

»Mein Stiefvater wurde ebenfalls ermordet.«

»Echt?«

»Echt.«

»Es gibt Schlimmeres als den Tod.« Er wendet den Blick ab und ich weiß nicht, ob er über seine Eltern oder über seine Frau und seinen Sohn spricht. Mir läuft es eiskalt den Rücken herunter.

»Ich habe in meinem Leben schon zu viel Sterben und Tod gesehen«, erwidere ich.

»Das kann ich mir vorstellen.«

»Es ist nicht so, wie man es im Fernsehen sieht. Ich sehe noch immer ihre Gesichter vor mir. Wie sie gestorben sind. Rieche den Geruch.« Ich warte auf seine Reaktion auf meine Worte. Doch es kommt keine. »Die darauffolgenden Albträume, in denen sie leiden. Allein. Im Sterben liegend. Ohne dass es jemand weiß.« Jetzt reagiert er.

Ben starrt in die Ferne. »Ach, irgendjemand wird es schon wissen. Wie könnte es anders sein?«

Ronnie kommt mit Kaffeebechern herein und bietet einen Ben an. »Wie geht es Ihnen, Ben?«

»Es geht mir gut, Ronnie«, antwortet er. »Danke, aber ich muss jetzt wirklich los. Mein Vater hat mich daran erinnert, dass ich mich noch um einige wichtige Geschäftsangelegenheiten kümmern muss.« Er steht auf. »Darf ich gehen?«

Ich würde ihm am liebsten in den Arsch treten, sehe jedoch davon ab und blicke ihm nur beim Hinausgehen hinterher.

Louisa und Tony betreten den Verhörraum. »Ich dachte, du hättest ihn«, meint Tony. Louisa nickt und Ronnie mustert mich, als wäre ich ein Käfer unter dem Mikroskop.

»Ist alles okay, Megan?«, erkundigt sie sich.

»Ist Cyrus gegangen?«

Ronnie drückt mir einen Kaffeebecher in die Hand. »Er ist während deines Gesprächs mit Ben gegangen.«

Ich trinke einen Schluck Kaffee und bedauere, dass es kein Scotch ist. Sehr viel Scotch. Dann verdränge ich die Wut und Enttäuschung und spreche die Worte aus, die sie hören wollen. »Es geht mir gut. Er ist unser Mann. Genau, wie ich es mir dachte. Ist irgendjemand anderer Meinung?« Alle stimmen mir zu.

DREIUNDVIERZIG

Bevor ich aufbreche, um mich mit Hayden zu treffen, berichten mir die anderen, was passiert ist, während ich mit Cyrus' missratenem Sohn gesprochen habe. Cyrus hat versprochen, eine neue Fahrzeugflotte für das Sheriffbüro zu kaufen und unser Büro neu einzurichten. Laut Ronnie hat Tony erwidert, dass er dafür die Genehmigung des County Commissioners benötigt. Diese bekommt er allerdings nur, wenn der Commissioner ebenfalls etwas erhält, wie beispielsweise ein neues Haus, ein neues Auto, einen Swimmingpool oder Bildungsreisen nach Maui.

Die gute Nachricht ist, dass ich einen neuen Wagen bekomme. Die schlechte ist, dass man mich vermutlich feuert, wenn ich Ben in den Wald geschleift und zu Brei geschlagen habe.

Das The Tides in Port Townsend ist mein Lieblingsort, wenn ich etwas essen oder trinken gehen möchte – es sei denn, ich habe eine solche Laune wie jetzt und will eigentlich nur einen Scotch oder am besten gleich drei. Ich komme in Rekordzeit im Tides an, weil ich die Geschwindigkeitsbegrenzung missachte. Das ist meine Pflicht. Wenn man Temposünder erwischen will, muss man so denken wie sie.

Der Parkplatz des Tides ist voller Fahrzeuge, die ich mir genauer betrachte, um herauszufinden, welches Haydens Wagen ist. Ohne in der Zentrale anzurufen und die Kennzeichen zu überprüfen, ist das jedoch eine unmögliche Aufgabe, daher gehe ich hinein, doch er ist nicht da. Zeit für einen Scotch. Ich frage mich, ob er mich genauso versetzt, wie ich es bei ihm getan habe: versehentlich.

Während ich darauf warte, dass mich die Kellnerin zur Kenntnis nimmt, denke ich über das nach, was Cyrus zum Sheriff gesagt hat. Cyrus möchte unsere abgenutzten Schreibtische, Stühle, Drucker, Computer und Videoüberwachung ersetzen und biometrische Schlösser an den Eingängen anbringen. Ronnie sagte, Cyrus' Sicherheitschefin Sissy würde eine Espressomaschine vorbeibringen, die Mr Coffee ersetzen soll. Tony war voll des Lobes über Sissy und wünschte sich, sie würde für ihn arbeiten. *Und was ist mit mir?* Ich brauche nur ein wenig Konkurrenz. Andererseits könnte jemand wie Sissy genau das sein, was mir fehlt. Ein weiterer knallharter Detective, ein Ganove, jemand, der Regeln bricht, ein Asphaltcowboy. Hör auf damit, Megan. Ich bin regelrecht nervös, Hayden zu treffen. Soll ich mich noch einmal dafür entschuldigen, dass ich ihn versetzt habe? Es ließe sich schließlich so interpretieren, als wäre er mir nicht wichtig. Doch das ist er. Ebenso wichtig ist es aber, eine schwangere Frau und ihren kleinen Sohn zu finden. Nicht wichtiger als Hayden, aber ... Warum mache ich das überhaupt? Ich werde ihn einfach zum Essen einladen oder etwas mit ihm trinken, freundlich sein und nicht versuchen, mich für etwas zu entschuldigen, was nicht zu ändern ist. *Lass gut sein, Megan.*

Hayden kommt durch die Tür. Er trägt neue Jeans, ein weißes Hemd, schwarze Deckschuhe und hat sich das blonde Haar kurz schneiden lassen – mir schmilzt das Herz. Er ist zu einem wirklich attraktiven Mann herangewachsen und strahlt eine Selbstsicherheit aus, die ich ihm nie zugetraut hätte. Als Kind war er stets voller Energie und hat sich für alles begeistert; er liebte das Malen, Farben und Basteln. Einmal hat er eine Hütte aus Eisstielen und Klebstoff gebaut und gemeint, er würde uns ein »Haus für immer« bauen, wenn er groß ist. Bei der Erinnerung kommen mir die Tränen, doch ich kämpfe sofort dagegen an.

»Hi, Rylee. Ich meine Megan. Entschuldige. Darf ich mich setzen?« Er hat ein Lächeln auf den Lippen, das aufrichtig wirkt. So muss es auch sein, da Mom ihm nie beigebracht hat, seine Gefühle zu verbergen. Dieses Training war allein für mich reserviert. *Oder es liegt an seiner Army-Ausbildung. Möglicherweise ist er auch einfach erwachsen geworden.*

Die Kellnerin taucht auf, als wäre sie von einem Elektromagneten angezogen worden. Sie ist Mitte zwanzig, blond, hat lange, dünne Beine und große Brüste, wobei auf einer ein Namensschild angepinnt ist, das sie als SAM ausweist. Während sie ihren Bestellblock aus den hautengen Jeans zieht, schmachtet sie meinen Bruder regelrecht an.

»Wir haben heute Rippchen im Angebot, wenn Sie möchten, bekommen Sie aber auch noch Frühstück. Alles, was Sie wollen. Sprechen Sie es einfach aus.«

Ihr Blick betont, dass Hayden von ihr alles haben kann. Alles? Im Ernst? Scham scheint es heutzutage nicht mehr zu geben.

Ohne sie eines Blickes zu würdigen, sagt er. »Ich hätte gern einen Eistee. Ich mache mir nicht viel aus Alkohol.«

Du elender Lügner. Nur aufgrund seiner Such-und-Vernichtungsmissionen kann ich bei mir zu Hause keinen Alkohol aufbewahren.

»Gesüßt oder ungesüßt?«

»Süß. So wie Sie.« Die Kellnerin strahlt ihn an.

»Ich nehme auch einen Eistee«, sage ich. Und eine Kotztüte. »Ungesüßt. Und mit einem Jack Daniel's darin. Oder bringen Sie mir einfach einen dreifachen Scotch und schütteln Sie ihn mit etwas Eis auf.«

Sie hört nicht eines meiner Worte und kann den Blick nicht von meinem kleinen Bruder abwenden. Endlich bemerkt sie mich, und ich bestelle erneut einen Scotch. Wahrscheinlich bringt sie mir einen Screwdriver. Beim Weggehen wirft sie ihm einen Blick über die Schulter zu. Ich hätte ihn nie als Frauenmagnet eingestuft. Ich weiß noch genau, wie er zu mir meinte, Mädchen hätten Läuse. Selbstverständlich war ich bei seinem ersten Kuss nicht dabei. Oder bei weiteren wichtigen Ereignissen. Ich sollte ihm vielleicht sagen, dass Frauen wie unsere Kellnerin etwas Schlimmeres als Läuse haben.

»Du arbeitest also an einem Vermisstenfall«, wendet er sich an mich. »Mutter und Sohn.«

Ich nicke. »Die Nichte meines Sheriffs und ihr Sohn.«

»Vielleicht kann ich helfen, Megan.« Er betont meinen Namen und grinst. Das ist derselbe alte Hayden, der mich neckt. Der manchmal ein Idiot ist. Wie ich das liebe.

»Danke für das Angebot, aber lieber nicht.«

»Du weißt, dass ich beim Nachrichtendienst der Army war.«

Das wusste ich nicht. Die Army musste erkannt haben, wie klug er ist. Klassenbester in der Highschool. Das Beweisfoto steht auf meinem Schreibtisch.

»Zu meinem Job gehörte es auch, Leute aufzuspüren«, fährt er fort. »Gebiete und Gebäude zu durchsuchen. Nachforschungen anzustellen. All so was.«

Sein Blick wird hart und herausfordernd und verrät mir, dass er mehr gemacht hat, als Personen aufzuspüren und Gebäude zu durchsuchen. Ich frage mich, wie viele Menschen er getötet hat. Seine Augen verraten mir, dass er mehr gesehen hat als ich. Ich wüsste zu gern, ob ihn das belastet oder ob er so wie ich eiskalt geworden ist. Das Töten scheint in unserer

Familie zu liegen. Das Blut meines Erzeugers fließt auch durch Haydens Adern. Als Hayden mich ersten Mal besuchte, hat er mich beschuldigt, ihn verlassen zu haben. Ich wollte ihm meine Gründe dafür nennen – bei denen es sich eigentlich um Ausreden handelte –, doch jetzt wird mir bewusst, dass das, was ich als Kind vor ihm verborgen habe, dazu geführt hat, dass er bessere Ausbilder in der Kunst des Tötens finden musste.

Haydens süßer Eistee wird gebracht, kein Scotch für mich, und die Kellnerin beugt sich so weit vor, dass sie Hayden beinahe die Brüste ins Gesicht drückt. Er macht eine alberne Bemerkung und sie kichert wie eine Zwölfjährige. Ich habe in meinem ganzen Leben noch nie gekichert. Aber mir gefällt, was ich in meinem Bruder entdecke. Möglicherweise wird er sich besser anpassen können, als ich es je vermochte.

Ich bedenke die Kellnerin mit bösen Blicken, bis sie wieder geht, und Hayden grinst mich an.

»Darf ich meinen kleinen Bruder denn nicht beschützen?«

Sein Grinsen wird noch breiter. »Ich bin nicht mehr klein, sondern erwachsen.«

Das sehe ich. Genau wie die Kellnerin. »Okay«, sage ich. »Vielleicht kannst du mir ja doch helfen.« Ich erzähle ihm alles, und als ich fertig bin, macht er ein nachdenkliches Gesicht und stürzt den Eistee herunter. Sofort taucht die Kellnerin wieder auf und füllt sein Glas nach. Bevor sie abermals verschwinden kann, halte ich sie am Handgelenk fest. »Was ist mit meinem Drink?«

»Kommt sofort. Tut mir leid.«

Es wird dir umso mehr leidtun, wenn er nicht in zwei Sekunden vor mir steht.

»Wie sah es am Tatort aus?«, erkundigt er sich und ich berichte ihm von unseren Erkenntnissen und welche Untersuchungen noch laufen. Er nickt nachdenklich und ich frage mich, wie er das alles so schnell in sich aufnehmen kann. »Du hast ein verlassenes Sägewerk entdeckt, zu dem er Zutritt hat, und eine Wasserflasche in einem gesicherten Raum.«

Ich hatte noch niemandem von diesem verschlossenen Raum in dem Sägewerk erzählt. Vielleicht hat er es einfach nur vermutet. Oder er kennt mich besser, als ich dachte. »An einigen von Bens Kleidungsstücken befanden sich Holzsplitter und schmieriger Schlamm«, fahre ich fort. »Er fährt zwei weitere Pick-ups, die er in einem Gebäude in der Nähe der Hütte untergestellt hat, vor der auch sein anderer Wagen stand.«

»Konntest du sein Handy lokalisieren?«

Er scheint mehr wissen zu wollen, als ich mitzuteilen bereit bin. »Ja. Meine Partnerin hat die App ›Mein Gerät finden‹ auf Bens Gerät eingeschaltet.«

»Deine Partnerin ist Ronnie, nicht wahr?«

Ich nicke und will um jeden Preis verhindern, dass Ronnie ihm begegnet und sich augenblicklich Hals über Kopf in ihn verliebt. Dafür habe ich viel zu hart daran gearbeitet, ihre Romanze mit Marley Yang, dem Leiter des kriminaltechnischen Labors, in Gang zu bringen.

Hayden reibt sich das Kinn. »Als ihr seine Freundin aufgesucht habt – Luci, nicht wahr?« Ich bestätige es. »Hast du da nach dem Pick-up Ausschau gehalten, in dem du ihn gesehen hattest? Dem Ford?«

»Der Wagen stand noch vor der Hütte.«

Hayden scheint zu überlegen und wird ernst. »Jedenfalls befand sich sein Handy noch dort. Ihr habt es später in seinem Wagen gefunden, richtig?«

Ich rechne beinahe damit, dass er jeden Moment ausruft: »Jetzt kommen Sie schon, Watson. Das Spiel hat begonnen.«

»Er ist keine halbe Stunde, bevor ihr dort aufgetaucht seid, von dieser Luci weggefahren«, stellt er fest. »Vielleicht hielt er sich sogar noch in der Wohnung auf und hat euch belauscht. Wie betrunken war sie?«

»Sie hatte einiges intus.«

»Und sie hat ihn sofort verraten?«

»Das hat sie.«

»Sie lügt«, erkennt Hayden. »Sie weiß viel mehr. Vielleicht weiß sie sogar, wo die beiden sind. Oder wo sie waren. Vermutlich hat man sie an einen anderen Ort gebracht. Sie wusste, dass Ben verheiratet ist und einen Sohn hat. Sie wusste, dass seine Frau schwanger ist. Sie ist in ihn verliebt. Und sie würde ihn nicht aufgeben. Er ist ihre Goldmine.«

»Aber damit würde sie Verdacht auf ihn lenken.«

Die Kellnerin kehrt zurück und zückt Stift und Block. »Möchten Sie jetzt bestellen? Mein Name ist übrigens Samantha.« Bei diesen Worten zeigt sie auf ihre nicht zu übersehende Oberweite.

Hayden reicht ihr die Hand. »Hayden. Hayden Cassidy. Ich nehme die Rippchen.«

Ich habe auf einmal keinen Hunger mehr. »Samantha. Was macht der Scotch?« Sie starrt mich mit leerem Blick an. Samantha hat mich hier schon viele Male bedient, trotzdem kann sie sich nicht daran erinnern, was ich immer bestelle. »Glenlivet«, sage ich.

Sie verkneift sich ein Lächeln. »Der Glenlivet ist aus.«

»Ein anderer Glen tut es auch. Ohne Eis.«

»Ich frage den Barkeeper, was wir noch da haben.«

»Passen Sie mal auf, Samantha. Larry, der Barkeeper, kennt mich. Sagen Sie ihm einfach, die bewaffnete Lady, die am Fenster sitzt, hätte gern einen Glen. Dann weiß er Bescheid.« Ich möchte nicht unhöflich sein. Wirklich nicht. Aber dies ist einer dieser Tage und ich lasse meinen Frust an dieser lüsternen Kellnerin aus. »Entschuldigung«, murmele ich.

Sie huscht von dannen, und ich beobachte, wie sie mit dem Barkeeper tuschelt. Er nickt mir grinsend zu. Schon kehrt sie mit meinem Drink zurück. Ein dreifacher Scotch ohne Eis. Ich winke dem Barkeeper zu und nehme mir vor, ihm ein anständiges Trinkgeld zu geben. Ihr hinterlasse ich nur einen schmutzigen Tisch.

Hayden sieht ihr hinterher, als sie weggeht. »Wow, Schwesterherz, du hast immer noch Temperament.«

»Tut mir leid. Ich stehe ziemlich unter Stress.« Und ich zeige dir meine unschöne Seite, dabei wollte ich doch freundlich sein. »Normalerweise bin ich nicht so.«

Er lacht auf und kennt mich offenbar zu gut. »Was denkst du?«, will ich wissen.

»Ben geht offensichtlich davon aus, dass du ihm nie auf die Schliche kommen wirst. Doch das wirst du, Schwesterherz. Es ist ein Rätsel, aber er kennt dich bei Weitem nicht so gut wie ich. Seine Arroganz wird sein Untergang sein. Sein Dad sagte, er habe keine Freunde, aber du hast Freunde und auch eine Familie und bekommst Unterstützung. Übrigens:

Du zahlst.« Er grinst mich an. Ich wünschte, ich hätte eine Kamera dabei. Es erstaunt mich selbst, wie überrascht und stolz ich bin, und es fühlt sich gut an, mit ihm über meine Arbeit zu sprechen. Das muss ich wohl von jetzt an öfter tun. Zwar wird meine bisherige Abwesenheit in seinem Leben dadurch nicht wieder gut gemacht, aber es ist ein Anfang.

Die Rippchen werden serviert. Ich verkneife mir eine bissige Bemerkung. Das kann warten, bis ich sie allein erwische.

VIERUNDVIERZIG

Ich hole Ronnie vom Revier ab und wir fahren zu Luci Simmons. Ihr Wagen steht nicht vor dem Haus.

»Vielleicht musste sie Alkoholnachschub besorgen?«, überlegt Ronnie laut.

Es ist kurz nach Sonnenaufgang. »Ich bezweifle, dass irgendein Schnapsladen schon offen hat.«

Da parkt der Mercedes SL 550 Roadster auch schon neben uns ein. Wir stehen auf dem Privatparkplatz ihrer Nachbarn und als wir aussteigen, kommt eine ältere Frau mit zu schwarz gefärbtem Haar und sehr viel Botox im Gesicht aus dem Haus und starrt mich wütend an. Sie hält ihren Morgenmantel, der an einen Seidenkimono erinnert, so zu, als hätte sie etwas zu verbergen. Ich sage nur danke und halte meine Dienstmarke hoch, was angesichts wahren Reichtums vermutlich keinen Unterschied macht, mir jedoch egal ist.

»Wir sind noch mal vorbeigekommen, um nach Ihnen zu sehen, Luci«, sage ich, als sie aus dem tiefergelegten Wagen steigt. Sie hat eine Papiertüte aus dem Supermarkt in der Hand, in der es klirrt. Ronnie hatte recht.

Lächelnd meint sie: »Wie es aussieht, haben Sie

Mrs Reagan ja schon kennengelernt.« Sie zeigt der Frau mit breitem Grinsen den Stinkefinger.

»Ich habe nicht für ihren Mann gestimmt«, erwidere ich, und Luci verdeckt ihr Kichern mit der freien Hand.

»Kommen Sie rein. Und entschuldigen Sie das Chaos. Ich bin am Packen.«

»Wir helfen Ihnen gern.«

»Sie müssen sich keine Mühe machen. Ich schaffe das schon.«

Heute ist sie stocknüchtern. Wir folgen ihr und sie bittet uns, am Terrassentisch Platz zu nehmen, während sie ihre Einkäufe wegräumt.

Mit drei Dosen Cola light kommt Luci wieder nach draußen. »Bitte entschuldigen Sie. Ich würde Ihnen ja etwas Stärkeres anbieten, aber Sie sind im Dienst. Was kann ich für Sie tun?«

Ich kann nur hoffen, dass mein Bruder in Bezug auf sie recht hat. Andernfalls werde ich eine Menge erklären müssen. Ich hole eine laminierte Karte aus dem Etui, in dem meine Dienstmarke steckt, und halte sie in der Hand.

»Ich werde Ihnen jetzt Ihre Rechte verlesen, Luci, also hören Sie bitte genau zu.« Die Karte stammt von einem Schlüsseldienst. Sie steckte irgendwann mal in meinem Briefkasten und ich habe sie behalten, um damit Türen zu knacken. Ich fange an zu lesen. »Lucia Simmons, Sie haben das Recht zu schweigen. Alles, was Sie sagen, kann vor Gericht gegen Sie verwendet werden. Sie haben das Recht ...«

Sie unterbricht mich und ist kreidebleich geworden. »Ich habe nichts verbrochen. Was in aller Welt hat er Ihnen erzählt?«

»Sie haben das Recht, einen Anwalt hinzuzuziehen«, – *was Sie hoffentlich nicht tun werden* – »bevor Sie eine Aussage machen ...«

»Ich habe nichts getan. Sie müssen das nicht weiter vorlesen. Was immer er Ihnen gesagt hat, war gelogen. Was hat er über mich behauptet?«

Ich lese das nicht in der richtigen Reihenfolge vor, aber wen interessiert das schon? Ronnie beugt sich zu ihr herüber. »Was glauben Sie denn, was er gesagt haben könnte?«

Ihr läuft eine Träne über die Wange und sie beißt sich auf die bebende Unterlippe. »Er ist ein Mistkerl. Aber ich weiß nicht, wo Marlena und Bennie sind. Das müssen Sie mir glauben! Ich schwöre es bei Gott. Er hat es mir nie verraten.«

Ich starre die Karte an und zögere eine Sekunde, bevor ich sie wegstecke und das Etui aufgeklappt auf dem Tisch liegen lasse. »Was genau hat er Ihnen gesagt?«

Sie sackt in sich zusammen. Wäre sie eine Schildkröte, hätte sie auch den Kopf eingezogen. Ich kann es ihr nicht verdenken, sie tut mir jedoch auch nicht leid. Wenn sie irgendetwas über die beiden wusste und uns im Dunkeln gelassen hat, ist sie eine Komplizin.

»Okay. Ich werde es Ihnen sagen, aber Sie müssen mir versprechen, ihm nicht zu sagen, dass Sie es von mir wissen.«

Ich schüttle den Kopf und tue so, als wollte ich die Karte erneut hervorziehen.

»Es war seine Idee. Ich wollte es ihm sogar noch ausreden.«

Aufregung macht sich in mir breit und ich hätte beinahe eine Faust in die Luft gereckt. Das muss bis später warten.

»Fahren Sie fort«, bittet Ronnie sanft.

Luci tupft sich die Augen mit einer Cocktailserviette ab und schnäuzt sich die Nase. Sie klingt wie eine gepeinigte Gans. »Vor etwa zwei Monaten fing er an, davon zu reden, wie sein Leben aussehen würde, wenn er Single wäre. Er war es leid, sich in der Hütte zu verstecken. Außerdem wollte er nicht länger so tun, als würde er sie lieben. Er wollte nicht länger nach Hause fahren, Ausreden erfinden, um mich zu sehen, sie davon abhalten müssen, den Namen seiner Familie in den

Dreck zu ziehen. Immer häufiger träumte er davon, sie würde einfach verschwinden. ›Puff‹, sagte er dann. Aber er hatte Angst, sein Vater könnte ihm einen Strich durch die Rechnung machen. Er hasst seinen Vater, doch sein Vater stand Marlena und vor allem Bennie sehr nahe. Ben war eifersüchtig auf den Jungen. Er sagte, sein Vater hätte ihn nie so behandelt. So viel Zeit mit ihm verbracht. Er fühlte sich unsichtbar. Als wäre er einfach verschwunden. Er konnte sich auch nicht daran erinnern, wann er sich das letzte Mal nicht so gefühlt hat. Bis er mir begegnet ist. Er sagte, unsere Liebe hätte ihn gerettet und zu einem besseren Mann gemacht.«

Er ist kein Mann, sondern ein Monster. »Reden Sie weiter.«

»Vor einigen Wochen fing er an, die Sache zu planen. Ich hielt es zuerst nur für Gerede. Er sagte, er würde einen Grund finden, sie zu verlassen, selbst wenn das bedeutete, dass er für eine Weile in die Hütte ziehen müsste. Er wollte ins Haus zurückkehren und dem Jungen etwas einflößen. Ihm war sogar eine Methode eingefallen, von der er mir allerdings nichts erzählt hat, und ich wollte auch nicht mehr darüber wissen.«

»Hat er gesagt, was er vorhat?«

»Er erwähnte ein Sägewerk. Ich bekam es mit der Angst zu tun und befürchtete, er würde den beiden etwas antun. Er musste mir versprechen, dass er sie nicht umbringt, meinte aber, er hätte andere Pläne. Dann wollte er von mir wissen, ob ich wüsste, was Menschenhandel ist. Auch davon wollte ich nichts hören und ich bat ihn, den Mund zu halten. Ich wollte mit seinem kranken Plan nichts zu tun haben. Ich drohte sogar damit, mich nicht mehr mit ihm zu treffen, doch er lachte nur und meinte, ich würde längst in der Sache mit drinstecken. Wenn ich etwas sagte, würde ich im Gefängnis landen. Er drohte mir, mich niemals gehen zu lassen und dass ich ebenfalls verschwände, wenn ich es auch nur versuchte.«

Sie verstummt, aber ich weiß, dass das noch nicht alles ist.

Hayden glaubt, sie wüsste, wo Marlena und Bennie versteckt sind. Ich gehe ebenfalls davon aus, tippe mit einem Finger auf meine Dienstmarke und sehe ihr direkt in die Augen. »Sagen Sie mir, wo die beiden jetzt sind.«

Daraufhin lässt sie ihren Tränen freien Lauf. Ihre Lippen beben und sie fängt an zu schluchzen. Während sie sich immer wieder die Nase putzt und die Augen reibt, stößt sie hervor: »Er hat mir aus dem Haus eine Nachricht geschickt, als die Polizei in jener Nacht dort war. Ich kann sie Ihnen zeigen.«

Sie kramt in ihrer Handtasche und holt ein iPhone mit grell-orangem Schutzcover heraus. Nachdem sie mehrmals darauf herumgedrückt hat, reicht sie es mir. Die Nachricht lautet: *Es ist geschafft. Ich liebe dich.*

Zeit und Datum erscheinen mir korrekt. Ich gehe die anderen Nachrichten durch. Es sind zehn von derselben Nummer, Bens privater Handynummer. Alle ähneln sich, aber keine weist ihm die Beteiligung an einer Entführung nach. Er schreibt, dass er es nicht erwarten kann, ein neues Leben anzufangen.

»Könntest du mir die weiterleiten, Ronnie?«

Ronnie nimmt das Handy entgegen und nur Sekunden später pingt mein Telefon mehrmals.

»Sie wussten, dass Ben die beiden in das Sägewerk gebracht hat, und haben es niemandem erzählt.«

Sie nickt und wischt sich die laufende Nase mit dem Ärmel ihrer Bluse ab, die teuer aussieht.

»Er sagte, ihm würde ein altes Sägewerk gehören. Ich habe es nie gesehen. Wirklich nicht. Aber während der Planung meinte er, er würde sie an einen Ort in der Nähe der Bucht bringen. Das schien ihm aus irgendeinem Grund wichtig zu sein. Ich kann nur hoffen, dass er sie nicht ertränken will. Das mit dem Menschenhandel habe ich ihm nicht geglaubt. Wer würde einem Kind denn so etwas antun?«

Ein Monster. »Ronnie, hast du die Fotos des Sägewerks

dabei?« Ronnie sucht sie auf dem Handy heraus und hält das Display so, dass Luci es sehen kann. Luci nickt. Es handelt sich um das Sägewerk, in dem wir die Wasserflasche gefunden haben. Hat sie nicht eben noch behauptet, sie hätte das Sägewerk nie gesehen? Die Frau lügt noch immer.

Erst jetzt merkt sie, dass sie einen Fehler gemacht hat. »Offenbar habe ich es doch schon mal gesehen. Da wusste ich aber nicht, dass das ein Sägewerk ist. Dort gibt es einen hohen Turm, der an einen Kornspeicher erinnert. Er ist eines Abends mal mit mir hingefahren. Er meinte, er würde dort alles abreißen und Hütten bauen.«

»War das während der Zeit, in der er die Entführung seiner Frau und seines Sohnes plante?«, fragt Ronnie.

»Ja. Großer Gott! Wahrscheinlich hält er sie dort fest. Aber Sie haben Fotos davon und die beiden nicht gefunden. Oder?«

»Sagen Sie es mir, Luci. Auf dieses Spiel steige ich nicht ein.« Ich zücke abermals die Karte und sie bricht zusammen.

»Tun Sie das nicht. Ich werde Ihnen alles sagen. Sie müssen es doch eigentlich längst wissen, sonst wären Sie nicht hier.«

Ich nicke kaum merklich. »Ich werde Ihnen jetzt Ihre Rechte verlesen, Luci. Ich kann Ihnen nichts versprechen, aber vor Gericht wird alles viel einfacher, wenn Sie zu einhundert Prozent kooperieren.«

»Verstehe. Ich will nur nicht ins Gefängnis. Können Sie mir das versprechen?«

Ich kann dir versprechen, dass ich die Wahrheit aus dir herausprügle, wenn du nicht mit uns zusammenarbeitest. »Sie wissen selbst, dass ich das nicht tun kann. Aber ich lege ein gutes Wort für Sie ein. Was halten Sie davon?« *Das werde ich garantiert nicht tun.*

Ihre Tränen sind versiegt. Sie ist jetzt ein anderer Mensch als die Frau, die wir bisher gesehen haben. Nun sitzt die echte Luci vor uns. Kalt, berechnend, egoistisch, nur an sich selbst interessiert. Ich rezitiere das Aussageverweigerungsrecht aus dem Gedächtnis und diesmal in korrekter Reihenfolge, und Ronnie nimmt ihre Aussage auf.

Luci sieht uns mit tränenverhangenen Welpenaugen an. »Muss ich ins Gefängnis?«

»Nicht sofort«, antworte ich. »Aber falls wir herausfinden, dass Sie uns erneut angelogen haben, nehmen wir sie mit.«

FÜNFUNDVIERZIG

»Der Haftbefehl für Ben liegt vor, Megan. Er muss nur noch vom Richter unterschrieben werden.« Tony schiebt seinen Stuhl vom Schreibtisch zurück. Der Stuhl quietscht nicht. Er ist neu. Der Schreibtisch ebenfalls. Cyrus macht keine leeren Versprechungen. Der Sheriff hat uns in sein Büro gerufen und sein Gesicht wirkt ein wenig erleichtert. Endlich kommt etwas Schwung in diesen Fall. »Warum verhaften wir seine Freundin nicht auch als Komplizin?«

»Ronnie hat ihr erzählt, dass ihr Mercedes überwacht wird. Wenn sie die Wohnung verlässt, ohne von uns die Erlaubnis dazu zu haben, wird sie verhaftet.«

»Und, haben wir einen Peilsender eingebaut?«

Ich sehe Ronnie fragend an. »Für hundertzwanzig Riesen sollte das Ding auch einen Raketenantrieb und Tragflächen haben. Aber ja, es ist mir gelungen, Zugriff auf ihren LoJack-Diebstahlschutz zu erhalten. Sie entkommt uns nicht.«

»Du weißt, was du tust«, sagt er an mich gewandt. »Weißt du, was du tust?«

»Habe ich dich je enttäuscht?« Er scheint zu überlegen. »In letzter Zeit, meine ich.«

»Du hast zahlreiche schwierige Fälle gelöst, Megan, das muss ich dir lassen. Aber benimm dich diesmal bitte anständig. Die Aufmerksamkeit der Medien ist uns sicher. Der einzige Grund, warum das noch nicht auf den Titelseiten steht, ist … Ihr könnt euch denken, wer so etwas verhindern kann.«

Cyrus muss die Medien in der Tasche haben. Wen wundert's? »Ich werde die Vorschriften bis ins kleinste Detail befolgen, Boss.«

»Ich auch.« Ronnie salutiert.

»Seht zu, dass ihr hier rauskommt.«

Wir machen es wie die Haustiere von Bens Nachbarn und verschwinden, aber anders als die armen Tiere sind wir nicht tot. Ich kann nur hoffen, dass Marlena und Bennie es auch nicht sind. Wir haben es hier mit einem verdammt kranken Mistkerl zu tun.

Mein Handy klingelt, nachdem wir losgefahren sind. Ich reiche es Ronnie, weil ich am Steuer sitze. Die Nadel passiert die 110 km/h-Marke und wandert weiter nach oben. Ronnie stellt auf Lautsprecher.

»Megan, Ronnie, das werdet ihr mir nicht glauben«, sagt Sheriff Gray, der sich Ronnies schlechte Angewohnheit offenbar abgeguckt hat.

»Was denn, Sheriff?«, hakt sie nach.

»Ben sitzt im Verhörraum. Ich behalte ihn im Auge, aber ihr solltet schnellstmöglich wieder herkommen.«

»Wer hat ihn gefunden?«, frage ich.

»Er kam aus eigenem Antrieb. Seine Freundin hat ihn offenbar angerufen.«

Ich hätte sie doch verhaften sollen, aber jetzt ist der Schaden nun mal angerichtet. Und es spart uns ein wenig Zeit, da wir ihn nicht aufspüren müssen, während alle anderen die hoffnungslose Suche an allen Orten, zu denen er Zugang hat, fortsetzen.

Wir parken neben einem neueren weißen Chevy-Silverado-

Pick-up. Das ist bestimmt der Wagen, der in Bens Scheune fehlte. Ronnie überprüft sofort das Nummernschild. Wenn der Wagen auf ihn oder seine Firma zugelassen ist, werden wir ihn beschlagnahmen und durchsuchen. Er entkommt uns nicht.

Sheriff Gray wartet an der Tür auf uns. »Er hat einfach geklingelt und gesagt, dass er mit euch beiden reden muss. Angeblich hat er Informationen.«

»Hast du ihm von dem Haftbefehl erzählt?«

»Das überlasse ich euch. Ist das sein Pick-up? Der, der euren Worten zufolge weg war?«

Ronnie blickt vom Handy auf. »Er muss es sein. Ist auf Parker Industries zugelassen. Soll ich Mindy anrufen?«

»Das übernehme ich«, sagt Tony. »Ich starte auch die Videokamera. Ihr kümmert euch um unseren Besucher.«

Es gibt da eine alte Redewendung, die Benjamin Franklin zugeschrieben wird: »Gäste und Fische fangen nach drei Tagen an zu stinken.« Parker ist ein Gast, der weitaus länger stinken wird. Mein Herzschlag beschleunigt sich, als ich den Verhörraum betrete und sehe, wie er sich großspurig auf seinem Stuhl zurücklegt.

»Ben«, sage ich.

»Megan ... Ronnie.«

SECHSUNDVIERZIG

Wir setzen uns Ben gegenüber hin. Ronnie legt den Aktenordner, der die Kopien des Haftbefehls enthält, auf den Tisch. Sein Name steht auf dem Ordner.

»Was möchten Sie uns denn sagen?«, frage ich.

»Sie zuerst.« Er zeigt auf den Ordner.

»Bei uns haben Gäste immer Vorrecht.«

»Ich habe eine Nachricht an der Windschutzscheibe meines Wagens gefunden.«

Jetzt gehen die Lügen wieder los.

Er zieht einen zusammengefalteten Zettel aus der Hemdtasche, faltet ihn auseinander und legt ihn so hin, dass wir ihn lesen können. Ich bilde mir ein, dass er sich ein Grinsen verkneift. Selbstverständlich handelt es sich um eine getippte Nachricht.

Wir haben sie.
Wir melden uns.

»Sie hätten den Zettel nicht anfassen dürfen«, tadele ich ihn.

»Er klemmte an meiner Windschutzscheibe. Ich dachte, mich hätte jemand angefahren und seine Kontaktdaten hinterlassen. Sie müssen wissen, dass ich bei anderen immer erst vom Besten ausgehe, Megan.«

Als würde ich das nicht ebenfalls tun.

Ronnie nimmt die Nachricht an sich und ich frage: »Was bedeutet das?«

Er zieht leicht den Mundwinkel hoch. Ich habe ihn verärgert.

»Was glauben Sie denn, was das bedeutet? Es bedeutet, dass jemand meine Frau und meinen Sohn entführt hat. Und dass es mehr als nur einen Entführer gibt.«

»Sind Sie sicher, dass dies keine Fälschung ist?«

»Ach, um Himmels willen. Sehen Sie sich die Nachricht doch an. Wer würde denn sonst so etwas hinterlassen?«

»Fällt Ihnen irgendjemand ein, der Sie vielleicht an der Nase herumführen will?« *Vielleicht eine Exfreundin?*

»Jetzt kommen Sie schon, Megan. Mal im Ernst. Sie müssen das als Entführung mit Lösegeldforderung behandeln. Das Leben zweier Menschen ist in Gefahr. Noch wurde kein Geld verlangt, aber es wird bestimmt eine hohe Summe sein. Ich zahle, was immer sie haben wollen. Ich möchte nichts weiter, als dass meine Familie wieder nach Hause kommt.«

»Sie haben vollkommen recht, Ben. Das Leben zweier Menschen ist in Gefahr.« *Kümmert Sie das überhaupt? Wie wollen Sie das Lösegeld bezahlen, wo Sie doch gar nichts besitzen?* Dann geht mir ein Licht auf. Ben ist in der Tat mittellos. Er will seinem Vater das Geld abknöpfen. Entweder hat er seine eigene Familie entführt oder er nutzt die Situation aus.

Anscheinend liest er meine Gedanken. »Ich liebe meine Familie und werde das Geld schon irgendwie auftreiben.«

»Wo genau befand sich die Nachricht?«

»Das sagte ich doch schon: Unter dem Scheibenwischer meines Wagens.«

»Des Wagens vor der Tür?«

Er wird immer ungeduldiger. »Ja. Des Wagens vor der Tür. Ich bin direkt hierhergekommen, nachdem ich sie gefunden hatte.«

»Das ist ein anderer Wagen als der, in dem ich Sie das letzte Mal gesehen habe. Ich wollte nur ganz sicher gehen.«

»Mir gehören mehrere Pick-ups. Hin und wieder nehme ich gern einen anderen Wagen. Ist das gegen das Gesetz?«

Ich kontere mit einer Gegenfrage. »Wo hatten Sie geparkt, als Sie die Nachricht am Wagen vorfanden?«

»Ich war bei meiner Bank in Seattle.«

»Wieso waren Sie in Seattle?«, hakt Ronnie nach.

»Ich musste zur Bank. Dort ist meine Bank. In Seattle. Als ich wieder rauskam, steckte die Nachricht unter dem Scheibenwischer. Ist das wichtig?«

»Alles ist wichtig, Mr Parker. Woher soll die Person wissen, welchen Wagen Sie fahren, wenn Sie öfter mit einem anderen unterwegs sind?«

»Das weiß ich doch nicht. Sie sind Detectives. Finden Sie es heraus.«

»Sie sagen, Ihnen gehören mehrere Pick-ups. Was ist mit dem SL 550, den Ms Simmons fährt? Nutzen Sie den auch manchmal?«

Er zuckt nicht mit der Wimper. »Nein. Der entspricht nicht meinem Stil. Das war nur ein Bonus für sie. Die Firma bezahlt auch die Versicherung. Sie arbeitet nicht länger für mich. Der Wagen ist gewissermaßen ihre Abfindung.«

»Könnte sie diese Nachricht hinterlassen haben?«, verlange ich zu erfahren.

Seine Miene wird zurückhaltender. »Das müssen Sie sie fragen.«

Ich versuche, ernst und ein bisschen wütend auszusehen, und presse die Lippen fest aufeinander, bevor ich etwas erwidere. »Ich habe mit ihr gesprochen und Sie haben das meines

Wissens ebenfalls getan.« Als ich meine Worte kurz wirken lasse, schwankt er leicht und starrt ins Leere.

»Ich habe mit ihr gesprochen. Sie sagte, dass Sie mit mir reden wollen. Und dass Sie sie nicht leiden können.«

Da hat sie recht. »Hat sie Sie angerufen?«

»Ich habe sie angerufen. Sie geht mir aus dem Weg.«

»Waren Sie gestern in ihrer Wohnung und haben sie gewarnt, dass wir sie aufsuchen würden?«

»Bei Ihnen klingt das, als hätte ich etwas zu verbergen. Ja, ich war bei ihr und habe ihr gesagt, dass sie vielleicht mit Ihnen reden muss. Ich wollte sie vorwarnen, dass Sie glauben, wir hätten eine Affäre. Wenn ich etwas zu verbergen hätte, dann das. Ich habe ihr an dem Morgen, an dem die Polizei das Haus nach Marlena und Bennie durchsucht hat, eine Nachricht geschickt und ihr mitgeteilt, dass die beiden verschwunden sind.«

»Wusste sie, dass Sie einen Sohn haben?«

»Selbstverständlich. Ich habe sie sogar hin und wieder gebeten, ein Geschenk für Bennie zu besorgen. Wie die Darth-Vader-Sachen. Sie wusste, dass ich ihm das schenken würde. Was hat sie Ihnen denn erzählt?«

»Haben Sie ihr gesagt, dass Sie sich von Ihrer Frau scheiden lassen?«

Er stutzt. »Wir hatten eine Affäre. Es wurde kompliziert. Okay, ich bin ein Arschloch und wollte sie nicht verlieren. Aber das war doch alles nicht ernst gemeint.«

»Warum haben Sie ihr dann mitgeteilt, dass Ihre Familie verschwunden ist?«

»Na ja ... Sie ist meine Sekretärin. Ich wollte nicht, dass sie es auf einem anderen Weg herausfindet, und irgendwann musste ich es ihr ja sagen.«

»Ich meinte eher, warum sie ihr mitgeteilt haben, dass die beiden vermisst werden, wo Sie sich da doch noch gar nicht sicher waren? Wir waren jedenfalls nicht davon überzeugt. Sie hatten noch nicht einmal im Haus nachgesehen, mit den Nachbarn gesprochen oder ihre Mutter oder Ihren Vater angerufen.«

»Das kann ich Ihnen nicht verraten.«

»Können oder wollen Sie nicht?«

»Ich kann nicht. Weil ich es nicht weiß. Vermutlich hätte ich das nicht tun sollen. Daraufhin glaubte sie nur, wir könnten zusammen sein, weil die beiden nicht mehr da sind. Sie glaubt, ich hätte etwas mit ihrem Verschwinden zu tun.«

»Wusste Ihre Frau von Luci?«

»Sie wusste, dass ich Luci eingestellt hatte.«

»Mr Parker ...«

»Okay. Ganz im Ernst. Luci drehte zunehmend durch. Sie hat schon seit Wochen komische Bemerkungen über Marlena gemacht. Sie sagte so etwas wie ›Wenn ich deine Frau wäre ...‹ und solche Sachen. Sie hat Marlena sogar aufgesucht. Ich erfuhr davon, weil Marlena mir es erzählt hat. Ich wollte Luci entlassen, doch sie drohte damit, zu meinem Vater zu gehen und ihm von der Affäre zu erzählen. Wenn mein Vater meine Frau und meinen Sohn nicht derart ins Herz geschlossen hätte, wären mir ihre Drohungen egal gewesen.«

Arschloch. »Aber Sie konnten es sich nicht leisten, sich Cyrus' Zorn zuzuziehen.«

»Sie haben meinen Vater doch kennengelernt.«

»Wann fingen diese Drohungen an? Wann war Luci bei Marlena?«

»Marlena hat mir in der Nacht, in der wir uns getrennt haben, davon erzählt. Sie war wütend und ich versuchte, ihr zu vermitteln, dass das nicht alles meine Schuld war. Marlena hatte mir schon eine ganze Weile die kalte Schulter gezeigt. Ich bin ein Mann und habe Bedürfnisse.«

Ich habe auch Bedürfnisse. Unter anderem das Bedürfnis, dir den Schädel einzuschlagen. »Hat sie an diesem Tag mit Ihrer Frau gesprochen?«

»Ich gehe davon aus, bin mir aber nicht sicher. Könnte durchaus sein.«

»Wann haben Sie von der Schwangerschaft Ihrer Frau erfahren?«

»Wir haben uns wegen irgendetwas gestritten, einer Kleinigkeit. Sie war andauernd wegen irgendwas sauer. Dann zeterte sie rum, und ich wurde wütend und habe sie angeschrien. Sie beschuldigte mich, eine Affäre zu haben, und ich ... Tja, ich habe versucht, es zu leugnen, verstehen Sie? Danach erzählte sie mir, dass Luci zu ihr gekommen sei. Sie gab wieder, was Luci zu ihr gesagt hatte. Fragte, ob ich mich von ihr scheiden lassen will. Ich drehte durch und antwortete: ›Ja, ich will die Scheidung.‹ Dann fing ich an, ein paar Sachen zu packen. Ich war so wütend, dass ich nicht einmal darauf geachtet habe, was ich mitnahm. Nur irgendwelchen Kram. Sie ging mir die ganze Zeit auf die Nerven. Da hat sie mir auch mitgeteilt, dass sie schwanger ist. Sie sagte, das Kind sei nicht von mir.«

Ich mache ein skeptisches Gesicht. Helen hat mir eine völlig andere Marlena geschildert, genau wie Jennie Hunter.

»Ich weiß, dass Sie mir nicht glauben, und ich kann es Ihnen nicht verdenken, aber ich sage Ihnen die Wahrheit. Das schwöre ich.«

Was mir nur beweist, dass er lügt wie gedruckt. Ich frage mich, wie viel von dem, was er bisher gesagt hat, überhaupt glaubhaft ist.

»Ich vermute, Luci hat meine Frau und meinen Sohn entführt. Das ergibt doch Sinn. Sie wollte mich für sich allein haben und meine Familie war ihr im Weg. Sie wusste, dass ich mich nie von Marlena scheiden lassen würde. Sie wusste, dass ich Bennie mehr liebte als alles andere auf der Welt. Mehr als sie.«

Abermals Vergangenheitsform. Mir läuft es kalt den Rücken herunter.

Er legt sich eine Hand an den Kopf, reibt sich die Schläfe und spielt uns auf recht überzeugende Weise vor, dass es ihm langsam dämmert. »Augenblick mal. Ich erinnere mich, dass ich Luci ein paar Mal in Gesellschaft eines Schwarzen gesehen habe. Erinnern Sie sich, dass ich Ihnen erzählt habe, wie ich mal einen Schwarzen vom Haus weggejagt habe? Marlena sagte, er hätte schon früher ins Fenster geguckt. Vielleicht hatte Luci Hilfe. Darum steht in der Nachricht auch ›wir‹. Luci hat mal erzählt, sie wäre in New York mit einem Schwarzen ausgegangen. Sie glaubte, ich würde das missbilligen oder eifersüchtig werden. Möglicherweise hat er das Haus ausgekundschaftet, um herauszufinden, wann ich nicht da bin. Zuerst glaubte ich, es wäre nur ein Spanner, aber jetzt ...«

Er reißt fast schon theatralisch die Augen auf. Dieser Mann sollte Drehbücher für Netflix schreiben.

»Kennen Sie einen von Lucis Freunden?«, frage ich.

»Luci schließt nicht leicht Freundschaften. Die Freunde von früher haben sie im Stich gelassen, als sie hergezogen ist. Sie schien zu glauben, dass sie nicht gut genug für mich waren. Dabei interessiert mich nicht, mit wem sie befreundet ist. Aber ich habe sie mal mit diesem Schwarzen am Flughafen gesehen, als ich mit Luci zu einer Geschäftsreise aufbrach, und später habe ich die beiden noch einmal zusammen in Seattle gesehen. Sie wirkten sehr vertraut. Er könnte der Kerl sein, den ich verjagt habe. Inzwischen bin ich mir da ganz sicher.«

»Luci hat uns erzählt, dass *Sie* über mehrere Wochen die Entführung Ihrer Frau und Ihres Sohnes geplant haben.«

»Ist doch klar, dass sie so was behauptet, wenn sie dahintersteckt. Oder etwa nicht? Ich weiß, dass ich meine eigene Familie nicht entführt habe, daher muss sie das zusammen mit ihrem Schwarzen Freund gewesen sein. Er wirkte schon ein bisschen zwielichtig. Vielleicht hat sie sich nur wegen des Geldes und der Geschenke mit mir eingelassen. Davon hat sie auch mehr als genug bekommen. Vielleicht hat sie beschlossen, das zu tun, als sie mich nicht von Marlena loseisen konnte. Ich kann nur hoffen, dass die beiden irgendwo in Sicherheit sind und dass wir sie finden.«

Das ist doch nur wieder ein mieser Trick. Aber darauf fallen wir nicht rein. »Ronnie, du musst etwas für mich tun.« Ich stehe auf, gehe mit ihr vor die Tür und sage laut genug, dass Ben es hören kann: »Mach ein paar Kopien der Nachricht und ruf das FBI an.« Dabei schüttle ich den Kopf, damit sie das nicht tut, und flüstere: »Versuchst du, Luci zu finden? Du hast ja ihre Nummer.« Sie grinst nur. Es ist ein böses Grinsen. Inzwischen macht sie sich richtig gut.

Ich kehre in den Verhörraum zurück. »Fällt Ihnen ein Ort ein, an den Luci und ihr Freund die beiden gebracht haben könnten?«

»Leider nicht.«

»Wenn Sie zwei Menschen verstecken wollten, wo würden Sie das tun?«

»Ich sagte Ihnen doch ...«

»Tun Sie mir den Gefallen, Ben.«

Er schweigt und beäugt mich misstrauisch. »Ich verrate Ihnen, was ich denke, Ben. Wenn ich ein Entführer wäre, würde ich die beiden an einem Ort festhalten, an dem sie nicht so leicht gefunden werden. Vielleicht in einem verlassenen Lagerhaus oder einem aufgegebenen Sägewerk.« Er blinzelt. Ich habe einen Nerv getroffen. »Ich würde sie bei meinem Partner lassen. Falls ich einen habe. Danach würde ich mir eine Methode ausdenken, wie ich der Familie Nachrichten zukommen lassen kann. Mein eigenes Handy kann ich dafür ja nicht nutzen.« Sein Blick schweift ab, doch sein Gesichtsausdruck bleibt unverändert. »Wenn ich vermute, dass mir die Polizei zu nahe kommt, würde ich sie in ein anderes Versteck schaffen.«

Ronnie steckt den Kopf durch die Tür.

»Möchten Sie uns noch etwas sagen?«

»Luci hat ein Alkoholproblem. Sie war nüchtern, als ich sie zuletzt sah. Ich war nur zwei oder drei Minuten bei ihr. Bei Gott, wieso ist mir nicht eher aufgefallen, dass sie hinter der ganzen Sache steckt?«

»Wir werden sie finden. Es wäre hilfreich, wenn Sie in der Nähe und in Kontakt mit mir bleiben.«

»Sie meinen damit, dass ich die Stadt nicht verlassen soll, wie man es immer in den Fernsehserien hört?«

Ja. Ganz genau. »Nein, so meinte ich das nicht. Ich möchte Sie nur jederzeit erreichen können. Wie wäre es, wenn Sie nach Hause fahren und den Rest des Tages dort bleiben?« *Ich kann nur hoffen, dass Mindy und ihre Leute mit der Hütte und den Pick-ups fertig sind. Andernfalls erwartet ihn eine böse Überraschung.*

»Ich muss noch einiges erledigen. Danach fahre ich zum Haus – zu unserem Haus – und räume es für ihre Heimkehr auf. Marlena kann Unordnung nicht leiden.«

»Haben Sie eine Ahnung, wo Luci sein könnte, Ben? Fällt Ihnen irgendetwas ein? Ein Einkaufszentrum? Eine Bar? Ein Restaurant?« *Ein Sexshop?*

»Nein. Aber wenn sie nicht gefunden werden will, dann können Sie sie vermutlich auch nicht finden. Sie ist in New York aufgewachsen, in einem üblen Stadtteil, und hat einiges auf dem Kasten.«

SIEBENUNDVIERZIG

»Sie geht nicht ans Telefon.«

Ronnie hat Luci auf der Fahrt zu ihrer Wohnung mehrmals angerufen. Ich habe ein ganz ungutes Gefühl im Bauch. Wahrscheinlich hätte ich darauf bestehen sollen, dass sie ihre Wohnung verlässt und in ein Hotelzimmer geht. Ben wusste, dass sie ein Risiko darstellt. Er kam mit der Nachricht zu uns und gab nur das zu, was wir längst wussten. Das Ganze Luci und diesem ominösen Schwarzen in die Schuhe zu schieben, war äußerst gerissen, kann aber nur funktionieren, wenn Luci nicht mehr da ist, um dem zu widersprechen. Seine Bemerkung, dass Luci einen Partner gehabt haben muss, erscheint mir bedeutsam. Vielleicht hat Ben einen Partner? Falls ja, wer könnte das sein? Seine Nachbarn in der Luna Ridge können ihn nicht leiden, und abgesehen von Luci scheint er keine Freunde zu haben. Das hat auch Cyrus bestätigt.

»Sollen wir alle Lagerhäuser im Besitz des Unternehmens durchsuchen?«

»Damit wären unsere Leute eine ganze Woche beschäftigt, und wir haben auch so schon genug zu tun. Zum Glück hilft uns Sissys Truppe aus. Außerdem gehe ich nicht davon aus, dass sie dort sind, wenn Ben uns davon erzählt. Er weiß, dass Cyrus uns unterstützt. Vermutlich versteckt er sie irgendwo anders.« Ich spreche nicht aus, dass sie möglicherweise begraben oder irgendwo entsorgt wurden. Allerdings würde Ben die Leichen nicht einfach entsorgen. Dafür ist er zu vorsichtig. Die Tiere, die er verschwinden ließ, tauchten nur wieder auf, wenn er das wollte. Luci könnte auf ähnliche Weise verschwunden sein. Oder sie ist einfach abgehauen. Das wissen wir erst mit Sicherheit, wenn wir sie finden. »Wir vergewissern uns zuerst, dass sie wirklich nicht zu Hause ist.«

Als wir vor Lucis Wohnung ankommen, steht ihr Wagen nicht da. »Ich gehe hintenrum«, sage ich. »Schau du durch die vorderen Fenster.« Ich kann nur hoffen, dass wir Mrs Reagan nicht begegnen und sie uns mit Beschwerden überhäuft.

Seitlich des Hauses scheint sich nichts verändert zu haben. Blumen. Mehrere leere Schnapsflaschen auf dem Terrassentisch und dem Boden. Die Hintertür lässt sich öffnen, als ich sie nach dem Anklopfen teste. Ronnie erschreckt mich, als sie hinter mir auftaucht.

»Entschuldige. Ich habe vorn nachgesehen. Die Haustür ist verschlossen. Ich habe angeklopft und in die Fenster geschaut. Die Nachbarin kam raus und sagte, dass Luci vor einer Stunde weggefahren ist. Sie war allein.«

»Wie hast du sie dazu bewegt, mit dir zu reden?«

»Ich habe ihr ein Kompliment für ihre Rosenstöcke gemacht. Sie sind wunderschön. Dann stellte sich heraus, dass sie meine Eltern kennt.« Sie kichert. »Ich soll sie von Mrs Reagan grüßen.«

So etwas würde bei mir nie funktionieren. Ich habe nicht die geringste Ahnung von Blumen. Und die einzigen Menschen, die meine Mom kannten, sind tot. »Super.«

»Vielleicht trifft sie sich mit Ben?«

»Oder sie will abhauen. Was würdest du tun?«

»Ich? Ich hätte eine Heidenangst vor Ben und würde verschwinden.«

»Okay. Was würde ein normaler Mensch tun?«

Ich hatte das als Witz gemeint, doch sie ist beleidigt. »Ich bin normal.«

Das ist Ansichtssache.

»Ein normaler Mensch würde diesen Mist glauben. Aber wir beide sind alles andere als normal. Wir sind die unnormalsten Menschen, die ich kenne.« Auf einen Schlag sind wir wieder Freundinnen.

»Willst du das FBI anrufen?«

»Ich bezweifle, dass dieser Fall von Interesse für sie ist.«

»Vielleicht doch, wenn man bedenkt, wer vermisst wird. Jeder kennt Cyrus Parker.«

Ich kannte ihn vorher nicht, aber sie könnte recht haben. »Ich will das FBI erst hinzuziehen, wenn es unbedingt sein muss. Sonst wird die Sache größer aufgebauscht als die Entführung des Lindbergh-Babys. Presse, Kameras, Schaulustige und kranke Spinner rücken uns auf die Pelle. Außerdem arbeitet das FBI zu langsam. Ständig müssen irgendwelche Genehmigungen für andere Genehmigungen eingeholt werden, die dann wieder genehmeigt werden müssen. Sie holen Psychologen, Verhandlungsspezialisten, den Weihnachtsmann und seine Elfen hinzu. Das Ganze wird zu einem richtigen Zirkus. Darüber hinaus vermute ich fast, dass Ben sich wünscht, wir würden das FBI hinzuziehen. Damit würden wir nicht länger ermitteln.«

Ich rufe Tony an. »Kannst du jemanden entbehren, der mal im Gentlemen's Club vorbeifährt, Sheriff?«

»Sicher. Was wollt ihr wissen.«

»Wir haben ein Streichholzbriefchen von dort in Bens Hütte gefunden. Vielleicht ist er dort Stammgast und jemand kann uns was über ihn erzählen.«

Tony verspricht, sich darum zu kümmern.

»Was wird Ben deiner Meinung nach jetzt machen?«, fragt Ronnie.

»Er wird eine zweite Nachricht fälschen.«

»Ich habe ein paar Erkundigungen eingeholt«, berichtet Ronnie. »Der Staat Washington steht auf Platz fünf, was Kindesentführungen angeht. Familienmitglieder sind in neunzig Prozent der Fälle die Täter, wobei siebzig Prozent davon weibliche Familienangehörige sind. Laut FBI enden neunundneunzig Prozent der Entführungen damit, dass das Kind lebendig nach Hause zurückkehrt. Im Allgemeinen geht es dabei um Sorgerechtstreits.«

»Hier nicht, auch wenn Ben es zuerst so aussehen lassen wollte. Als das nicht funktionierte, fiel ihm das Entführungsszenario ein, gefolgt vom angeblichen Spanner. Jetzt, wo wir wissen, dass er eine Geliebte hat, kommt er mit der Entführung gegen Lösegeld um die Ecke. Es eskaliert jedes Mal, wenn wir etwas herausfinden.«

»Ich hoffe, wir haben ihn nicht zu etwas Drastischem gedrängt, Megan. Er wird uns nicht einfach zu ihnen bringen oder sie gehen lassen. Was machen wir, wenn er sie umbringt? Dafür möchte ich auf keinen Fall verantwortlich sein.«

»Und wenn wir diesen Blödsinn über eine Entführung gegen Lösegeld, den uns Ben aufgetischt hat, erst einmal glauben? Falls sie noch am Leben sind, verschaffen wir ihnen damit vielleicht etwas Zeit. Es könnte ein bisschen dauern, das Geld zu besorgen, und selbst Cyrus wird sich Zeit lassen, wenn wir ihn darum bitten.« Ich war noch nie bereit gewesen, einen Rückzieher zu machen, wenn die Jagd erst einmal begonnen hatte. Die Suche nach meiner Mutter hat mich hierhergeführt. Nur aus diesem Grund bin ich gut in dem, was ich tue. Ich kann nicht damit aufhören. Mir kommt eine Idee, die uns die Zeit verschaffen kann, die beiden selbst zu finden. »Wenn es Ben nur um Geld geht, wird er es genießen, seinen Vater ins Schwitzen zu bringen.«

»Aber es gibt keine Garantie, dass Ben die beiden freilässt, Megan.«

»Wir werden einen Beweis dafür verlangen, dass sie noch am Leben sind. Sollte es zu spät sein, wissen wir Bescheid und können ihn dank des bereits ausgestellten Haftbefehls festnehmen.«

»Die Schlafmittel machen mir ein wenig Hoffnung«, gibt Ronnie zu. »So hat er sie vermutlich aus dem Haus geschafft. Warum sollte er sich diese Mühe machen und sie nicht gleich umbringen? Er hält sie bewusstlos. Warum?«

»Damit sie keinen Fluchtversuch unternehmen. Oder damit sie keinen Lärm machen und Aufmerksamkeit erregen.«

Ronnie merkt auf. »Oder damit er sie woanders hinbringen kann, ohne dass sie ihn sehen. Vielleicht wissen sie gar nicht, wer sie entführt hat. Wahrscheinlich sind sie derart benommen, dass sie kaum etwas mitbekommen. In diesem Fall kann er sie auch am Leben lassen, sich das Lösegeld nehmen und sie freilassen. Vielleicht war das die ganze Zeit sein Plan.«

»Was sollen wir deiner Meinung nach als Nächstes tun, Detective Marsh?«

»Er hat Luci in die Sache mit reingezogen. Wenn wir sie finden, holen wir Ben und stecken sie in denselben Raum. Dann können die Fetzen fliegen.«

»Jetzt spiel nicht Clint Eastwood.« Ich grinse, damit sie glaubt, es wäre ein Witz, dabei ist es gar keiner.

»Danke, dass du mit mir zusammenarbeitest, Megan. Ich habe sehr viel von dir gelernt. Solltest du jemals Hilfe brauchen, wobei auch immer ...«

Ihr aufrichtiges Angebot ist mir ein bisschen peinlich und ich weiß nicht, wie ich darauf reagieren soll, daher mache ich einen Witz. »Ich mag dich auch, Ronnie, aber ich werde nicht mit dir schlafen.«

Sie knufft mich gegen den Arm. »Das war mein Ernst,

Megan. Du hast ja keine Ahnung, wie viel mir dieser Job bedeutet.«

Doch, die habe ich. Mir bedeutet er ebenso viel, wenn nicht gar mehr. Dieser Job hat mir ein Leben ermöglicht, das ich nicht für denkbar gehalten hatte. Ich helfe anderen Menschen und bestrafe die Bösewichte. Was kann man mehr verlangen? Vielleicht einen neuen Wagen ...

ACHTUNDVIERZIG

»Ich bin ganz deiner Meinung, Megan«, sagt Sheriff Gray. »Es war richtig, weder Luci noch Ben zu verhaften. Aber dieser Fall ist zu groß für uns. Wir haben das FBI noch nicht benachrichtigt, *müssen* das jedoch tun. Dort gibt es Agents, die auf derartige Fälle spezialisiert sind. Wenn herauskommt, dass die Entführer Cyrus Parkers Schwiegertochter und Enkelsohn in ihrem Gewahrsam haben und Lösegeld verlangen und wir das FBI nicht informiert haben, kann ich mir einen neuen Job suchen.«

»Was ist mit uns?«, widerspreche ich. »Unsere Jobs stehen auch auf dem Spiel. Wir kriegen das hin, Tony. Du kannst den Fall nicht dem FBI überlassen. Die Agents können auch nicht mehr als wir und würden bloß noch langsamer vorankommen.« *Dabei geht es ohnehin nur im Schneckentempo voran. Außerdem brauchen sie Zeit, um sich einzuarbeiten. Und sie arbeiten vorschriftsmäßig und würden meine Methoden nicht gutheißen.*

Ronnie wirft ihm einen flehenden Blick zu, sagt jedoch nichts, daher fordere ich einen Gefallen ein. »Ich habe dir Zimtschnecken gekauft, Tony. Ich habe dir meinen Burger mit doppelt Bacon nebst Pommes frites überlassen. Und ich habe Ellen nie etwas von deinem Geheimvorrat verraten. Ich ...«

»Das reicht«, knurrt er. Jetzt ist er wütend. Das bin ich auch. Wir sitzen einige Minuten lang einfach da. Ronnie schaut mehrmals verstohlen in Richtung Tür. Weglaufen würde auch nichts bringen. Jetzt müssen wir standhalten und kämpfen, denn es geht ums Ganze.

Ronnie überrascht mich, als sie erklärt: »Wenn du uns nicht vertraust, solltest du dir vielleicht neue Detectives besorgen.« Mir fällt die Kinnlade herunter und ich starre sie erstaunt an. Genau wie Tony. Doch dann ruiniert sie alles wieder. »Entschuldige, Sheriff. Das war unangebracht.«

»Nein, das war es nicht, Ronnie. Du hast uns den Fall übertragen, Tony. Wir geben nicht auf. Wir sind gute Detectives. Und wir sind Frauen. Was würden die Feministinnen sagen, wenn du uns abziehst und den Fall einer Gruppe von Männern mit perfekten Frisuren und maniкürten Fingernägeln überlässt?«

Tony sieht mich an und sein innerer Tumult ist offensichtlich, allerdings interpretiere ich ihn falsch. Er fängt an zu lachen. »Männer mit perfekten Frisuren und maniкürten Fingernägeln?« Kurz darauf lachen wir alle drei. Es war eigentlich nicht als Witz gemeint. Ich war wütend und bin es immer noch. Doch ich kann entweder lachen oder schreien.

»Und, was sagst du, Sheriff? Wir oder die Typen aus dem Schönheitssalon?«

Er liegt lachend auf der Tischplatte. Ich habe gewonnen.

Ronnie und ich sitzen in meinem Wagen, bevor Tony seine Meinung ändern kann.

»Danke, dass du mir da drin den Rücken gestärkt hast, Megan.«

»Du bist mir was schuldig, Ronnie. Merk dir das, denn ich werde es auch tun.«

Sie grinst, wird aber schnell wieder ernst. »Echt jetzt?«

»O ja. Tony hat schon Leute aus unbedeutenderen Gründen entlassen. Diese Seite von ihm kennst du nur noch nicht. Er hat mal einen Detective vor die Tür gesetzt, der sich wegen der Überstunden beschwert hat.«

»Das hat er nicht.«

»Nein. Aber ich wollte den Jammerlappen rauswerfen.« Ich kann so was nicht ausstehen, erst recht, wenn sich diese jammernden Faulpelze dann noch über zu viel Arbeit beschweren.

Sie versucht es noch einmal bei Luci. »Keine Antwort.«

»Ruf Mindy an«, bitte ich sie. »Sag ihr, wir wollen uns mit ihr auf einen Kaffee treffen.«

Nach dem Anruf sagt Ronnie: »Sie sagt, dass wir uns im Moe's treffen und dass du zahlst.«

Mindy ist knausrig.

»Warum treffen wir uns mit Mindy?«

»Ich möchte ein paar Ideen mit ihr durchsprechen. Mir ist völlig schleierhaft, warum das County sie nicht Vollzeit einstellt.«

»Ich sehe mal nach, wo Ben steckt.«

Ronnie lokalisiert Bens Handy. »Sein Handy ist im Haus in der Luna Ridge.«

»Ruf ihn an.«

Sie tut es und schaltet auf Lautsprecher. Erstaunlicherweise geht er nach dem ersten Klingeln ran. »Ronnie. Wie schön, Ihre Stimme zu hören.«

Ich drehe mich zu Ronnie zu und tue so, als würde ich mir zum Kotzen den Finger in den Hals stecken. »Ich höre auch mit, Ben«, sage ich. *Ist es auch schön, meine Stimme zu hören, Arschloch?* »Gibt es Neuigkeiten?«

»Das sollte ich doch eigentlich Sie fragen, Megan. Haben Sie Luci gefunden?«

Ich halte inne und gehe mögliche Antworten durch. Im Grunde genommen ist es aber auch egal, was ich sage. »Noch nicht. Alle verfügbaren Kräfte suchen nach ihr. Gibt es einen Ort, den sie besonders gern aufsucht?« *Abgesehen von diesem Spielzimmer in der Hütte?* »Hat sie irgendwelche Hobbys oder besonderen Interessen?« *Hör auf damit, Megan.*

»Anscheinend kenne ich sie doch nicht so gut. Wir haben meist über das gesprochen, was ich mag. Ich hatte irgendwie damit gerechnet, dass sie mich anrufen würde, schließlich muss sie doch Geld brauchen.«

»Kennen Sie ihre New Yorker Adresse oder Telefonnummer, Ben?« *Ich rechne nicht damit, dass er uns da weiterhelfen kann, und behalte recht.*

»Ich muss ihre Bewerbung noch irgendwo haben, doch dazu müsste ich erst jemanden anrufen, damit er sie mir heraussucht.«

»Falls Sie irgendetwas hören, rufen Sie uns bitte sofort an. Wo sind Sie gerade?« *Er soll ja nicht wissen, dass wir sein Handy verfolgen.*

»Ich mache das Haus für Marlena und Bennie sauber. Ihre Leute haben mit diesem schwarzen Pulver ganz schön Dreck gemacht. Ich möchte mir gar nicht ausmalen, was Bennie damit angestellt hätte.«

Seine Stimme klingt belegt und wenn ich nicht wüsste, dass er ein gefühlloser Mistkerl ist, käme ich glatt auf den Gedanken, er wäre den Tränen nahe. »Ben?«

Er räuspert sich. »Ich möchte nicht in die Hütte zurückkehren. Dort gibt es momentan nichts mehr für mich. Hier aber irgendwie auch nicht.«

Ich bitte ihn, im Haus zu bleiben, und Ronnie legt auf und schaut mich aufgeregt an. »Unfassbar, dass mir das nicht eher eingefallen ist.«

»Was denn?«

»Ben trug eine Apple Watch, als wir ihm das erste Mal begegnet sind. Luci ebenfalls.«

»Und?«

»Ich habe das noch nie ausprobiert, Megan, aber ich glaube, ich kann ihre Apple Watch finden. Das ist eines der Geräte, die über die App ›Mein Gerät finden‹ aufgespürt werden, allerdings brauche ich dafür ihr iCloud-Passwort und einige weitere Daten.«

»Wo bekommen wir die her?«

»Sissy könnte sie in den Akten haben. Vermutlich ist sie in der Lage, die Geräte zurückzuholen, wenn jemand das Unternehmen verlässt.« Sie ruft Sissy an. Das Gespräch ist kurz und danach holt Ronnie ihr iPad hervor. Sie tippt auf dem Bildschirm herum und zoomt an etwas heran. »Bingo!«

Hervorragend!

Sie starrt lächelnd aufs iPad. »Ich kann es nicht fassen, dass ich das geschafft habe.«

Das denke ich bei gut der Hälfte der Dinge, die du tust. »Ruf Mindy an und sag das Treffen ab. Informier sie, dass wir Luci gefunden haben.«

NEUNUNDVIERZIG

Der Luna-Ridge-Rundwanderweg ist mit knapp neun Kilometern der längste im Staat Washington. Ronnie hat die GPS-Koordinaten der Apple Watch zusammen mit Google Earth aufgerufen. Der Wanderweg hat drei Ausgangspunkte, an denen jeweils ein Parkplatz liegt. Die Apple Watch befindet sich auf dem Parkplatz beim Luna-Ridge-Wasserfall.

Bis auf ein Auto ist der Parkplatz leer. Der Mercedes steht unter den niedrigen Ästen einer riesigen Kiefer, als sei er gegen den Baum gerammt worden. Die Bremslichter sind an und der Motor läuft. Ich kann mir nicht vorstellen, dass jemand absichtlich ein teures Auto unter so tiefhängende Äste fährt. Das Nummernschild stimmt. Wir haben die Erlaubnis von Cyrus, es zu durchsuchen.

»Glaubst du, sie ist betrunken und hat das Bewusstsein verloren?«, fragt Ronnie.

»Es gibt nur einen Weg, das herauszufinden.« Meine Arbeitskleidung hat schon bessere Tage gesehen, aber dies ist mein Ersatzset und außerdem sehr bequem. Keine weiteren Stinktiere, bitte. Ich gehe zum Kofferraum und schlage mit einer Hand darauf. Keine Reaktion. Auf der Innenseite der

Windschutzscheibe klebt eine Art Schmiere und der Wagen ist bis hoch zum Beifahrerfenster mit Kiefernnadeln bedeckt. Ich werde kriechen müssen, um zu einem Fenster zu gelangen und hineinzuschauen. Während ich mich langsam an der Fahrerseite vorarbeite, klopfe ich nach jedem Schritt gegen das Metall, doch es passiert nichts, außer dass mir langsam die Fingerknöchel wehtun. Ich glaube, dass ich die Fahrertür erreichen kann, und es sieht ganz danach aus, als wäre dort genug Platz, um ans Fenster zu gelangen oder die Tür ein Stück weit zu öffnen.

An der Fahrertür zeichnen sich tiefe Kratzer und Dellen ab. Der Wagen steckt fest. Ich bezweifle, dass man ihn hier einfach wegfahren kann. Als ich die Nase gegen die Fensterscheibe drücke, sehe ich jemanden im Wageninneren. Ich teste den Türgriff und kann die Tür öffnen – was ich im nächsten Augenblick bereue. Es gibt da einen Comedian namens Gallagher, der unter anderem Wassermelonen mit einem Hammer zertrümmert. Der Anblick, der sich mir bietet, erinnert daran, nur dass ich anstelle einer Wassermelone Luci Simmons' explodierten Schädel vor mir habe. Als ich den Blick von dem abwende, was einst ein hübsches Gesicht war, stelle ich fest, dass die Schaltung noch auf »Fahren« steht und der Wagen gegen den Baumstamm geprallt ist. Ihr Fuß steht auf der Bremse, eine Hand umklammert die untere Hälfte des Lenkrads, die andere liegt in ihrem Schoß und in der Mitte der Handfläche klafft ein blutiges Loch. Die Kopfstütze ist zerfetzt, die Heckscheibe und der Rücksitz sind mit Hirnmasse und Schädelsplittern übersät. Risse umgeben ein kleines Loch in der Windschutzscheibe. Die Waffe war größer als die .45er, die ich bei mir habe. So viel Feuerkraft wäre ebenso gut hörbar wie eine Haubitze und erzielte in diesem Fall dasselbe Resultat. Hier herrscht wenig Verkehr. Falls es Zeugen gab, sind sie geflohen.

Ich arbeite mich unter den Ästen zurück nach hinten, wo Ronnie auf mich wartet. »Sitzt sie im Wagen?«, fragt Ronnie.

Zumindest teilweise. »Man hat ihr in den Kopf geschossen.«

»Bist du sicher, dass sie es ist?« Ronnie verzieht das Gesicht. Ich bin deutlich abgestumpfter.

»Ihr Gesicht und der Großteil ihres Kopfes sind weg, aber ich kann das trotzdem bestätigen.« Im Allgemeinen werden Opfer anhand ihrer Fingerabdrücke, DNA oder zahnärztlichen Unterlagen identifiziert. Letzteres können wir in diesem Fall ausschließen.   »Wir   brauchen   Mindy   und   einen Abschleppwagen.«

»Den hab ich schon gerufen.«

»Dann sag Mindy Bescheid, dass wir eine Leiche gefunden haben. Ich informiere Tony und den Rechtsmediziner.«

Tony geht sofort ran. Er klingt so erschöpft, wie ich mich fühle. »Habt ihr sie abgeholt?«

»Ja und nein, Tony. Ronnie konnte sie am Luna-Ridge-Rundwanderweg aufspüren. Sie ist tot. Sie wurde erschossen.« Ich erkläre ihm, was ich gefunden habe, und die Müdigkeit ist aus seiner Stimme verschwunden.

»Ich komme zu euch.«

»Mindy und die Kriminaltechniker sind schon unterwegs. Mindy könnte bei der Beweissicherung in der Umgebung bestimmt Hilfe gebrauchen.«

»Was habt ihr beide vor?«

»Wir statten Ben einen Besuch ab.«

»Ich schicke weitere Officer zur Tatortsicherung los. Wisst ihr, wo Ben ist?«

»Vor einer halben Stunde wussten wir es noch. Ronnie sieht gerade nach.«

»Ich rufe euch Verstärkung. Nähert euch ihm nicht allein, Megan. Das ist keine Bitte.«

»Ich verspreche dir, dass ich mich ihm nicht allein nähern werde.« Das ist nicht gelogen. Ronnie wird an meiner Seite sein. »Ich rufe Verstärkung, sobald ich weiß, wo er sich aufhält.«

»Darum möchte ich bitten.« Damit legt er auf.

»Finde heraus, wo Ben gerade ist, Ronnie.«

Während sie das tut, versuche ich, mir vorzustellen, woher der Schuss kam. Der Einschusswinkel und der fehlende Kopf legen nahe, dass der Mörder direkt vor dem Wagen gestanden hat. Da die Heckscheibe noch ganz ist, muss sich die Kugel im Wagen befinden. Lucis Fuß steht auf der Bremse. Der Wagen steht nicht auf »Parken«. Sie hat eine Hand am Lenkrad, in der anderen ist ein Loch.

Luci hat den Mörder gesehen und wollte anhalten. Die Person stand direkt vor ihr. Sie wollte sich mit jemandem treffen. Bis dahin schien alles in bester Ordnung zu sein. Dann sah sie die Waffe. Zu spät. Sie bremste reflexartig und riss den Arm in die Luft, um ihr Gesicht zu schützen. Die Waffe muss direkt auf sie gerichtet gewesen sein. Sie wurde abgefeuert, die Kugel ging durch ihre Hand, ihren Kopf, die Kopfstütze. Der Wagen rollte weiter, bis er gegen den Baumstamm stieß.

Als ich zur Wagentür gegangen bin, lag eine dicke Schicht aus Kiefernnadeln und -zapfen auf dem Boden. Ich habe nicht nach einer Patronenhülse Ausschau gehalten, aber es ist denkbar, dass sie nicht weit vom Wagen entfernt liegt. Wenn der Mörder sie nicht mitgenommen hat.

»Ich habe Bens Handy lokalisiert, Megan. Es befindet sich noch immer in Marlenas Haus. Ich habe auch nach Bens Apple Watch gesucht, so wie ich es bei Luci getan habe, und sie muss hier irgendwo sein.«

»Hier?«

»Genau da, wo wir stehen.«

Wir sehen uns beide um und scharren in den Kiefernadeln herum, die eine gut fünfzehn Zentimeter dicke Schicht bilden. Ich gehe auf alle viere und krieche zurück zur Fahrertür, als ich auf einmal ein Pingen, gefolgt von einem Summen höre.

»Bist du das, Ronnie?«

»Ich höre es ebenfalls. Du musst ganz in der Nähe sein.«

Ich wische mit einem Arm über den Boden, um mir den Weg freizumachen. Das Geräusch verstummt. »Mach das noch mal, Ronnie.« Wenige Sekunden später höre ich die Geräusche wieder. Sie scheinen von direkt vor mir zu kommen, aber ich sehe und finde nichts.

»Das Display müsste immer wieder blinken, Megan.«

Ich schiebe weitere Nadeln und Zweige weg, und da, direkt vor dem Vorderreifen auf der Fahrerseite, liegt eine schwarze Uhr und summt und blinkt wie ein Glühwürmchen. Vorsichtig weiche ich zurück. Wer weiß, über welche Beweise ich noch gekrochen bin.

»Was macht die denn hier?«, fragt sie.

»Versuch doch mal, dasselbe mit Lucis Uhr zu machen.«

Ronnie drückt auf ihrem iPad herum und wir hören ein Summen aus dem Wageninneren.

Ich höre schon deutlich Bens Stimme, dass seine Uhr gestohlen wurde und dass Luci sie mitgenommen haben muss. Eine Lüge für jede Gelegenheit, das ist Ben Parker.

»Lokalisier noch mal Bens Handy.«

»21 Luna Ridge«, sagt sie.

»Ich sollte Jerry Larsen anrufen und ihn vorwarnen. Er wird die Leiche nicht auf diesem Weg aus dem Auto holen können.«

»Ich habe ihn schon angerufen, während du nach der Uhr gesucht hast«, erwidert sie.

Sie sollte unbedingt eine Gehaltserhöhung bekommen. Jerry Larsen ist unser Teilzeit-Leichenbeschauer und nebenbei Apotheker. Er führt zusammen mit seiner Frau eine Apotheke in Port Townsend, ist Anfang sechzig, hat weißes Haar, einen langen, seidigen weißen Bart und ist nicht dick, erinnert mich dank seiner funkelnden Augen aber trotzdem an den Weihnachtsmann. Allerdings einen Weihnachtsmann, der Leichen in die Rechtsmedizin bringt. Ich könnte mir keinen unpassenderen Nebenjob für einen Apotheker denken.

»Wir müssen warten, bis einer unserer Leute hier ist und den Tatort bewachen kann«, erkläre ich.

Ben war von Anfang an mein Hauptverdächtiger. Er wusste, dass wir Luci mit oder ohne seine Hilfe finden würden. Darum hat er uns vor nicht einmal einer halben Stunde während des Telefonats gefragt, ob wir sie gefunden haben. Zu diesem Zeitpunkt war er in Marlenas Haus, das sich vielleicht drei Kilometer von hier entfernt befindet. Ich gehe das vorherige Szenario noch einmal durch, nur mit Ben als Mörder. Er wollte ihr den Wagen, der hundertzwanzigtausend Dollar wert ist, als Abfindung überlassen – hat sie etwa noch mehr verlangt? Eine Sache kommt uns zugute: Er weiß nicht, dass wir Luci gefunden haben. Allerdings müssen wir uns beeilen.

Ein Streifenwagen kommt auf den Parkplatz, gefolgt von Mindys Van. Deputy Davis steigt aus. »Detective Carpenter. Detective Marsh. Sheriff Gray bat mich, Ihnen auszurichten, dass Sie auf Verstärkung warten sollen, bevor Sie aufbrechen. Was soll ich tun? Soll ich Sie begleiten?«

»Irgendjemand muss hier bei Mindy bleiben und den Tatort sichern.«

»Aber der Sheriff ...«

»Vielleicht ist der Schütze noch in der Nähe.«

Er sieht sich reflexartig um. »Aber ...«

»Und ich habe Ronnie als Verstärkung bei mir. Wollen Sie mir etwa erzählen, zwei Frauen könnten nicht auf sich aufpassen?«

»Nein, Detective Carpenter. Ich wollte nur ...«

»Behalten Sie Ihr Funkgerät bei sich, Deputy Davis, ich melde mich, falls wir Hilfe brauchen. Ich muss noch kurz mit Mindy sprechen und ich möchte, dass Sie diesen Parkplatz abriegeln.«

Mindy lächelt mich an. »Du versuchst auch alles, um mich nicht auf einen Kaffee einladen zu müssen.«

FÜNFZIG

Auf dem Luna Ridge Drive kommt uns Bens Pick-up entgegen. Er tritt auf die Bremse und legt den Rückwärtsgang ein, wird schneller, fährt über die Bordsteinkante und wendet den Wagen. Sein Pick-up steht seitlich zu uns und noch halb auf dem Bürgersteig, als ich ihn auf der Beifahrerseite ramme und in Mrs Greens Vorgarten schiebe. Meine Airbags werden nicht ausgelöst und meine Rippen prallen schmerzhaft gegen das Lenkrad. War ja klar. Aber es ist gut, dass die Airbags nicht reagieren, denn Ben springt aus seinem Wagen und humpelt in Richtung Golfplatz. Ich hantiere noch immer mit meinem Sicherheitsgurt herum, als ich Ronnie rufen höre: »Bleiben Sie stehen, Ben, oder ich schieße!« Ich sehe, wie sie mit gespreizten Beinen und ausgestreckten Armen dasteht und ihre Dienstwaffe auf Ben richtet.

Er hält an und hebt die Hände. In seinem Hosenbund steckt eine Pistole.

»Runter auf die Knie!«

Er versucht es, schafft es jedoch nicht.

»Ich bin verletzt, Ronnie, und kann mich nicht hinknien.«

»Legen Sie die Hände auf den Hinterkopf, Ben.« Er tut es

und will sich umdrehen. »Hab ich was von Umdrehen gesagt? Sehen Sie einfach geradeaus und rühren Sie sich nicht vom Fleck, oder ich schieße. Und das wird wehtun.« Sie drückt ihn gegen die Seite seines demolierten Pick-ups.

Endlich habe ich den Sicherheitsgurt gelöst und steige aus. Ronnie beäugt mich. »Ist alles in Ordnung, Megan?«

Meine Brust tut an den Stellen weh, an denen sich das Lenkrad gegen meine Rippen gedrückt hat, aber ansonsten geht es mir gut. Was man vom Taurus nun wirklich nicht behaupten kann. Unter der eingedellten Motorhaube dringt Qualm hervor und das linke Vorderrad steht in einem seltsamen Winkel ab. »Es geht mir gut«, antworte ich. »Gib mir Deckung. Ich hole ihn.«

Ich mache mir nicht einmal die Mühe, meine Waffe zu ziehen, als ich auf Ben zugehe. Ronnie ist eine hervorragende Schützin. Ben ist etwa dreißig Zentimeter größer als ich, daher packe ich ihn am Gürtel und klopfe ihn nicht besonders sanft ab. »Wo sind sie, Ben?«, verlange ich mit bedrohlicher Stimme zu erfahren. Er dreht den Kopf zur Seite, um zu antworten, woraufhin Ronnie ein paar deftige Flüche ausstößt, die uns beide verstummen lassen. Ich habe ein Monster erschaffen.

»Dass sie jemanden mit weggepustetem Kopf sehen musste, hat ihr die Laune verdorben. Diese Glock ist mit einem Stecher ausgerüstet, und ihre Hände zittern. Aber wenn Sie uns verraten, wo wir Ihre Frau und Ihren Sohn finden, bleibt sie bestimmt ruhig.«

Wie aufs Stichwort atmet Ronnie schwerer und sagt Dinge wie: »Zum Teufel mit ihm. Geh zur Seite, Megan.«

Bens Stimme bricht. »Ich weiß nicht, wo sie sind. Das schwöre ich. Bitte erschießen Sie mich nicht. Bitte nicht ...« Er stockt und ich drehe mich zu Ronnie um und fahre mit einer Hand über meine Kehle, wobei ich hoffe, dass sie es nicht als Aufforderung interpretiert, ihn zu erschießen.

»Das ist nicht meine Waffe«, fährt er fort. »Sie lag in

meinem Wagen, als ich aus dem Haus kam. Ich schwöre bei Gott, dass das nicht meine Waffe ist.«

»Behalten Sie die Hände am Kopf, Ben.« Ich ziehe die Waffe aus seinem Hosenbund und stecke mir die Mündung in die Gesäßtasche, bevor ich ihm Handschellen anlege. Danach durchsuche ich ihn noch einmal gründlich. »Haben Sie eine weitere Waffe oder einen scharfen Gegenstand bei sich, an dem ich mich verletzen könnte?«

»Ich habe nichts dabei, Megan.«

»Schwören Sie es bei Gott?« Ich kann einfach nicht anders, als die Frage zu stellen. Ständig schwören alle bei Gott.

»Ich schwöre bei Gott.« Ben fängt an zu schluchzen und ich spüre die Vibrationen in seinem Körper, als ich sein Hemd mit beiden Händen packe.

»Behalt ihn im Auge, Ronnie«, sage ich. Er spielt uns die Beinverletzung nicht nur vor, aber ich möchte trotzdem, dass er weiterhin befürchtet, Ronnie könnte durchdrehen. Ich führe ihn zum Heck meines Wagens und lasse ihn sich so weit wie möglich über den Kofferraum bücken.

Danach ziehe ich meine .45er und drücke sie ihm gegen die Schläfe. Er zuckt zusammen. »Haben Sie irgendetwas zu sagen? Wo sind sie?« Ich bohre den Lauf in sein Fleisch und stelle fest, dass ich nun den anderen Ben vor mir habe. Den dreisten, arroganten, eingebildeten Ben.

»Mein Anwalt wird Sie in Stücke reißen«, sagt er. »Sie sagten selbst, dass hier überall Kameras sind. Ich verklage Sie bis aufs letzte Hemd.«

Das ist auch die einzige Methode, mit der er mir an die Wäsche kann. »Was glauben Sie, was im Gefängnis mit Ihnen passiert? Ein gutaussehender Kerl wie Sie? Ihre Tanzkarte wird immer voll sein.«

Ronnie summt den Hochzeitsmarsch und ich merke, wie sein Kampfgeist erlischt. Zwei Streifenwagen treffen ein und die Officer nehmen ihn in Gewahrsam. Ich bitte sie, ihn aufs

Revier zu bringen und in den Verhörraum zu setzen. Er hat nicht nach einem Anwalt verlangt, obwohl er schon eine Menge gesagt hat.

Der Officer ruft einen weiteren Wagen, der uns abholen kann, und zwei Abschleppwagen. Diesmal brauchen wir wenigstens nicht den Rechtsmediziner. Ich nutze die Zeit und tüte die Waffe ein, die ich Ben abgenommen habe: eine halbautomatische Desert Eagle Kaliber fünfzig. Clint Eastwood wäre begeistert. Ich rufe Mindy an und berichte ihr von der Waffe, dann wähle ich die Nummer von Sheriff Gray. Er geht nicht ran, aber als ich aufblicke, kommt Tonys Wagen auch schon die Straße herunter.

Er öffnet das Fenster und mustert mein rauchendes Auto. »Ich sagte doch, dass ihr auf Verstärkung warten sollt.«

»Es ist nichts passiert, Sheriff«, erwidere ich. »Allen geht es gut.«

Tony ist wütend, was ich nachvollziehen kann. »Wir unterhalten uns später darüber. Berichtet erst mal, was passiert ist.«

Ronnie und ich machen uns daran, lassen jedoch einige der Dinge aus, die wir zu Ben gesagt haben, als plötzlich jemand auf dem Bürgersteig »Tony!« ruft.

Ich drehe mich um und sehe Mrs Green vor mir. »Matilda?«, fragt der Sheriff.

»Hab ich dich doch erkannt.«

»Es ist eine Weile her.« Er läuft rot an. Ich habe ihn noch nie erröten gesehen.

Mrs Matilda Green trägt hellroten Lippenstift, Rouge und so dickes Make-up, als hätte sie eine Schüssel damit gefüllt und den Kopf reingehalten. Sie richtet ihre Frisur und lächelt Tony an, als wäre er ein Leckerbissen. Ich weiß nicht, ob ich der Sache auf den Grund gehen will. Bei genauerer Überlegung will ich es wirklich nicht wissen. Er steigt aus und geht mit ihr die Straße entlang zu ihrem Haus, wobei er sich immer wieder über die Schulter umschaut. Entweder zu uns oder dem rauchenden Wrack. Sie umarmt ihn und drückt ihm einen Kuss auf die Wange. Er ist noch immer rot im Gesicht, als er ohne sie zurückkehrt. »Eine alte Freundin«, behauptet er und räuspert sich.

»Das geht uns nichts an«, erwidere ich und Ronnie nickt, aber ich freue mich schon auf mein späteres Gespräch mit ihr.

»Vergesst das gleich wieder«, sagt er. »Mindy ist auf dem Parkplatz beschäftigt. Ihr wolltet mir eben erzählen, was sich hier abgespielt hat.«

Ich zeige ihm die Desert Eagle. »Ben wollte vor uns fliehen, aber Ronnie hat ihn gestellt.« Über ihre Wortwahl werde ich später unter vier Augen mit ihr reden. »Die Waffe steckte in seinem Hosenbund.«

»Und so ist er durch die Gegend gelaufen?«, fragt Tony. Es hört sich ein bisschen so an, als hätte er gesagt *Hab ich nicht gesagt, dass du nicht mit einer Schere in der Hand rennen sollst?*, aber ich weiß, dass er sich nur ein Bild machen will.

»Der Wanderweg ist keine drei Kilometer von hier entfernt. Als wir zuletzt mit ihm gesprochen haben, meinte er, er würde das Haus aufräumen, weil Marlena es gern ordentlich hat. Ich vermute, dass er hier war, um die Waffe zu holen, Luci erschossen hat und danach zurückkehrte, um die Waffe zu verstecken. Wir müssen ihn erwischt haben, bevor er die Gelegenheit dazu bekam. Oder er hat beschlossen, sie woanders zu entsorgen.«

Was allerdings nicht viel Sinn ergibt. Warum hat er sie nicht einfach in den Wald geworfen? Oder auf dem Rückweg aus dem Wagen geschleudert? Wieso sollte er die Waffe behalten?

»Hat er euch schon irgendwas gesagt?«

»Wir haben es versucht, aber er hält sich für unantastbar.« Ein altes Sprichwort sagt, mit Geld kann man alles regeln.

Angesichts der Situation kann ich mir jedoch nicht vorstellen, dass Cyrus ihm helfen wird. »Er ist auf dem Weg aufs

Revier. Ich werde ihm dort den Haftbefehl verlesen und ihn wegen Mordes und Fluchtversuchs verhaften.« Und wegen des Angriffs auf meinen kleinen Taurus. Dabei fällt mir ein: »Ich brauche einen Wagen, Sheriff.«

»Ich werde sehen, was ich tun kann. Was hast du jetzt vor, Megan?«, erkundigt er sich.

Ich würde gern aufs Revier fahren und Ben ausfragen, während Ronnie sich hier umhört, aber mir ist klar, dass sie damit nicht einverstanden sein wird. Wie könnte sie auch? Wenn sie nicht so schnell mitgedacht hätte, würden wir dem Mistkerl noch immer über den Golfplatz hinterherlaufen. »Wenn du dafür sorgen könntest, dass jemand Ronnies Wagen herbringt, erledigen wir hier alles, was ansteht, und kommen dann zum Revier, um Ben zu verhören. Ich glaube, wir haben ihn.«

»Klingt gut. Ihr werdet ein weiteres Kriminaltechnikerteam brauchen. Aber, Megan?«

»Ja, Sir?«

»Versuch, nichts mehr zu beschädigen. Weder unser noch fremdes Eigentum. Und ich möchte morgen früh einen Unfallbericht auf meinem Schreibtisch liegen haben.«

EINUNDFÜNFZIG

Wir haben Glück. Die erste Nachbarin, die wir aufsuchen, hat den ganzen Zwischenfall auf der Straße und sogar noch mehr gesehen.

»Würden Sie uns bitte sagen, was genau Sie beobachtet haben, Mrs Lang?«, bittet Ronnie und hält ihr Handy hoch, um die Aussage aufzuzeichnen.

»Wie ich bereits sagte, habe ich vor etwa zwei Stunden gesehen, wie er zu Marlenas Haus kam und in ihre Garage fuhr. Er muss den Toröffner behalten haben. Ich konnte den Mann noch nie leiden. Er war mir immer zu schmierig. Aber die arme Marlena und ihr lieber kleiner Junge. Was die beiden alles durchmachen mussten.«

Sie scheint meine Ungeduld zu spüren. »Jedenfalls hat er das Garagentor geschlossen und war eine ganze Weile im Haus. Ich habe es im Auge behalten. Er hat sie verlassen. Und jetzt sind sie fort. Hoffentlich geht es ihnen gut. Vielleicht können sie jetzt, wo er hinter Gittern sitzt, ja wieder nach Hause kommen.«

»Ja, vielleicht«, murmele ich.

»Ich dachte, er will vielleicht etwas stehlen, darum habe ich hingeschaut. Dann sah ich, wie das Garagentor wieder aufging und er mit seinem lauten Pick-up rausfuhr. Er war nicht lange weg, da kam er auch schon wieder und parkte in der Auffahrt. Diesmal fuhr er nicht in die Garage. Er setzte zurück, und dann hat er offenbar Sie gesehen. Seinen Fluchtversuch haben Sie ja geschickt unterbunden. Ich hoffe nur, dass es nicht Ihr Privatwagen war, meine Liebe.«

»War es nicht.«

»Ach, das ist doch gut, nicht wahr?«

Ich habe keine Ahnung, wie gut das alles ist. »Ja, das ist es, Mrs Lang. Haben Sie ihn heute irgendwann einmal mit einer Waffe gesehen?«

»Ach, als er herkam, fuhr er gleich in die Garage, daher habe ich ihn nur im Vorbeifahren gesehen. Er saß immer in seinem Wagen. Doch dann sah ich, wie Sie ihm auf der Straße die Waffe abgenommen haben. Sie sind wirklich zwei sehr tapfere Frauen.«

Sie blickt auf Ronnies Handy hinab und deutet an, dass sie es ausschalten soll. Nachdem Ronnie das getan hat, spricht sie weiter. »Ich möchte nicht, dass das irgendjemand anderes hört. Ich konnte verstehen, was Sie zu ihm gesagt haben, und kann diese Wortwahl nicht gutheißen.« Sie sieht mich an. »Sie spricht doch nicht mit allen so, oder?«

Ronnie ist puterrot angelaufen. »Liebe Mrs Lang, das habe ich nur getan, damit er ... Ich wollte, dass er uns verrät, wo seine Frau und sein Sohn sind. Normalerweise drücke ich mich nicht so aus.«

»Das stimmt. Das hat sie von mir«, werfe ich ein.

Mrs Lang wirkt nur ein bisschen besänftigt. »Ich schätze mal, Sie wissen, was Sie tun. Und Sie waren beide so mutig.« Sie schenkt uns ein Lächeln. »Und dieser Mann hat das verdient, so wie er mit seiner Frau umgesprungen ist. Gott möge mir vergeben, aber ich hatte schon fast gehofft, dass er nicht stehenbleibt. Das ist nicht sehr christlich von mir, aber ich kann es nicht ändern.«

Ich zwinkere Ronnie zu, die noch immer rote Wangen hat. »Haben Sie sonst noch etwas gesehen, Mrs Lang?«

»Ich habe erst gestern erfahren, dass die beiden vermisst werden. Wollten Sie das wissen?«

Die Techniker untersuchen gerade den Pick-up, als wir das Gespräch mit Mrs Lang beendet haben. »Irgendwas gefunden?«, frage ich einen Officer.

»Eine leere Patrone auf dem Boden, Kaliber fünfzig. Da liegt auch der Kasten für eine Desert Eagle.«

»Wie sieht es mit der Ladefläche aus?«

»Eine Schaufel, zwei Schlafsäcke, eine Kiste Wasserflaschen, zwei Plastikplanen und ein Seil.«

Ronnies Wagen wird gebracht und sie geht hinüber. »Bitte zeigen Sie mir alles«, bitte ich den Officer.

Er geht mit mir zur Ladefläche von Bens Pick-up. Die Schaufel sieht neu aus, aber auf dem mit einer Gummimatte ausgelegten Boden befinden sich Schlammreste und ölige Holzsplitter. Bei den Schlafsäcken handelt es sich um die, die ich in Bens Hütte gesehen habe. Aus der Wasserkiste fehlen mehrere Flaschen, und es ist dieselbe Marke wie die Flasche aus dem Sägewerk. Die blaue Plastikplane ist schmutzig. Vermutlich stammt sie vom Boden des Gebäudes, in dem wir die anderen Pick-ups entdeckt haben. Und die tote Stinktierfamilie. Das Seil ist von der Art, wie sie auch auf Booten verwendet werden.

»Wurden im Beifahrerbereich auch Wasserflaschen gefunden?«, erkundige ich mich.

»Einige leere lagen hinter dem Fahrersitz. Wir sammeln sie ein.«

»Schicken Sie sie schnellstmöglich zu Marley Yang. Er wird wissen, was er damit zu tun hat.«

»Wird erledigt. Über die Waffe kann ich Ihnen erst mehr erzählen, wenn wir sie im Labor untersucht haben, aber ich habe den Kasten geöffnet, und der Geruch ließ vermuten, dass sie vor Kurzem abgefeuert wurde.«

Ich danke ihm und steige zu Ronnie in den Wagen. »Ruf Marley an und frag ihn, wie schnell er die Gegenstände untersuchen kann, die wir ihm gleich schicken.«

»Volltreffer«, erklärt sie.

»Ja. Volltreffer.«

»Was ist los, Megan? Ging das deiner Meinung nach zu leicht?«

»Gut möglich.« Die Gegenstände auf der Ladefläche lassen mich das Schlimmste befürchten. Die beiden könnten tot sein und er hat die Werkzeuge nur geholt, um die Leichen zu begraben. Es nagt an mir, dass er Luci erschossen hat. Wurde seine Familie auch mit dieser Waffe getötet? Warum hat er sie nicht in der Bucht versenkt? Seine Hütte liegt ganz in der Nähe. Genau wie das Sägewerk. Er ist ein Arschloch. Warum setzt mir das derart zu? Es kommt mir zu perfekt vor. Ich war drauf und dran, ihn zur Strecke zu bringen, und werde das auch tun, aber wir haben Marlena und Bennie noch immer nicht gefunden.

»Er ist unser Mann, Megan. Alles passt perfekt.«

Genau. Perfekt. »Lass uns erst mal mit ihm reden. Aber vorher müssen wir ein Wörtchen wechseln.«

»Schieß los, Megan.«

»Ich muss dir eine wichtige Frage stellen.«

»Okay.«

»Hast du wirklich gesagt, du wirst auf ihn schießen und dass es wehtun wird?«

Sie grinst. »Ich habe mir gestern Abend noch einen Film angesehen: *Last Man Standing* mit Bruce Willis. Darin gibt es eine Schießerei mit einem gefährlichen Mafiaboss, und da ist mir das irgendwie rausgerutscht.«

»Mach das nie wieder.«

»Okay.«

»Und fluch auch nie wieder so.«

»Okay.«

Wir sitzen einen Moment lang schweigend da. Ronnie schmollt.

»War nur Spaß«, sage ich dann. »Mir hat es gefallen. Aber bevor du so was noch mal machst, gib mir Bescheid, dass du zum Psycho mutierst.«

»Ich hielt es für effektiv.«

»Es war eher psychotisch.«

»Guter Bulle, böser Bulle.«

»Guter Bulle, Psychobulle.«

Wir müssen beide lachen.

ZWEIUNDFÜNFZIG

»Kann ich Ihnen irgendetwas bringen, Ben?«

»Sie können mich hier rauslassen.« Er grinst mich an. Selbst angesichts einer Anklage wegen Mord und Entführung hält er sich für charmant. Sein Aussehen und sein Geld haben ihn in seinem traurigen, erbärmlichen Leben weit gebracht, warum sollte er da jetzt die Taktik ändern?

»Sie wissen, dass ich das nicht tun kann.« Er fragt nicht, ob wir Luci gefunden haben. Er weiß, dass es so ist. Wir sitzen allein im Verhörraum. Sheriff Gray und Ronnie sehen per Monitor zu und warten auf Nachricht von Mindy und Marley. Die Beweise werden sein Untergang sein, und das muss er auch wissen – wieso benimmt er sich dann noch immer wie ein Idiot?

»Ich hätte gern einen Kaffee. Und etwas zu essen.«

»Was macht Ihr Knie? Möchten Sie es nicht doch untersuchen lassen?« *Oder darf ich es Ihnen noch mehr verdrehen?*

»Es fühlt sich besser an. Sie haben meinen Wagen gerammt. Wissen Sie überhaupt, was so ein Pick-up kostet?«

»Was interessiert Sie das, wo Ihnen der Wagen doch sowieso nicht gehört?«

Er grinst. »Da haben Sie mich erwischt. Aber es war ein schöner Pick-up. Ihr Wagen ist nur noch Schrott.«

Das weiß ich, Arschloch. »Das war er auch vorher schon.«

Wieder grinst er. »Das mag ich so an Ihnen, Megan. In einem anderen Leben hätten wir gute Freunde werden können.«

In diesem Staat gibt es keine gemischten Gefängnisse. »Da könnten Sie recht haben. Aber wir müssen uns mit der Gegenwart befassen, Ben. Sie sind hier, und jetzt möchte ich wissen, wo Marlena und Bennie sind. Reißen Sie sich zusammen. Lassen Sie nicht zu, dass die beiden irgendwo da draußen hungern und sich fürchten. Falls Sie sie je geliebt haben, dann helfen Sie mir, sie zu finden. Denken Sie doch nur daran, wie verwirrt Bennie sein muss. Er bewundert Sie. Er möchte wie Sie sein. Wie können Sie einem kleinen Jungen so etwas antun?«

Er schweigt kurz. »Ich habe ihnen gar nichts angetan, Megan. Ich weiß, dass Sie mir nicht glauben – ich habe Ihnen vermutlich keinen guten Grund geliefert, das zu tun –, aber ich sage die Wahrheit. Ich bin ein schlechter Ehemann und Vater. Das weiß ich selbst. Aber ich liebe Bennie. Und ich liebe meine Frau, obwohl ich weiß, dass sie mich betrogen hat.«

Als er meine Miene bemerkt, fügt er hinzu: »Ich kann Ihnen die Missbilligung ansehen. Sie haben meine Zimmer in der Hütte gesehen. Das weiß ich. In der Nacht, an dem meine Tür angeblich offen war, haben Sie meine Hütte betreten. Sie haben alles gesehen. Und ich habe Sie in Bezug auf Luci angelogen, weil ich mich geschämt habe. Doch so etwas tun viele Männer. Sie betrügen. Mein Vater würde Ihnen gern einreden, dass er perfekt ist, doch das ist er nicht, das kann ich Ihnen versichern. Aus diesem Grund hat meine Mutter ihn auch verlassen. Und sie hat mich nur nicht mitgenommen, weil er eine Armee von Anwälten hatte. Ich habe sie mal gefragt, warum sie mich aufgegeben hat. Sie sagte, ich wäre bei ihm besser aufgehoben. Sie konnte mir nicht geben, was ich brauchte. Die besten Schulen. Autos. Aber sie hat sich geirrt. All das wollte ich nie. Ich wollte nur bei ihr sein. Er hat mich auf Internate geschickt. Er war immer weg. Es erstaunt mich, dass ich überhaupt ein schlechter Vater wurde. Ich habe Marlena nur geheiratet, weil sie schwanger war. Das war seine Idee. Oder vielmehr sein unausgesprochener Befehl. Er hat mir gedroht, den Geldhahn zuzudrehen, wenn ich ihm keinen Enkel schenke. Einen Thronerben. Was hätte ich denn tun sollen?«

Ich hätte das Richtige für sie getan. Sie unterstützt. Sie ein normales Leben führen lassen. Aber so leben die Parkers nicht. Sie kaufen Menschen und tun alles nur des Geldes wegen. Ihre Entscheidungen bereuen sie nie, selbst wenn andere einen hohen Preis dafür bezahlen müssen. Aus diesem Grund hatte Cyrus auch das Bedürfnis, unser Büro neu auszustatten. Er wollte, dass wir vor ihm in Ehrfurcht erstarren. Ihn bemitleiden, weil er so einen Sohn hat. Je länger ich Ben zuhöre, desto mehr verstehe ich, warum er seinen Vater hasst. Vielleicht auch seine Mutter. Aber wie kann er noch in den Spiegel sehen, nachdem er seine Frau und seinen Sohn so behandelt hat? Nachdem er ihnen Freunde, einen Sinn im Leben, das Leben, das ihm verweigert wurde, versagt hat?

»Es steht mir nicht zu, über Sie zu urteilen.« *Das passiert dann vor Gericht.* »Meine einzige Sorge ist das Verschwinden von Marlena und Bennie und der Mord an Lucia Simmons.«

»Mord? Luci ist tot?«

Netter Versuch. »Erinnern Sie sich daran, dass ich Ihnen Ihre Rechte verlesen habe?« Da er nicht antwortet, tue ich es noch einmal. Ich verlese ihm auch den Haftbefehl und er sagt keinen Ton und verzieht keine Miene. »Möchten Sie mir irgendetwas sagen?«

»Ich bin unschuldig, Megan, oder Detective Carpenter, wenn Ihnen das lieber ist. Ich sagte doch bereits, dass ich die

Waffe in meinem Wagen gefunden habe. Wurde Luci damit erschossen?«

»Warum waren sie am Luna-Ridge-Rundwanderweg?«

»Da war ich nicht. Wer behauptet das?«

»Die Waffe.«

»Wie ich bereits sagte, lag sie in meinem Wagen.«

»Sie waren im Haus in der Luna Ridge. Von dort ist es nicht weit bis zum Naturschutzgebiet.«

»Ich war nicht dort. Ich war noch nie in diesem Naturschutzgebiet.«

»Eine Nachbarin hat gesehen, wie Sie das Haus verlassen haben und in den Wagen gestiegen sind. Sie waren etwa eine halbe Stunde weg, bevor Sie zurückgekehrt sind.«

»Ich bin zu Lucis Wohnung gefahren. Ich wollte mit ihr reden und herausfinden, warum sie Ihnen all die schlimmen Dinge über mich erzählt hat. Ich wollte wissen, warum sie lügt. Außerdem sollte das eine saubere Trennung werden, aber sie hat es offenbar nicht gut aufgenommen.«

»Haben Sie mit ihr gesprochen?«

»Ich bin vorher umgedreht. Ich war zwar wütend auf sie, hätte sie jedoch niemals ermordet.«

»Erzählen Sie mir von der Waffe.«

»Ich kam zum Haus zurück, um den Rest aufzuräumen, und parkte in der Auffahrt, weil das Garagentor nicht aufging. Manchmal klemmt es. Als ich die Waffe auf dem Boden entdeckt habe und Sie die Straße entlang kamen, geriet ich in Panik.«

»Warum wollten Sie wegrennen, nachdem wir Ihren Wagen gerammt hatten?«

»Weil ich panisch war, wie ich eben sagte. Irgendjemand will mich reinlegen. Ich hatte Angst, dass Sie mich wegen der Waffe verhaften würden. Und dass es aufgrund der anderen Umstände nun noch schlechter um mich stand.«

»Daher haben Sie sich die Waffe in den Hosenbund gesteckt und sind losgelaufen?«

»Ich ... ich ...« Er starrt zu Boden.

»Ja?«

»Ich wollte sie wegwerfen. Sie loswerden.«

»Wem gehört die Waffe?«

»Das weiß ich nicht. Ich habe sie vorher noch nie gesehen. Ich besitze keine Waffe. Ich konnte Waffen noch nie leiden. Der Bodyguard meines Vaters trägt sie immer offen, damit ich sie sehe. Ich dachte, Sie oder Ronnie würden mich erschießen. Waffen machen mir Angst. Mein Vater ist von ihnen besessen. Sie könnte ihm gehören.«

»Aber Sie haben Zugriff auf seine Waffensammlung.«

»Theoretisch ja. Wenn mich Sissy in die Waffenkammer lassen würde, was ich mir nicht vorstellen kann. Sie mag mich nämlich nicht. Vermutlich sieht sie sich als die nächste Mrs Cyrus.« Er schnaubt. »Das kann sie vergessen. Sie hat ihm nichts zu bieten. Wenn sie ihm nicht einmal das Leben gerettet hätte, stünde sie gar nicht in seinen Diensten. Ich kann allerdings nicht ausschließen, dass sie miteinander ins Bett gehen.«

»Ihre Fingerabdrücke werden auf der Waffe sein, Ben.«

»Natürlich werden sie das. Ich hatte die Waffe in der Hand. Aber ich habe Luci nicht getötet. So etwas könnte ich nie tun.«

Die Forensiker werden seine Hände und seine Kleidung auf Schießpulverreste überprüfen, wenn sie die Zeit dafür finden. »Wir haben eine Patronenhülse in Ihrem Wagen gefunden.«

»Was?«

»Die Waffe wurde abgefeuert. Sie haben die Patronenhülse vom Tatort mitgenommen. Danach haben Sie sie versehentlich im Wagen gelassen, als Sie vor uns geflohen sind. Wollen wir wetten, dass die Hülse zur Waffe und die Kugel zur Hülse passt?«

»Das ist gelogen. Das kann nicht sein. Ich habe die Waffe das erste Mal gesehen, als ich sie unter dem Sitz liegen sah. Ich habe weder die Kugel noch sonst irgendwas angefasst.« Er sieht etwas erleichtert aus. »Sie werden meine Fingerabdrücke nicht auf der Patronenhülse finden, weil ich sie nie berührt habe. Das beweist auch, dass ich nicht der Schütze sein kann.«

Ich lasse nicht locker. »Wir haben hinten im Wagen Wasserflaschen gefunden, Ben.«

»Was haben die denn mit all dem zu tun?«

»Wir haben genau so eine Wasserflasche in dem verlassenen Sägewerk gefunden, in dem Sie mal mit Luci waren. Es ist dieselbe Marke wie in Ihrem Wagen. Das Wasser wurde mit etwas versetzt. Sie haben Ihre Frau und Ihren Sohn betäubt.«

»Ich war nie mit Luci in irgendeinem Sägewerk. Sie lügt Sie an.«

»Luci ist tot«, rufe ich ihm ins Gedächtnis.

»Ich habe sie nicht getötet. Das schwöre ich. Warum sollte ich das tun? Ich habe genug Geld, um sie verschwinden zu lassen.« Er reißt die Augen auf. »Ich meine, ich hätte sie dafür bezahlen können, dass sie woanders hinzieht. Ihr ging es nur ums Geld. Ich hätte ihr genug Geld geben können, damit sie wieder nach New York zurückziehen kann. Warum hätte ich sie umbringen sollen?«

»Wir wissen, dass Sie in dem Sägewerk waren, von dem uns Luci erzählt hat.«

»Okay. Ich gebe zu, dass ich mit ihr bei einem Sägewerk war. Uns gehören mehrere.«

Mein Handy pingt und kündigt mir eine Nachricht an. Sie ist von Ronnie. Das Foto des Sägewerks, das Luci wiedererkannt hat. Ich zeige es Ben und er spannt den Kiefer an. »Kennen Sie dieses Werk?«

»Dort war ich eines Abends mal mit Luci. Vermutlich wollte ich damit bei ihr punkten. Sie wissen schon. Sie war ein bisschen verrückt und tat es gern an seltsamen Orten. In der Öffentlichkeit. Überall.«

»Warum ausgerechnet dieser Ort? Hat er eine besondere Bedeutung für Sie?«

»Eigentlich nicht.«

»Warum waren Ihre Fingerabdrücke auf dem Schloss und einer der Lagerraumtüren?«

»Wir sind nicht aufs Gelände gegangen. Und wir waren nur einmal da. Ich überprüfe routinemäßig diverse verlassene Gebäude. Als ich bei diesem war, hatten Vandalen das Schloss zerstört und auf dem Gelände Schnapsflaschen und anderen Müll hinterlassen. Ich habe ein neues Schloss angebracht. Das hält sie nicht fern, aber mehr kann ich nicht tun.«

»Haben Sie diese Vandalen mal gesehen? Sind sie möglicherweise jung, Schwarz und tragen Hoodies wie Ihr Spanner?«

»Ich habe sie nicht gesehen, aber das Tor stand offen und ich wollte nicht, dass sich jemand verletzt und uns verklagt. Ist das gegen das Gesetz?«

Er denkt mit. »Hat Marlena irgendwelche Medikamente genommen?«

»Ja. Sie hat mir erzählt, dass sie Schlaftabletten nimmt.«

»Wissen Sie, welche?«

»Nein. Ich brauche keine solchen Tabletten. Ich weiß noch, dass sie selbst auf dem College manchmal eine nehmen musste. Sie sagte, die Kurse würden sie stressen und sie würde schlecht schlafen. Das war keine große Sache.«

»Haben Sie sich je genauer in dem Sägewerk umgesehen und die Räume auf Schäden überprüft oder etwas in der Art?«

»Nein. Ich habe nur ein Schloss und eine Kette gekauft und das Tor gesichert.«

»Haben Sie je eine Wasserflasche mit in das Sägewerk genommen?«

»Das habe ich doch schon verneint. Ich war insgesamt vielleicht fünf Minuten da, und das ist schon eine ganze Weile her.«

»Waren Sie in Begleitung?«

»Nein. Ich stellte fest, dass das Tor offen war, besorgte ein Schloss und sicherte es wieder.«

»Luci sagte, Sie wären eines Abends mit ihr dort gewesen und hätten damit angegeben, dass Ihnen das Gelände gehört.«

»Das ist gelogen. Sie war nie auf dem Gelände. Ich habe ihr das Werk nur gezeigt. Ich nahm sie mit in meine Hütte, das ist aber auch alles.«

»Wir haben auf der Ladefläche Ihres Pick-ups Schlafsäcke gefunden«, berichte ich.

»Schlafsäcke ... Ach ja, die Schlafsäcke. Die lagen noch in der Hütte, daher habe ich sie heute mit zum Haus genommen. Ich hatte nur vergessen, sie reinzubringen. Was ist damit?«

»Sie haben mir erzählt, dass Marlena und Bennie nicht gern zelten gehen. Warum befanden sich die Schlafsäcke in Ihrer Hütte?«

»Ich habe Ihnen erzählt, dass Marlena nicht gern gezeltet hat. Bennie freundete sich langsam damit an, aber es war nicht einfach, wenn ich mich allein um ihn kümmern musste. Die Schlafsäcke lagen noch von unserem letzten Campingausflug in der Hütte. Als ich beschloss, das Haus zu putzen, fiel mir ein, dass Bennie hin und wieder gern in seinem Schlafsack schläft, daher habe ich sie eingepackt.«

»Der Erwachsenenschlafsack ist Ihrer?«, hake ich nach.

»Er gehörte Marlena. Sie hat ihn in der Hütte vergessen.«

»Wo ist Ihr Schlafsack, Ben?«

»Ich schlafe auf dem Boden und brauche keinen.«

»Warum haben Sie die Hütte nach der Nacht, in der ich die offene Tür entdeckt habe, gereinigt?« Ich kenne seine Antwort schon im Vorfeld und werde nicht enttäuscht.

»Es war mir peinlich, dass Sie sie in diesem Zustand gesehen haben.«

Und aus diesem Grund haben Sie das ganze Sexspielzeug weggeschafft?

»Sehen Sie mich an, Ben.« Er tut es. »Ich glaube Ihnen nicht. Die Geschworenen werden Ihnen auch nicht glauben. Wenn wir Ihre Frau und Ihren Sohn tot auffinden, wandern Sie für den Rest Ihres Lebens ins Gefängnis. Den Mord an Luci können Sie möglicherweise abstreiten, aber drei Morde? Man wird Sie für alle drei verurteilen. Sie kommen nie mehr auf freien Fuß. Es sei denn, Sie verraten uns, wo wir Marlena und Bennie finden. Ansonsten kann ich Ihnen nicht helfen. Geht es den beiden gut?«

Er hat Tränen in den Augen, als er erwidert: »Ich hoffe bei Gott, dass es ihnen gutgeht.«

Ich halte einige Zeit inne und sehe ihn direkt an. Er wendet den Blick ab. »Ich weiß, dass Sie Luci getötet haben, Ben. Ich kann es beweisen.«

»Ich war das nicht. Sie können gar nichts beweisen.«

»Heben Sie die Arme.«

»Was?«

»Nehmen Sie die Arme hoch.« Er kommt der Aufforderung nach. »Wo ist Ihre Uhr? Die Apple Watch, die Sie bisher bei jeder Begegnung getragen haben?«

Er fängt an zu stammeln. »Sie muss beim Putzen oder Aufräumen abgefallen sein. Ich benutze sie eigentlich nie, daher habe ich es nicht bemerkt. Sie müssen mir glauben.«

Er lügt. Ihm ist eben aufgegangen, dass sie runtergefallen ist, als er Luci getötet hat. Ich sehe erste Schweißperlen auf seiner Oberlippe.

»Haben Sie meine Uhr gefunden? Bestimmt haben Sie das, sonst würden Sie nicht fragen. Wo ist sie?«

DREIUNDFÜNFZIG

Ein Officer passt auf Ben Parker auf, der noch immer Handschellen trägt, während ich mich zu Tony und Ronnie in Tonys Büro setze. Ich hole Mindy per Telefon dazu.

»Hi, Mindy. Hast du Bens Uhr gefunden?«

»Ja. Das Armband ist kaputt. Das Teil, mit dem die Uhr am Armband befestigt wird, ist nicht mehr da.«

»Kannst du herausfinden, wie das passiert ist?«

»Noch habe ich das Teil nicht gefunden. Ich suche weiter.«

»Achte auch auf Schießpulverrückstände im Wagen. Die Techniker übernehmen den Rest.«

Nachdem ich mich bei Mindy bedankt habe, lege ich auf. Mit Ben muss ich vorerst nicht sprechen. Mein Handy, das noch auf meinem Schreibtisch liegt, klingelt, und der Sheriff geht ran. Ich höre ihn sagen: *Wir kommen sofort.*

Er ist ganz aufgeregt. »Das war Cyrus. Marlena und Bennie sind bei ihm. Er hat sie gefunden. Sie sind am Leben.«

VIERUNDFÜNFZIG

Sheriff Gray bleibt auf dem Revier, während Ronnie und ich nach Parker Island fahren. Wir treffen uns mit Sissy am Dock und versuchen im Verlauf der Überfahrt herauszufinden, was passiert ist, doch sie meint nur, dass uns Cyrus alle Fragen beantworten wird.

Das Herrenhaus ist hell erleuchtet, als wir in Sissys Jeep ankommen. Cyrus empfängt uns persönlich an der Tür und führt uns in die Küche.

»Ist das nicht wunderbar? Ich kann kaum glauben, dass sie hier sind. Und unversehrt. Das haben wir nur Sissy zu verdanken.«

»Können wir sie sehen?«

»Oh, das wird der Arzt entscheiden müssen.«

»Sie haben hier einen eigenen Arzt?«

»Sissy hat ihn geholt. Ich wüsste nicht, was ich ohne sie tun würde.«

»Wann genau hat Sissy sie gefunden?«

Er winkt ab. »Sie sind zu Hause. Das ist alles, was zählt.«

»Wir haben Ben verhaftet.«

»Ja. Sissy hat mir von dem Mord berichtet.«

Sissy entschuldigt sich. Ich wüsste zu gern, wie sie von Bens Verhaftung erfahren hat. Oder vom Mord. Wir haben ihn erst vor Kurzem festgenommen und ich bezweifle, dass in den Nachrichten schon darüber berichtet wurde. Vielleicht hat Tony es Cyrus am Telefon erzählt.

Cyrus bedeutet uns, Platz zu nehmen, und setzt Kaffee auf. »Darf ich Ihnen einen anbieten oder hätten Sie lieber etwas Stärkeres?«

»Wenn Sie etwas trinken möchten, nur zu«, erwidere ich.

Wir warten, bis er sich mit seiner Kaffeetasse gesetzt hat.

»Erzählen Sie uns alles.«

Er steht wieder auf, schenkt uns beiden ebenfalls ein und stellt die Tassen vor uns ab. »Sissy hat sie gefunden. Sie hat auf eigene Faust ermittelt, mir jedoch versichert, dass sie Ihnen nicht in die Quere kommen wird. Sie bekam einen Anruf von einer Frau, die behauptete, Informationen über die vermissten Personen zu haben.«

»Lucia Simmons«, vermutet Ronnie.

»Ganz genau. Sie wussten von ihr. Selbstverständlich. Diese Frau sagte also, sie hätte Informationen über Marlena und Bennie. Sie hat eine Million Dollar und Schutz verlangt.«

»Vor wem wollte sie denn beschützt werden?«

»Vor Ben. Meinem Sohn. Sie sagte, er hätte gedroht, sie zu töten, weil sie zu viel wusste.

Sissy wollte einen Beweis und da wurde die Frau wütend. Sie sagte, Ben würde die beiden umbringen, wenn wir uns nicht beeilten. Sissy wollte wissen, wo sie festgehalten werden, damit sie sie beschützen kann. Sie versprach der Frau das Geld und den Schutz. Sissy erklärte sich dazu bereit, sich mit ihr zu treffen, und weihte mich ein. Wir besorgten gerade das Geld, als einer von Sissys Leuten anrief und sagte, Ben wäre wegen Mordes verhaftet worden.«

»Sissy kannte Lucia Simmons persönlich?«, hake ich nach.

»Simmons hat für unser Unternehmen gearbeitet. Für Ben. Sissy ließ sie überprüfen, als sie herausfand, dass Ben die Frau bezahlte und ihr teure Geschenke machte.«

»Wie hat Sissy dann Marlena und Bennie gefunden? Hat Simmons ihr verraten, wo sie waren?«

Cyrus hält inne. »Sie sagte, sie hätte die Insel durchsuchen lassen. Sie wusste, dass mich Ben bestrafen wollte. Daher glaubte sie, dass Ben die beiden hier versteckt hätte. Sie müssen sie fragen, was genau passiert ist, aber sie hat sie gefunden, und ich bin ihr sehr dankbar dafür. Marlena und Bennie sind hier. Sie sind in Sicherheit. Ben wurde verhaftet. Ihnen beiden kann man nur für Ihre überragenden Leistungen gratulieren. Ohne Ihre unermüdliche Arbeit hätten die beiden sterben können.«

»Danke für das Kompliment, Cyrus, aber wir müssen mit allen reden, die am Mord und der Entführung beteiligt waren.«

»Das verstehe ich, Megan. Meines Wissens haben Sie Ben erwischt, Ronnie. Und er hatte die Waffe dabei, mit der diese Goldgräberin getötet wurde. Hoffentlich befördert Tony Sie für Ihre Tapferkeit. Ich habe sogar schon mit ihm gesprochen. Ein gutes Wort für Sie eingelegt. Sie beide haben mehr verdient, als ich Ihnen jemals geben kann.«

Er beantwortet einige meiner Fragen, erklärt mir jedoch nicht, wieso er mich nicht angerufen hat. Entweder nach Lucis Anruf oder nachdem sie Marlena und Bennie gefunden hatten. Ein Arzt wurde »geholt«. Das kann nur bedeuten, dass jemand auf dem Festland war, was wiederum einige Zeit dauert.

»Wo wurden Marlena und Bennie denn nun gefunden?«

»Am einzigen Ort, an dem ich nie nach ihnen gesucht hätte. Hier.«

Ich kann mein Erstaunen nicht verbergen. Ronnie ergreift das Wort. »Hier? In Ihrem Haus?«

»Nein. Auf der Insel. In einem der Gebäude. Einer Tischlerwerkstatt, wenn ich recht informiert bin. Ich habe das Haus nie betreten und kann Ihnen nicht einmal sagen, wo es steht. Als ich das Herrenhaus errichten ließ, brauchte ich Arbeiter, die in der Nähe wohnen und rund um die Uhr arbeiten können. Ich ließ Fertighäuser als Wohnquartiere errichten, einen Speisesaal, ein Holzlager und ein Sägewerk. Alles, was ich brauchte, ließ ich herbringen. Ich bin sehr reich, wissen Sie?«

Er lächelt Ronnie an. »Ihr Vater hat sogar einige der Verträge verfasst. Er ist ein sehr talentierter Mann.«

Ronnie staunt. Sie wusste nicht, dass Cyrus ein Klient ihres Vaters ist. Ich wundere mich noch immer darüber, dass Ronnie nicht wie ihre Schwester in das Anwaltsimperium der Familie eingestiegen ist.

»Sie sagen also, Sissy hat sie gefunden?«

»Sie und ihre Sicherheitsleute. Sie ließ sie die verlassenen Häuser und Gebäude durchsuchen. Zusammen mit einem Mitarbeiter stieß sie in einem verschlossenen Lagerraum unter dem Sägewerk auf die beiden.«

Ich wüsste zu gern, wie Sissy darauf gekommen ist. Sie hatte mir ebenso wie Cyrus versichert, dass Ben schon seit einer ganzen Weile nicht mehr auf der Insel gewesen sei.

Ich muss die Frage einfach stellen. »Wann haben Sie sie gefunden?«

»Vor einigen Stunden.«

»Sie hätten mich sofort anrufen müssen, Cyrus.«

»Als ich sah, in welchem Zustand sie waren, habe ich zuerst einen Arzt holen lassen.«

Er will immer die Kontrolle behalten. »Wir hätten sie ins Krankenhaus gebracht.«

»Das möchte ich nicht. Ich lasse sie nicht mehr aus den Augen. Ihre Leute haben sie nicht gefunden. Ihre Leute konnten sie nicht beschützen. Sie konnten nicht einmal meinen Sohn verhaften. Ich tat, was ich für das Beste hielt. Ich habe Sie angerufen und jetzt sind Sie hier. Und ich danke Ihnen dafür, dass Sie Ben endlich verhaftet haben. Er wandert ins Gefängnis und ich werde keinen Finger rühren, um ihm zu helfen. Nicht nach allem, was er getan hat.«

»Wir klagen ihn des Mordes an.«

Er winkt ab. »Sie war kaum besser als eine Nutte. Eine Goldgräberin. Aber sie war hinter meinem Gold her.« Er presst die Zähne aufeinander und schlägt mit seiner großen Hand auf die Tischplatte, woraufhin Ronnie und ich zusammenzucken. »Ich hätte wissen müssen, dass er schuldig ist. Vermutlich habe ich es sogar gewusst, wollte nur nicht wahrhaben, dass mein eigenes Kind derart grausam sein kann. Er wollte eine wichtigere Rolle im Unternehmen spielen, doch ich war dagegen. Ich gab ihm, was ich konnte, doch er war nie zufrieden. Er hatte eine Frau und einen Sohn, die ihn vergötterten. Selbst das reichte ihm nicht. Er musste sich auch noch eine Geliebte nehmen. Soweit ich es verstehe, ist er nicht ganz richtig im Kopf. Peitschen, Ketten, all dieser Mist. Er war nie normal, aber immer mein Sohn. Haben Sie Familie, Detective Carpenter?«

Dann wusste er also auch von dem Spielzimmer. Garantiert von Sissy. »Ja, die habe ich.«

»Hat sie Sie jemals enttäuscht?«

Sie haben ja keine Ahnung. »Nicht besonders.«

»Na, da können Sie von Glück reden. Ich dachte, Ben würde endlich erwachsen werden, als er geheiratet hat.«

Ich wechsle das Thema. »Sie haben Sicherheitsleute auf der Insel. Wie konnte Ben herkommen und wieder verschwinden, ohne dass Sie etwas merken?«

»Sissy behält das Ufer im Auge, so gut sie kann, aber sie hat keine Armee. Ben kennt jeden Zentimeter der Insel und muss auch von dem Sägewerk und den Werkstätten gewusst haben. Er hat mich durch ihr Verschwinden schwer getroffen und es verschaffte ihm vermutlich Befriedigung, zu wissen, dass er sie direkt vor meiner Nase versteckt hat.«

»Ist der Arzt noch da, Cyrus?«

»Er weiß, dass Sie mit ihm reden möchten.« Er drückt einen Summer neben dem Herd und ein Wachmann kommt herein. »Bringen Sie die beiden zum Arzt.«

»Ja, Sir.«

Wir folgen ihm zu einer Bibliothek. Ich würde viel lieber Marlena und Bennie treffen, aber wir müssen wohl oder übel seinen Regeln folgen. Es ist sein Haus.

»Warten Sie hier«, bittet Ronnie unseren Begleiter und er nickt. »Dieses Haus gleicht einem mittelalterlichen Schloss.«

Wir treten ein und ein Mann erhebt sich und schüttelt mir die Hand. »Ich bin Detective Carpenter und das ist meine Partnerin, Detective Marsh.«

»Hallo, Ronnie.«

»Wie geht es Ihnen, Dr. Svendsen?«, fragt Ronnie.

Der Arzt ist Mitte fünfzig, hat dunkles Haar mit erstem Grau an den Schläfen und einen Dreitagebart. Er ist in etwa so groß wie ich, aber dünn, trägt eine braune Hose, gelbe Caterpillar-Schuhe und ein rot-grün kariertes Hemd, dessen Ärmel er bis zu den Ellbogen hochgekrempelt hat. Wahrscheinlich kauft er im selben Geschäft ein wie mein Freund, dem Paul-Bunyan-Shop für Männer.

Der Arzt umarmt Ronnie und sein Lächeln wird so breit, dass ich schon befürchte, sein Gesicht klappt gleich in sich zusammen. »Ich habe erst gestern mit Ihrer Mutter gesprochen. Es macht ihr zu schaffen, dass Sie bei der Polizei arbeiten, und sie macht sich Sorgen um Sie.«

»Das weiß ich. Sie glaubt, ich würde den Familiennamen in den Dreck ziehen.«

»Das bezweifle ich. Sie ist sehr stolz auf Sie. Ihren Worten zufolge sind Sie die Einzige in der Familie, die wahren Mut beweist.«

Ich sehe Ronnie an, wie viel ihr diese Worte bedeuten. Sie braucht gleich eine kalte Kompresse, wenn er mit dem Mist weitermacht, daher unterbreche ich dieses glückliche Wiedersehen. »Wie geht es Marlena und Ben, Doktor?«

»Ach ja. Deshalb sind Sie ja hier.«

Wir setzen uns auf ein Ledersofa und der Arzt nimmt im Sessel uns gegenüber Platz. »Beide waren stark dehydriert und hatten seit einiger Zeit nichts gegessen. Der junge Mann war apathisch und hat vermutlich halluziniert. Er glaubte, Darth Vader hätte sie entführt. Seine Mutter war nur etwas besser dran und sagte, man hätte ihnen etwas ins Wasser getan. Wissen Sie, was sie damit gemeint hat?«

»Wir vermuten, dass man ihnen ein starkes Schlafmittel verabreicht hat«, erkläre ich.

»Das würde ihre Symptome erklären. Bei ihnen wurde ein Inhalator gefunden und man hat mir mitgeteilt, dass der Junge Asthma hat. Ich konnte keine körperlichen Verletzungen finden. Ich habe sie beide an einen Tropf gehängt und sie schlafen jetzt. Falls es möglich ist, wäre ich Ihnen sehr verbunden, wenn die beiden sich erst einmal ausruhen können, es sie denn, Sie haben dringende Fragen.«

»Wann hat man Sie gerufen, Dr. Svendsen?«

»Vor etwa zwei Stunden. Eine Frau kam zu meinem Haus und sagte, dass ich auf der Insel gebraucht werde. Ich wusste von Mr Parker, und, nun ja, sie war sehr überzeugend.«

Das muss Sissy gewesen sein.

»Mrs Parker ist außerdem schwanger. Im zweiten Monat, sagt sie.«

»Dann war sie bei Bewusstsein, als Sie hier eintrafen?«

»Ansatzweise. Sie hat die Bemerkung über das Wasser gemacht und ich glaube, sie wollte mit ihrem Mann sprechen. Sie hat ihn Ben genannt.«

»Ich werde ihren Mann schnellstmöglich informieren.« *Kann es kaum abwarten.* »Hat sie sonst noch etwas gesagt? Weiß sie, wer sie entführt hat?«

»Falls sie das weiß, hat sie es mir nicht anvertraut. Haben Sie schon mit der Frau gesprochen, die sie gefunden hat?«

»Sissy?«

»Ja. Sie hat wie eine Glucke über die beiden gewacht. Ist sie eine Verwandte?«

»Sie ist Mr Parkers Sicherheitschefin.«

»Oh. Verstehe. Kann ich sonst noch etwas für Sie tun?«

»Würden Sie meiner Partnerin Ihre Kontaktinformationen geben, bitte? Vielleicht müssen wir später noch einmal mit Ihnen sprechen.«

»Selbstverständlich, auch wenn sie sie längst hat.« Er zückt eine Visitenkarte und schreibt etwas auf die Rückseite. »Das sind meine persönliche Handynummer und meine Büronummer. Falls Sie zu meinem Antwortdienst durchgestellt werden, kann man Ihnen sagen, wie ich zu erreichen bin. Ich werde noch eine Weile hierbleiben. Möglicherweise lasse ich die beiden in ein Krankenhaus verlegen.«

»Danke, Doktor.«

Ronnie umarmt ihn erneut und der Wachmann führt uns wieder in die Küche. Cyrus sitzt mit dem Kopf in den Händen da. Als er aufblickt, ist seine Geschäftsmannattitüde verschwunden. Er altert förmlich vor meinen Augen.

»Geht es Ihnen gut?« Ronnie legt ihm eine Hand auf die Schulter.

»Nein, es geht mir nicht gut.«

»Sie müssen eine Menge verarbeiten.«

»Da haben Sie recht.«

Ich bin ungern gefühllos, aber es geht nicht anders. »Wir müssen Marlena und Bennie mit eigenen Augen sehen, Cyrus.«

»Aber natürlich. Sissy bringt Sie zu ihnen. Bennie wollte sich unter keinen Umständen von seiner Mutter trennen.«

Manchmal schmerzt es mich, was ich in diesem Job alles machen muss, doch dass sie gefunden wurden, ist ein wichtiger Teil dieses Vermisstenfalls, und ich muss mich vergewissern, dass sie es wirklich sind. Danach müssen wir mit Sissy reden. Als hätte sie jedes Wort gehört, taucht Sissy im Türrahmen auf.

»Ich bringe sie nach oben.« Der Blick, den sie Cyrus zuwirft, ist herzergreifend. Ben hat angedeutet, dass Sissy in Cyrus verliebt ist. Das ist durchaus denkbar. Ihre Miene spiegelt tiefes Mitgefühl und Empathie wider. Und Liebe.

FÜNFUNDFÜNFZIG

Sissy führt uns über eine breite Steintreppe nach oben und einen langen Flur entlang, der den Eindruck eines Schlosses, den wir von draußen hatten, nur noch weiter verstärkt. Eigentlich fehlen nur noch brennende Fackeln anstelle der elektrischen Wandleuchten.

»Wurde das Gestein hier auf der Insel abgebaut?«, erkundigt sich Ronnie.

»Abgesehen von den Möbeln und Geräten stammt alles von hier«, erklärt Sissy stolz.

»Ist das Sägewerk noch in Betrieb?«, will ich wissen.

»Nein. Nachdem Cyrus den Bau seines Hauses und der Häuser in Parkertown abgeschlossen hatte, ließ er alles schließen. Die Arbeiter waren froh über das Geld, solange sie beschäftigt wurden, gingen aber auch gern wieder weg. Bis letztes Jahr gab es noch eine Autofähre, seitdem fahren wir mit dem Boot. Bis zur Küste sind es reichlich anderthalb Kilometer. Das schwimmt man locker.«

»Haben Sie das schon gemacht?«, hakt Ronnie nach.

»Was denken Sie?« Die Bemerkung klingt keck.

»Sie hat Ihnen eine einfache Frage gestellt, Sissy.«

Sissy bläst sich eine Haarsträhne aus den Augen. »Ich habe Besseres zu tun, als Smalltalk zu führen. Wenn Sie nichts dagegen haben, bringen wir das schnell hinter uns.«

Der Flur führt um eine Kurve und wir sehen einen bewaffneten Wachmann, der neben einer Tür auf einem Stuhl sitzt. Sissy nickt ihm zu, er steht auf, schließt die Tür auf und öffnet sie. »Wecken Sie sie nicht. Der Arzt sagte, dass sie sich ausruhen sollen.«

»Keine Sorge. Wir müssen auch noch mit Ihnen reden, wenn Cyrus Sie entbehren kann.«

»Cyrus braucht mich im Augenblick dringender. Ich gehe nirgendwohin.«

Das ist gut. Sie haben auch gar keine andere Wahl, als mit uns zu reden. »Danke, Sissy. Ich weiß Ihre Hilfe wirklich zu schätzen.«

Ronnie und ich betreten das Schlafzimmer und ich vergewissere mich, dass die beiden Gesichter so aussehen wie die auf den Fotos, die man mir gezeigt hat. Die Badezimmertür ist nicht ganz geschlossen und das Licht brennt. Bennie muss wahrscheinlich sehen, dass er nicht mehr an einem dunklen Ort eingesperrt ist. Das kann ich nachvollziehen. Mein Erzeuger hatte meine Mutter und mich in einem dunklen unterirdischen Raum angekettet, wo er uns nach Lust und Laune foltern, vergewaltigen und umbringen wollte. Bis heute fällt es mir schwer, in völliger Dunkelheit zu schlafen. Ich ließ sehr lange das Badezimmerlicht an und die Tür offen. Das habe ich stets mit der Ausrede abgetan, dass ich den Weg zur Toilette finden müsse, wenn ich nachts aufwache. Danach legte ich mir ein Nachtlicht zu. Heute trinke ich einfach einen Scotch oder einige Gläser Wein.

Marlena und Bennie liegen in einem breiten Bett und Bennie schmiegt sich an ihre Seite. Sie tragen beide saubere Schlafanzüge. Ich kann auf den ersten Blick keine Verletzungen erkennen. Mir war gar nicht bewusst, wie sehr mein Herz gerast hat, bis es sich bei der Erkenntnis, dass die beiden nicht gefoltert wurden, endlich beruhigt.

»Ihr seid in Sicherheit«, flüstere ich ihnen zu. Dabei weiß ich aus eigener Erfahrung, dass Sicherheit eher ein Geisteszustand ist. Niemand ist wirklich sicher. Niemals.

Ich gehe zurück auf den Flur, ziehe die Tür hinter mir zu und bedanke mich bei dem Wachmann. »Können wir zurück in die Küche gehen, Sissy?«

»Die Bibliothek wäre vermutlich besser geeignet.« Sie führt uns hin. Da sie sich nicht setzt, bleiben wir ebenfalls stehen.

»Wir müssen den Ort sehen, an dem sie gefunden wurden, Sissy.«

Sie zieht die Augenbrauen hoch, sagt aber nichts.

»Wäre das jetzt möglich?«, frage ich.

»Geben Sie mir eine Minute?« Sie zückt das Handy. »Okay. Gehen wir.« Wir folgen ihr zu ihrem Jeep und ich bemerke zwei weitere Wachleute an der Eingangstür. Außerdem stehen vor dem Haus zwei Quads mit Allradantrieb, in denen jeweils zwei Personen sitzen. Alle tragen schwarze paramilitärisch angehauchte Uniformen und haben sich kurze Waffen umgeschnallt.

»Maschinengewehre?«

»MP5. Lizenziert und legal.«

Wir steigen in ihren Jeep und sie fährt einen schmalen betonierten Weg entlang, der gerade breit genug für das Fahrzeug ist und in einen dichten Wald führt, der uns verschluckt. Sissy fährt genau wie ich: schnell und wild. Sie trägt ein Schulterholster mit einer großkalibrigen halbautomatischen Waffe an der rechten Seite. Also ist sie Linkshänderin. Mir fällt auf, dass es nicht dieselbe Waffe ist, die sie bei unserer letzten Begegnung getragen hat. Bei ihrem Job hat sie vermutlich Zugriff auf ein ganzes Arsenal. Zudem gibt es hier im Haus eine Waffenkammer und einen Schießstand.

»Hat Ben Zugriff auf die hier gelagerten Waffen, Sissy?«

Sie antwortet, ohne den Blick von der Straße abzuwenden. »Ja. Er hat Zugriff auf alles, was es auf der Insel gibt.«

»Ben hat mir erzählt, dass sich im Keller ein Schießstand befindet.«

»Cyrus ist Jäger. Er wollte sein Hobby mit Ben teilen, aber der war nicht interessiert.«

»War er gut?«

»Ben?«

»Ja.«

»Halbwegs.«

»Besitzt Ben irgendwelche Waffen?«

»Ich gehe davon aus.«

»Wissen Sie, was für Waffen er besitzt?«

»Cyrus hat ihm eine neue Desert Eagle geschenkt, als er ihn mit zur Jagd nehmen wollte. Doch mit der Waffe kam er nicht zurecht.«

»Waren Sie dabei?«

»Natürlich. Ich bin verantwortlich für die Waffen und Cyrus' Waffenmeisterin.«

»Daher wissen Sie, welche Waffe Cyrus seinem Sohn geschenkt hat.«

»Das sagte ich doch eben. Eine Desert Eagle, Kaliber fünfzig. Ben hat sie beim ersten Abfeuern fallen gelassen.« Sie klingt angewidert und hält Ben für einen Schwächling.

»Wissen Sie, ob Ben die Waffe noch hat?«

»Meines Wissens schon.« Sie fährt langsamer und dreht den Kopf zu mir. »Ich weiß, dass Sie Fragen haben, aber ich arbeite schon seit vielen Jahren für Cyrus. Normalerweise spreche ich nicht über die Familie, aber aufgrund der außergewöhnlichen Umstände mache ich eine Ausnahme. Ich bin nicht blöd. Für mich klingt das so, als wollten Sie herausfinden, ob

Cyrus oder ich etwas mit der Sache zu tun haben. Ich kann Ihnen versichern, dass dem nicht so ist. Warum sollten wir so etwas tun? Wenn Cyrus es wollte, würden die beiden hier leben. Er ist kein Monster. Es wäre ihre Entscheidung. Ich bin mit meinem Leben hier sehr zufrieden. Daher stellen Sie bitte einfach Ihre Fragen und hören Sie auf, um den heißen Brei herumzureden.«

»Okay. In welcher Beziehung stehen Sie zu Cyrus?«

Sie bleibt mitten auf der Straße stehen und sieht mich an. »Falls Sie wissen wollen, ob ich mit ihm ins Bett gehe, können Sie mich mal. Er ist mein Arbeitgeber und ein sehr guter Mann. Ob ich ihn liebe? Das könnte man so ausdrücken. Ja, in der Tat, ich liebe ihn. Aber nicht auf die ekelerregende Art und Weise, die Sie andeuten. Ich würde mein Leben für ihn geben. Er behandelt mich wie eine Tochter. Ich stehe ihm näher als Ben. Und falls eine von Ihnen irgendetwas tut, das ihn verletzt, müssen Sie das vor mir verantworten. Haben Sie noch weitere Fragen?«

Ich lasse mir nur ungern drohen, wüsste aber doch gern, wieso sie glaubt, wir würden Cyrus verdächtigen. Das tun wir nämlich nicht. Tut sie es?

»Was ist mit Cyrus? Ist er ein guter Schütze?«

»Warum?«

»Das wird kein angenehmes Gespräch, wenn Sie so weitermachen, Sissy. Sie sind ein zäher Brocken. Wenn wir es auf Cyrus abgesehen haben, machen Sie uns das Leben zur Hölle. Das haben wir verstanden. Aber wir machen hier nur unseren Job, genau wie Sie, und dieser Mist hilft uns nicht weiter.«

Ich rechne schon mit einer tätlichen Auseinandersetzung, als sie sagt: »Entschuldigung. Ich leide nur mit Cyrus.«

»Warum?«

»Weil er von seiner Exfrau und Ben schon viel Übles ertragen musste. Seine Frau hat ihn nur des Geldes wegen geheiratet. Sie wollte Ben nicht. Aber Cyrus hat den Jungen geliebt. Ben war nie ein guter Sohn. Er ist eigensinnig, arrogant, faul und besitzt keinerlei Moral. Er behandelt Cyrus nicht mit dem Respekt, den er verdient.«

Schütten Sie uns ruhig Ihr Herz aus. »Seit wann arbeiten Sie schon für Cyrus?«

»Schon mehrere Jahre. Als ich eingestellt wurde, waren Ben und Marlena noch nicht verheiratet.«

»Verbringen Sie viel Zeit mit Marlena und Ben?«

Sie wird sichtlich sanfter. Ihre Hände, die das Lenkrad mit einem Todesgriff umklammert hatten, lockern sich, und sie schaut wieder auf die Straße. »Cyrus vergöttert sie.«

»Mögen Sie die beiden?«

»Wieso sollte ich nicht?«

»Ich hörte, dass Sie sie abholen, wenn sie Cyrus besuchen.«

»Ja.«

»Können Sie uns davon erzählen?« Bitte mit mehr als nur einem Wort.

»Was wollen Sie denn hören? Cyrus bittet mich, sie abzuholen. Ich tue es. Hinterher bringe ich sie wieder nach Hause. Manchmal bleiben sie einen Tag, manchmal eine Woche. Marlena hat nicht gearbeitet und konnte sich das erlauben.«

Überanstrengen Sie sich nicht. Ich frage mich, worauf dieser Widerstand beruht.

»Ben hat uns erzählt, dass Bennie hier eine Spielzeugeisenbahn hat«, wirft Ronnie ein. »Es hat bestimmt Spaß gemacht, ihm beim Spielen zuzusehen.«

Sissy schaut in den Rückspiegel. »Cyrus hat ein kleines Vermögen dafür ausgegeben. Und es ist nicht nur eine Spielzeugeisenbahn, sondern eine exakte Replik eines Schweizer Dorfes. Der Zug und die Gleise sehen aus wie im Film *Der Polarexpress.* Welches Kind wäre davon nicht begeistert?«

»Sie haben also einige Zeit mit Bennie verbracht«, stellt Ronnie fest. »War er ebenso schwierig wie Ben?«

»Ben.« Sie sieht aus dem Fenster, bevor sie weiterspricht.

»Ben weiß nicht, wie man ein guter Vater ist. Er weiß auch nicht, wie man sich als Sohn benimmt. Ich habe mich immer gefragt, wie ein großer Mann wie Cyrus Parker solche DNA weitergeben konnte. Das Gefängnis ist der beste Ort für ihn. Es ist besser als das, was er verdient.«

»Sie haben wohl schon mit ihm die Klingen gekreuzt«, sage ich.

»Eigentlich nicht. Er ist nicht zu einem Streit oder einem bedeutungsvollen Wortwechsel in der Lage. Er ist ein Arschloch. Okay? Das wollten Sie doch hören.«

»Hey, wir sind ganz Ihrer Meinung. Sie kennen ihn besser, als wir ihn jemals kennen wollen. Darum möchte ich ja auch mit Ihnen reden.«

»Tut mir leid. Es ist mein Job, Cyrus zu beschützen. Ich nehme meine Arbeit sehr ernst.«

»Verstehe. Ich weiß, dass Sie die Insel sehr gut schützen.«

»Sie ist mein Zuhause. Ich kann mir nicht vorstellen, irgendwo anders zu leben. Ich wurde von einer Pflegefamilie an die nächste weitergereicht. Hatte ziemlichen Ärger. Ging letzten Endes zur Army. Dort habe ich gelernt, dass man die Familie liebt und beschützt. Ich war den anderen in meiner Einheit näher als irgendeinem anderen Menschen auf der Welt. Bis ich Cyrus kennenlernte.«

»Wo sind Sie einander begegnet?«, frage ich.

»Warum wollen Sie das wissen?«

»Reine Neugier.« *Beantworten Sie die Frage.*

»Ich habe ihm das Leben gerettet.«

SECHSUNDFÜNFZIG

Parkertown besteht aus einer Kreuzung, an der sich vier kurze Straßen treffen. Die Häuser wurden aus demselben Stein errichtet wie das Herrenhaus und sehen identisch aus. Die Rasen und Gärten werden weiterhin gepflegt und ich rechne beinahe damit, dass die Bewohner herauskommen, im Garten spielen, Haustiere an der Leine Gassi geführt werden oder zumindest eine Armee von Gärtnern auftaucht. Irgendwann befanden sich auch hinter den Häusern Gärten. Man kann die Umrisse noch erkennen, doch dort wächst nichts mehr. Die Gärten sind zusammen mit den Bewohnern verschwunden. Die Tiere existieren ebenfalls nicht mehr, da sie mit ihren Besitzern weggezogen sind oder von Ben getötet wurden. Über den Baumkronen erhebt sich ein grün gestrichener Wasserturm, auf dem in großen Buchstaben PARKER ISLAND steht.

Ich habe ein beklommenes Gefühl in der Magengrube, als wir Parkertown durchqueren, da ich weiß, dass hier einst Leben herrschte, wo heute nur noch eine Geisterstadt existiert. Eine gut erhaltene Geisterstadt. Wir gelangen zu einem Kiesweg, der so breit ist wie ein vierspuriger Highway, und biegen nach links ab.

»Verraten Sie uns, wie Sie ihm das Leben gerettet haben?«
Oder muss ich diese Information aus Ihnen rausprügeln?

»Sie geben ja doch nicht auf. Okay. Ich war bei den Special
Forces. Eine Sprengladung zerstörte das Fahrzeug vor uns und
schüttelte uns gehörig durch. Hörverlust. Ich wurde aus medizi-
nischen Gründen entlassen, kam nach Hause, hasste das Leben
als Zivilistin und heuerte bei Academi an.« Sie bemerkt meine
verdutzte Miene. »Das ist ein privates Sicherheitsunternehmen,
das früher Blackwater hieß. Nach dem Nisour-Square-
Massaker im Irak waren sie der Ansicht, ein neuer Name
könnte den Ruf verbessern.«

Jetzt fällt es mir wieder ein. Blackwater war ein privater
Sicherheitsdienst, der ehemalige Soldaten, Polizisten und
andere Sicherheitsleute einstellte, um im Ausland Personen-
schutz bieten zu können. Vor vielen Jahren eröffneten einige
Mitarbeiter von Blackwater das Feuer auf Zivilisten im Irak
und töteten siebzehn Menschen. Das weiß ich, weil mein
Exfreund Caleb mir immer wieder gern bewies, wie intelligent
er war. »Davon habe ich gehört.«

»Ich arbeitete größtenteils in Afghanistan, Somalia, an
Orten, an denen Geschäftsmänner gern entführt oder von der
Konkurrenz ausgeschaltet werden. Wir wurden angeheuert, um
Cyrus in Bagdad zu beschützen. Einer unserer Leute war von
den Saudis umgedreht worden und versuchte, ihn zu töten. Er
starb zuerst. Ende der Geschichte.«

»Und danach hat Cyrus Sie abgeworben.«

»Jetzt bin ich hier.«

»Wie weit ist es noch?«

»Das Sägewerk ist gleich da vorn. Es ist schon seit einer
ganzen Weile außer Betrieb. Der alte Mann, den ich ersetzt
habe, hat dort immer versteckt geparkt und getrunken. Cyrus
erlaubt seinen Angestellten keinen Alkohol.«

Wir gelangen zu einer heruntergekommenen Version des
Sägewerks in Port Ludlow. Sie hält an. »Da drin.« Sissy zeigt

auf eine Betontreppe, die zu einer schweren Metalltür führt. Ich kann erkennen, dass der Riegel aufgebrochen wurde und dass ein verschlossenes Vorhängeschloss daran hängt.

»Sie waren kaum noch bei Bewusstsein. Ich habe sie ins Haus gebracht und dann kam der Arzt.«

Wollte Cyrus die Kontrolle behalten? Oder war Sissy für die Verzögerung verantwortlich? Zu ihrem Glück waren Marlena und Bennie nicht schwer verletzt, sonst käme ich noch auf die Idee, sowohl Cyrus als auch Sissy zu verklagen. Sie stehen nicht über dem Gesetz. Ach, was rede ich denn da?

»Der Arzt sagt, Bennie hätte einen Inhalator bei sich gehabt«, stelle ich fest.

»Marlena hielt ihn in der Hand, als wir sie gefunden haben. Und da standen auch zwei volle Wasserflaschen.«

»Haben Sie sonst noch etwas entdeckt?«

Sie verneint. Selbst bei geöffneter Tür ist es sehr dunkel im Raum. Die beiden müssen große Angst gehabt haben.

»Waren sie bei Bewusstsein? Hat einer von ihnen etwas gesagt?«

»›Ben.‹ Das war alles. Sie hat ›Ben‹ gesagt. Bennie war bewusstlos.«

Ich hebe etwas von dem Kies neben der Tür auf. Er fühlt sich fettig an, so wie das Zeug, das wir in Bens Pick-up gefunden haben. Und wie das, das an den Beinen seiner Jeans klebte.

Als wir zum Jeep zurückkehren, beendet Ronnie gerade ein Telefonat. »Ich habe Mindy angerufen.«

»Könnten Sie wohl jemanden vor der Tür postieren, bis unsere Techniker hier sind, Sissy? Ich möchte nicht, dass jemand in die Nähe dieses Orts kommt, solange wir nicht alles untersucht haben.«

Sie greift zum Telefon und sorgt dafür. »Ich möchte Ihnen noch etwas zeigen«, sagt sie und holt einen zusammengefalteten Zettel aus der Hemdtasche. »Ich habe Cyrus nichts davon erzählt. Er hat schon genug durchgemacht. Außerdem würde es jetzt, wo Sie Ben verhaftet haben, auch keinen Unterschied mehr machen.«

Es scheint dasselbe Papier zu sein, das Ben in der Tasche hatte. Das angeblich in Seattle unter dem Scheibenwischer seines Wagens steckte. Ronnie zieht sich Handschuhe an und hält es so, dass wir es beide lesen können. Darauf steht:

10 Millionen in unmarkierten Scheinen
Keine Polizei oder sie sind tot

SIEBENUNDFÜNFZIG

Der Arzt ist nach oben gegangen, um nach Marlena und Ben zu
sehen. Ich kann nicht noch mehr Kaffee trinken, daher bitte ich
alle, in die Bibliothek zu kommen. Sissy bezieht Position hinter
Cyrus und stützt die Hände auf die Rückenlehne seines Stuhls.
Ronnie nimmt dieses Mal im Sessel Platz, ich neben Cyrus.

Vor der Tür der Bibliothek stehen zwei bewaffnete Männer.
Zwei weitere an der Eingangstür. Ich gehe davon aus, dass ein
weiterer Marlena und Bennie bewacht. Und Gott allein weiß,
wie viele da draußen herumlaufen, um die Hunnen zurückzu-
schlagen. »Ben wurde in Gewahrsam genommen, Sissy«, sage
ich. »Sie können sich langsam entspannen.«

»Ich denke, die Lage ist unter Kontrolle, Sissy«, fügt Cyrus
hinzu. »Es gefällt mir nicht, so viele Waffen im Haus zu haben.
Lass sie zurück aufs Festland bringen. Sie werden anständig
entlohnt. Ab jetzt kann die Polizei übernehmen.«

Sissy wirkt fassungslos. »Soll ich ebenfalls gehen? Irgendjemand muss das Boot zurückbringen.«

»Nein, Sie nicht, Sissy.« Er tätschelt ihre Hand. »Sie
brauche ich stets an meiner Seite. Aber das ist jetzt eine Polizei-
angelegenheit und sollte den Profis überlassen werden. Einer

Ihrer Leute kann sie rüberschaffen und den Sheriff zu uns bringen.«

Sissy entschuldigt sich und ich höre, wie sie Befehle erteilt; dann kehrt sie zurück und bezieht erneut Stellung. Ronnie holt die Nachricht hervor, die Sissy uns gegeben hat, und reicht sie Cyrus. Er liest sie und blickt auf. »Woher haben Sie das?«

»Sissy hat die Nachricht gefunden.«

»Ich dachte, wir sollten das alle zusammen besprechen«, werfe ich ein.

»Sissy?« Cyrus dreht sich auf seinem Stuhl um.

»Ich wollte Sie nicht noch mehr beunruhigen. Darum habe ich sie den Detectives gegeben. Den *Profis*.« Das letzte Wort trieft vor Sarkasmus.

»Sie hätten mir die Nachricht zeigen müssen. Aber was geschehen ist, ist geschehen.«

Wahre Worte. »Wo haben Sie die Nachricht gefunden, Sissy?«

»Sie lag im Boot.«

»Wann war das?«

»Beschuldigen Sie mich etwa, damit zu tun zu haben?«

»Augenblick mal«, sagt Cyrus. »Mir gefällt die Richtung nicht, die dieses Gespräch einschlägt. Sie müssen rein gar nichts erklären, Sissy.«

»Das macht mir nichts aus, Cyrus. Ich habe sie gefunden, als ich den Arzt für Marlena und Bennie herholte.«

»Am Festland?«

»Sie lag im Boot. Ich weiß nicht, wann sie dort deponiert wurde.«

Cyrus wendet sich mir zu. »Sie sagt, sie weiß nicht, wer die Nachricht ins Boot gelegt hat. Ben wurde verhaftet. Die Nachricht ist doch jetzt unwichtig.«

»Ben hat uns eine ähnliche Nachricht gegeben. Getippt. Kurz. Ich wollte nur eine zeitliche Verbindung zwischen den beiden herstellen.« Und herausfinden, wer sich zum Zeitpunkt des Mordes an Luci wo aufhielt. So langsam bekomme ich ein ungutes Gefühl.

Sissys Handy summt, sie geht ran und entschuldigt sich. »Ihre Kriminaltechniker warten auf der anderen Seite. Ich bringe die anderen rüber und hole sie ab. Es sei denn, Sie brauchen mich noch, Cyrus.«

»Wir begleiten Sie.« Ich gehe ohnehin nicht davon aus, dass uns die beiden noch viel erzählen werden, nachdem die Jungfrau in Not gerettet und der Drache erschlagen wurde. »Sie werden hier mit meinen Kriminaltechnikern zusammenarbeiten müssen.«

»Selbstverständlich.«

»Ich muss noch einmal mit Marlena reden, sobald sie in der Lage ist, Fragen zu beantworten.«

Cyrus nickt nur.

»Haben Sie noch irgendwelche Fragen, Cyrus?«

Er hat keine und sieht genauso aus, wie ich mich fühle. Völlig erschlagen.

ACHTUNDFÜNFZIG

Mindy und Deputy Davis warten mit mehreren Hartschalen-Ausrüstungskoffern auf uns. Der Abteilung gehen langsam die Leute aus. Ein Dutzend bewaffnete Sicherheitsleute verlassen mit uns das Boot und gehen zum wartenden Bus.

»Hi, Mindy. Das ist Sissy. Sie bringt dich zur Insel und zeigt dir den Tatort.«

»Hi, Sissy.« Mindy streckt Sissy die Hand entgegen, die jedoch einige der Koffer hochhebt und zum Boot trägt. Mir fällt wieder einmal auf, wie viel massiger Sissy ist, was nicht nur an ihrer Größe, sondern auch an ihrem Körpergewicht liegt. Allerdings wird sie in ihrem Job garantiert davon profitieren.

Mindy zieht die Augenbrauen hoch.

»Sie ist okay«, sage ich. »Ex-Special-Forces. Nicht sehr gesprächig, aber sie wird schon nicht Amok laufen. Sie bleibt die ganze Zeit bei dir.«

»Wie geht es den beiden?«, erkundigt sich Mindy.

»Der Arzt meint, dass sie sich wieder ganz erholen werden. Im Augenblick schlafen sie.«

»Und wie ist der Milliardär so?«

»Er ist ein netter Kerl und wird dir bei allem helfen, was du brauchst. Lass dich bloß nicht abwerben.«

»Ich arbeite nicht für den Sheriff, sondern werde nur bei Bedarf hinzugezogen. Vielleicht bietet mir Mr Parker ja eine Vollzeitstelle an. Ich sehe es schon vor mir, wie ich am Strand liege und von meinem Julio mit Trauben gefüttert werden. Dann bekomme ich vielleicht auch einen Wagen, der nicht nach Blumen riecht.«

»Träum weiter, Mindy. Auf der Insel sind keine Fahrzeuge gestattet. Mit Ausnahme von Sissys Jeep gibt es nur Quads.«

»Wie viele Personen halten sich auf der Insel auf?«

»Momentan Cyrus Parker, Sissy und ein Arzt.« Wenn dies das Leben ist, das einem Reichtum ermöglicht, kann ich darauf verzichten.

»Das mit deinem Wagen tut mir leid, Megan. Der Sheriff sagte, er hätte Selbstmord begangen. Du bekommst einen neuen. Oder zumindest einen anderen.«

»Eine weitere Rostlaube ist genau das, was mir gefehlt hat. Hoffentlich funktionieren beim nächsten wenigstens die Türschlösser.«

Mindy kichert, und ein Jeep des Sheriffbüros taucht auf. Es ist Deputy Copsey. Er ist Mitte bis Ende dreißig, aber noch gut in Form. Mit seinem hellroten Haar und dem riesigen Bizeps, der von seiner Uniform kaum in Schach gehalten wird, wäre er Sissy vermutlich gewachsen. Sein leichtes Lispeln macht ihn sehr charmant.

»Megan ... Mindy ...«, sagt er und öffnet die Heckklappe des Jeeps. »Der Sheriff sagte, hier wird Hilfe gebraucht. Was soll ich tun?«

Mindy übernimmt und stellt ihn Sissy vor. Ronnie und ich steigen in Ronnies Wagen. Ich winke Mindy zu und wir machen uns auf den Rückweg zum Revier.

»Halt noch mal an, Ronnie«, verlange ich. »Ich muss ihnen noch was sagen.«

Wir fahren zurück zu den anderen und Sissy tritt sichtlich gereizt an den Wagen. »Wir wollten gerade ablegen.«

»Das Wichtigste hätte ich beinahe vergessen, Sissy. Marlenas Mutter macht sich große Sorgen um ihre Tochter und ihren Enkel. Ich wäre Ihnen sehr dankbar, wenn Sie später noch mal herkommen und sie abholen könnten. Wir bringen sie zum Dock.«

»Aber natürlich. Cyrus wird darauf bestehen. Ich sorge dafür, dass im Haus ein Zimmer für sie hergerichtet wird.«

Bevor wir losfahren können, nähert sich uns ein Pick-up. Es ist Tony. Helen steigt auf der Beifahrerseite aus und kommt zu mir gelaufen.

»Wie kann ich Ihnen das jemals vergelten, Megan?« Sie umarmt mich.

»Sie können sich bei Sissy bedanken. Sie hat sie gefunden. Sissy, das ist Helen.«

Helen umarmt auch Sissy, die wie eine Statue dasteht. Anscheinend wird sie ebenfalls nicht gern angefasst. Der Sheriff bleibt in seinem Wagen sitzen.

»Wir passen gut auf sie auf«, versichert Sissy uns. »Ein Arzt ist dort und behält sie im Auge. Er sagt, sie werden wieder. Die beiden werden sich sehr freuen, Sie zu sehen, wenn sie aufwachen.«

»Es grenzt an ein Wunder, Sissy«, erwidert Helen. »Ein Wunder. Sie haben meine Tochter und meinen Enkel gerettet. Können wir losfahren? Ich möchte dort sein, wenn sie aufwachen.«

Sissy hilft Helen aufs Boot, und Copsey reckt einen Daumen in die Luft. Von ihm aus kann's losgehen. Davis löst die Leinen und springt an Bord. Sissy wirft mir noch einen Blick zu. Ich kann ihre Miene nicht deuten, vermute aber, dass sie mir keine Weihnachtskarte schicken wird.

NEUNUNDFÜNFZIG

Ein Officer steht vor dem Verhörraum und sieht zu Tode gelangweilt aus. Tony sagt ihm, dass er eine Pause machen kann, und er verschwindet im Handumdrehen.

»Moe hat uns etwas zu essen bringen lassen«, sagt Tony. »Ich glaube, er mag dich, Ronnie, und will dir Honig ums Maul schmieren.«

»Yay, Ronnie.« Ich bin am Verhungern. Auf meinem Schreibtisch ist ein Buffet mit Sandwiches, kleinen Chips- und Brezeltüten aufgebaut. Ich flüstere Ronnie zu: »Wenn ich mir das so ansehe, versucht Moe es nicht unbedingt mit Honig.«

»Ich finde das sehr lieb von ihm.«

Natürlich tust du das. Du lässt dich von so was ja auch beeindrucken. »Ich auch. Das war nur ein dummer Spruch.« Eigentlich nicht. Ich esse trotzdem was und spüle es mit frischem Kaffee, einer Cola und einem von Moes Vanilleshakes herunter. Danach wappne ich mich für die Konfrontation mit Ben. Sheriff Gray hat sämtliche Überreste des Buffets in sein Büro bringen lassen, um sie sich einzuverleiben, während er sich das Verhör ansieht.

Ben blickt auf, als wir den Raum betreten, doch diesmal

setzt er das arrogante Lächeln nicht auf, sondern wirkt geknickt. Wir setzen uns auf unsere üblichen Plätze und Ronnie legt ein aufgeschlagenes Notizbuch auf ihren Schoß.

»Ich muss Sie noch einmal an Ihre Rechte erinnern, Ben.«

»Das ist nicht nötig. Ich kenne sie. Und ich bin bereit, Ihnen alles zu sagen, was ich weiß. Für mich ist alles vorbei. Mein Vater wird dafür sorgen, dass ich ins Gefängnis komme, und er kriegt immer, was er will.«

»Ich halte fest, dass er seine Rechte verstanden hat.« Ronnie schreibt etwas auf. »Was hat man Ihnen gesagt?«

»Mir wurde gar nichts erzählt, aber ich habe gehört, wie der Sheriff Hals über Kopf aufgebrochen ist.«

»Marlena und Bennie wurden gefunden, Ben.«

Bens Miene hellt sich auf. »Gott sei Dank. Geht es ihnen gut? Wo? Wer? Haben Sie den Täter gefunden? Sind sie verletzt? Bitte sagen Sie mir, dass die beiden am Leben sind. Ich wusste, dass Sie sie finden.«

Mit diesem Ausbruch hatte ich nicht gerechnet. »Sie sind am Leben. Erzählen Sie mir alles, was Sie über ihr Verschwinden wissen.«

»Wo haben Sie sie gefunden? Sagen Sie mir wenigstens, ob Sie jemanden verhaftet haben. Waren es Luci und ihr Freund? Ich schäme mich so sehr, dass ich Marlena und Bennie in diese Lage gebracht habe. Wäre ich nicht so ein Dummkopf gewesen, wäre das alles nicht passiert. Kann ich sie sehen?«

Bens Verhalten wirkt so überzeugend, dass ich nicht sagen kann, ob er aufrichtig ist oder nur wieder eine Rolle spielt. Meiner Erfahrung nach ist er ein Lügner. »Beantworten Sie zuerst unsere Fragen, Ben.«

Er schluckt so schwer, dass ich es hören kann. »Okay. Ich werde Ihnen helfen, wo immer ich kann, damit ich wieder mit meiner Familie zusammen sein kann. Ich danke Ihnen, dass Sie sie gefunden haben. Ihnen beiden. Das werde ich nie vergessen.«

»Was wissen Sie über ihr Verschwinden? Fangen Sie ganz am Anfang an.«

Ben berichtet, dass er Bennie anrufen wollte, der nicht ans Telefon ging. Er bleibt bei seiner Geschichte, dass Marlena nicht von ihm schwanger sein kann. Den großen Streit gibt er zu.

Ronnie spielt das Video von Sean Hunters Geburtstagsparty ab, auf dem Marlena einen Rollkragenpullover trägt.

»Was hat sie da verborgen, Ben? Sagen Sie die Wahrheit«, verlange ich.

»Sie müssen verstehen, dass Marlena eine sehr schöne Frau ist. Schon auf dem College war sie sehr begehrt. Alle hielten sie für heiß. Ich war schon mit vielen Frauen zusammen, aber als wir ein Paar wurden, lief es super. Ich weiß nicht, ob ich sie geliebt habe, als sie mir sagte, dass sie mit Bennie schwanger ist, aber ich habe sie geheiratet. Das hätte ich auch dann getan, wenn mein Vater nicht gedroht hätte, mich zu enterben und mir den Geldhahn zuzudrehen. Dann wurde Bennie geboren und ich wusste, dass ich sie liebe. Bis dahin hatte ich keine Ahnung gehabt, was Liebe ist. Ich hatte sie nie kennengelernt. Bevor ich Marlena begegnet bin, habe ich vermutlich einfach immer meinen Vater nachgemacht. Er hatte eine Affäre nach der anderen, die ihm alle nichts bedeuteten. Wer weiß, wo ich noch alles Halbgeschwister habe. Meiner Mom schien das nichts auszumachen. Ich hielt es für normal, und da ich ein Parker bin … Man passt sich den Gepflogenheiten an.«

Er ist jetzt in seiner eigenen Welt.

»Selbst während der Schwangerschaft drehten sich die Männer nach Marlena um. Das gefiel mir nicht. Das empfand ich als respektlos mir gegenüber. Daher bat ich meinen Vater, mir eines der Häuser in der Wohnanlage zu überlassen, die sein Unternehmen gebaut hat, und wir zogen in das Haus in der Luna Ridge. Marlena brach das College ab und blieb zu Hause, um sich um Bennie zu kümmern. Ich wollte die beiden um jeden Preis beschützen und versuchte, sie von solchen Menschen fernzuhalten, mit denen wir normalerweise nicht verkehren. Dann setzte eine der Nachbarinnen, die von der Party, von der das Video eben stammt, Marlena seltsame Ideen in den Kopf. Marlena verbrachte immer mehr Zeit in Bennies Kindergarten und im Haus dieser Frau. Jennifer Hunter. Ihr Mann hat Marlena ständig angeschmachtet. Marlena fand das süß, aber ich sah meine Ehe in Gefahr.«

»Was haben Sie deswegen unternommen?«

»Wir haben uns gestritten. Ich verlangte, dass sie sich von den Hunters fernhält. Sie hat mich der Eifersucht bezichtigt.« Er verstummt, hat meine Frage aber immer noch nicht beantwortet.

»Was hat sie unter dem Rollkragenpullover versteckt?«

Er wendet den Blick ab und ich bezweifle schon, dass er antworten wird. Als ich die Frage schon erneut stellen will, sagt er: »Blaue Flecken. Uns rief immer wieder jemand an, der einfach auflegte. Sie behauptete, nicht zu wissen, wer es war, aber ich habe ihr nicht geglaubt. Es hätte Jennifer sein können, die sie zu sich einladen wollte, aber wenn ich ranging, wurde immer aufgelegt.«

»Haben Sie einen Festnetzanschluss, Ben?«

»Nein. Ich weiß, worauf Sie hinauswollen. Ich bin an Marlenas Handy gegangen. Ich wollte wissen, wer sie ständig anrief.«

»Woher hatte sie die blauen Flecken, Ben?«

»Ich habe sie vielleicht etwas zu heftig angefasst, um sie zur Vernunft zu bringen.«

»Haben Sie sie danach noch einmal verletzt?«

»Ich glaube, ich habe sie geschubst, als ich sie verlassen habe. Ich sagte ja, dass wir uns gestritten haben. Es war ein heftiger Streit und ich habe sie weggestoßen. Ich habe sie nicht geschlagen oder gewürgt. Ich liebe sie, aber sie scheint es zu bereuen, das College abgebrochen zu haben. Und mich geheiratet zu haben. Danach erzählte sie mir, dass sie schwanger ist, und ich musste sofort wieder an diesen Hunter denken. Das gab mir den Rest. Ich habe sie gefragt, ob es das Kind eines anderen ist, was sie abgestritten hat. Da sagte ich ihr, dass ich genug habe. Sie schrie mich an und erwiderte, sie habe auch von mir die Nase voll. Sie sei es leid, wie ich sie behandle. Ich sei kein Vater für Bennie, sondern ein Geist. Ein Gefängniswärter. Sie sagte, das Baby sei von einem anderen, wollte mir aber nicht verraten, von wem.«

»Ich kann Ihre Probleme mit Luci verstehen, Ben«, sage ich. »Vielleicht hatten Sie einen guten Grund dafür, sie zu töten. Sie hat Sie erpresst. Sie haben Ihre Frau und Ihren Sohn entführt. Was wollten Sie dadurch erreichen? Wollte Marlena Sie verlassen?«

»Marlena und ich hatten Eheprobleme wie viele andere Paare auch, aber sie wollte mich nicht verlassen. Wir hatten vor, unsere Ehe zu retten.«

Ich starre ihn an wie einen fremdartigen Käfer. Das ist er auch. Ronnie tippt mit dem Stift auf ihrem Notizblock herum.

»Sehen Sie mich nicht so an, Detectives. Ich habe Luci nicht getötet. Ich habe meine Familie nicht entführt. Ich habe gelogen, weil ich Angst hatte. Ich hatte Angst, ich könnte in die Lage geraten, in der ich mich jetzt befinde. Dabei hätte ich wissen müssen, dass die Affäre mir den Rest gibt. Hätte mein Vater davon erfahren, hätte er mich enterbt und ich hätte mich nie wieder mit Marlena versöhnen können. Ich habe keinen richtigen Job und weiß nicht mal, wie man einen bekommt. Wir wären ruiniert gewesen. Darum habe ich Sie angelogen. Ich habe alle angelogen. Sogar mich selbst.«

»Erzählen Sie mir von der Waffe, und diesmal will ich keine Lügen hören. Wenn Sie mich erneut anlügen, sind wir hier fertig und Sie wandern ins Gefängnis.«

Er sieht mich an und scheint zu überlegen, ob es irgendeinen Spielraum gibt. Ob ich es ernst meine. Was der Fall ist.

»Es ist meine Waffe.« Er verstummt und wägt vermutlich ab, wie sehr er sich damit belastet. »Mein Vater hat sie mir vor Jahren geschenkt. Da war ich noch nicht verheiratet. Er ist ein Waffennarr. Ich habe Ihnen die Wahrheit über den Schießstand unter dem Haus gesagt. Es gibt noch einen weiteren gleich südlich des Hauses im Wald. Er zwang mich, mit ihm dorthin zu gehen, selbst wenn es regnete oder schneite. Wir waren einmal bei Gewitter dort und ein Blitz schlug in einen Baum ein und entwurzelte ihn. Ich wollte zum Haus zurückgehen, aber er sagte, das würde mich abhärten. Er sagte, meine Mutter habe mich verweichlicht. Er hat mich beschuldigt, schwul zu sein, und meinte, er würde mich umbringen, wenn er jemals herausfinden sollte, dass dem so ist. Nichts darf den Namen Parker besudeln.

Ich konnte ganz gut mit der Waffe umgehen, wollte das alles aber nicht. Er kam selbst kaum damit zurecht. Ich ließ sie dort, als Marlena und ich heirateten. Sie war schwanger und ich wollte keine Waffe im Haus haben. Ich hatte die Waffe in der Zwischenzeit nicht mehr gesehen, bis ich sie unter dem Sitz meines Wagens entdeckte. Mir war klar, dass Luci versuchte, mir etwas anzuhängen. Ich dachte, sie hätte jemanden dazu gebracht, sie dort zu deponieren.«

»Sie lügen, Ben. Dieses Gespräch ist zu Ende.« Ich stehe auf und Ronnie klappt ihren Notizblock zu.

»Okay. Okay. Aber wenn ich Ihnen die Wahrheit sage, werden Sie denken, ich hätte sie ermordet.«

Ich setze mich wieder.

SECHZIG

Ben holt mehrmals tief Luft und bohrt sich die Handballen in die Augen. Wenn ein Mensch wirklich Blut schwitzen könnte, wäre sein Gesicht jetzt rot.

»Ich war im Haus, wie ich es Ihnen auch sagte, als Sie heute angerufen haben. Ich habe dort wirklich Ordnung gemacht. Wollte alles für Marlenas und Bennies Heimkehr herrichten. Ehrlich gesagt habe ich es vermisst, dort zu wohnen. Mit Marlena und Bennie dort zu sein, hat mir das erste Mal das Gefühl gegeben, irgendwo hinzugehören. Ein Zuhause zu haben.«

Ich lehne mich zurück und starre an die Decke. »Was haben Sie wirklich da gemacht, Ben?«

»Ich habe überall nachgesehen, ob Luci etwas versteckt hat, das mich belasten könnte. Sie hätte sich problemlos meine Schlüssel nachmachen lassen können. Für das Haus und die Pick-ups. Sie hat mich angerufen. Sie hat gesagt, es sei aus zwischen uns. Dass sie mir für eine weitere Million Dollar verraten würde, wer die beiden entführt hat, und dass ich sie dann nie wiedersehen müsste. Sie hat gesagt, wenn ich ihr das Geld nicht brächte, würde ich Marlena und Bennie nie wiedersehen. Ich war verzweifelt. Ich habe ihr gesagt, dass ich das Geld besorgen könne, dafür aber Zeit bräuchte. Ich schwöre, dass das die Wahrheit ist.«

Er schiebt seinen Stuhl zurück und lässt den Kopf hängen.

»Wir wollen alles wissen, Ben.« Ich sehe zur Tür.

»Ich bekam eine Nachricht, dass ich mich mit ihr treffen solle. Darin stand, sie würde mir sagen, was ich wissen will. Ich fuhr los, um mich mit ihr zu treffen, aber ...« Er hält inne und leckt sich die Lippen.

»Aber?«

»Sie war bereits tot.«

Er rutscht auf dem Stuhl herum und spricht weiter. »Als ich dort ankam, stand ihr Wagen unter einem Baum. Ich dachte, sie hätte einen Unfall gehabt. Ich kroch zur Fahrertür, die ein Stück weit offen stand. Großer Gott, ihr Gesicht! Dann sah ich die Waffe auf dem Boden. Ich wusste sofort, dass es meine war. Ich dachte, sie hätte sich umgebracht und wollte es mir anhängen. Da geriet ich in Panik. Ich musste die Waffe loswerden. Sie hatten das Haus schon durchsucht. Aber als ich dort ankam, überlegte ich mir, dass es schlauer wäre, sie in die Bucht zu werfen oder im Wald zu vergraben. Ich hatte Angst. Den Rest kennen Sie.«

»Wo haben Sie sich mit ihr getroffen?«

»Am Luna-Ridge-Rundwanderweg.«

»Was meinte Luci mit ›eine weitere Million‹?«

Er schaut von mir zu Ronnie. »Das kann ich Ihnen beim besten Willen nicht sagen. Wirklich nicht. Ich habe gar nicht weiter darüber nachgedacht. Vielleicht hatte Cyrus ihr schon Geld gegeben, damit sie weggeht.« Er reißt die Augen auf. »Glauben Sie etwa, Cyrus hat sie umbringen lassen?«

Ihm laufen Tränen über die Wangen und sein Gesicht verwandelt sich in eine Trauermaske. »O Gott. Ich dachte, sie hätte sie vielleicht schon getötet. Meinen kleinen Bennie. Meine Frau.«

Ich schweige. Das muss ich erst einmal verarbeiten. Ich sortiere die Gedanken wie bei einem chinesischen Rätselkästchen, das man erst öffnen kann, wenn man das Rätsel geknackt hat. Die nötigen Teile sind da, aber es gibt so viele Kombinationen, dass man nicht weiß, wo man anfangen soll.

»Luci wurde mit meiner Waffe erschossen, nicht wahr?«

Ich nicke und er lässt wieder den Kopf hängen. »Das ist doch nicht möglich. Ich schwöre Ihnen, dass ich nie jemanden verletzt habe. Ich würde meine eigene Familie nicht entführen, auch wenn ich über eine Scheidung nachgedacht habe. Glauben Sie mir. Warum sollte ich meinem Vater etwas in die Hand geben, damit er mich enterben kann? Wenn ich sie umbringen wollte, hätte ich es einfach getan. Luci hat sie entführt. Das habe ich Ihnen doch schon gesagt. Überprüfen Sie ihr Handy. Sie hat mich etwa zu der Zeit angerufen wie Sie und mir danach eine Nachricht geschickt. Die Nachricht muss noch auf meinem Handy sein.« Geistesabwesend greift er in seine Tasche. »Es ist weg. Ich habe ...«

»Das Handy lag nicht in Ihrem Pick-up. Wo ist es?«

»Ich weiß es nicht. Ich bin mir ziemlich sicher, dass ich es mit zum Wanderweg genommen habe.«

»Was ist mit Ihrer Uhr?«

»Die haben Sie doch längst. Sie haben mir allerdings nicht verraten, wo Sie sie gefunden haben.«

»Können wir uns kurz auf dem Flur unterhalten, Ronnie?« Wir stehen auf und verlassen den Raum. Sheriff Gray gesellt sich zu uns.

»Ich sage das nur ungern, Megan, aber obwohl alles auf ihn hinzudeuten scheint, glaube ich, dass er diesmal die Wahrheit sagt.«

»Ich muss Mindy anrufen.«

»Ich koche noch mehr Kaffee«, schlägt Ronnie vor.

»Ich übernehme den Kaffee. Halte du ihn am Reden«, erwidert Tony.

Ich gehe zu meinem Schreibtisch und entdecke ein Sandwich, das Tony übersehen haben muss. Den Anruf mache ich vor der Tür. Als Mindy rangeht, habe ich natürlich gerade den Mund voll.

»Bist du das, Megan?«

Ich schlucke den Bissen herunter. »Entschuldige. Ich habe ein paar Fragen.«

»Okay.«

»Habt ihr Lucis Handy gefunden?«

»Ja. Davis hat es im Wald entdeckt. Der Akku war leer, daher lade ich es gerade auf.«

»Du hast es also nicht zur Hand?«

»Ich lade es in Sissys Jeep auf.«

»Wo ist Sissy?«

»Sie muss hier irgendwo sein. Soll ich sie suchen?«

»Hol bitte erst das Handy.«

»Warte kurz. Ich bin schon in der Nähe der Haustür. Der Herrenhaustür, falls man das so sagt.«

Während sie nachsieht, bitte ich Ronnie, jemanden ins Haus in der Luna Ridge zu schicken, um nach Bens Handy zu suchen. Ronnie greift nach ihrem iPad. »Es ist noch immer im Haus oder der näheren Umgebung.« Sie ruft die Zentrale an, damit ein Streifenwagen hingeschickt wird.

Mindy meldet sich zurück. »Das Handy liegt nicht mehr im Jeep, Megan. Ich weiß, dass ich es dort ans Ladegerät gehängt habe. Der Jeep ist noch da, aber das Handy ist weg.«

»Du hattest noch keine Gelegenheit, dir die Liste der letzten Anrufe anzusehen?«

»Doch, aber der Akku war so leer, dass ich es dann aufladen musste. Ich kann dir nur erzählen, woran ich mich erinnere.«

»Ich verhöre gerade Ben. Er sagt, Luci habe ihn angerufen.« Ich nenne ihr die Uhrzeit und Bens Handynummer.

»Luci hat etwa um die Zeit Bens Handy angerufen. Und etwa eine Minute später eine andere Nummer, die ich nicht kannte.«

»Hast du dir auch ihre Textnachrichten angesehen?«

»Leider nicht, Megan.«

»Erinnerst du dich an die Nummer, die Luci angerufen hat?« Sie hat sie sich notiert und gibt sie mir durch. Ich kenne die Nummer. »Ich möchte, dass Davis und Copsey zum Haus kommen, Mindy.«

»Warum, Megan? Was ist denn los?«

»Triff dich einfach mit ihnen. Ich rufe Copsey sofort an. Bleibt zusammen und im Haus.«

»Jetzt machst du mir Angst, Megan.«

Dann sind wir ja schon zwei. »Es wird alles gut. Wartet einfach da.« Ich lege auf und rufe Copsey an.

»Weswegen Sie auch anrufen, ich habe nichts damit zu tun«, sagt er. Ich habe versucht, seinen Sinn für Humor zu verbessern, aber witzig ist er noch lange nicht.

»Es ist wichtig. Wenn Sie in Sissys Nähe sind, antworten Sie einfach mit Ja.«

»Nein. Ich bin in der Tischlerei. Hier ist niemand außer mir und Davis. Was ist los, Megan?«

»Beantworten Sie bitte erst meine Fragen. Haben Sie Sissy oder jemanden von ihren Sicherheitsleuten gesehen?«

»Sissy hat uns den Traktor geliehen. Mindy ist gerade mit einem zum Haus zurückgefahren. Das war vor etwa zwanzig Minuten. Haben Sie sie gefragt?«

»Sie müssen Folgendes für mich tun.«

Ich gebe ihm genaue Anweisungen. Sie gefallen ihm nicht, aber er wird tun, was ich von ihm verlange.

»Sie erzählen mir also, dass Godzilla frei auf der Insel herumläuft und ich nur ein Feuerzeug habe, das ich schwenken kann«, entgegnet er. Immerhin macht er noch Witze und dieser ist gar nicht mal so schlecht. »Wenn ich getötet werde, bin ich echt sauer auf Sie.«

»Melden Sie sich, wenn Sie bereit sind.« Ich lege auf.

Sheriff Gray ist nach draußen gekommen und steht hinter mir. »Wir haben vielleicht ein Problem.« Ich berichte ihm von meiner Vermutung.

EINUNDSECHZIG

Sheriff Gray kennt den Mann auf dem Boot. Er ist ein Polizist im Ruhestand aus einer Kleinstadt und bringt uns nur zu gern zu Cyrus Parkers Insel. Wir treffen uns mit Larry Pointer am Dock. Er ist mit dem Boot aus dem Hafen von Port Ludlow hergekommen und Hobbyangler, wenn er nicht als Wachmann arbeitet. Außerdem würde er gern wissen, warum wir Sissy nicht angerufen haben.

»Sie wird stinksauer sein, dass ich Sie auf die Insel bringe. Sie herrscht mit eiserner Hand.«

»Officer Pointer, ich mache Sie zum Deputy, damit Sie sich deswegen keine Sorgen machen müssen«, sagt Sheriff Gray. »Und ich bin mit Cyrus befreundet und sorge dafür, dass Sie keinen Ärger bekommen.«

Wir steigen alle ins Boot, und Pointer legt ab und hält auf die Anlegestelle auf der Insel zu. »Verraten Sie mir, worum es bei dem großen Geheimnis geht? Oder müssen Sie mich dann umbringen?«

Er grinst breit, dabei ist das alles andere als witzig. Sissy könnte ihn durchaus töten. Uns alle, wenn man es genau nimmt.

»Sie werden nicht dort bleiben, Pointer«, erkläre ich. »Bringen Sie uns einfach hin und fahren Sie wieder zurück. Wir sind Ihnen was schuldig.«

»Sie schulden mir eine Erklärung. Ich war früher Polizist und merke, wenn etwas nicht stimmt. Wenn Sie mich brauchen, kann ich helfen, und ich habe eine Waffe an Bord.«

Ich nehme Pointer genauer in Augenschein. Er ist vielleicht eins siebenundsechzig groß und wiegt um die hundertzehn Kilo. In seinem Alter, etwas über fünfzig und auf dem besten Weg in den Ruhestand, bekommt er vermutlich eher einen Herzinfarkt und ich muss mich um ihn kümmern statt um das, was ich eigentlich machen will. Aber sein Angebot rührt mich. »Einmal Polizist, immer Polizist.«

»Verdammt richtig. Dann darf ich mitkommen?«

»Nein, Sir. Sie müssen draußen in der Bucht bleiben und auf unser Signal warten. Wir verlassen uns darauf, dass Sie uns abholen, wenn wir uns zurückziehen müssen.« Ich trage ziemlich dick auf, aber er kauft es mir ab.

»Sie können sich auf mich verlassen. Danke, dass Sie mich angerufen haben, Tony. Sie sind mir nichts schuldig. Dieser Job als Wachmann ist nicht so das Wahre. Ich sitze den ganzen Tag rum und lese Bücher oder Zeitschriften, während ich mir wünsche, zu Hause zu sein und fernzusehen.«

»Sie können auch erneut in den Ruhestand gehen, Larry«, meint der Sheriff.

»Die Bezahlung ist zu gut, um darauf zu verzichten. Aber wenn ich gefeuert werde, werde ich mich eher Leuten anschließen, die nur ihre Angelruten ins Wasser halten wollen. Heutzutage weiß niemand mehr, wie man sich beim Angeln richtig entspannt. Zu schade, dass Sissy uns gestern bei der Suche nicht eingespannt hat, obwohl ich erst dachte, dass sie das tun würde. Dann hätten wir die beiden vielleicht früher gefunden.«

Ich lege ihm eine Hand auf den Arm. »Was haben Sie gesagt?«

»Ich sagte, dann hätten wir sie früher gefunden.«

»Davor.«

»Ach ja. Sissy fragte mich gestern, ob ich etwas dagegen hätte, das Boot zu übernehmen. Sie sagte, sie hätte eine Aufgabe für einige von uns. Im Allgemeinen lässt sie es mich wissen, ob sie mich braucht, weil sie von meinem Nebenerwerb weiß. Daher sagte ich zu und meinte, sie soll sich melden. Sie versprach, das zu tun.«

»Und das war gestern?«

»Ja. Ich dachte mir schon, dass es etwas mit Mr Parkers verschwundenen Angehörigen zu tun haben muss. Aber sie rief mich erst heute Morgen an.«

»Um wie viel Uhr?«

»So gegen acht, glaube ich. Wir fuhren alle um neun rüber und saßen einfach rum, während wir darauf warteten, dass es etwas zu tun gab. Aber die Bezahlung stimmt.«

Ich rufe Deputy Copsey an.

»Ich bin am Dock«, meldet sich Copsey. »Davis ist zum Haus gegangen. Wo sind Sie?«

Ich erkläre es ihm. »Wir haben ein Boot gefunden, das uns zur Insel bringt, und müssten in ...«, ich sehe Pointer an, der eine Hand hebt, was vermutlich *fünf Minuten* und nicht *Halten Sie die Klappe* heißt, »fünf Minuten da sein. Haben Sie Sissy gesehen?«

»Ich habe niemanden gesehen. Davis hat sich auch noch nicht gemeldet.«

Ich hatte darum gebeten, dass Davis Copsey sofort anruft, sobald er bei Mindy im Haus ist.

»Wie lange ist er schon weg?«

»Eine halbe Stunde. Ich wollte ihn schon suchen. Weder er noch Mindy gehen an ihr Handy.«

»Warten Sie dort.« Ich lege auf.

»Probleme?«, erkundigt sich der Sheriff.

»Kein Kontakt zu Davis. Copsey wartet am Steg.« Der Steg liegt vor uns und Copsey winkt uns zu.

»Was hast du jetzt vor?«

»Ich habe einen Plan«, erwidere ich.

ZWEIUNDSECHZIG

Sheriff Gray lehnt meinen Plan ab. »Ich bin kein Babysitter. Entschuldigen Sie, Larry. Das soll nicht heißen, dass ich Sie babysitten muss. Ich will nur nicht auf dem Wasser sein, wenn die Kacke am Dampfen ist – verzeihen Sie die Wortwahl. Außerdem geht es hier um meine Nichte und meinen Großneffen. Und um die Schwester meiner Frau.«

Er sagt nicht Helen oder »meine Schwägerin«, aber ich bin froh, dass er sie immerhin erwähnt. Das zeigt Charakter, vor allem im Angesicht ihrer Beziehung. Trotzdem würde ich gern irgendwann erfahren, was zwischen ihnen vorgefallen ist.

Wir gehen an Land und Ronnie geht zur Seite, zieht ihre Waffe und rennt in gebückter Haltung zu Deputy Copsey. Sie hält sich wohl für Bruce Willis. Hoffentlich rächt sich das nicht. Wenn sie umkommt, muss ich Marley mit jemand anderem verkuppeln. Aber ich muss zugeben, dass sie mir fehlen würde. So langsam wächst sie mir ans Herz.

Ich rufe noch einmal Sissy an. Sie nimmt nicht ab. Als ich Lucis Nummer wähle, schaltet sich die Mailbox ein. Wenn Mindy das Handy hätte, würde sie meine Nummer erkennen und rangehen. Als ich Mindy anrufe, klingelt es mehrmals, bevor sie sich meldet. »Hallo?«

Erleichterung durchflutet mich. Dann war das ganze Drama doch umsonst.

»Wie geht es dir, Ronnie?«, fragt sie. »Ich schätze, du möchtest wissen, was wir in Bezug auf das Messer rausgefunden haben.«

Mir wird schlagartig übel. Mindy hat mich Ronnie genannt. Sie weiß genau, mit wem sie spricht. Und sie redet über nicht-existente Beweise. Ich trete neben Ronnie und bedeute allen, dass sie leise sein sollen. Dann stelle ich auf Lautsprecher und flüstere Ronnie ins Ohr, was sie sagen soll.

»Ist Deputy Copsey bei dir, Mindy?«, fragt Ronnie.

»Er ist hier. Wir sind in der Küche. Cyrus hat allen heißen Tee gekocht, mit Zucker. Er ist so ein netter Mann. Kommt ihr wieder her?«

Copsey steht neben mir und sieht mich fragend an.

»Darum rufe ich an. Könntest du Sissy bitten, mir das Boot zu schicken? Ich warte am Dock. Megan hat noch auf dem Revier zu tun. Hast du Lucis Handy gefunden?«

»Wenn du mit ihr sprichst, richte ihr bitte aus, dass ich das Handy gefunden habe, doch es scheint kaputt zu sein. Es ließ sich nicht aufladen. Tut mir sehr leid. Du musst nicht wieder herkommen. Der Arzt sagte, Marlena und Bennie geht es schon viel besser, und Sissy bringt sie in ein paar Stunden aufs Festland. Ich habe hier mehr als genug Hilfe. Du kannst zum Revier zurückfahren.«

Sie steckt in Schwierigkeiten.

»Okay«, erwidert Ronnie. »Du hast vermutlich recht. Tut mir leid, dass ich alle beunruhigt habe. Kannst du mir Cyrus geben?«

»Oh, der ist beschäftigt. Er wollte nach Marlena sehen.«

Sie hat eben noch gesagt, Cyrus würde allen Tee kochen. Im Hintergrund sind keine normalen Gesprächsgeräusche zu hören. »In Ordnung«, sagt Ronnie. »Wenn du da wirklich allein zurechtkommst. Richte Cyrus bitte aus, dass wir Ben ins Gefängnis bringen.«

Es folgt eine lange Pause. Ich sehe mich um, kann am Dock aber keine Kameras entdecken.

»Wir trinken Tee und danach machen wir am Tatort weiter«, sagt Mindy. »Es könnte eine Weile dauern, aber wenn ich ihn sehe, richte ich ihm aus, dass du ihn sprechen willst.«

Die Verbindung wird unterbrochen. Ich bin mir ziemlich sicher, dass Sissy weiß, was los ist. Ich nehme das Handy an mich und wähle erneut Mindys Nummer. Sissy geht ran.

»Hi, Sissy«, grüße ich sie. »Könnte ich bitte mit Mindy sprechen?«

»Mindy kann im Augenblick nicht ans Telefon kommen.«

»Dann geben Sie mir doch einen meiner Deputys.«

»Ich will, dass Sie alle von meiner Insel verschwinden.«

»Von Ihrer Insel? Was reden Sie denn da, Sissy?«

»Glauben Sie wirklich, ich würde Sie nicht sehen? Sagen Sie allen, sie sollen wieder in Pointers Boot steigen und verschwinden. Sie nicht. Sie bleiben hier.«

»So muss es nicht ablaufen, Sissy.«

»Doch, das muss es. Ich wusste vom ersten Augenblick an, in dem wir uns begegnet sind, dass es so kommen würde. Kommen Sie allein zum Haus. Behalten Sie Ihre Waffe bei sich. Wenn Sie gewinnen, können alle unversehrt gehen. Andernfalls bringe ich hier alle um. Was sagen Sie dazu, Megan? Wollen wir spielen?«

Tony drückt ein Ohr gegen meins und hört mit. Jetzt schüttelt er den Kopf und bedeutet mir, dass ich auflegen soll. Ich tue es nicht, sondern stimme zu. Es tut mir sehr leid, dass es so enden muss. Ich versuche ja, mich zu ändern. Ich bin nicht länger Rylee. Ich bin ein besserer Mensch. Aber ich kann nicht leugnen, dass ein Teil von mir ihr genau wie allen anderen Monstern ein Ende bereiten will.

»Ich wusste, dass es vorbei ist, als Mindy das verdammte Handy gefunden hat«, sagt Sissy.

»Sie hätten die Parkers nicht entführen sollen. Sie haben Luci ermordet und Ben von ihrem Handy eine Nachricht geschickt. Wir konnten Luci sehr leicht finden. Sie haben uns den Code für ihre Uhr gegeben. Ich begreife nur nicht, was Sie mit all dem bezwecken.«

Sie schweigt. Ich flüstere Tony zu: »Versucht, zum Haus zu gelangen, ohne gesehen zu werden. Ich nehme den Traktor und rede weiter mit ihr.«

Lauter sage ich: »Verraten Sie es mir, Sissy. Geht es ums Geld?« Copsey führt die anderen in den Wald neben der Straße.

»Ich bin enttäuscht von Ihnen, Megan. Sie haben wirklich keine Ahnung. Ich wäre damit durchgekommen, aber was soll's. Es ist, wie es ist. Wenigstens habe ich das Vergnügen, es auf meine Weise beenden zu können. Jetzt sagen Sie den anderen, dass sie verschwinden sollen, oder Sie werden es bereuen. Noch sind hier alle am Leben.«

Ronnie bildet die Nachhut, und dann sehe ich sie nicht mehr und gehe zum Traktor. »Sie wollten doch offensichtlich, dass sie am Leben bleiben. Wollte Cyrus einen neuen Sicherheitschef einstellen? Haben Sie geglaubt, er wäre Ihnen dankbar, wenn Sie seine Schwiegertochter und seinen Enkel retten? So wie damals, als Sie im Irak Ihren Partner getötet haben? Das haben Sie doch nur getan, um Cyrus zu beeindrucken. Das weiß ich genau. Das Justizministerium ermittelt gegen Sie. Ich habe Sie überprüft und bin auf mehrere Lügen gestoßen, daher habe ich dort angerufen, und wissen Sie, was man mir erzählt hat?« Jetzt klinge ich schon wie Ronnie und kann nur hoffen, dass es sie ebenso verärgert wie mich immer.

»Sie wissen gar nichts. Halten Sie das hier für ein Buch, in dem die Böse am Ende alles gesteht? Sie sind doch nicht ganz bei Trost.«

»Wenn Sie die Sache überleben, werden Sie herausfinden, ob ich lüge. Ich hoffe sehr, dass wir das nicht tun müssen. Ich will Ihnen nichts tun.« Das ist gelogen. »Lassen Sie alle gehen. Tun Sie das Richtige.«

»Lassen Sie mich kurz überlegen. Äh. Nein. Kommen Sie zum Haus. Dann können wir reden. Oder etwas anderes tun.«

»Sie sind verrückt. Das wissen Sie doch?«

Sie lacht auf. »Ich bin nicht verrückt. Ich habe mich noch nie so lebendig gefühlt.«

»Sie werden diese Insel niemals verlassen. Das ist Ihnen ebenfalls klar, oder? Sie haben noch eine letzte Chance.« Das ist mein Ernst. »Tun Sie das nicht, Sissy.«

»Begreifen Sie es nicht? Ich muss es herausfinden.«

»Was denn?«

»Wer von uns die Bessere ist. Was sagen Sie?«

»Ich komme Sie holen. Und es wird wehtun, wie meine Partnerin zu sagen pflegt.« Ich lege auf und kann es nicht fassen, dass ich schon wie Ronnie reden. Mein Handy summt.

»Ich will, dass Sie das hören, damit Sie keinen Rückzieher machen.« Es folgt ein lautes Knacken und ein Stöhnen. »Sagen Sie was.«

»Es geht uns gut, Megan. Tun Sie, was sie sagt.« Nachdem ich noch ein Stöhnen gehört habe, ist die Verbindung unterbrochen. Es klang nach Deputy Davis. Er ist offenbar verletzt. Ich habe Tony und den anderen einen guten Vorsprung verschafft. Sie müssten kurz nach mir am Haus ankommen. Ich will vor ihnen da sein und Sissy ablenken. Sie von der Vorderseite weglocken, damit die anderen ins Haus gelangen.

Als ich das Haus erreiche, sehe ich Sheriff Gray nicht, daher müssen sie noch im Wald sein. Hoffentlich sind sie schon in der Nähe. Sissy ist gefährlicher als jeder meiner bisherigen Kontrahenten. Nur am Eingang brennt Licht. Sie wird damit rechnen, dass ich eine der anderen Türen nehmen will, und sie alle verriegelt haben. So wäre ich auch vorgegangen, aber ich gehe fest davon aus, dass an der Außenseite des Hauses Kameras angebracht sind. Sie soll sehen, wie ich ums Haus schleiche, damit sie von den Monitoren weggeht. Ich parke den Traktor hinter dem Haus und mache mich ganz klein, als ich mit gezogener Waffe zum Haus husche, wobei ich daran denken muss, wie Ronnie das zuvor gemacht hat.

Es gibt zwei Eingänge. Eine Steintreppe geht zu einer Hintertür hinauf, weitere Stufen führen nach unten zu einem Kellereingang. Ich entscheide mich für diesen Weg. Über einen Meter hohe Betonmauern umgeben den Eingang und geben ihr die perfekte Deckung, um mich abzuschießen. Ich nähere mich der Tür, indem ich mich an der Wand entlangschiebe, um nicht in ihr Schussfeld zu geraten. Mit dem Rücken an der Wand recke ich den Hals, um über die Betonmauer hinwegzuspähen. Helen sitzt auf der obersten Treppenstufe, geknebelt und mit hinter dem Rücken gefesselten Händen. Sie dreht den Kopf, sieht mich und reißt die Augen auf. Ich lasse mich gerade noch rechtzeitig zu Boden fallen, da summt auch schon eine Biene an meinem Ohr vorbei und mich treffen einige Betonbrocken. Als ich meine Wange berühre, klebt Blut an meiner Hand.

Ich drücke mich so fest, wie es nur geht, gegen den Beton. Wenn sie von oben schießt, bin ich tot. Ich habe den Schuss nicht gehört und ihn nur bemerkt, weil die Kugel in den Beton eindrang und mich Splitter im Gesicht und am Hals trafen. Sissy ist ganz in der Nähe und benutzt einen Schalldämpfer. Sie ist da hinten im Dunkeln und nutzt Helen als Deckung. Als menschlichen Schutzschild. Ich kann nicht abhauen. Aber wenn sie aus dem Türrahmen auf mich schießt, weiß ich, wohin ich zielen muss. Vorher sollte ich mich allerdings vergewissern, dass sie wirklich dort steht.

Ich sage möglichst laut und angewidert: »Ich wusste gleich, dass Sie ein Feigling sind.« Sie gibt mehrere Schüsse ab und die Kugeln dringen über meinem Kopf in den Beton und lassen Steinchen auf meine Haare prasseln. Als ich mich etwas recke, sehe ich Helens Kopf. Weitere Kugeln fliegen an mir vorbei. Helen schreit auf und fällt nach hinten. Ich beuge mich vor, bis ich über den Absatz schauen kann. Helen liegt reglos auf der Seite, das Gesicht von mir abgewandt. Ich fühle mich für sie verantwortlich, weil ich zugelassen habe, dass sie auf die Insel kommt.

Inzwischen ist es dunkel geworden. Das könnte zu meinem Vorteil sein. Ich behalte eine Hand auf dem Boden und schieße mehrmals seitlich um die Mauer herum. Der Mündungsknall der Glock muss in der schmalen Öffnung grell und laut sein und ich verlasse mich darauf, dass er Sissys Nachtsicht vorübergehend stört. Schon strecke ich den Arm aus und feuere mehrmals, wobei ich darauf hoffe, zu hören, wie ich sie treffe, doch die Schüsse sind zu laut. Ich warte auf irgendein Geräusch, und auf einmal rappelt sich Helen auf und macht einen Schritt nach vorn.

»Ich habe Sie gewarnt, dass das passieren würde«, sagt Sissy und gibt noch einen Schuss ab. Helen sackt zu Boden. Ich bin davon überzeugt, dass sie tot ist oder im Sterben liegt. Sissy ist eine hervorragende Schützin.

Meine Wut ist größer als meine Vorsicht und ich rolle mich direkt in den offenen Bereich und schieße, bis das Magazin leer ist. Danach liege ich da und warte darauf, getötet zu werden, was jedoch nicht passiert. Vielleicht habe ich sie getroffen. Ich will mich schon wieder zur Seite drehen, als eine Kugel eine Furche in meine Kopfhaut bohrt, was mich jedoch nicht davon abhält, wieder hinter der Mauer zu verschwinden.

»Ich hätte Sie töten können«, sagt sie und ich glaube ihr. Ich bin ihr in jeder Hinsicht unterlegen. Sie spielt nur mit mir.

Mein Lebenswille ist stärker als die Vernunft. Ich habe mir angewöhnt, Furcht mit Zorn zu bekämpfen. Während ich das Magazin wechsle und durchlade, baue ich diesen Zorn auf. Dabei vergesse ich jedoch, nach Gefahren Ausschau zu halten. Als ich aufblicke, sehe ich direkt in eine Mündung.

»Sie dürfen mir Ihre Fragen stellen«, sagt sie.

Ich weiß nicht, was ich sagen soll. Ich wollte Tony doch nur etwas Zeit verschaffen, damit er ins Haus gelangen und die anderen Geiseln befreien kann. Helen ist tot. Damit muss ich leben. Oder sterben.

»Sind Sie in Cyrus verliebt?«

»Er bedeutet mir sehr viel.«

»Sie haben die Parkers entführt, damit Sie sie retten können und in seinen Augen wieder als Heldin dastehen. Wann wollten Sie sie ›finden‹?«

»Sobald Ben verhaftet worden wäre. Ich habe Ihnen hervorragende Beweise gegen ihn geliefert. Sie hätten sich nur mit ihm zufrieden geben müssen, dann wären Marlena und Bennie frei gewesen und hätten mit Cyrus und mir zusammenleben können. Aber das haben Sie vermasselt.«

»Ben ist unschuldig.«

»Da irren Sie sich aber. Er ist schuldig, einem großen Mann das Herz gebrochen zu haben. Mir jede Chance, ein Teil von Cyrus' Leben zu werden, genommen zu haben. Sie wollten wissen, ob ich Cyrus liebe. Das tue ich. Aber nicht als Mann.«

Mir gehen langsam die Ideen aus, wie ich sie weiter hinhalten kann, und sie weiß genau, was ich tue. Möglicherweise hat sie gemerkt, dass Copsey, Ronnie und Sheriff Gray nicht weggefahren sind. In diesem Fall scheint sie sich jedoch keine großen Sorgen zu machen. Sie wird Selbstmord begehen, indem sie sich von einem Polizisten erschießen lässt. Nachdem sie mich umgebracht hat.

»Sie haben mir noch immer nicht den Grund verraten, warum Sie das getan haben«, stelle ich fest.

»Ich muss zugeben, dass Sie sich gegen mich ziemlich gut geschlagen haben. Sie sind viel tapferer als die meisten, die nie im Krieg waren. Das ist bewundernswert. Jetzt ist mir klar, woher Sie Ihren knallharten Ruf haben. Irgendjemandem muss ich es ja sagen, daher kann ich es auch Ihnen erzählen.«

Ich rate einfach drauflos. »Er hat nie erfahren, dass Sie seine Tochter sind.«

Sie spannt die Wangenmuskeln an und ihre Waffenhand zittert. »Das konnten Sie nicht wissen. Woher wussten Sie das?«

»Ich wusste es nicht. Sie haben es mir eben erzählt.«

»Oh, Sie sind gut. Zu schade, dass es damit bald vorbei ist.«

»Was wird Cyrus denken, wenn Sie mich umbringen? Wie wollen Sie das alles erklären? Der Sheriff wird mit einer Armee wieder zurückkommen. Sie wandern ins Gefängnis, und vielleicht möchte sich Cyrus anfangs noch einreden, dass Sie unschuldig sind, aber irgendwann wird auch er die Wahrheit erkennen. Er ist nicht dumm. Er weiß nicht, dass Sie zur Familie gehören. Sie sollten es ihm sagen, bevor Sie etwas tun, das Sie nicht rückgängig machen können.«

Ihre Stimme wird sanfter, doch die Waffe bleibt weiterhin auf mich gerichtet. »Meine Mutter ist langsam und qualvoll an Krebs gestorben. Sie war nie verheiratet, daher gab es immer nur uns beide. Als sie im Sterben lag, hat sie mir verraten, wer mein richtiger Vater ist. Ich dachte immer, er sei bei einem Autounfall ums Leben gekommen. Sie hatte keine Fotos von ihm, weil es gelogen war.«

»Dann haben wir doch etwas gemeinsam. Meine Mom hat dasselbe gemacht. Ich zog meinen kleinen Bruder ohne ihre Hilfe groß. Sie zerrte uns von einer Stadt in die nächste, immer ein neuer Name, eine neue Schule, doch meine Aufgabe blieb gleich. Ich regelte alles. Sie hat in Bezug auf meinen Vater gelogen. Ich dachte, er sei im Krieg gefallen.« Ich gehe nicht so weit, ihr anzuvertrauen, dass mein guter alter Dad ein Serienmörder war oder dass ich ihm den Garaus gemacht habe, sobald ich ihn gefunden hatte, aber ich glaube, wir stellen eine Verbindung her. Wie Psychoschwestern.

Sissy macht ein nachdenkliches Gesicht. »Als sie mir gesagt hat, wer mein Vater ist, wusste ich, dass ich ihn finden muss.

Nicht, weil er reich ist. Geld ist mir egal. Ich wollte zu irgendjemandem gehören. Eine Familie haben. Mom hat mir gesagt, es sei ein One-Night-Stand gewesen und sie habe ihm nie von mir erzählt. Ich wusste, dass ich ihn finden muss, und bildete mir ein, er würde mich umarmen und mir sagen, dass er mich ebenfalls gesucht habe. So dämlich. Aber als ich meinen Vater gefunden hatte, brachte ich es nicht über mich, ihm die Wahrheit zu sagen. Er ist so ein großer Mann. Schlau, großzügig, gütig, und keiner weiß es zu schätzen. Seine Frau hat ihn verlassen, und sein Sohn ... Na, Sie wissen ja, was für eine absolute Enttäuschung er ist. Cyrus war anders als sie. Ich kam ihm so nahe, wie es nur ging, so nah, wie er mich an sich heranließ. Er sagte, er würde mich wie eine Tochter lieben.« Sie holt Luft und ihre Lippen beben. »Er liebt mich. Das ist alles, was ich mir je gewünscht habe.« Sie stößt die Luft langsam aus und hält die Waffe ruhiger. »Jetzt ist es zu spät.«

»Es wäre das Richtige, es ihm zu sagen, Sissy.« Ich muss mit ihr reden, bis der Sheriff oder Ronnie auftauchen. Aber ich befürchte, dass Sissy mich trotzdem erschießen wird. Wieso habe ich Tony nicht angerufen, damit er mithören kann? Dann hätte er wenigstens ihr Geständnis gehört. »Ich habe schlimme Dinge getan. Dinge, von denen ich dachte, dass er sie nie erfahren sollte. Ich habe ihn vor der bösen Welt und vor bösen Menschen beschützt. Meine Lügen wucherten wie Krebsgeschwüre und ich log immer weiter, weil es leichter war, als seine Enttäuschung zu ertragen und seine Liebe zu verlieren. Mein kleiner Bruder wuchs auf und verabscheute mich, weil ich ihm die Eltern ersetzte. Er liebt unsere Mutter, die uns im Grunde genommen im Stich gelassen hat.«

Ich verliere ihr Interesse und stoße hervor: »Er war in Afghanistan.« Daraufhin beäugt sie mich fragend. »Während seiner Abwesenheit haben wir uns voneinander entfremdet, und als er zurückkam, war er nicht mehr derselbe. Daran gebe ich mir die Schuld. Ich wünschte, ich hätte mich mehr um ihn gekümmert. Ich wünschte, ich hätte ihm in all den Jahren die Wahrheit gesagt. Denn dann wüsste er, dass unsere Mutter eine Schlampe war, die uns sitzen gelassen hat. Dass ich ihn liebe. Heute versuche ich, wieder an ihn ranzukommen. Er ist immer noch wütend auf mich, aber wir machen Fortschritte. Nachdem ich jetzt mit Ihnen gesprochen habe, weiß ich, dass ich ihm alles sagen muss. Er ist alles, was ich an Familie habe. Er wird es verstehen. Selbst wenn er es nicht gutheißt, wird er es verstehen.«

Sie schweigt und das ist nicht gut. Ich rede weiter, weil mich allein das am Leben hält. »Sind Sie es sich nicht selbst schuldig, Ihrem Vater die Wahrheit zu sagen? Er wird es wissen wollen. Er hat gesagt, dass Sie für ihn wie eine Tochter sind. Sie beschützen ihn und sorgen dafür, dass sein Leben reibungslos verläuft. Sie sind immer für ihn da. Ihre Mutter hat Sie enttäuscht, so wie meine Mutter mich enttäuscht hat. Aber Cyrus wird es nicht tun. Er gehört zur Familie, Sissy.«

»Ich beschütze ihn. Ich werde ihn auch vor der hässlichen Wahrheit beschützen, dass seine Tochter eine Mörderin ist. Er hat schon seinen Sohn verloren und ich bezweifle, dass er noch viel mehr aushält.«

Mir gehen die Ideen aus, wie ich das Unausweichliche aufhalten kann, daher wappne ich mich für das, was kommen wird. Aus dem Dunkel hinter Sissy ertönt eine Stimme.

»Da irrst du dich, Sissy«, sagt Cyrus und tritt näher an sie heran. »Du liegst völlig falsch. Ich glaube, ich wusste immer, dass du mehr als eine Leibwächterin bist. Du hast mir einmal das Leben gerettet. Und du hast Bens Versagen mehr als wieder gutgemacht. Ich war mir deiner Treue, deines Respekts und deiner Liebe stets sicher. Du hast mich wie einen Vater behandelt und ich werde dich voller Stolz als meine Tochter bezeichnen.«

Bei den letzten Worten bricht seine Stimme und Sissy kommen die Tränen, doch sie dreht sich nicht zu ihm um.

»Gib mir die Waffe, Sissy. Wir haben so viel nachzuholen. Ich habe immer davon geträumt, eine Tochter wie dich zu haben. Jemanden, dem ich all das hinterlassen kann. Ich werde nicht zulassen, dass sie dich verhaften. Wir gehen zusammen fort. Fangen irgendwo neu an. Wo immer du willst. Tu das nicht. Du musst mir nichts beweisen.«

Sie holt tief Luft und wischt sich mit einem Handrücken über die Augen. Ich wüsste zu gern, ob er ihr einfach nur sagt, was sie hören will, doch seine Stimme klingt so aufrichtig, dass ich fast vermute, er meint es ernst. Ihm stehen genug Geld und Ressourcen zur Verfügung, um sie untertauchen zu lassen, aber was wird dann aus mir? Meine Geschichte hat ein offenes Ende, das so nicht bestehen bleiben darf.

»Mir bleibt keine andere Wahl, Mr Parker. Es ist zu spät.«

Oh, Scheiße!

Cyrus legt ihr sanft eine Hand auf die Schulter. »Ich bin dein Vater. Für uns kann es nie zu spät sein. Du bist alles, was ich noch habe. Lass dich jetzt von mir beschützen, so wie du mich bisher beschützt hast. Bitte. Wenn du mich je geliebt hast, dann tu das nicht.«

Ich blicke dem Tod ins Auge, aber seine leidenschaftliche Bitte und die Tränen in Sissys Augen schnüren mir die Kehle zu. Meine Mutter hat mich über meinen richtigen Vater angelogen, daher kann ich einen Teil von dem verstehen, was Sissy durchgemacht hat. Dennoch verabscheue ich das, was sie getan hat, und werde ihr bei der erstbesten Gelegenheit nur zu gern eine Kugel in den Kopf jagen.

Sie legt den Finger fester auf den Abzug und ich kneife die Augen zu, um das Entsetzliche nicht zu sehen.

»Komm her, Sissy. Komm her. Ich kümmere mich um dich. Alles wird wieder gut.«

Als ich vorsichtig ein Auge öffne, ist die Waffe weg. Sissy liegt in Cyrus' Armen und schluchzt bitterlich. Cyrus reicht mir die Waffe, die ich mit zitternden Händen entgegennehme.

DREIUNDSECHZIG

Tony kniet neben der reglosen Helen und fühlt ihren Puls. Ich schrecke zusammen, als Helen seine Hand wegschlägt. »Die Hexe hat auf mich geschossen.«

Wir mustern sie beide, aber ich kann keine Wunden erkennen. »Wo sind Sie verletzt?«

Helen setzt sich auf und tastet sich ab. »Offenbar hat sie mich verfehlt. Ich bin wohl ohnmächtig geworden.«

Sie ist so schnell zu Boden gegangen, dass sie später garantiert Schmerzen haben wird. Ich staune, wie Sissy aus der geringen Entfernung danebenschießen konnte. Noch mehr staune ich allerdings, als Tony Helen auf die Beine hilft und sie fest umarmt.

Ronnie kommt zu mir und nimmt mich in die Arme, und diesmal wehre ich mich nicht. Doch dann legen auch noch Copsey und Davis die Arme um uns. Das gefällt mir gar nicht, aber was soll ich machen? Ich erwidere die Umarmung. Ich bin noch am Leben.

»Geht es dir gut, Megan?«, erkundigt sich Tony.

Ich zittere zu stark, um antworten zu können.

»Wir sind so schnell hergekommen, wie wir nur konnten«,

sagt Ronnie. »Es hat einige Zeit gedauert, in die Küche zu gelangen.«

»Marlena und Bennie?«, frage ich, als ich meine Stimme wiedergefunden habe.

»Es geht ihnen gut. Allen geht es gut«, antwortet Ronnie.

Allen außer Luci Simmons. Möge sie in der Hölle schmoren.

»Wir haben gesehen, dass Sissy dich mit der Waffe bedroht hat«, sagt Tony. »Wir konnten es nicht riskieren, auf sie zu schießen. Cyrus war bei uns und meinte, dass er sie aufhalten kann.«

»Das war unsere einzige Chance, dich am Leben zu halten«, fügt Ronnie hinzu.

Ihre Stimme klingt ein bisschen belegt, als würde ihr das Sprechen schwerfallen. Ich kann nur hoffen, dass sie nicht anfängt zu weinen, denn dann weine ich mit und vergesse vielleicht, dass ich knallhart bin. Das hat selbst Sissy gesagt. Allerdings fühle ich mich im Augenblick überhaupt nicht so.

EPILOG

ZWEI TAGE SPÄTER

Das Büro des Sheriffs ist nicht unbedingt der bequemste Ort für ein Treffen mit Helen, Ellen, Marlena und dem kleinen Bennie, aber es ist sicher und hier gibt es einen Verhörraum für Kinder, in dem sich Bennie damit beschäftigt, Lego-Monster zu bauen und wieder zu zertrümmern. Der Junge wird nach allem, was er gesehen und durchgemacht hat, eine Therapie brauchen, aber er ist wenigstens noch am Leben und kann Hilfe bekommen.

Ronnie unterhält sich gerade mit Tony, Helen und Ellen, als Marlena meinen Arm berührt. »Können wir uns unter vier Augen unterhalten, Detective Carpenter?«

»Selbstverständlich, Mrs Parker.«

Als ich ihren Nachnamen ausspreche, runzelt sie angewidert die Stirn. »Wenn ich diesen Namen nie wieder hören müsste, wäre mir das sehr recht. Sagen Sie bitte Marlena.«

»Okay.«

Wir gehen durch die Hintertür, wo alter Zigarettenrauch in der Luft hängt. »Lassen Sie uns nach vorn gehen«, schlage ich vor und sie folgt mir zu der kleinen Wiese vor dem Revier gleich jenseits des Parkplatzes, auf der auch ein paar Bäume stehen.

»Was kann ich für Sie tun, Marlena?«

Sie schenkt mir ein Lächeln und ihr ganzes Gesicht strahlt. Die zwei Tage haben einen so großen Unterschied gemacht, dass ich es selbst kaum fassen kann. Sie sieht gesund aus und nicht mehr so gehetzt wie an dem Abend, an dem wir sie aus Cyrus' Haus ins Krankenhaus gebracht haben. Cyrus war erst dagegen und wollte schon sagen, dass sie bei ihm sicherer seien, aber als er meine Miene sah, hielt er den Mund und ließ mich tun, was getan werden musste.

»Zuerst einmal möchte ich Ihnen danken, dass Sie uns vor dieser Verrückten gerettet haben.«

Sie hat sich schon mehrmals bei uns bedankt, aber ich vermute, dass sie das einfach braucht. Möglicherweise kann sie sich so beweisen, dass sie frei ist, dass sie und ihr Sohn am Leben sind und dass sie keine Angst mehr vor Ben haben müssen. »Sie sollten sich eher bei Tony bedanken, Marlena.«

»Mom wurde angeschossen und Sie haben Ihr Leben riskiert, um sie zu retten.«

Das stimmt. Nicht bewusst. Polizisten tun so was nun mal. »Ich bin froh, dass sie nicht schwer verletzt wurde.«

»Auf meine Mom wurde geschossen, Detective Carpenter. Diese Frau wollte sie umbringen.« Sie reißt die Augen auf und ich sehe, wie ihre Fassung ins Wanken gerät.

»Sagen Sie bitte Megan. Und sie wurde nur ein bisschen angeschossen.« Ich halte grinsend zwei Finger meiner linken Hand drei Zentimeter auseinander. Denn so war es. Die von Sissy abgefeuerte Kugel hat Helen innen am rechten Arm und am Brustkorb gestreift. Ich dachte, dass sie auf diese kurze Distanz tot sein müsste, vor allem bei Sissys militärischem Hintergrund, daher grenzt es an ein Wunder, dass sie sie verfehlt hat. Wenn man Helen jedoch zuhört, ist sie dem Tod gerade noch mal von der Schippe gesprungen.

Marlena kichert. »Sie sind wirklich mutig. Sie alle. Auch Onkel Tony. Meine Mom hat mir viele Geschichten über ihn erzählt, bei denen ich mir nie sicher war, ob sie stimmen. Sie müssen wissen, dass meine Mom und Tony nicht gut miteinander auskommen. Ich hätte schon vor langer Zeit auf ihn zugehen sollen, aber ich wollte meine Mom nicht verärgern.«

»Das geht mich zwar nichts an, Marlena, aber was ist eigentlich das Problem? Sie müssen es mir nicht erzählen. Ich bin nur neugierig. Das ist typisch für einen Detective.«

Wieder lächelt sie. »So langsam wird mir klar, warum Sie Detective geworden sind. Sie bleiben sogar noch geschmeidig, wenn Sie lügen oder nachbohren.«

Ich spüre, wie mir das Blut in die Wangen schießt, weil ich auf frischer Tat ertappt wurde.

»Das ist ein Kompliment.« Marlena scheint mein Unbehagen zu spüren. »Mom sagte, Ellen hätte ihr viel von Ihnen erzählt. Und von Ihrer Partnerin Ronnie. Anscheinend glaubt Tony, dass Sie über Wasser laufen können. Aber verraten Sie ihm bloß nicht, dass ich das gesagt habe.«

»Das bleibt unser Geheimnis.« Doch bei Bedarf werde ich das zu meinem Vorteil nutzen.

»Okay, das Problem in Kurzform: Als Ellen sich mit Tony verlobt hat, war meine Mutter verheiratet.«

Das wusste ich. Tony hat Ellen erst vor etwa zehn Jahren kennengelernt. Ich nicke, damit sie weiterspricht.

»Mein Vater war noch am Leben und ebenfalls Gesetzeshüter. Bei der DEA.«

Das ist mir neu, was ich ihr auch gestehe.

»Meine Mom war der Ansicht, Tony sei nicht gut genug für ihre Schwester. Sie versuchte, ihr die Ehe auszureden. Als das nicht funktionierte, ließ sie meinen Vater Tonys Hintergrund überprüfen. Er hat natürlich nichts gefunden, doch als Ellen und Tony davon erfuhren, kam es zum großen Knall. Die Schwestern haben mehrere Jahre lang nicht miteinander gesprochen, und Tony ist Mom und Dad immer aus dem Weg gegangen.«

»Aber so etwas war doch zu erwarten. Schließlich wollten Ihre Eltern einen Grund finden, warum Tony und Ellen nicht heiraten sollten. Wie haben sie überhaupt erfahren, dass Ihr Vater Tonys Hintergrund überprüft hat?«

»Das ist der Knackpunkt. Dad hat im System gestöbert und mit einigen Freunden bei der Truppe gesprochen, unauffällig, wie er dachte. Doch da hatte er sich geirrt. Einer der County Commissioners bekam Wind von der Untersuchung und glaubte, es ginge um Drogen, weil Dad bei der DEA war, daher musste Tony dort antreten. Der arme Tony. Ich kann es ihm nicht verübeln, dass er wütend war. Aber als Ben immer fieser wurde, habe ich mir gewünscht, jemanden zu haben, an den ich mich wenden kann. Meine Mom hätte mir nur geraten, bei ihr einzuziehen und mich von Ben scheiden zu lassen. Mein Vater war tot und ich hatte keinen Kontakt zu Onkel Tony. Heute weiß ich, dass es besser gewesen wäre, mich trotzdem an ihn zu wenden.«

Das war also der Grund für Tonys und Helens Entfremdung. Ich weiß nicht, was ich erwartet hatte, aber ich hätte ähnlich reagiert. Oder schlimmer.

»Wie geht es Bennie?«, erkundige ich mich.

Marlena lächelt schwach. »Er wird schon wieder. Wir wohnen in meinem Haus. Cyrus hat es mir ganz überschrieben. Ich muss keine Kontaktsperre gegen Ben mehr beantragen, da Sie ihn offenbar effektiv verschreckt haben. Cyrus hat gedroht, ihn zu enterben, wenn er sich uns ohne mein Einverständnis auch nur nähert. So weit, so gut.«

»Beantragen Sie trotzdem die Kontaktsperre«, rate ich ihr. »Sein Wort hat nicht viel Gewicht. Dann können wir ihn verhaften, wenn er vor Ihrem Haus auftaucht. Und lassen Sie darin auch festhalten, dass er Ihnen und Bennie nicht zu nahe kommen darf. Sollte er anfangen, Sie zu stalken, rufen Sie mich an und ich verhafte ihn nur zu gern.«

Sie überrascht mich, indem sie mich umarmt und fest an sich drückt. »Sie können uns gern jederzeit besuchen. Sie und Ronnie. Ich hoffe auch sehr, dass ich meinen Onkel und meine Tante häufiger zu sehen bekomme.«

Da fällt mir eine weitere Frage ein, die Besuche von oder bei Cyrus betreffen. Als wir Sissy verhaftet hatten und abführten, bat sie Cyrus, der uns mit besorgter und verwirrter Miene folgte und etwas neben sich zu stehen schien, ihr zu vergeben. Seine Antwort war gleichzeitig rührend und genau so, wie ich erwartet hatte. Er sagte: »Ich vergebe dir, Sissy. Aber sag jetzt kein Wort mehr, bis wir dir einen Anwalt besorgt haben. Alles wird wieder gut.«

Vielleicht kann in der Welt eines Milliardärs wirklich alles wieder gut werden. Vielleicht schickt man Sissy in ein ›Honor Camp‹ für vertrauenswürdige Häftlinge, wo sie psychologisch betreut wird, bis sie geheilt und entlassen wird, damit sie abermals morden kann. »Sie wissen schon, dass Cyrus sowohl für Sissy als auch Ben Partei ergreift?«, frage ich.

Sie wird schlagartig ernst. »Ben wird nichts von dem, weswegen Sie ihn festgehalten haben, zur Last gelegt, oder?«

»Leider ist es im Staat Washington noch nicht strafbar, ein Arschloch zu sein.«

Da lächelt sie wieder. »Ist Sissy wirklich Cyrus' Tochter?«

Cyrus scheint es zu glauben. »Das weiß ich nicht«, antworte ich. »Aber ihre Geschichte klingt glaubwürdig. Wir wissen mit Sicherheit, dass sie Luci Simmons ermordet und Sie und Bennie auf der Insel gefangen gehalten hat. Ich gehe allerdings davon aus, dass Sie von Ben entführt wurden. Meiner Vermutung nach hat Luci es herausgefunden und wollte sich mit Sissy einigen, die sie stattdessen umbrachte. Ich bin mir ziemlich sicher, dass Sissy Sie aus Bens Versteck auf die Insel geschafft hat.«

Marlena seufzt. »Ich wünschte, Sie könnten beweisen, dass Ben etwas damit zu tun hatte. Aber vielleicht möchte ich auch gar nicht, dass es stimmt. Was soll ich unserem Sohn sagen? Er hält seinen Vater ja jetzt schon für ein Monster.«

»Beantragen Sie die Kontaktsperre. Ich begleite Sie zum Richter, wenn Sie das möchten. Oder Tony geht mit. Er kennt da einen sehr mitfühlenden Richter.« Einen, der sich nicht von Cyrus kaufen lässt. »Eine Sache kann ich Ihnen allerdings mit Gewissheit sagen: Ben ist böse. Er ist grausam. Und er wird sich nicht ändern. Ich würde mir wünschen, dass Sie eine Freundin von mir aufsuchen. Ihr Name ist Dr. Karen Albright. Sie ist Therapeutin und inzwischen im Ruhestand, aber sie wird mit Ihnen reden. Lassen Sie sich nicht davon runterziehen, sonst entwickeln Sie noch das Krankheitsbild einer missbrauchten Frau. Wenn Ihnen Ihr Leben und das Ihres Sohnes lieb ist, holen Sie sich Hilfe. Und beantragen Sie auch eine Kontaktsperre gegen Sissy. Ich gehe zwar fest davon aus, dass der Richter anordnen wird, dass sie sich von Ihnen fernhalten muss, wenn der Fall vor Gericht geht, aber es kann dennoch nicht schaden.«

Sie umarmt mich erneut und ich spüre, wie meine Schulter feucht wird. Manchmal wünsche ich mir, ich könnte einfach meine Klappe halten. Aber ich habe die Wahrheit gesagt. Ben ist böse. Auf schaurige Weise.

»Gehen wir zurück zu den anderen. Meine Mom möchte Sie alle zum Essen einladen.«

»Gehen Sie ruhig vor. Ich komme gleich nach.« Sobald Marlena im Gebäude verschwunden ist, denke ich darüber nach, wie wahrscheinlich es ist, dass Sissy nicht verurteilt wird. Cyrus wird die besten Anwälte anheuern. Unser Staatsanwalt ist gut, aber er wird in der Unterzahl sein und nicht über ihre Ressourcen verfügen. Ihre Anwälte können den Prozess über Jahre in die Länge ziehen. Abwarten, bis die Sensationspresse genug davon hat. Bis sich der Aufschrei der Öffentlichkeit gelegt hat. Um sie danach in einer Psychiatrie verschwinden zu lassen. Ich zweifle nicht daran, dass ich sie wiedersehen werde, falls sie jemals freigelassen wird. Sie ist zwar verrückt, aber sie hat es ernst gemeint, als sie sagte, sie wolle wissen, wer von uns beiden die Bessere ist. Das bin natürlich ich. Aber möglicherweise sehe ich sie nicht kommen.

Dann fällt mir noch etwas ein. Ich frage mich, ob Academi weiß, dass sie einen ihrer Kollegen ermordet hat, um an Cyrus ranzukommen. Academi ist kein Unternehmen, mit dem man sich anlegen sollte. Mir tut derjenige jetzt schon leid, der sie über das informiert, was sich zugetragen hat. Es gibt keinen schlimmeren Gegner als eine erboste Söldnertruppe. Ich muss dafür sorgen, dass die Nachricht anonym verfasst wird und sich nicht zurückverfolgen lässt. Das ist das Mindeste, was ich tun kann.

Einige Stunden später, nachdem die Familien sich ausgesprochen haben und sich zerstreut haben, wollen Ronnie und ich im Moe's einen Kaffee trinken. Als wir reinkommen, macht Moe einen Tisch für uns frei. Wir bekommen das Übliche. Ich habe keine Ahnung, was es heute sein wird. Wir trinken unseren Kaffee und genießen die Stille, als das Glöckchen über der Tür klingelt. Ich blicke auf und sehe Cyrus zu unserem Tisch kommen. Ben steht draußen und wendet uns den Rücken zu.

»Können wir uns kurz unterhalten?«, fragt Cyrus.

»Setzen Sie sich«, sagt Ronnie, aber er bleibt stehen.

»Was ist?«, will ich wissen.

Er räuspert sich und bekommt rote Wangen. Ich hoffe inständig, er will mir nicht den Kopf abreißen, weil ich versuche, Ben wegen Behinderung der Ermittlungen und Angriff mit einer tödlichen Waffe, nämlich seinem Pick-up, anzuklagen. Der Sheriff hat mich ermahnt, dass ich das vergessen kann, weil ich ihn gerammt habe und von Glück reden kann, dass uns Ben nicht verklagt.

»Ich weiß nicht, wie ich Ihnen beiden jemals danken kann. Ich ...« Seine Stimme bricht, und er kann nicht weitersprechen.

Ronnie steht auf, umarmt ihn und gibt ihm einen Kuss auf die Wange. »Schon gut, Cyrus. Sie können uns danken, indem Sie Ben ein guter Vater sind. Helfen Sie ihm, zu lernen, wie man ein guter Mensch ist. Er möchte Sie lieben. Er ist verletzt und verängstigt. Sie können die Vergangenheit nicht ändern, aber die Zukunft beeinflussen. Das Wichtigste ist die Familie. Ben, Marlena und Bennie. Und Sissy. Und jetzt auch Helen.«

Ich bin erstaunt und stolz auf Ronnie. Mir fehlen die Worte, doch sie sagt genau das Richtige. Und meint es auch noch ernst. Ich würde gern hinzufügen, dass er Ben in ein weit entferntes Land ins Exil schicken sollte, will mir Cyrus jedoch nicht zum Feind machen. Marlena wird ihn vermutlich in ihrem Leben behalten. Bennie liebt ihn. Und ich kann es einem Mann nicht vorwerfen, dass er seine Familie beschützen will. Ich habe für meine getötet.

Cyrus hält Ronnie auf Armeslänge von sich weg und ihm laufen Tränen über die Wangen. »Ich verdanke Ihnen beiden so viel. So viel.«

Ich tue etwas, das ich nie für möglich gehalten hätte: Ich stehe auf, umarme sie beide und spüre, wie mir die Tränen kommen. Meine Kehle ist wie zugeschnürt. Wenn man so eine richtige Frau ist, dann bin ich mir nicht sicher, ob mir das gefällt. Es schmerzt. Aber es fühlt sich auch gut an.

Erneut klingelt das Glöckchen über der Tür. »Hi, Megan. Hast du mich vermisst?« Dan steht vor mir und jetzt weine ich wirklich. Meine Familie wächst, und ich wachse ebenfalls. Als ich schon glaube, nicht noch glücklicher sein zu können, taucht auch noch Hayden auf. Seine Augen strahlen und er sieht aus, als hätte er in der Lotterie gewonnen.

»Hi, Schwesterherz.«

Dan grinst über beide Ohren. »Darf ich dir meinen neuen Assistenten vorstellen?«

MEHR VON BOOKOUTURE DEUTSCHLAND

Für mehr Infos rund um Bookouture Deutschland und unsere Bücher melde dich für unseren Newsletter an:

www.bookouture.com/bookouture-deutschland-sign-up

Oder folge uns auf Social Media:

facebook.com/bookouturedeutschland

twitter.com/bookouturede

instagram.com/bookouturedeutschland

EIN BRIEF VON GREGG

Liebe Leser:innen,

ich möchte mich bei euch dafür bedanken, dass ihr euch für die Lektüre von *Am stillen Wasser* entschieden habt, dem vierten Band der Reihe um Detective Megan Carpenter. Wenn er euch gefallen hat und ihr über meine Neuerscheinungen informiert werden möchtet, meldet euch doch unter dem nachfolgenden Link an. Ich verspreche euch: Eure E-Mail-Adressen werden niemals weitergegeben, und ihr könnt euch jederzeit wieder abmelden.

www.bookouture.com/bookouture-deutschland-sign-up

Das Schreiben von *Am stillen Wasser* hat mir großen Spaß gemacht, ich wollte die dunklen Geheimnisse einer Familie und ihre weitreichenden Konsequenzen ergründen. Es war wie immer großartig, über Megan zu schreiben – sie ist in diesem Buch ebenso streitlustig, klug und verletzlich wie eh und je und muss ihr persönliches Trauma erneut anzapfen, um den Fall zu lösen.

Ich hoffe, euch hat *Am stillen Wasser* gefallen, und falls dem so ist, wäre ich euch für eine Rezension sehr dankbar. Ich freue mich immer, die Meinung meiner Leser:innen zu hören, und es hilft neuen Leser:innen zudem dabei, eines meiner Bücher zu entdecken.

Außerdem höre ich sehr gern von euch – ihr könnt über

meine Facebook-Seite, über Twitter, Goodreads oder meine Website Kontakt zu mir aufnehmen.

Vielen Dank!

Gregg

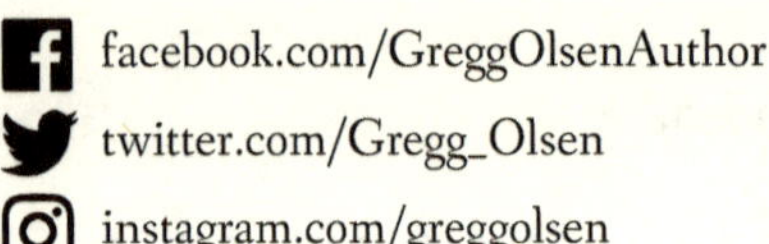

www.ingramcontent.com/pod-product-compliance
Lightning Source LLC
Chambersburg PA
CBHW050854210726
48290CB00004B/1227